民國文化與文學^{研究}文叢

十 編

李 怡 主編

第 10 冊

徐訏新論

閆 海 田 著

國家圖書館出版品預行編目資料

徐訏新論／閆海田 著 — 初版 — 新北市：花木蘭文化事業有
限公司，2018〔民 107〕
目 2+258 面；19×26 公分
（民國文化與文學研究文叢 十編：第 10 冊）
ISBN 978-986-485-527-8（精裝）
1. 徐訏 2. 中國文學 3. 文學評論
820.9   107011807

特邀編委（以姓氏筆畫為序）：

丁　帆	王德威	宋如珊
岩佐昌暲	奚　密	張中良
張堂錡	張福貴	須文蔚
馮　鐵	劉秀美	

民國文化與文學研究文叢
十　編　第　十　冊   ISBN：978-986-485-527-8

徐訏新論

作　　者　閆海田
主　　編　李　怡
企　　劃　四川大學中國詩歌研究院
總 編 輯　杜潔祥
副總編輯　楊嘉樂
編　　輯　許郁翎、王　筑　美術編輯　陳逸婷
出　　版　花木蘭文化事業有限公司
發 行 人　高小娟
聯絡地址　235 新北市中和區中安街七二號十三樓
　　　　　電話：02-2923-1455／傳眞：02-2923-1452
網　　址　http://www.huamulan.tw 信箱 hml810518@gmail.com
印　　刷　普羅文化出版廣告事業
初　　版　2018 年 9 月
全書字數　228284 字
定　　價　十編 14 冊（精裝）新台幣 26,000 元

徐訏新論

閻海田　著

作者簡介

閆海田，男，1976 年出生，祖籍遼寧。淮陰師範學院副教授，博士畢業於南京大學，復旦大學博士後。作品主要發表於《文學評論》（香港）、《電影藝術》、《文藝爭鳴》、《南方文壇》、《當代文壇》、《華文文學》、《中國作家》、《詩潮》、《文學報・新批評》、《文匯讀書週報》等中文報刊。

提　　要

　　一直以來，徐訏的文學史地位，因各種綜錯而忽高忽低。八九十年代之交，徐訏研究在國內漸起，尤其在「重寫文學史」的聲浪中，因徐訏在三四十年代所開的「別樣格調」似很有開掘的價值，一時小說流派研究都把徐訏、無名氏列爲必選，嚴家炎、許道明、吳福輝等著名學者都對徐訏有所論及。及至新世紀，甚而似有大熱趨向，尤其在 2008 年徐訏誕辰 100 週年紀念前後，也有人有意推動，但與張愛玲、錢鍾書的大翻身相比，「徐訏熱」終成一空。也由此可見，徐訏終於不是張愛玲、錢鍾書，後二者有被人附風雅之便捷，而前者則高而毫無攀附之處，終成和寡。本書試圖通過對徐訏的「詩、小說、戲劇、散文」等各種文體的寫作盡最大可能的文本分析基礎上，努力以接近客觀的眼光來重新評定徐訏的文學史地位。最終，筆者以爲，徐訏思想深沉，造詣孤高，創作上全面出擊，是一位少見的全才作家，而其詩與小說尤爲上乘，無論質與量上，都可睥睨百代。他一生著述驚人，達兩千餘萬言，橫跨「哲學、藝術、美學、心理學、經濟學、社會學」等眾多領域。當 20 世紀中國文學陷於「凋零」與「停滯」的低谷，正是他以百轉千回的別樣格調劃破了黯淡的文壇。他的綺豔的色澤，不僅豐富了中國文學的花圃，也使世界文學的天空多出一道瑰麗的虹彩。亦如西方漢學家白佐良與帕里斯特萊所言，他在二十世紀中國作家中穩固地居於領先地位。

江蘇省社科基金一般項目
「中國當代文學批評的歷史化與國際化問題研究」
（項目編號：17ZWB004）

在民國史料中重新發現現代文學
——《民國文化與文學研究文叢》第十輯引言

李　怡

研究中國現代文學需要有更大的文學的視野，也就是說，能夠成為「文學研究」關注的對象應該更為充分和廣泛，甚至是更多的「文學之外」的色彩斑斕的各種文字現象「大文學」現象需要的是更廣闊的史料，是為「大史料」。如何才能發現「文學」之「大」，進而擴充我們的「史料」範圍呢？這就需要還原現代文學的歷史現場，在客觀的「民國」空間中容納各種現代、非現代的文學現象，這就叫做「在民國史料中重新發現攜帶文學」。

但是這樣一個結論卻可能讓人疑竇重重：文獻史料是一切學術工作的基礎，無論什麼時代、無論什麼國度，都理當如此。如果這是一個簡單的常識，那麼，我們這個判斷可能就有點奇怪了：為什麼要如此強調「在民國史料中發現」呢？其實，在這裡我們想強調的是：文獻史料的發掘、整理並不像表面上看去那麼簡單，並不是只需要冷靜、耐性和客觀就能夠獲得，它依然承受了意識形態的種種印記，文獻史料的發掘、運用同時也是一件具有特殊思想意味的工作。

對於現代文學學科而言，系統的文獻史料工作開始於 1980 年代以後，即所謂的「新時期」。沒有當時思想領域的撥亂反正，就不會有對大量現代文學現象的重新評價，就不會有對胡適等自由主義作家的「平反」，甚至也不會有對 1930 年代左翼文學的重新認識，中國社科院主持的「文學史史料彙編」工程更不復存在。而且，這樣的文獻史料的發掘整理也依然存在一個逐步展開的過程，其展開的速度、程度都取決於思想開放的速度和程度。例如在一開

始，我們對文學史的思想認識和歷史描述中出現了「主流」說——當然是將左翼文學的發生發展視作不容置疑的「主流」，這樣一來至少比認定文學史只存在一種聲音要好：有「主流」就有「支流」，甚至還可以有「逆流」。這些「主」「次」之分無論多麼簡陋和經不起推敲，也都在事實上為多種文學現象的出場（即便是羞羞答答的出場）打開了通道。

即便如此，在二三十年前，要更充分地、更自由地呈現現代文學的史料也還是阻力重重。因為，更大的歷史認知框架首先規定了那個時代的社會性質：民國不是歷史進程的客觀時段，而是包含著鮮明的意識形態判斷的對象，更常見的稱謂是「舊中國」「舊社會」。在這樣一種認知框架下，百年來的中國文學發展史常常被描繪為一部你死我活的 「階級鬥爭史」，是「新中國」戰勝「民國」的歷史，也是「黨的」「人民的」「正義」的力量不斷戰勝「封建的」「反動的」「腐朽的」力量的歷史。

這樣的歷史認知框架產生了 1980 年代的「三流」文學——「主流」「支流」和「逆流」。當然，我們能夠讀到的主要是「主流」的史料，能夠理所當然進入討論話題的也屬於「主流文學現象」——就是在今天，也依然通過對「歷史進步方向」「新文學主潮」的種種認定不斷圈定了文獻史料的發現領域，影響著我們文獻整理的態度和視野。例如因為確立了「五四」新文學的「方向」，一切偏離這一方向的文學走向和文化傾向都飽受質疑，在很長一段時期中難以獲得足夠充分的重視：接近國民黨官方的文學潮流如此，保守主義的文學如此，市民通俗文學如此，舊體詩詞更是如此。甚至對一些文體發展史的描述也遵循這一模式。例如我們的認知框架一旦認定從《嘗試集》到《女神》再到「新月派」「現代派」以及「中國新詩派」就是現代新詩的發展軌跡，那麼，游離於這一線索之外的可能數量更多的新詩文本包括詩人本身就可能遭遇被忽視、被淹沒的命運，無法進入文獻研究的視野，例如稍稍晚於《嘗試集》的葉伯和的《詩歌集》，以及創作數量眾多卻被小說家身份所遮蔽的詩人徐舒。再比如小說史領域，因為我們將魯迅的《狂人日記》判定為「現代第一篇白話小說」，就根本不再顧及四川作家李劼人早在 1918 年之前就發表過白話小說的事實。

同樣的情況也出現在文學思潮的認定框架中。過去的文學史研究是將抗戰文學的中心與主流定位於抗日救亡，這樣，出現在當時的許多豐富而複雜的文學現象就只有備受冷落了。長期以來，我們重視的就僅僅是抗戰歌謠、「歷

史劇」等等，描述的中心也是重慶的「進步作家」。西南聯大位居抗戰「邊緣」的昆明，自然就不受重視。即便是抗戰陪都的重慶，也僅僅以「文協」或接近中國共產黨的作家爲中心。近年來，隨著這些抗戰文學認知的逐步更新，西南聯大的文學活動才引起了相當的關注，而重慶文壇在抗戰歷史劇之外的、處於「邊緣」的如北碚復旦大學等的文學活動也開始成爲碩士甚至博士論文的選題。這無疑得益於學術界在觀念上的重大變化：從「一切爲了抗戰」到「抗戰爲了人」的重大變化。文學作爲關注人類精神生活的重要方式，最有價值的恰恰是它能夠記錄和展示人在不同生存境遇中的心靈變化。

在我看來，能夠引起文學史認知框架重要突破的原因就在於我們的現代文學史觀正越來越回到對國家歷史情態的尊重，同時解構過去那種以政黨爲中心的歷史評價體系。而推動這種觀念革新的，就是現代文學研究的「民國視野」的出現。中國現代文學發生於民國，與民國的體制有關，與民國的社會環境有關，與民國的精神氛圍有關，也與民國本身的歷史命運有關。這本來是個簡單的事實，但是對於習慣於二元對立鬥爭邏輯的我們來說，卻意味著一種歷史框架的大解構和大重建——只有當作爲歷史概念的「民國」能夠「祛除」意識形態色彩、成爲歷史描述的時間定位與背景呈現之時，現代歷史（包括文學史）最豐富多彩的景象才眞正凸顯了出來。

最近 10 來年，現代文學研究出現了對「民國」的重視，「民國文學史」「民國史視角」「民國機制」「民國性」等研究方法漸次提出，有力地推動了學術的發展。正是在這樣的新的思想方法的啓迪下，我們才眞正突破了新中國／舊中國的對立認知，發現了現代文學的廣闊天地：中國文學的歷史性巨變出現在清末民初，此時的中國開始步入了「現代」，一個全新的歷史空間得以打開。在這個新的歷史空間中，伴隨著文化交融、體制變革以及近代知識分子的艱苦求索，中國文學的樣式、構成和格局都發生了巨大的變化。具體而言，就是在「民國」之中發生著前所未有的嬗變——雖然錢基博說當時的某些前朝遺民不認「民國」，自己在無奈中啓用了文學的「現代」之名，但事實上，視「民國乃敵國」的文化人畢竟稀少——中國的「現代」之路就是因爲有了「民國」的旗幟才光明正大地開闢出來。大多數的「現代」作家還是願意將自己的夢想寄託在這樣一個「人民之國」——民國，並且在如此的「新中國」中積累自己的「現代」經驗。中國的「現代經驗」孕育於「民國」，或者說「民國」開啓了中國人眞正的「現代」經驗「新中國」與「民國」原本

不是對立的意義，自清末以降，如何建構起一個「人民之國」的「新中國」就是幾代民族先賢與新知識階層的強烈願望。可惜的是，在現實的「新中國」建立之後，為了清算歷史的舊賬，在批判民國腐朽政權的同時，我們來不及為曾經光榮的「民國理想」留下一席之地。久而久之「民國」就等同於「民國政府」，「民國」的記憶幾乎完全被北洋軍閥、國民黨反動派所淤塞，恰恰其中最值得珍惜的部分──民國文化被一再排除。殊不知，後者也包含了中國共產黨及許多進步文化力量的努力和奮鬥。當「民國文化」不能獲得必要的尊重，現代中國文學（文化）的遺產實際上也就被大大簡化了。

民國時期的中國文學也是民國文化當然的組成部分，當文化的記憶被簡化甚至刪除，那麼其中的文學的史料與文獻也就屈指可數了。在今天，在今後，現代文學文獻史料的進一步發掘整理，就有必要正視民國歷史的豐富與複雜，在祛除意識形態干擾的前提下將歷史交還給歷史自己。

嚴格說來，我們也是這些民國文獻搜集整理的見證人。民國文獻，是中華民族自古代轉向現代的精神歷程的最重要的記錄。但是，歲月流逝，政治變動，都一再使這些珍貴的文獻面臨散失、淹沒的命運，如何更及時地搜集、整理、出版這些珍貴的財富，越來越顯得刻不容緩！十五年前，我在重慶張天授老先生家讀到大量的民國珍品，張先生是重慶復旦大學的畢業生，收藏多種抗戰時期文學期刊和文學出版物。十五年之後，張老先生已經不在人世，大量珍品不知所終。三年前，我和張堂錡教授一起拜訪了臺灣政治大學的名譽教授尉天聰先生，在他家翻閱整套的《赤光》雜誌。《赤光》是中國共產黨旅法支部的機關刊物，由周恩來與當時的領導人任卓宣負責，鄧小平親自刻印鋼板，這幾位參與者的大名已經足以說明《赤光》的歷史價值了。三年後的今天，激情四溢的尉先生已經因為車禍失去行動能力，再也不能親臨研討現場為大家展示他的珍藏了。作為歷史文物的見證人，更悲哀的可能還在於，我們或許同時也會成為這些歷史即將消失的見證人！如果我們這一代人還不能為這些文獻的保存、出版做出切實的努力，那麼，這段文化歷史的文獻就可能最後消失。為了搜求、保存現代文學文獻，還有許許多多的學人節衣縮食，竭盡所能，將自己原本狹小的蝸居改造成了歷史的檔案館，文獻史料在客廳、臥室甚至過道堆積如山。中國社科院文學所的劉福春教授可謂中國新詩收藏第一人，這「第一人」的位置卻凝聚了他無數的付出，其中充滿了一位歷史保存人的種種辛酸：他每天都不得不在文獻的過道中側身穿行，他的

家人從大人到小孩每一位都被書砸傷劃傷過！民國歷史文獻不僅銘記在我們的思想中，也直接在我們的身體上留下了斑斑印痕！

由此一來，好像更是證明了這些民國文獻的珍貴性，證明了這些文獻收藏的特殊意義。在我們看來，其中所包含的還是一代代文學的創造者、一代代文獻的收藏人的誠摯和理想。在一個理想不斷喪失的時代，我們如果能夠小心地呵護這些歷史記憶，並將這樣的記憶轉化成我們自己的記憶，那就是文學之福音，也是歷史之福音。

民國時期的中國文學是色彩、品種、形態都無比豐富的 「大文學」。「大文學」就理所當然地需要「大史料」——無限廣闊的史料範圍，沒有禁區的文獻收藏，堅持不懈的研究整理。這既需要觀念的更新，也需要來自社會多個階層——學術界、出版界、讀書界、收藏界——的共同的理想和情懷。

2018 年 6 月 28 日於成都

目

次

緒　論

　　一個作家過於寬闊，也許並不是件好事。這正如一條河過於長，一頭象過於大，人們在評價他們時就常常只及其某一部分。但是，文學史對一個作家的評定，不應該只看他在某一方面的成就，而應該是綜合他全部的實績。

　　在新文學史上，徐訏正是這樣一位顯得過大的「象」。甚至，連司馬長風這樣才氣縱橫的文學史大家也對徐訏之「大」心生畏懼：

> 　　我的書架上，有一整格擺著徐訏的作品，那只是一小部分，但是少也有四百萬字！研究魯迅容易，他只有幾十本小小薄薄的作品；研究徐訏沒有這麼容易，你走進他的作品，那是漫長的路，何止萬水千山！〔註1〕

　　正因爲如此，徐訏在很多方面的成就都只是單獨地被談論與評價，迄今，終於沒有一個綜合的評定。顯然，這非常不公地影響了徐訏在新文學史上地位的確立。

　　一般認爲，現代文學研究應該採取與古代文學研究相近的方法，因爲許多觀點都已成定評，新進的研究通常只剩下新的史料挖掘與細微之處的發現等不多的餘地。這當然是現代文學研究的最終方向。不過，徐訏雖成名於現代，《鬼戀》、《風蕭蕭》也算其重要的代表作，但他一生創作歷程之更重要部分卻是分佈在當下文學史分段之當代部分。徐訏1950年南下香港，直到1980年去世，這是整整三十年的創作生涯，而且是其更成熟與有更深境界的時期，此間，《江湖行》、《彼岸》、《時與光》、《悲慘的世紀》四部不同走向的成熟長篇問世，且不論他還留下數量巨大的戲劇、詩歌、散文、小品、筆記、文藝

<hr>

〔註1〕司馬長風：《〈彼岸〉──哲思的絮語》，《星島日報》1976年6月20日。

論著等。那麼徐訏研究就不應單一地使用研究現代文學的方法。因爲，即使有所謂定評，也應該是針對徐訏三四十年代的作品，那麼對於能代表其最高創作水準的 50 年代後的作品，應如何評價，是否應採用當代文學研究的方法，是值得思考的。如果這樣來看，那麼現有的很多對徐訏的評價就不應視爲嚴格學術意義上的文學史定評，而只是一種文學批評。

同時，後期的徐訏雖居於香港，卻也不能以地域的局限來類分徐訏爲港臺作家，他是現代文史上有大視野，並經歷了從現代到當代，從內地到港臺、南洋橫跨多個地域的具世界眼光的作家。所以，在評價徐訏時，即要把徐訏放在 20 世紀中國文學史的整體格局中，也要結合同時期世界文學的潮流與標準。陳旋波在其論著《時與光──20 世紀中國文學史格局中的徐訏》中這樣描述徐訏特殊的文學身份：

> 徐訏漫長的文學生涯使他參與或見證了從 30 年代到 70 年代的現代中國文學運動，從 30 年代的左翼文學、新感覺派和京派，到 40 年代的抗戰文藝、生命體驗文學和雅俗融合作品，一直到香港時期的反共「綠背文學」、鄉愁小說、現代主義乃至「反思文學」，其複雜多變的文學經歷蘊含著 20 世紀中國文學豐富的時間信息；徐訏曲折的漂泊歷程使他跨越了諸多文學地域板塊，從國統區、上海「孤島」、重慶，一直到香港，其繁複錯綜的文學選擇同時也蘊含著 20 世紀中國文學豐富的空間信息。徐訏無疑可成爲 20 世紀中國文學史整合的一個生動而有效的個案。〔註2〕

跨現代與當代兩個時段的作家雖不止徐訏一人，如茅盾、郭沫若、沈從文、曹禺、艾青、巴金、老舍等，但他們與徐訏不同的地方是，他們在進入當代以後的創作水準基本呈整體下滑的趨勢，這已是公認的定評。但徐訏卻是恰恰相反，他的更重要的，代表他最高成就的著作都是在 50 年代之後寫成，小說如上文所言之《江湖行》、《彼岸》、《時與光》、《悲慘的世紀》等，詩作如《時間的去處》、《原野的呼聲》、《無題的問句》等集，論著如《現代中國文學過眼錄》、《三邊文學》等，散文筆記如《魔鬼的神話》等。所以，對徐訏文學成就的評價就不能與曹禺、艾青等人一樣，以其現代時期的文學成就爲標準。

〔註 2〕陳旋波：《時與光──20 世紀中國文學史格局中的徐訏》，百花洲文藝出版社2004 年版，第 10 頁。

　　此外，對徐訏的研究，向來以小說爲重鎮，不能說對徐訏的散文小品、詩歌、戲劇、筆記、文學批評、理論著述等沒有什麼涉及，但顯然與其小說比較是非常薄弱的。然而，徐訏在詩歌、散文小品、戲劇、理論著述等上面取得的成就其實並不比他的小說低，很多研究者〔註3〕甚至更推崇他的詩歌與理論著述，認爲他在詩與理論著述的成就上爲最高。並且，這些研究，基本上是單獨進行的，沒有綜合徐訏所有創作來進行一個文體間比較與互證的橫向整體研究。但這對徐訏的文學史評價卻是有著特別的意義。因爲徐訏在文體上有特殊的「潔癖」，他對小說的偏愛，使他對政治、階級、國家、民族、戰爭等離時代主潮過近的可能損害到小說之「美」的題材與思想難有充足的表達，但是，他把這些響應時代主潮的情感與思想卻都放進了他另外文體的作品中進行表達，而不是像很多人認爲的那樣，他只是一個編製傳奇故事，於民族、國家、抗戰「無益」的「戀愛小說家」。比如，他的大量詩歌、戲劇都直接寫到政治與民族，戰爭與階級，而他在散文中更直接表達他對時政的省察，對民族的熱望，對文化與國民性的深刻反思。他並不是一個遠離主潮的浪漫唯美派作家，這一特徵只是他小說風格上比較突出的一點而已，何況，他後期的小說中，這一特徵已大大減弱，而對現實與民族則有更多的表現，比如其五六十年代的「野心」之作《江湖行》。

　　所以，即使單純以「爲人生」的干預現實的文學史觀來衡量徐訏，他在文學史上的地位也絕不應是當下這樣。所以，本書希望能通過對徐訏一生中所寫的全部作品給以一個全貌式的探看，在整體上還徐訏一個接近客觀的完整的文學史形象。從而有可能對徐訏在中國新文學史上地位的重新確立提供一點有價值的參照。

　　但是，正因爲徐訏所涉過於寬闊，這給全貌研究帶來的困難可想而知。並且，限於個人能力與精力，顧及到「全」，必然影響到「深」的掘進。但是，爲了能描畫出一個徐訏這樣過於龐大的「象」，犧牲了細小的深入，也再所難免，並且，本書的基本目的也正在能提供一個整體的宏觀俯瞰。

　　對於研究者，研究對象的價值是會影響到研究本身的價值。但本書絕無有意誇大與抬高自己的研究對象價值之意。但是，徐訏著作等身，一生中留下兩千多萬字的著述，他的思想、藝術涉及到方方面面，他研究哲學、心理學、美學、社會學、經濟學，他寫詩，寫劇本，寫小說，寫小品文，寫學術

〔註 3〕廖文傑、余冠漢、孫觀漢等都持這種觀點。

著作，如果我們對照魯迅、老舍、巴金、茅盾、林語堂、沈從文在文學史上地位的確立標準來看，他哪一方面都有不弱的表現，這些，卻也都是不爭的事實。所以，對徐訏長期以來近乎銷聲文壇的遭際，向來爲徐訏研究者們所難以釋懷。這也是很多其他文學研究中所沒有的一個特別的現象。因此，本書也探討了這一現象產生的原因，並嘗試盡最大可能接近客觀地重新評估徐訏在中國新文學史上的地位。

關於徐訏在文學史上始終得不到足夠重視的原因，許多研究者都有過分析，比如司馬長風在《徐訏及其〈街邊文學〉》中這樣說：

自從 1918 年中國新文學誕生以來，其發展可分爲五個時期：（一）是誕生期：1918～1921；（二）是成長期：1921～1927；（三）是收穫期和異變期：1927～1936；（四）是凋零期：1937～1949；（五）是停滯期：1949～。今天海外讀者所熟悉和所推崇的作家，多半是在（一）、（二）、（三）時期成名的作家；有如誕生期間成名的周作人和魯迅，成長期露頭角的朱自清、沈從文、郁達夫，收穫期活躍的曹禺、老舍、巴金等。這些人的重要作品，都在抗日戰爭之前出版面世，因此得到廣大的流傳與欣賞。可是第四時期，即凋零期，正值抗日戰爭與國內戰爭，舉國動亂如沸，文學刊物多已停刊，文學作品單行本之出版幾成絕響，全國人民顛沛流離，已沒有興趣和閒暇關心文學；因此在這個期間閃耀文采的作家，就沒有機會受廣大讀者的注意，自然得不到公平的鑒賞，而且作品之出版也極爲困難。徐訏雖在抗戰前的上海以中篇小說《鬼戀》成名，但其創作旺盛時期，則正是在抗戰期間，長篇小說《風蕭蕭》可爲其代表作品。

直到今天徐氏作品未得到應得的評價，我想這是主要原因。〔註4〕

司馬長風這篇文章寫於 1973 年，他主要分析了徐訏作品在大陸與臺港在 70 年代及以前不被重視的原因。他認爲徐訏錯過了成爲中國新文學史上一流大作家的時期，加上陰差陽錯的政治文化錯位，使徐訏在以後不管怎樣努力於創作，取得怎樣的創作實績，都沒能改變他被邊緣化的地位。也許有鑑於

〔註4〕詳見司馬長風：《徐訏及其〈街邊文學〉》，《中華月報》1973 年 12 月，第 68 頁。司馬長風認爲，在抗戰和內戰期間，徐氏沒能得到足夠的重視，是因戰爭肆虐；1949 年以後則因政治禁忌，以及海外文壇的荒涼。如此這般，對造詣孤高的徐氏作品，欣賞的人也就不會太多。

此，司馬長風獨排眾議，在其《中國新文學史》中竟將徐訏成就列在郭沫若、巴金、茅盾、老舍之上，其見解如此冒犯學界，後遭人嘲笑自是必然。

下面略敘徐訏研究現狀。三四十年代，徐訏的作品即產生相當影響，那時是徐訏的全盛時期，《鬼戀》、《風蕭蕭》的評介此起彼伏。這些研究基本集中在當時的期刊、報紙上，如《微波》、《文匯報》、《大公報》等。

50年代後，港臺、海外的徐訏研究起步早，並且有名家力作。比如司馬長風、劉以鬯、曹聚仁、李輝英、夏志清等都有對徐訏其人及作品的評介。臺港的徐訏研究涉及到方方面面，包括徐訏的詩歌、小說、戲劇、散文、筆記、文藝批評以及作家生平等等。因徐訏居於香港，且常往返於港臺之間，很多接觸到徐訏的同仁、學生、友朋都有能得到第一手資料的便利，所以，一些徐訏研究的奠基工作基本都由他們完成。比如余冠漢、廖文傑等對徐訏資料的搜集整理工作，對徐訏研究有極大推動作用。

國內的徐訏研究基本是在80年代後慢慢興起。目前已有一定規模。各高校中的碩士、博士論文中徐訏專論已有數十篇。且有幾位影響力較大的學者參與過徐訏的研究工作，比如嚴家炎、吳福輝、孔範今、袁良駿、吳義勤等。

研究徐訏的專著，基本都是側重於徐訏的某一方面。比如香港作家王璞的《一個孤獨的講故事人──徐訏小說研究》是限於徐訏的小說部分；而復旦大學袁堅的博士學位論文《論徐訏30～40年代的小說創作》則更在徐訏的小說之中將範圍內縮小到三、四十年代；陳旋波的《時與光──20世紀中國文學史格局中的徐訏》雖有在20世紀整體格局中重建徐訏文學史地位的眼光，但他卻將寫作的重心全部放在徐訏的小說部分，而對確立徐訏文學史地位同樣有重要意義的徐訏的詩、戲劇、散文、小品、筆記、文藝批評與學術論著部分，卻幾乎沒有涉及。吳義勤的《漂泊的都市之魂──徐訏論》雖屬作家綜論，但對徐訏不同文體的作品缺少橫向的互證研究，並顯得過於浮光掠影，很多問題都一筆帶過。而吳義勤、王素霞的《我心彷徨──徐訏傳》雖標榜為傳記著作，但全書多以徐訏的散文、小說為根據敷衍而成，將徐訏小說中的虛構情節直接轉述成徐訏經歷處頗多，且有幾處直接將港臺作家寫徐訏的有關文字納為己有，轉用相關說法之時也缺少嚴肅的考證，而致使一些人云亦云的不實謠言誤傳的範圍擴大到不可挽回。實在說，《我心彷徨──徐訏傳》一書語言矯飾造作，乃七拼八湊之作，且錯漏頻出，實非嚴謹的學

術著作；且所寫的徐訏只突出其風流多情的一面，而將其新文學大家的眞正風神遺失殆盡，非有意張大其辭，因此書對徐訏研究之貽害實已超過其價值本身，遂不能不特別指出。

專論徐訏的博士學位論文在 2008 年之後瞬間激增，截止 2012 年已有四篇，分別是山東大學佟金丹的《徐訏小說創作的文化心理》〔註5〕，華中師範大學余禮鳳的《雅俗之間：徐訏小說論》〔註6〕，暨南大學王暉的《徐訏創作的審美距離探幽》〔註7〕，南京師範大學金鳳的《徐訏小說的詩性品格研究》〔註8〕。這四篇論文有三篇落墨於徐訏的小說研究，可說在不同方向上各有不同程度的挖掘；另外一篇，王暉的《徐訏創作的審美距離探幽》角度略爲新異，其從徐訏的藝術氣質出發，分析了徐訏的小說與戲劇在審美距離的製造上的用力，並試圖以超功利的文藝觀重新衡量徐訏的文學史地位。雲南藝術學院尹德勝的《徐訏劇作論》爲目前唯一專論徐訏戲劇的碩士學位論文，對徐訏的戲劇創作有比較系統全面的分析，但與九十年代盤劍專論徐訏劇作的兩篇論文〔註9〕相比深度不及。

近年來，專著以外，徐訏作品評論文章可說數量甚巨，但大陸尚無輯錄成集的徐訏作品評論文集出版；在香港，2009 年寒山碧編著的《徐訏作品評論集》由香港文學研究出版社出版，內收港臺評論徐訏作品的重要文章，對徐訏研究頗有價值。徐訏 1980 年離世之時，香港浸會學院中國語文學會曾出版一本《徐訏紀念文集》，稍後臺北爾雅出版社也出版了一本《徐訏二三事》，這兩本紀念文集可說是研究徐訏生平最重要的兩個窗口。

在眾多喜歡徐訏的讀者與研究者中，廖文傑可謂頗能解徐訏作品的眞諦。他在徐訏逝世後曾先後多次著文懷念徐訏，並將自己不同時期發表於各報刊談及徐訏的作品輯錄成集，自印成書（《在臺北重慶南路正中書局尋覓徐訏全集——憶念徐訏先生詩・文集》），在熱愛徐訏的朋友、讀者之間傳閱。在筆者看來，這些文字雖帶著濃烈的感情，但其中之洞見，也泛著理性的光

〔註5〕佟金丹的論文注重對徐訏小說文化心理的解讀，結文時間爲 2008 年 5 月。

〔註6〕余禮鳳的論文主要從徐訏小說的「雅俗」品格上入手，企圖從中發現重建徐訏文學史地位的支撐，結文時間爲 2011 年 3 月。

〔註7〕王暉的論文從審美距離的控制角度解讀徐訏的小說與戲劇理論及創作，爲較有創新的一部觸及到徐訏創作心理的專論，結文時間爲 2011 年 12 月。

〔註8〕金鳳的論文主要分析了徐訏小說的詩化特徵，結文時間爲 2012 年 5 月。

〔註9〕盤劍的兩篇論文分別是《論徐訏的詩化之劇》與《學者之劇：徐訏戲劇創作的獨特風格》。

芒，他對徐訏作品的解讀，絕不止是一個熱愛徐訏的一般讀者，而要超過一些著名的作家、學者。他曾在《寄徐訏先生在天之靈》一文中說：

> 談論徐訏的，大多數總會想起他的小說，自己卻有一個相反的意見，以為在他的著作中，思想論述作品的成就最特出，新詩次之，第三才是小說。將徐先生的小說作品排列第三，並無意菲薄他在小說創作方面的成就，只是我以為，他在文學理論及新詩方面的作品，比小說更特出，更令人讀後難忘罷了。其實自己對徐先生的創作無疑十分喜愛，初讀他的作品，也是從小說創作開始。〔註10〕

廖文傑對徐訏的詩與文藝理論作品的推崇，獨排眾議，這雖屬於他個人的看法，但也給我們一個提示，徐訏的詩、文藝理論水準是有相當高度的。而這一部分，卻是以往徐訏研究中最薄弱，甚至被忽視的地方。本書在研究徐訏全貌時，也有意凸顯對這一以往薄弱環節的用力。遂將「徐訏詩論」放在第一章的位置，以示其重。

〔註10〕廖文傑：《寄徐訏先生在天之靈》，《臺北重慶南路正中書局尋覓徐訏全集——憶念徐訏先生詩・文集》，廖文傑自印 2003 年，第 49～51 頁。該文曾刊於《展望》1980 年 12 月第 462 期；亦收於《徐訏紀念文集》。

第一章　徐訏詩論：借火燃燈待新綠

　　徐訏首先是一個詩人。而且是一個研究哲學出身的哲理詩人。他的這種詩人氣質貫穿在他其他所有文類的作品之中。但徐訏也是現代文學史上寫詩極多而為人知道得最少的作家之一。他出版過的詩集主要有：《借火集》、《燈籠集》、《鞭痕集》、《待綠集》、《進香集》、《輪迴》、《時間的去處》、《原野的呼聲》、《無題的問句》（逝世後補遺）等。徐訏詩的創作一直持續到晚年，有一部分生前沒能發表，逝世後才得以面世。

　　孫觀漢曾這樣評價徐訏的詩：

> 　　關於中國的詩，我時常感到，從詩經到清末，二、三千年來，經過許多絕世的天才來發展，已到了登峰造極的地步，要想做好的舊詩，已是難上加難。徐訏先生能逃出舊詩的規律，運用他對文字的天才和技巧，他詩中的文字看起來是那麼的順利和自然，自創一種新的和美的格調。在我的心中，徐訏先生是二十世紀中國最偉大的新詩人，這種看法，當然會有許多人不同意。尤其是學院派的詩人和學者……無論如何，我的觀點，是二十年來，出自心中的觀感。〔註1〕

　　林語堂對徐訏「潔淨、猝脆、自然」的詩風也格外青睞。他曾在美國國會圖書館作過一次題為《五四以來的中國文學》的講演，在那次講演中他批評一般新詩的粗糙和缺乏音節，同時指出：「徐訏是一個例外。他的詩句鏗鏘成章，非常自然。」〔註2〕

〔註1〕孫觀漢：《應悔未曾重相見——懷念徐訏先生》，陳乃欣等著《徐訏二三事》，臺北爾雅出版社1980年版，第198、199頁。

〔註2〕林語堂：《五四以來的文學》，胡祖文編譯《大陸的文壇與文人》，香港正文出版社1964年版，第12、13頁。

徐訏本人對其詩也是情有獨鍾，自愛頗深，在他四十歲出版《四十詩綜》的時候，他一反往昔的神秘感，要把他最真實的一面翻給人看：

> 它忠實地記錄我整整二十年顛簸的生命，坦白地揭露我前後二十年演變的胸懷，沒有剪斷，沒有隱藏。所有過去我無依的愛與無憑的恨，低低的夢與淡淡的哀怨，以及我原始的清澈的靈魂之希望與懷疑，追求與幻滅，使我像在鏡子裏看到自己的面目一樣的清楚。我看到使我現在臉紅的缺點，看到使我永遠懺悔的過錯，還使我看到我生命中傷痕的來源與被誤會的因素。我有帶狂的勇敢，帶羞的怯懦，不寧的自卑與永掛著寂寞的自尊，但是我有一顆忠實的心。我相信這些詩就是憑我忠實的心與原始的清澈的靈魂寫下來的。因此它可以成為我自己的鏡子。〔註3〕

他這少有人見到的心底的衷曲，浸著斑駁的自傷的淚水，都是最令人動容的吐訴。而在大約又過去了三十年以後，他在《原野的呼聲》出版後記裏，又再一次近乎重複地申明了他對自己詩的態度：

> 這些詩作，不用說，同我別的作品一樣，都反映我生命在這些年來的感受，而詩作似乎更直接流露了我脆弱的心靈在艱難的人生中的歎息呻吟與呼喚。其中自然也記錄著我在掙扎中理智與感情的衝突，得與失的遞迭，希望與失望的變幻以及追求與幻滅的交替，我相信每一個生命都有它愛的執著與對於自由的嚮往，如果我所抒寫的能喚起這個時代中一些朋友的共鳴，那麼也就不失我出版這本書的意義了。〔註4〕

對於徐訏來說，與他的小說、散文、雜文、筆記、文藝批評等體裁相比，「詩」的確是離他內心最近，最沒有曲折地將他所思、所感、委屈、痛楚盡數覆在那文字的底下。這也可作為徐訏詩風格的概括，他很少刻意於技巧，很少用象徵與曲折的隱喻，他會直接寫下某種精神的哲思，也會將內心的委屈不遮地宣洩，他也經常寫下繁複的意象來寄寓他某種情感，但絕不難懂，絕不有晦澀的雲霧，這通常與他小說的神秘、奇幻、遠離他現實生活的格調不同。但是，這並不是說徐訏的詩缺乏收束的內斂之美，是情感的濫泄，恰恰相反，

〔註3〕徐訏：《〈四十詩綜〉初版後記》，《徐訏文集》第 10 卷，上海三聯書店 2008年版，第 134 頁。
〔註4〕徐訏：《〈原野的呼聲〉後記》，臺北黎明文化事業公司 1977 年版。

徐訏的詩向來以情感的凝重而為人所稱道〔註5〕。這也是徐訏詩的又一深刻矛盾著的特徵，徐訏極善將兩種矛盾著的對立面收束成詩的張力。譬如，他在《新春》中這樣寫他矛盾的內心，這對話的矛盾，也正製造著詩句的張力：

　　　我說我們這一代不會再有春天，／你說我忘去了現實就會有春意，／我說我始終沒有看到世界，／你說我不會在心中創造天地。〔註6〕

你說我說，代表著兩個矛盾的內心，樂觀的、相信愛、相信希望的「我」要說服另一個悲觀的、絕望的、看透世界的「我」，要「我」造一個虛幻的內心世界來與這外在的世界抗衡。

對時間本質的表現，永遠是所有詩人最終的去處。《死去》在淡淡的感傷中表達了個體生命與周圍空間的寄存關係。徐訏看到生命在消失時靜悄悄的方式，以及，生命個體與他人的時間並不一致的綜錯。此詩深刻地表達了他對生命與時間關係的思考：時間是生命個體的感受，空間也是生命個體的感受，離開了生命個體，時空的存在是無法描述的。時間對每個生命來說就像一個一個被隔開的封閉的包廂，它是單獨運行的，只有這個包廂裏的生命真實地感覺到它。所以，生命在時間面前永遠是孤獨的。它不知道它以外的生命那裡，時間是怎樣快與慢地走過：

　　　假如我今夜平靜地死去，／我灰色的窗外仍有鳥鳴，／樓下仍會有找我的電話，／門前也還有訪我的人影。／／假如我今夜安詳地死去，／舟車間仍寄著我的書信，／遠地的朋友接到我的信息，仍會信我在期待他們回音。〔註7〕

以及「在他臨終時，／請到了牧師神父，／問他有什麼應該懺悔？／他說：八十年中，／父母騙他二十年，／師友騙他二十年，／書籍報刊騙他二十年，／在最終二十年中，／他天天自己騙自己。」〔註8〕這裡，徐訏表達了對這樣一種人生的反思與覺醒：是，對人世的認清，對道德的認清，對知識的認清，對信仰的認清，對文藝的認清，對愛情的認清，以及對生命本質的認清。這是十分清醒的悲觀的人生形象。

〔註5〕早在徐訏北大讀書期間，即有楊炳辰稱讚徐訏的詩，認為在情感上，徐訏要比徐志摩凝重。
〔註6〕徐訏：《新春》，《徐訏文集》第15卷，上海三聯書店2008年版，第4頁。
〔註7〕徐訏：《死去》，《徐訏文集》第15卷，上海三聯書店2008年版，第14頁。
〔註8〕徐訏：《傳記》，《徐訏文集》第15集，上海三聯書店2008年版，第18頁。

不過，對徐訏詩評價極高的只有林語堂、孫觀漢、廖文傑等少數幾人，更多的人是對徐訏的詩並不瞭解，而臺灣現代派詩人對徐訏的詩卻有極低的貶抑。然而，終於時過境遷，當時因流派分歧、文壇恩怨而起的情緒的迷霧終於也在慢慢散去，我們作為後觀的研究者，也終於可以對徐訏的詩做比較客觀的評價。但怎樣評價徐訏的詩才能最接近真實的客觀本身，這當然不是一件容易的事。要做出令人信服的判斷，除對徐訏的詩有切近他靈魂的感察，能看到他獨特的詩風裏那特有的色澤，當然還要把徐訏放在整個新詩發展變化的格局中來看，只有這樣，我們才能以史的眼光與高度來評價徐訏對新詩的貢獻，才能客觀地確立他在新詩史上的地位。

第一節　蔚冰冷的思想成詩的虹彩

一、哲思的井水澆灌出的詩意之花

司馬長風評價徐訏《彼岸》的一句話，綺豔而俊絕，大概可以概括徐訏所有作品的風神——

> 「思想是冰冷的，不夠冰冷便不能結晶為思想；文學是熱烈的，不夠熱烈便不能蒸餾昇華。《彼岸》這本書，把冰冷的思想晶體，蔚成燦爛的彩虹，這需要卓絕的功力和魄力。」〔註9〕

能將「冰冷的思想」蔚成「燦爛的虹彩」，這是徐訏最攝人的本領。他一生所寫作品無不透放的別樣格調也正出於此間。

徐訏曾在北京大學、巴黎大學專修哲學，並曾一度努力自拔於文壇而他適，雖終未掙脫文學的束收，但這一經驗卻使他獲得一般詩人難以企及的抽象思維與思辨的能力。而這，也使徐訏的小說、詩歌、戲劇創作都不能不印上他這一哲學科班出身的印痕。但他有神奇的能力可以化去那哲學的艱澀而留存了它深邃的詩意。這也是徐訏詩情感凝重的一個原因，因為他將內心的情感收束在哲思的深度裏，所以，這使他的詩自然有一種徐志摩的詩所沒有的重量。徐志摩是以輕靈取勝，徐訏則是凝重中有一種潔淨的幽遠。

譬如《認識》：

〔註 9〕司馬長風：《〈彼岸〉——哲思的絮語》，《星島日報》1976 年 6 月 20 日。

我要先帶你到浩闊的天庭，／看輝煌的太陽，幽靜的月亮，／還有天空／每一顆顆星星，／裏面都藏著不同的光亮。／／再來請你看白雲藍霓與紅霞，／參觀飛電的形成／與虹兒的生成，／還有稀奇的雪花斑斕的結晶，／與五彩的水汽，雨珠的醞釀。……等你看懂了這些，／請你再認識我的靈魂……它支持一個不安的生命，／真誠地向美，向善，向真，／向著遙遠飄渺的你，／憑想像創造點化奉獻與犧牲。〔註10〕

斑斕如花、燦若彩霞的意象群與靈動的韻律構成「三唱一歎」的節奏，如流水繞山，環復而出，四句一節，自遠而近，由大及小，從物質而入靈魂，一氣呵成，有深而令人歎息的哲思之美，也有節與節間頓挫轉接的節奏感帶給人的歌樂美。真是一首集意象繁複、哲思雋永、情感凝重於一體的上佳之作。

關於「詩」與「思」的關係，古今中外的詩論都有過深刻的探尋。當「詩」的某種具體的「形式」發展到極致，而新的「形式」還沒有形成之時，就會有在「詩」的內部趨向「非詩」的實驗，而在那時，則引「思」與「智」入詩便常常成為一些詩人的選擇。譬如中國的格律詩，在經過「唐詩」的極致發展之後，而這一形式還沒有發展到「五‧四」要被完全棄絕的時刻，則宋代詩人便大抵選擇了這一路徑。但這只是從「詩潮」的總體走向上來說，而在各個時代，也都有傾向於「思」與「智」的詩人寫出拔萃之作，雖這並不是「詩」的「主色」。從根本上說，「詩」無疑更產生於「情感」的「不能自抑」，正所謂「詩者，志之所之也，在心為志，發言為詩。情動於中而形於言，言之不足故嗟歎之，嗟歎之不足故永歌之，永歌之不足，不知手之舞之，足之蹈之也。情發於聲，聲成文謂之音。治世之音安以樂，其政和。亂世之音怨以怒，其政乖。亡國之音，哀以思，其民困。故正得失，動天地，感鬼神，莫近於詩。」〔註11〕自然，《毛詩大序》這段話之謂「音」正是「詩」中之「風骨」，而其「思」則接近「情感」層面，是為接引時代與社會的範疇。從根本上說，「思」本就產生於時代與社會，只是更抽象而已，當詩人要把那「冰冷」的「思」捺進其「詩」中，便需要一個「還原」的過程。一流的詩人，即使

〔註10〕　徐訏：《認識》，《徐訏文集》第 14 卷，上海三聯書店 2008 年版，第 231～
　　　　233 頁。
〔註11〕　《毛詩逐字索引》，商務印書館（香港）有限公司 1995 年版，第 1 頁。

寫「思」也一樣綺豔生輝，並不枯澀，則正是其「還原」的功力深湛，正如司馬長風讚歎徐訏能「把冰冷的思想晶體蔚成燦爛的彩虹」一樣。在閃耀這種色澤的詩人中，李商隱可說是最高的代表。他的詩迷離難解，意象斑斕，其間常彌漫著一種深邃的哲思的氤氳，是屬於有「冰冷的思想晶體」的一脈。但李商隱的詩又透放一種難以企及的迷茫的詩意，這卻是二三流「以智入詩」的詩人難望其項背的；筆者以為，穆旦的詩正是未臻此境的二流之作，所以難解自是都有，但「燦爛」的「詩的虹彩」卻不是兩個都放得出來。概因後者的功力有限，其「詩」的「火焰」非但沒有將「冰冷的思想晶體」燃成「燦爛的彩虹」，反而在其冰冷之下被迫得越來越小，最後終於熄滅而迷失在玩弄智性的迷宮裏。與穆旦相比，徐訏正是在這一點上勝之甚遠，他的《認識》，以及下文將分析的《變換中的蛻變》、《古典的夢想》等篇，在中國新詩史上，都堪稱拔萃之作，那是從「冰冷的思想晶體」中「迸射」出來的「詩的虹彩」。所以，在它們斑斕如花燦若雲霞的意象群裏，我們既能看見冰冷的綺豔，也能感到那「向美」、「向善」、「向真」的熱力。筆者以為，徐訏詩思想極高，遠非穆旦所能及，而後者的詩反而有被自己思想淹沒的跡象，其高下立判。

徐訏的詩雖在思想上攀援極高，但正如前文曾言及，他有神奇的能力可化去那思想的艱澀而留存它深邃的詩意。這其中之奧秘，筆者以為，除去徐訏天才的詩人氣質外（徐訏最本質的身份自然是詩人，他想像的俊絕，以及外冷內熱的性情無不指向於此），正是他極深的文字功力使然。徐訏長於運用各種風格的文字，可以說達到爐火純青的境界，對這一點，徐速、蕭輝楷都曾表示豔羨不已〔註12〕。而現代心理學則表明，文字是思維與想像的「翻譯」，所以，這終究歸為徐訏想像力的出類拔萃。司馬長風曾感歎地說，徐訏詩「辭藻之豐美，如天花繽紛，使人目亂神搖」〔註13〕，其正是在說徐訏的想像力斑斕如花，使人眼花繚亂。而這大概就是徐訏化去他思想艱澀的關鍵所在了，他是將極高的「思想」以俊絕的想像「翻譯」成五彩的「意象」，正如前面所引的《認識》，那「浩闊的天庭、輝煌的太陽、幽靜的月亮、白雲藍霓與紅霞、飛雹的形成、虹兒的生成、稀奇的雪花斑斕的結晶、五彩的水汽、雨珠的醞釀、燦爛的原野、雲有奇色風有異響、幽幽的溪水帶著清香」都是他「翻譯」成「意象」的「冰冷的思想晶體」，而其借助的正是他令人難以企及的「想像

〔註12〕參見徐速文《憶念徐訏》，與蕭輝楷的《天孫雲錦不容針》。
〔註13〕司馬長風：《中國新文學史》下卷，香港昭明出版社1983年版，第219頁。

機器」。即使在他那些說理最明顯的詩中，他也同樣驚人地保持住了從「想像」的「機器」裏一閃而出時所沾染上的可貴的「藝術」色澤，這在中外詩人中，非常罕見。譬如，被司馬長風明確指爲說理詩〔註14〕的《吻之歌》、《笑之歌》、《淚之歌》、《睡之歌》，實則皆爲收思想極高與意象豐沛於一身的拔萃之作：

　　有些吻兒甜如蜜，／有些吻兒苦如茶，／有些吻兒冷若冰，／有些吻兒熱如爐火。……有人給我帶淚的吻，／有人贈我永別的吻，／還有人贈過我感激的／嚴肅的誠實的誘惑的吻。／／但我還遭遇過驚心的吻，／吻梢上帶著深沉的微喟，／冒著最大的危難，／叫我爲它永常流淚。／／可是我寶貴的是含羞的吻，／唇角裏藏著低迷，／它打開我深鎖的靈魂，／提取我心中隱藏的神秘。／／它洗淨我過去的罪，／把我驕傲點化成高貴，／把我平庸的聰敏，／一瞬間點化成智慧。／／於是我會有勇氣，／臨死時接受如來的長吻，／它使我肉體在吻中消散，／長伴我上升的靈魂。〔註15〕

而徐訏晚年所寫之更凝重而有宇宙視域與宗教情懷的《變幻中的蛻變》、《夜祈》、《古典的夢想》等，則在哲思的路上走向渺茫的時間深處。徐訏對時間的思考遍佈於其各種體裁之中，他認爲逝去的時間並沒有消失，而是漂向了一個神秘的所在，那就是「時間的去處」。他曾以各種體裁來表現他的這一想像，如小說之《悲慘的世紀》與「靈的課題系列」，散文之《談鬼神》，而詩則有直接以之命名的詩集《時間的去處》。《變幻中的蛻變》正是此集中的名篇之一：

　　靠地心的吸力，／倒側的地球／叫我們聚居在一小簇石叢中／忘記了太空，忘記了無垠無涯的／空間中的旋轉著的星球／與旋轉著的雲氣，大氣與光。／我們就再也無從知道是我們的蛻變／還是環境的變幻，因爲我們最後只是／一絲一絲的氣流被時間吸收，／被空間吸收，成了宇宙的營養，／而宇宙因此一天一天的成長、壯大。〔註16〕

〔註14〕 參見司馬長風：《中國新文學史》下卷，香港昭明出版社 1983 年版，第 219 頁。

〔註15〕 徐訏：《吻之歌》，《徐訏文集》第 13 卷，上海三聯書店 2008 年版，第 119～122 頁。

〔註16〕 徐訏：《變幻中的蛻變》，《徐訏文集》第 15 卷，上海三聯書店 2008 年版，第 124 頁。

徐訏詩有宇宙浩茫的感傷，他的意象中時時會出現「星雲、大氣、光、廣闊的天庭」等離現實人生遙遠的名詞，這使他斑斕幽深的哲思更加有一種廣漠的眼光。在時間的無涯裏，生命被宇宙拉成一絲一絲的氣流而被時空吸進它幽暗的無窮中，成爲宇宙成長壯大的營養。這樣的哲思，帶有深深的對宇宙神秘的孤寂感，並且，這意象有一種與現實拉開距離的陌生化的神秘。但是，徐訏也把現世的悲哀捺進其間，使其在宗教的、宇宙的高處流下熱力的淚水。如《夜祈》──

> 主，請莫再讓我靈魂／在幽暗空漠中流浪，／它已經受盡了顛波，／磨折、痛苦、創傷。／／……請恕我過去，給我未來，／賜我響亮的聲與燦爛的光，／讓我跪在你慈悲的腳下，／再醒我卑微的希望。〔註17〕

於是，他期待這渺小的人類於凡間庸俗的征伐搶奪的存在要改變，在跨進了「太空時代」，人類終於可「在公平與安定的生活中和平共處」。那時，他期待有「偉大的音樂」將他掀起，他要重新經歷「一次生，一次存在，一次痛苦，一次愛情」。這就是徐訏「淺藍色的」古典的夢想：

> 只偶然的輕佻投入音樂，／在戰慄的節奏中／像蚊蚋投入蜘蛛網，／我投入了／淺藍色的羅網。……我僵伏在大地，同煤鐵與鑽石一起，／等氫氣彈或者是偉大的音樂／把我掀起，我從新經歷一次生，／一次存在，一次痛苦，一次愛情，／那時我們當已是跨過了太空時代／在公平與安定的生活中和平共存，／那麼我要祈禱，祈禱那所有已亡的／都起死回生，／讓懷疑的從頭髮問。〔註18〕

也有《白髮》這樣的短小而精緻的詩作，在徐訏則屬於另一種風致了──

> 我不剪你，／也不染你，／因爲我知道，你沒有去處。／你跟著憂鬱，／你跟著寂寞，／你已經跟了多年，／才找到一個／地方歇足。〔註19〕

〔註17〕 徐訏：《夜祈》，《徐訏全集》第12卷，臺北正中書局1969年版，第519、520頁。

〔註18〕 徐訏：《古典的夢想》，《徐訏文集》第15卷，上海三聯書店2008年版，第125、126頁。

〔註19〕 徐訏：《白髮》，《徐訏文集》第15卷，上海三聯書店2008年出版，第221頁。

而《影子》也詭異的怖人：

> 跟著，跟著，／一直跟著，／我知道你是我的影子。／／「如
> 果你急，／請上前吧。」／「不，除非你／背著光亮走去。」〔註20〕

但像《影子》這樣比較隱晦的象徵，在徐訏詩作中很少。這裡隱藏著徐
訏對所謂光明的理解，以及自我與追隨光明的悖論，自我會在走向光明的路
上消失。背離光明，自我、自由、影子的關係便會發生深刻的逆轉。

二、宇宙的輝光：徐訏詩神的棲居

新詩中開一脈詩風的傑出人物，都有自己特殊的意象群，它們是他詩神
的舊鄉，自然他也常到陌生的異鄉去棲居，不過只有葬在他自己的故土上，
他的墳墓頂上才會長出最清豔的詩魂的花草。拉幾位這樣的人物在一處，我
們就能從比較中看到他們靈魂哭泣的盒子埋在什麼地方。志摩詩輕靈，徐訏
詩凝重；艾青有啼血的激情，徐訏則透著斑斕的哲思。他們三人都出生在浙
江，有接近的自然、文化環境，但卻開出了各異的詩之花。分析他們的詩風，
可以看出徐訏對這兩位同鄉前輩的繼承與別走蹊徑。如果對他們三位的風格
予以最高抽象的概括，那麼，艾青的詩神是在荒寒多沙的北地，徐志摩的詩
神在煙花春雨的江南，徐訏的詩神則隱藏在宇宙的輝光裏。這可從他們各自
最偏愛的意象中看出：

> 風，／像一個太悲哀了的老婦／緊緊地跟隨著／伸出寒冷的指
> 爪／拉扯著行人的衣襟……〔註21〕

一個不是久居北地的人是無法找出這樣的文字來描繪那冷風吹刮的形象
的。筆者在中國大陸最南端的湛江生活了三年之後，深切的感到了太陽的可
惡，心中絕少想到它那帶給人的溫暖的一面。因而猜想，這南端的本地的居
民之中即使產生了偉大的詩人，也萬不能成為太陽的歌者。所以讀到艾青那
名詩《給太陽》時，感到這只能是北國的子民才寫得出那太陽照來我們人間
的「新鮮、溫柔、明潔的光輝」。

但艾青卻是生長於煙花春雨的江南，他的故鄉是在浙江中部的金華。同
在浙江慈谿的徐訏，他們的詩神應該有某種程度的接近。但是，艾青早期的

〔註20〕　徐訏：《影子》，《徐訏文集》第 15 卷，上海三聯書店 2008 年出版，第 220 頁。
〔註21〕　艾青：《雪落在中國的土地上》，《艾青詩選》，長江文藝出版社 2003 年版，第
　　　　41 頁。

詩，看到《雪落在中國的土地上》、《北方》、《冬天的池沼》、《手推車》、《給太陽》、《乞丐》等名篇，那滲雜於句子裏的催動人悲哀的情緒與意象，卻大都取自北方的天地之中。這自然與艾青很早就到北方漂泊的經歷有關，那使他獲得了寒冷而深刻的直覺。

> 北方是悲哀的。／……幾隻驢子／——那有悲的眼／和疲乏的耳朵的畜生，／載負了土地的／痛苦的重壓，／它們厭倦的腳步，／徐緩地踏過／北國的／修長而又寂寞的道路。〔註22〕

上面少許的引文可以初步顯示艾青對「北方」的地域特質的抽取的準確。驢，當它這樣行走在昏暗的天底，它的確最能與北方的悲哀結合成一個無望的象徵。艾青對現實的切近姿態讓他捨掉了徐志摩那「飛揚的雪花」而落到了自己現實的「土地」上，同時，他的詩神的故鄉似乎也從煙花春雨的江南遷移到了荒寒多沙的北地。所以，即使是寫太陽，也是寫的在陰寒的北國，那冷地的人們所感到的溫暖而光亮的太陽，而不是南方那灼熱的火一樣炙人的太陽。

而徐訏的潔淨格調，情感凝重，除去他一直在上海、北京的都市環境裏，少接觸那荒寒多沙的自然景觀外，還與他後來沉於哲學的志趣相關。那是他愛真與愛美的花草被澆灌以哲思的井水後開出的色澤。艾青的早期詩以深沉的感傷構成了他的風貌，語言素樸而悠蕩，有俄國「頓河悲歌」的氣概與力道，意象沉穩而實在卻不顯單調，雖變化並不撲朔迷離而能迴腸盪氣，咀嚼不盡。這的確靠近北地詩風的拙樸而遠離江南那古典的輕盈。跟艾青「啼血的、熱力的」拙樸相比，徐訏則對宇宙的「綺麗的色、莊嚴的光、神秘的深」有持久的探索激情，他從年輕到蒼老，對宇宙的「時與光」總有時寫時新的境界。早年的，譬如《〈吉普賽的誘惑〉獻辭》裏，那「我還沒有背誦我的耳聞，／也尚未細訴我的目睹，／我暫想低訴我在黑夜的山上，／怎麼樣撫摸我周圍的雲霧。／／所以請原諒我不告訴你——／在海灘上我寫過什麼字，／還有怎麼樣在潺潺的溪邊，／望著那流水的東逝，／惦念到今與昔，生與死。」這裡，「黑夜山上的雲霧，海灘上神秘的字，潺潺的溪水邊」都是徐訏獨特的詩神賦予的宇宙意象，它們這樣尋常而神秘，這樣的理性而美，這樣的具體而有哲思的韻味。徐訏晚年的詩，則在宇宙更大的渺茫與無涯中尋找著他廣漠的詩神，這時，他的詩在意象上接近莊子散文中那些大到無形的鯤

〔註22〕 艾青：《北方》，《艾青詩選》，長江文藝出版社 2003 年版，第 49～51 頁。

鵬們，不過這些意象更有現代色彩而已。比如《滿天星斗》：「像輕輕風，像細細雨，／你來，從山腳到山頂，／望著滿天星斗……宇宙比寂寞的人間還寂寞，／因為哪一顆星球都不如我們地球。／從山頭到山腳，你望著滿天星斗，／說在滿天星斗裏，人播種了愛，播種了仇恨，／像絲絲風，像點點雨，／傳播著口號與教條，／誇說宇宙的中心是地球，／人類不久就要統治宇宙。」徐訏後期詩大量出現宇宙星體的意象，絕不是一種偶然，他對生命本質與世界終極的思考，在現代自然科學所達到的程度裏，必然擴張到宇宙的範疇；同時，在科學的範疇裏仍無法解決的困惑，他又以宗教的、神話的想像來實現，這主要在他逝世前的筆記寫作中有所體現，如《魔鬼的神話》與《靈的課題》等作品。

三、戰爭・生與死・原野的呼聲

　　徐訏的詩神雖在宇宙的輝光與哲思的井水裏更有耀目的光彩，但他無法掩面走過那戰火燒過的鄉村，也不能無視那殘缺不全的屍身，他的哲思的眼睛終於也流出了熱力的淚水來——「不要凝視我眼睛中的你，／腿上的你，手臂上你的自己；／知道麼？這是一個別離，／在這個別離間，記著，／每一個聲音，每一個現象，／每一個夢，以及每一次光亮，／都會確實地告訴你，／我們是都躺在命運的懷裏，／你我都屬於你我的自己！／現在你在我臂上，在我眼睛裏，／在我腦筋的深處，／是的；但是不久的將來，／憑空中會有聲音，它會告訴你：／它在每一個聲音間會毀了我腦，／毀了我腿，毀了我眼睛，／毀了我手臂，／於是我身上再也沒有你了，／這個深入骨的印象會飛到天邊，／伴白雲流入於空虛的春煙！／這樣在不久／你或者會見到一個潰爛的屍首，／於是你閉起眼，掩起鼻來，／用格外的速度走你自己的路了！／你會不會想到這具炮彈的殘屍，／曾在每個細胞中佔有你的畫的詩，／佔有你靈魂中最玄秘最玄秘的事，／不吧！於是稍遠的將來，／你就會看見，／或者就在你殘垣斷牆的故土裏，／發現了戰士們的殘骨與骷髏，／那時你可會到骷髏堆裏去認，／哪一顆是你熟識的，／向你行別禮的頭呢？／不吧！那就要等更遠的將來了，／在一些衣冠的空墳上，／或者有我的姓名；／於是你含淚了，／對那墓前的青草與鮮花，／對那月下的清風，／或者是柳樹上的黃鶯，／於是我知道你有多情的詩篇，／誇大的雕塑，／在潔白的詩上，在大理石碑上，／讓許多人會讚美你詩的美，／我墳的美，以及

我遺像的光輝；／於是那一聲炮響一具臭爛的屍首，／一個哀呼以及殘缺的骷髏，／卻在那讚美裏弄成了糊塗！／但是不，你也用不著凝視我的頭，／我的眼睛，我的未死的身體，／記著，這是渺茫的事，／我們要現在，現在，／請再乾了這杯吧！／趁未別讓我們痛飲一醉。」〔註 23〕

這在「戰火，生與死，美的肉身與醜的腐屍，欺人的榮譽與深切的憤激」中爬出的詩句是這樣地熱烈而使人震撼，它絕不屬於「宇宙的輝光」與「哲思的井水」一脈，但它也在艾青常含淚水的眼裏多出了魯迅的警覺。它的「葡萄美酒夜光杯」裏似乎插著一束波德萊爾的惡之花，同時又閃耀著里爾克的象徵之色。這一首《乾杯的歌》寫於一九三五年暮春的上海，在「後期新月派」、「中國詩歌會」、「現代詩派」的各種呼聲中，似乎不屬於任何的陣營，徐訏以綺麗的熱力唱著自己「生與死」的「乾杯的歌」。但徐訏的詩神注定不屬於他的時代，因為他的藝術境界使他絕不會滿足於僅僅染上時代的血與火的色澤，他要逸出時代的主潮，向時間的永恆靠近。於是，在他所在時代的人們便漸漸看不見他哲思的眼裏流出的那熱力的眼淚，他們在火熱的口號裏漸漸將他完全遺忘。但是，他的「乾杯的歌」在戰火已經遼遠的時候，當人們憑弔殘留的碑石與英雄的墳墓時，還會從蕭索的斷垣裏隱隱地飄來，那歌聲竟還是那樣地催動人心，那樣地引人流藝術的淚水與發茫然隔世的喟歎。

寫於一九四一年的《鄉感》寫實地畫出戰時鄉村的荒索——「火燒淨了的鄉村，／再看不見一個人跡，／只有深谷裏一兩聲鳥啼，／驚落了樹葉上的殘葉。／／黃土裏都埋著村中父老，／餓狗在那裡尋食，／偶有忍辱的村女摸回，／在墳頭偷灑淚滴。／／遠處的征人未歸，／何來那號角嗚咽？／可是要喚起墓裏屍身／列隊，開步，赴敵。」〔註 24〕戰火，死亡，餓狗、哭泣的村女，墳墓裏的屍身。不過，這無奇的意象卻因結尾的一句「列隊，開步，赴敵」而有了詩的輝光。

徐訏對待政治的態度是複雜的。他的最綺麗的詩神不屬於時政當無須質疑，但他也時有對當局最直接批判的激烈姿態。香港作家慕容羽軍曾這樣描述他眼中的徐訏：

〔註 23〕 徐訏：《乾杯的歌》，《徐訏文集》第 13 卷，上海三聯書店 2008 年版，第 281～283 頁。

〔註 24〕 徐訏：《鄉感》，《徐訏文集》第 14 集，上海三聯書店 2008 年版，第 7 頁。

也許有人誤解徐訏如此的挖空心思來「遠離政治」，是不是他對國家、民族，沒有絲毫的認識或者沒有絲毫的感情？事實卻並非如此。骨子裏，徐訏的政治理解力很強，而觀念也很牢固，他對用宣傳口號來打出一片江山的統治階層沒有好感……徐訏的筆下，在七十年代以後才顯露了更多的政治見解，這種心理狀態，許多評論徐訏的人，都不見得有誰領會。〔註25〕

　　從慕容羽軍這段話可以看出，徐訏私下與熟悉的朋友們相聚也會談論政治，並一定也常有令慕容羽軍感到欽服的洞見。其實徐訏對時政的態度與深刻的思想在他很多作品裏都可見端倪，細心的研究者不難尋到。諸如他數量巨大的散文小品以及長篇小說《悲慘的世紀》，都流露出他對時政的深刻省察。

　　正如慕容羽軍所說，到了晚年，徐訏對政治的態度突然明朗起來。除去長篇小說《悲慘的世紀》外，徐訏一反他以前詩風之凝重格調，寫下了一批極盡語言之通俗、淺白風格的政治敘事詩。這些詩都去除了詩在歌樂上的韻律的追求，只保留了屬於詩的敘述上的節奏之迴旋與起伏，批判的鋒芒畢現，語詞激烈，悲憤情緒的流露也似不加收束。如發表時引起很大震動的政治敘事長詩《無題的問句──遙寄「文聯」「作協」的一些老朋友》──

　　　　接著我聽到了各種學說，／還有紅紅綠綠的主義，／於是我開始認識馬克思，／恩格斯、列寧與托洛茨基。／……／我只聽同志鬥同志／同行鬥同行／老吳老田先進了監獄；／老夏遊行示眾後被打斷了腿；／老巴在作協掃地洗廁所，／老曾老劉被打的遍體鱗傷，／剝去了衣裳在街上罰跪；／張三李四王七被送到北大荒；黃大葉五被鬥得齒落骨斷，／被關在牛棚懺悔；／更不必說老沈老史跳了樓；／老舒老范老施跳了水。〔註26〕

　　在這首長達六千二百餘言的長詩中，徐訏真誠地敘述了他最初怎樣接近馬克思主義而又離開，又怎樣看到各個政治陣營的種種驚心動魄，他以含淚帶血的文字紀錄了他半個世紀以來的眼睛所見，耳朵所聞，身心所感。此外，徐訏的這類政治敘事詩還有《來信》、《觀文壇舊畫有感》、《你從北國回來》

〔註25〕慕容羽軍：《徐訏──作家中的明星》，寒山碧編著《徐訏作品評論集》，香港文學研究出版社 2009 年版，第 20 頁。

〔註26〕徐訏：《無題的問句──遙寄「文聯」「作協」的一些老朋友》，轉引自寒山碧編著《徐訏作品評論集》，香港文學評論出版社 2009 年版，第 206、207 頁。

等，這些詩都是用最簡單而直白的語言寫成，沒有一絲象徵的色彩，這與徐訏一貫喜歡哲思而神秘的格調，在語言上潔淨而猝脆的風致完全不同。徐訏的切入時代是真誠的，他一生從未喊過任何的口號，他是以內心的，夾著微喟與帶著排斥眾聲的清高，來表達他對自己的民族、自己的國家的熱愛，他也會對自己的時代與自己的時代底下繫著民眾命運的政治發出他獨特的呼號之音。

當徐訏離開有無限廣闊土地的大陸來到香港這一高度都市化的小島，那裡再無遼闊的原野，也再沒有皚皚的白雪掩埋著的荒村，那裡只有被高樓大廈割據的空間，只有熱浪的空氣中人群的熙攘，這使徐訏對這塊狹小的地域上擁擠的人生感到厭倦，他嚮往有野外的世界，在夜裏想像著那廣大的原野上傳來的呼聲。但他已沒有力量去到那真正的原野上，一切都在想像中浮成了虛渺的意象。這裡有最無聊的繁榮與最寂寞的生命，街頭，巷尾，舉目所見的人群都在疲憊而盲目地蠕動，他們朝著瑣碎的期望掙扎，要在這過於狹小擁擠的島上作「叢林法則」的勝利者。於是，他感到了寂寞，在聚會的酒店，在談天的咖啡店，在友朋的客廳，在青年們奮鬥的途上，在文藝的論戰中，在明星的緋傳裏，於是，他在深夜寧靜的時刻，想像從遙遠的野外傳來呼聲，給他寂寞添一些開闊的夢的顏色——

> 我在廣大的原野中生長，／日夜在無垠大地中馳騁，／開闊的天空緊貼我面龐，／柔軟的草原偎依我夢魂。／……／如今我已在緘默中冉冉老去，／人人都說我有顆寂寞的靈魂，／但無人知我在寧靜的夜晚，／始終在諦聽原野的呼聲。〔註27〕

那呼聲是遼遠的，它是屬於原野，屬於開闊的北方，屬於永不能回到的故鄉的聲音，徐訏終於寂寞地躺在了那小島的溫熱的空氣中，他的夢的開闊的顏色永遠羈留在了那常綠的南國。

第二節　重「聲」與重「韻」之間

一、以「聲」破「韻」

在新詩的演進中，「聲」與「韻」在詩的音樂性這一特徵上，卻不是同等

〔註27〕 徐訏：《原野的呼聲》，《徐訏文集》第 15 卷，上海三聯書店 2008 年版，第 25 頁。

地齊頭並進的，甚至於以其中之一而反對另一個的局面也曾出現過，這實在是從舊詩到新詩的進化初期時破繭抽絲般艱難的一個表現。

　　徐訏認為，中國的新詩運動，本質上是以重聲來反對重韻，從而實現詩的形式的變革。關於此，徐訏曾在《談詩》〔註28〕中有過深刻的分析。他認為，中國的新詩運動，如果說是以白話去革命文言，則這只是一種文字上的術語。本質上，在詩的境域裏，則可以說是對於太重韻的一種反動，就是以重聲反對重韻。「五·四」之後，新詩倡導者基本都是自覺不自覺地循著這一路徑走去的。在語言上，白話文之反對文言文，是反映整個悠久農業經濟的崩潰，而在詩史上說，這個重聲的運動也是含著這個意義。新詩運動的起來，第一步就是要解除韻律的束縛，要求的是用白話來自由表現詩，那時候雖說並沒有明白提出重聲的要求，但事實上的確在要求而且已經表現出聲的重輕的節奏了。第一因為語言根本就又重輕的節奏的，第二是與節奏非常有關係的標點符號的應用。

　　徐訏意識到，新詩在求世人認可的路上以重「聲」反對重「韻」不過為一時之策略，詩在本質上求音樂的美感是它最高的要求，白話新詩最終會走向為追求「因有清濁而調子高爽，因有韻有格而清俊，因有平仄雙聲疊韻而響亮」的最高意義上的詩美而「聲韻並舉」起來。後新月詩人之舉起新格律的大旗自可為證。與白話相比，文言因單字成詞而更易用韻，白話則因雙音節、多音節詞占多數而宜去「雙聲、疊韻、平仄、清濁 、重輕、節奏」裏求「聲」的響亮高爽之美。所以，中國詩人借鑒西詩重聲的傳統而在新詩的創作上輕韻重聲起來也是符合了新詩用「白話」做成這一自身的特點。但是，徐訏認為這一轉變的根本還是自然與社會的變化所引起，生活的韻律變化了，那用以反映舊生活韻律的「韻」便須廢除，而要去尋新的適合於新的生活韻律的「韻」。當然，徐訏的「想創造新韻律的詩人，還應當直接到自然與社會中去尋」中的「韻律」是已超出舊詩用韻的「韻」之所指，應該是指詩的全部形式了。而徐訏的「詩應當從其表現的內容來求聲韻的節奏」這一主張，則與郭沫若《論詩三劄》中的「內在的韻律」有些接近：

　　　　更從積極的方面而言，詩之精神在其內在的韻律……這便說它
　　　是「音樂的精神」也可以，但是不能說它就是音樂。音樂是已經成

〔註28〕 詳見徐訏：《談詩》，《徐訏文集》第 9 卷，上海三聯書店 2008 年出版，第 207、208 頁。

了形的，而內在的律則爲無形的流。大抵歌之成分外在律多而內在律少，詩應該是純粹的內在律，表示它的工具用外在律可，便不用外在律，也正是裸體的美人。〔註29〕

郭沫若之「詩不是做出來的，只是寫出來的」的主張，以及他創作上噴薄而出毫無節制的抒情風格確實與徐訏隨性、自然、絕不刻意於形式的風格有些接近。但徐訏的詩卻因其深邃的哲思而對這「隨性」的流出形成了內在的收束，從而使其詩作看起來反而有凝重之感，這眞是頗爲奇特的組合，所以形成了徐訏詩魅力中的特殊張力之美。

徐訏關於新詩運動是以重聲反對重韻的判斷是精準而敏銳的，這可以從第一代諸白話詩人的理論主張中找到佐證。康白情在《新詩底我見》中這樣主張：

> 情發於聲，因情的作用起了感興，而其聲自成文采。看感興底深淺而定文采豐歉。這種的文采就是自然的音節。我們底感興到了極深底時候，所發自然的音節也極諧和，其輕重緩急抑揚頓挫無不中乎自然的律呂。……音呀，韻呀，平仄呀，清濁呀，有一端在裏面，都可以使作品愈增其美，不過總須聽其自然，讓妙手偶然得之罷了。〔註30〕

康白情這篇《新詩底我見》發表於1920年的《少年中國》上，他主張「無韻的韻比有韻的韻還要動人」，要求新詩有發自「感興」本身的自然的音節與節奏，這是擺脫舊詩格律最明顯的特徵「押韻」時的無奈之舉。「無韻的韻」，第一個「韻」應該是指狹義的「押韻」，第二個「韻」則應是指詩的整體上敘述與抒情的「緩與急、輕與重、濃與淡」的變化的節奏感。這正是「輕韻」的一個明證，重視自然的音節，必然重視「聲」的形式，這與郭沫若「詩應該是純粹的內在律，表示它的工具用外在律可，便不用外在律，也正是裸體的美人」的主張是一致的。

胡適在《談新詩——八年來一件大事》中表現出的輕韻之意比之其他諸人都更爲明顯而具體：

〔註29〕 郭沫若：《讀詩三箚》，許霆編《中國現代詩歌理論經典》，蘇州大學出版社2008年版，第120、121頁。

〔註30〕 康白情：《新詩底我見》，許霆編《中國現代詩歌理論經典》，蘇州大學出版社2008年版，第96頁。

> 押韻乃是音節上最不重要的一件事。……詩的音節全靠兩個重
> 要分子：一是語氣的自然節奏，二是每句內部所用字的自然和諧，
> 至於句末的韻腳，句中的平仄，都是不重要的事。語氣自然，用字
> 和諧，就是句末無韻也不要緊。〔註31〕

　　胡適如此強調「韻」的毫無輕重，是因非此則舊詩根深蒂固的用韻定習難以改變，而舊詩之魅力與最鮮明的特徵正是用韻的爐火純青，非此也難以寫出與舊詩有明顯距離的白話新詩。「輕韻」確是新詩發軔者們無奈的暫時性策略，詩要求「聲響韻諧」的音樂性本質在「輕韻」的尷尬中只好轉向「重聲」的追求。

　　從「輕韻」而轉向「重聲」的原因，康白情的《新詩底我見》中還有一段深刻的話發人深省：

> 惟其詩是貴族的所以從詩底歷史上看，他有種種形式的變遷，
> 而究其實，一面是解放一面卻是束縛，一面是容易作，一面卻是不
> 容易作好。你從三百篇以至詞曲，作品數量迭有增加，而其重量和
> 數量的比例恐怕只有減少，就可以知道了。〔註32〕

　　康白情洞見到詩之為詩正在於它被自身形式的束縛，沒有了這束縛而隨便到任意時，詩也就消失了。所以，白話新詩在廢舊詩之韻後，那自由自在的「詩」終於被寫這「自由詩」的詩人自己在心底裏生出了懷疑，他們必然要求另外一種「束縛」，於是有字與字間的「雙聲」、「疊韻」，詞組間的「音節的頓」，句中的「平仄清濁相間」等等而被重視。「重聲」也是一種束縛，是「輕韻」之後，詩之為詩的音樂性特質的必然要求。

二、「聲」「韻」並舉

　　但到三十年代，這一輕韻重聲的傾向終於開始模糊起來，1932 年戴望舒在《現代》上發表的《望舒詩論》便過激地將聲與韻一併「否定」，而在更高的意義裏要求著「詩情」的抑揚與頓挫：

> 詩不能借助音樂，它應該去了音樂的成分。……詩的韻律不在

〔註31〕　胡適：《談新詩——八年來一件大事》，許霆編《中國現代詩歌理論經典》，蘇
　　　　州大學出版社 2008 年版，第 64 頁。

〔註32〕　康白情：《新詩底我見》，許霆編《中國現代詩歌理論經典》，蘇州大學出版社
　　　　2008 年版，第 104 頁。

字的抑揚頓挫上，而在詩的情緒的抑揚頓挫上，即在詩情的程度
上。……韻和整齊的字句會妨礙詩情，或使詩情變爲畸形的。……
所謂形式，絕非表面上的字的排列。

表面上看，戴望舒非但「輕韻」而且「輕聲」，但其實這些話在深的底下
卻也隱藏著戴望舒對「韻」與「聲」的更高的要求，他理想中的境界應該是
要達到詩的韻與字句的整齊同詩要表達內容的本身所對應的現實生活的自然
節奏與韻律的諧和，所以，他才認爲「所謂形式，絕非表面上的字的排列」。
而就在他發表這一主張約一年之後，即寫了有韻而字句齊整的《小曲》，並自
此轉向「新格律詩」的一脈。這其實很符合徐訏對新詩的解釋，「重聲」與「重
韻」終將走向合一。

因此，在下面這首影響較大的徐訏小說獻辭中，我們可更爲直觀地感到
徐訏的詩中那非常獨特的攝人之處。它用詞內斂，聲音猝然開闊，節奏轉換
無形，潔淨，乾脆，意境蒼茫，恍然隔世。顯然，這是徐訏有意識地追求詩
的聲之高爽韻之清俊的得意之作：

《〈鬼戀〉獻辭》：春天裏我葬落花，／秋天裏我再葬枯葉，／
我不留一字的墓碑，／只留一聲歎息。／／於是我悄悄的走開，／
聽憑日落月墜，／千萬的星星隕滅。／／若還有知音人走過，／驟
感到我過去的喟歎，／即是墓前的碑碣，／那他會對自己的靈魂訴
說：／／「那紅花綠葉雖早化作了泥塵，／但墳墓裏終長留著青春
的痕跡，／它會在黃土裏永放射生的消息。〔註33〕

然徐訏後來的詩作，卻出現了某種轉向，他更傾向於讓詩情隨性自然地
流淌而出，而在形式的創製上則不再投以苦吟的心血。他自信自己的詩能夠
有源於自然與生活本身的韻律，而讓它們流水般淌出，這與郭沫若的詩情噴
湧雖表面上相似，卻有著本質的區別。郭沫若是情感的噴湧，因此會顯得毫
無節制，且會使詩有濫情之嫌。徐訏因其哲學科班的背景，理性與哲思已成
內在的抑制力，它們像一個隱形的閘口一樣收束著詩情的流出，從而使徐訏
的詩既有流水的順暢也有深潭的凝重。我們可以找出諸多徐訏看似毫不用力
於「聲韻」的作品，但它們都因有一種特殊的整體韻律而顯示出優秀詩作的
震撼力，這些作品可以視爲是徐訏「多在各方面接受生活韻律」而尋到的「新
韻律」的實驗之作。如徐訏自愛頗深的《書眉篇》，其簡潔、凝重的文字與繁

〔註33〕 徐訏：《鬼戀》，《徐訏全集》第 2 卷，臺北正中書局 1966 年版，第 1、2 頁。

複的歷史、地域意象的鋪排間，產生了風格上對立的張力。新詩之中，是很少見到如此不重聲的推敲而反能達到有這樣整體氣韻，在讀時則奇妙地也有了歌樂的美感之作：

> 十一世紀的歐洲，／在進香的路上，／教堂的門首，／有高唱自編的歌曲，／伴著大提琴的歌手。……這些都是行丐的事業，／也就是我現在的生活，／向你們唱人間的悲歡，／與葬在我心底的歌曲，／求善男信女們一點施捨，／謀在擁擠的英雄高僧間，／得卑微的生命與呼吸。〔註34〕

徐訏的詩作之中，常常是不分段的詩好過分段的詩。這其中的原因，恐怕是不分段的詩的節奏更容易依它內在的本身的韻律而導引著詩的聲調的協和與錯落。這與人為的，外在用強力刻意地將詩切割成四句一節，或五句一節，是更容易自然引出作者藝術的靈感。比如《我在睡》這一首：

> 不管是青青的山，還是綠綠的水，／不管是陰冷的土堆，／還是發光的蘆葦。／或者是雪花夾著梅花，／紅白的瓣兒在我頭上飛，／我要睡，我要沉沉地睡。／我要睡到東隴上日落，／西冢上月圓，我還要睡到，／星星兒一顆顆隕落，／細雨兒灑上帶暈的朝輝。／西岸的賭徒呼盧著來，／東岸的酒鬼搖擺著歸，／還有籬落邊的雞唱，／狗兒對著腳步聲狂吠，／但我不理會，我在睡，／我在沉沉地睡。／於是街頭哄聚著人堆，／酒館裏響著酒杯，／還有河埠上的人群爭買著，／新鮮的魚兒一尾、兩尾，／但我不理會，我在睡，／我在發癡地睡。〔註35〕

前五句的鋪排形成的詩力在這裡如流水遇到了堤壩，被攔得高高的，到此，這節奏自然會有個收束。接下來的五句則構成節奏蓄勢後傾瀉的高潮，它帶出了一陣詩力的水流由高處落下時滴落的叮咚之響。那錯落的聲調是自然和諧的，它產生於自然的節奏本身。接下來的四句，如河水平靜的流過村落，兩岸有花草與雞鳴。再接下來，這河水流向遠處，漸無聲息。徐訏的詩尤擅長這種依詩內在的自然韻律帶出詩的情感變化節奏與聲調的錯落，這不僅在他的詩作中，甚至在他的散文與小說裏也時時可見。比如《鬼戀》中的段落：

〔註34〕　徐訏：《書眉篇》，《徐訏全集》第 12 卷，臺北正中書局 1969 年版，第 475 頁。
〔註35〕　徐訏：《我在睡》，《徐訏全集》第 12 卷，臺北正中書局 1969 年版，第 103 頁。

在湖邊山頂靜悄悄旅店中，我爲她消瘦爲她老，爲她我失眠到天明，聽悠悠的雞啼，寥遠的犬吠，附近的漁舟在小河裏滑過，看星星在天河中零落，月兒在樹梢上逝去，於是白雲在天空中掀起，紅霞在山峰間湧出，我對著她的照相，回憶她房內的清談，對酌，月下的淺步漫行。我後悔我自己意外的貪圖與不純潔的愛欲，最後我情不自禁的滴下我脆弱的淚珠。〔註36〕

這是《鬼戀》中極爲攝人的段落。其格調清絕，甚爲少見，雖是一段抒情的敘述，卻有一種特殊的歌謠之美。其旋律隨「我」的「思念之情」而揚起，又待「我」黯然時猝然落去，於是又感到它若疾若徐的節奏，聽到它清俊絕響的結尾一收。實在，只要有一點歌詩感的讀者，幾乎都能感到這段話極其特別的詩的韻律。

第三節　可堪傳世的詩論

王璞曾在其博士論文後記中頗爲動情地說：「是他的遍佈各種文學體裁的傑作激活我寫作的熱情。是他的小說給了我談論我對小說理論理解的契機，使我在這大年紀還終於決心來寫作一篇博士論文，攻讀博士學位。我想，如果還要寫一篇，我還會寫他，研究他的堪稱典範的詩論。〔註37〕

徐訏的詩論不多，但其觸及的都是詩的最本質部分。因徐訏曾在北京大學、巴黎大學專修哲學，這使他獲得一般作家難以企及的抽象思維與思辨的能力，當他以這樣清晰的理性進入自己那斑斕的詩的世界，自然可以到達其他詩人或詩歌理論家所無法達到的境界。所以，也就難怪王璞會這樣傾心於徐訏那爲數不多的詩論了。

徐訏詩論最精華的部分基本集中在他的兩篇文章之中，即《禪境與詩境》與《談詩》兩文。下面分別析之。

一、從禪境到詩境的生成

徐訏認爲，「詩」存在著一個「前身」，但那也是「繪畫的前身」，也是「音樂的前身」，即「藝術的前身」。當人有感於物時，「詩人」要發爲「詩」，畫家

〔註36〕　徐訏：《鬼戀》，《徐訏全集》第 2 卷，臺北正中書局 1966 年版，第 75 頁。
〔註37〕　王璞：《〈一個孤獨的講故事人——徐訏小說研究〉後記》，香港里波出版社 2003 年版，第 160 頁。

要發為「形」，音樂家要發為「聲」。這便從「藝術前身」的一瞬落到了「藝術」的層次。而在「藝術的前身」與「藝術」之間，在「禪」與「道」的哲學中，還存在著一個「禪境」的階段。即當人「感於物」時，「禪」的境界講究的是將那「感」收束在「解釋、點染、描寫」之前，即是「覺」的階段。在世界文學史上，似乎只有日本的「俳句」接近對「覺」的記錄，因此優秀的「俳句」都有「禪境」的意味。但「俳句」至多是提示出一種「意味」，對於日本以外的民族，很難有一首完整的詩所給讀者帶來的饜足感。這正是因為，「俳句」離「完整的詩」還有一點距離。「俳句」雖不能說是「詩的前身」，但在世界文學中，大概找不出比它更接近「詩的前身」的藝術形式了。所以，徐訏舉鈴木大拙《禪學》中分析日本德川幕府末期女詩人千代女的一首俳句為例，來解釋「詩的前身」與「詩」之間的差異。千代女的那一首著名的俳句是這樣的：

啊，牽牛花！

纏住了弔桶（纜繩），

（我）得去乞水。

徐訏直接引述了鈴木大拙對這首俳句的解釋：

六月裏有一天早晨，千代女到屋外去汲水，她看到井邊的水桶正為盛開的牽牛花牽繞著。凡到過日本的人一定都曾注意過那盛開的牽牛花在日出前是多麼美麗——鮮豔地，闊著霧水。那個特殊的早晨，千代女去汲水，也就深深地被這份美所吸引。她驚愕於這微妙的美，使她愣了許久，到最後她僅能說出：「啊！牽牛花！」這一句「啊！牽牛花！」含蓄著任何詩情對這花所能說的意念，任何其他附加的話，也僅作為解釋，而這解釋對原意也難有所補充。千代的「纏住了弔桶，（我）得去乞水。」這兩句話就是如此。她這兩句詩，正是把不屬於塵世的美對照了功利主義範圍內的日常生活上的俗務。當這位女詩人完全陶醉在美境裏，她久久才覺醒過來。她被這超離塵世的美浸潤得如此深切而徹底，使她忘記了她是可以輕便地無害於花身的去解除牽牛花纏在小桶身上的藤蔓，但她是已經與美感合一，這種意念就不再出現。她無意把塵世俗務的氣味去污染這神聖的事物。〔註38〕

〔註38〕　鈴木大拙：《禪學》，轉引自徐訏《禪境與詩境》，《徐訏文集》第 11 卷，上海三聯書店 2008 年版，第 426、427 頁。

　　徐訏認為，鈴木大拙的詮釋雖然真切細緻，但只是禪學的引證，在詩的層面則是不夠的。這因為詩雖是起於「真如」的一現，但那「真如」還只是「詩的前身」，是還處在「未著文字」的階段，修「禪」的高僧也許「不立文字」也可「以心傳心」地感到那「真如」，但對一般的讀者，自然還須詩人以文字傳達出來才能感到那「真如一現」的美妙。

　　所以，鈴木大拙以為一句「啊，牽牛花！」就足夠了，這只是在「禪」的層面；徐訏從詩人的眼光出發，則欣賞後面還有的兩句「纏住了弔桶（纜繩）／（我）得去乞水」，因為只有到此，這才算是一首真正的「詩」。

　　對此，徐訏進一步解釋說，當千代一眼看到鮮豔美麗的牽牛花時，她整個精神在一瞬間投入於這「美」感之中，是一種「物」「我」兩忘的境界，那時，天地間已沒有任何事物存在，這便是「禪」，這便是「真如的一現」。但這只是一瞬間的事，當她叫出：「啊，牽牛花！」時，她已經從那「物我兩忘」中覺醒過來了，一到了覺醒，在她就起了「分別」感，也就脫離了「禪」境，脫離了「詩的前身」。自然，在千代女，一句「啊，牽牛花！」，就已是一首完美而自足的詩了，如果她不想讓另外的人知道她一瞬前與宇宙合一的經驗。但是，這完美與自足僅僅屬於她自己，因為它還沒有表達出一個意境，可以讓千代以外的人跨進去。所以，這還是不是文學，不是「詩」，而是「詩的前身」。像這樣「啊，牽牛花！」的句子，人間幾乎到處都可以聽到，但也只能說，這些句子可以成為詩，但並非真是「詩」。類似的句子簡直不計其數——「啊，太陽！」／「啊，我的安琪兒！」／「啊！天使！」／「啊！愛人啊！」／「啊，親愛的鋼！」……徐訏以為，這些帶歎號的句子可能記錄著一個人瞬間的「忘我」感，但「詩」雖是從「忘我」感出發，卻必須走到「分別」感，即詩人必是從瞬間的「出世」再回到「入世」的層面，才算完成了一個從「禪境」到「詩境」的轉化過程。

　　接著，徐訏又分析了陶淵明的一首詩，同時以他自己的切身創作經歷，來說明詩人怎樣從「詩的前身」跋涉到「真正的詩」的這一神秘過程。那是陶淵明的《飲酒》——

> 結廬在人境，而無車馬喧，
> 問君何能爾，心遠地自偏。
> 採菊東籬下，悠然見南山，
> 山氣日夕佳，飛鳥相與還。
> 此中有真意，欲辨已忘言。

　　徐訏以爲，這首詩的「採菊東籬下，悠然見南山」兩句，雖歷代都最受人稱頌，但眞正觸及到這詩的那「眞如的一現」的解釋卻沒有。歷代以來，有人以爲「悠然見南山」，應該是「悠然望南山」，因爲「採菊東籬下」應該是遠遠「望」南山，「見」是見不到的；也有人以爲，「望」是存心去看，「見」是不經意的見，「見」自然比「望」字要好；而還有學者賣弄自己庸俗的幽默，說陶淵明是眼睛至少有一隻是「斜眼」，不然，他在東籬下採菊怎麼會見到南山呢？

　　徐訏覺得這些說法都沒有接觸到這首詩的眞精神。他的看法是，既然陶淵明說他是「結廬在人境」，便是說他所住的地方人煙稠密。那麼，他的東籬也不可能是空曠的大花園的籬笆，而可能只是後屋小院的籬笆。所以，陶淵明在東籬下採菊，是根本見不到「南山」，也根本沒有什麼「南山」可望。那麼他怎麼說「見南山」呢？徐訏以爲，陶淵明所見的「南山」應該是在他的心胸之中，或者說，在陶淵明採菊東籬下的時候，他就在心中看見了「南山」，也可以說「南山」在那時就在他心中出現了。

　　若按鈴木大拙的說法，與千代的「啊，牽牛花！」一樣，在陶淵明的《飲酒》之中，一句「採菊東籬下，悠然見南山」就已是一首十全十美的詩，其餘的話都不過是解釋。但這只是在「禪」的層面上講，在文學中則是不夠的，因爲還無法傳達給別人，所以還需要「說明」「解釋」「點綴」。但陶淵明的「採菊東籬下，悠然見南山」與千代女的「啊，牽牛花！」也有著不同，對此，徐訏有更令人歎服的進一步解釋：

　　　　誠如鈴木大拙所言，在千代，一句「啊，牽牛花！」已經是十足「完美」了，而陶淵明的詩，爲什麼要提出「採菊東籬下，悠然見南山」兩句，而不是只說一句「悠然見南山」已經是夠完美了呢？這因爲陶淵明的「忘我」並不是對他眼前所採的「菊花」發生，而是那「菊花」所引出的「南山」。他去東籬下採菊，他不是與「菊花」起了「忘我」的「合一」，而是在那一剎那，他心靈中出現了「南山」，這「南山」也許正是「菊花」的來源，也許他在「南山」看到過更豐盛的菊花。總之，他是與南山起了「忘我」的「合一」，他變成了「南山」，不但他變成了「南山」，他的東籬也變成了「南山」，他的「廬」也變成了「南山」，「車馬喧」聽不見了，新鮮的「山氣」馬上可以感覺到，「飛鳥」也馬上同他「相與還」了。〔註39〕

〔註39〕　徐訏：《禪境與詩境》，《徐訏文集》第 11 卷，上海三聯書店 2008 年版，第 431、432 頁。

　　而千代呢，當她早起，看到掛著露珠的牽牛花時，她並沒有想到別的什麼，她是一瞬間就與牽牛花合一了。徐訏以為，這是因在不同的詩人那裡，他們的「覺」是不同的，也即「詩的前身」是不同的，所以從那「詩的前身」所生發出來的「想像、情思、解釋、點綴」也就都不同了。

　　為說明「詩」只是詩人一剎那對世界所產生的「覺」——「詩的前身」的「解釋、引申、比較、說明」，徐訏以他自己切身創作兩首詩的過程來論述這一問題；而我們也可從中看到，若不是詩人自己有意說出，研究者是絕對無法探到一首詩的「詩的前身」究竟在何時何地何情何景中發生的，這也就是說，詩人的靈感來源是我們讀者所無法捉摸與追尋的。所以，很多學者要從詩人的傳記與生活中去尋找其詩所點染隱喻的本質。

　　徐訏舉的第一首詩，是他寫於 1942 年 4 月 12 日早晨的《蝴蝶》：

> 池邊蜻蜓無數，／圍裏蜜蜂如鯽，／叫我一同前去，／飛到花叢採蜜。／／我說花蜜太甜，／我身上又無雙翼，／害怕黃昏時分，／那聲哀怨鵜鴃。／／我知夜來詩意，／都在柳上打結，／等到三更時分，／我到吻遍柳葉。／／所以我在白天癡睡，／等待夜色如漆，／因為那時我有甜夢，／會化作白翅蝴蝶。〔註40〕

　　他說，這詩雖是那天早晨所寫，但他的「詩的前身」則是發生在早一天或幾天之前的。他記得那是在和暖的陽光濃鬱的春景中，在一片桃紅柳綠間，蜻蜓與蜜蜂穿梭地紛飛著。一瞬間，他為這美景所吸，癡呆地忘了自己，好像他也正是蜻蜓蜜蜂裏的一個。那一瞬間，也正如千代女看到牽牛花的一剎那，他已經與眼前的景色融為一體。但是，這只是一剎那的經驗，而這經驗，在隔了幾天之後，當他又看到滿院陽光時就再現出來。於是，徐訏寫下了第一段詩。

　　但是，徐訏說，當他在「忘我」的境界消失之後，他馬上發現自己只是一個笨重的「人」，他沒有「雙翼」，但是，他並不想承認自己的「笨重」，於是假說「花蜜太甜」與「哀怨鵜鴃」，這是第二段詩。

　　然而，他潛意識裏還是在羨慕蜻蜓蜜蜂。看見柳色如煙，詩意蔥蘢的春景，他想像著自己可以像它們一樣自在地飛來飛去，那麼到三更時候，當寂靜無人之時，他就飛往那月影柳葉間遊玩，那該有多麼美妙。這是徐訏的第三段詩。

〔註40〕徐訏：《蝴蝶》，《徐訏文集》第 14 卷，上海三聯書店 2008 年版，第 160 頁。

　　於是，他又想到莊周夢蝶的故事，便靈機一動，為什麼他不去睡覺呢？也許到夜裏，他也會變成蝴蝶，就可以翩翩然飛上柳梢了。這是徐訏的第四段詩。

　　徐訏說，他自己的這一創作經歷說明，「詩的前身」在產生之後可能會被日常瑣事所淹沒，而「寫詩」，則不過是「詩的前身」在追憶中的復活。他說，他的整首詩只是在企望捨棄自己笨重的身軀而變成輕靈的生命。但他又想到，莊子是一個天馬行空的大哲學家，他哪裏能有莊子的境界？所以，一霎間，他產生了寫《野菊》的靈感：

　　　　黃昏野鶩邀勤，／夜來天雁催急，／催我趕快起飛，／同到天
　　邊看月。／／昨宵夜鶯心碎，／殘更杜鵑啼血，／那時多少美意，
　　／祈禱我身上長翼。／／所以晨來麻雀，／噪得分外淒切，／驚奇
　　我晝夜癡睡，／竟還未化作蝴蝶。／／可憐昨宵夢裏，／我只是化
　　為野菊，／吸盡夜來甘露，／吻遍少女裸肢。／／於是你要說我貪
　　飲，／又要怪我好色，／其實因我心靈沉重，／所以未能化作蝴蝶。

〔註41〕

　　徐訏明確指出，他這一首《野菊》的靈感正是前一首的《蝴蝶》，而其「詩的前身」則是遠在寫《蝴蝶》時早已成立了。至此，他說，他的這「詩的前身」在讀者已經是很難捉摸了。

　　徐訏在「詩的前身」之後，又拈出「覺」的概念。他說，日本的俳句即往往是一個「覺」，也可以說是「詩的前身」——「禪境」的覺醒，而千代女的那首詩，已經是有較為完整的表現了。在「覺」的意義上講，詩人的「覺」同一個兒童的「覺」是無法分別的。為說明這一問題，徐訏選了幾位日本的著名俳句詩人「芭蕉、一茶、其角、蕪村、道彥」的俳句，同時他又改寫了幾首俳句，而且他還冒充地寫了幾首俳句，最後他把它們打亂次序而重新排列，這時，徐訏說，讀者不見得可以辨別得出來。

　　據此，徐訏以為，日本的俳句所表現的只是一種「覺」，這「覺」可以說是「詩的萌芽」，「覺」以前是「詩的前身」，「覺」正是詩人瞬間「忘我」的覺醒。當千代叫出「啊，牽牛花！」，她是已經多少說出了詩人頓然「忘我」的情境了。但是徐訏認為，同樣是「忘我」的情境，卻是有高下久暫之分的。

〔註41〕　徐訏：《野菊》，《徐訏文集》第 14 卷，上海三聯書店 2008 年版，第 158、159
　　　　頁。

高一層的「忘我」，是物我交融，無我無物的境界；低的「忘我」，可以只是一個「神爲之奪」的階層。他說，一個美景可使人「神爲之奪」，一個美人可使人「神爲之奪」，一個雷聲也可以使人「神爲之奪」，甚至一道難解的數學題，當豁然開朗時，也可以使人「神爲之奪」。徐訏指出，當詩人從這個「神爲之奪」的經驗中覺醒過來時的表現就是「覺」，俳句正是這「覺」的記錄。

徐訏以自己所譯與冒充所寫的俳句來亂眞日本著名俳句詩人的作品，只是想通過這個實驗來說明，這「覺」還不是「詩」，只是「詩」的「核」，它還沒有得到充分的表現，對讀者的傳達是不夠的。所以，千代的「啊，牽牛花！」同小學生的驚呼──「啊，秋雨！」「啊，落日！」「啊，晚霞！」──之間，我們是無從分別的。

所以，徐訏認爲，從「詩的前身」到「覺」的記錄，再到眞正完整的一首「詩」，這中間便顯示出不同詩人的優劣高下，一流的詩人依賴其天才的想像進行「說明」「解釋」「點染」「引申」，則能充分地將他某一刹那的「忘我」感傳達給讀者，而二三流詩人則可能只是表達了小學生「啊，落日！」般的一聲驚呼而已。所以徐訏也指出新詩潮流中倡導「純詩」的虛無，那些想把詩還原到不要音樂的成分，不要故事的成分，不要繪畫的成分，不要哲學的成分，不要神話的成分的「純粹的詩」，只是一種虛幻的夢想而已。他說，即使「純詩」倡導者眞的做到剔除了詩的這些「非詩」的成分，但可惜的是「詩」還要「語言與文字」，如果再去除了語法與修辭學，再把文字去掉，那麼這詩才眞正是「純粹的詩」了。但這樣的「詩」人間是沒有的，只有「神」的世界裏才有。

但徐訏這樣說卻並非是對「純詩」運動的嘲諷，而是在沿著「詩」的產生方向回溯著詩的最原始的本質。也許，「詩」的源頭正是出於無聲無形的「神的世界」，而在人間最接近「神」的便是「禪」與「道」了。所以，徐訏推想，在禪學學者鈴木大拙看來，千代詩中的「牽牛花」三個字也是多餘的，一個「啊」的一聲已經是夠了，因爲「啊！」已經是完成了女詩人千代的全部意趣。徐訏說，這「啊」其實正是詩的起源，也可以說是最原始的「詩」，它表達的是詩人與世界一刹那的無「分別」感。

無「分別」感本是禪學的術語，這也就是「禪境」與「詩境」的一致。但是，徐訏又指出，「禪」所追求的無「分別」感並不是個別的短暫的無「分別」感，而是持續的永恆的整個萬物都渾然的天人合一境界。這境界是不需

要「覺」也永不會「覺」的境界。在這樣的「禪」所追求的至高境界中，千代的詩，便連「啊」字都是多餘而可以免了。那麼，這時的詩存在於何處呢？它在詩人的心中，也在宇宙的萬事萬物中。宇宙是詩，萬事萬物都是詩，詩人的心是詩，詩人的生活，哪怕是劈柴燒水，都是詩。這也就是說，至上的詩是無詩。

　　但是，這「至上的詩」只是「禪的世界」裏的詩，只是「道的世界」裏的詩，只是「神的世界」裏的詩，而要人間的讀者感到這樣的「詩」，則還要回到文學的層次。這即是從「禪境」到「詩境」的跋涉，但這卻是一場非常艱難的跋涉，因把詩交還給文學的層次，第一個難關就是文字。徐訏說：

　　　　這是一個沉重的包袱，任何高超的文學家都無法拋掉這包袱。
　　因詩人雖力求他的詩不要煙火氣，但文字是充分煙火氣的東西；詩
　　人雖力求他的詩與眾不同，但文字是必須與眾相同的東西。這因為
　　文字是人間的，是社會的，是民族的，同時也是時代的。〔註42〕

這就是「禪」的「詩」與「文學」的「詩」的不同，「禪」的「詩」無須文字，因「禪境」是「自在」於宇宙之間，感到「禪境」只須有一顆「禪心」；但在文學的境界，則必須通過文字，因「詩境」是需要人來創造的，並且只有一流的詩人才能造出至上的「詩境」。「禪境」自在於宇宙萬物之中，它也許早已存在，正像清晨闊著水霧的「牽牛花」一樣，只待千代女來感到它的存在。而這「自在」的「禪境」其實正是「詩境」的根源，所以，準確地說，「詩境」並非是詩人「製造」出來的，而是他憑藉文字的途徑而把那早已存在的無形無聲的「禪境」傳達出來，並且通過他有意的「強化」而使感覺遲鈍的人也能感到那「禪境」的存在。這便是詩人的工作，也是詩人存在的意義。

　　基於此，徐訏最後認為，文學既然必須依賴語言文字，而語言文字是「最人間」，「最民族」，「最時代」，「最社會」的，那麼「真的文學」是絕無法脫離「人間、民族、時代、社會」的。他這樣說：

　　　　脫離了人間，到了極端，是禪的境界，道的境界，不是文學。
　　脫離了時代，則是文字的技術的雕琢的階層，到了極端，則是沒有
　　生命的空洞的形式。詩脫離了人間，在禪的道的境界中，本不須用

〔註42〕　徐訏：《禪境與詩境》，《徐訏文集》第 1 卷，上海三聯書店 2008 年版，第 444、
　　　　445 頁。

文字，勉強用了文字，那在佛經中所謂「偈」，可說是寺院文學。詩
脫離了時代，在玩弄與雕琢文字階層，那是一種遊戲，是書房的，
是閨房的，沙龍的文學。〔註43〕

「禪境」是美妙的，但正如千代的——「啊，牽牛花！」，它雖是一個絕
妙的「詩核」，但是它必須裹上「纏住了弔桶，（我）得去乞水」的世俗的泥
土，才落到了「人間」，落到了「生命」，落到了「生活」，落到了「小桶」。
而「小桶」，徐訏以爲，它正是屬於時代，屬於社會的，這時，千代的「禪境」
才變成了文學的「詩境」。

二、詩的本質及新詩運動

徐訏認爲〔註44〕，人類從猿猴進化到人，重大的分野乃是「言語」與「歌」
的發生。對於「言語」與「歌」的起源，許多人認爲「歌」先於「言語」，也
有許多人以爲剛好相反。這自然各有道理，但也都各有所偏。徐訏舉例說，
野蠻民族所唱的歌曲，常常是毫無意義的，但因其音調和諧，文明社會的我
們也喜歡聽它唱它。但他們自己爲什麼要唱毫無意義的歌呢？這就應該根據
他們的生活去解釋才對。徐訏說，當野蠻民族的人們在集體勞作時，是存在
「群生活」的「韻律」的，而那毫無意義的歌則正是這「群生活」的「韻律」
的反映：

在工作的時候，爲求動作的一律，或者是某種有秩序的參差，
發一種有韻律的音調是必需的，而且也是一種必然的產物。爲首的
發一個聲音，或者說一句順口的言語，其餘的都一齊發出某種聲調
來，這就是在反映他們動作的韻律。有許多小鐵店打鐵的時候，他
們是三四個人在打一塊燒紅的鐵，爲首者一隻手握鉗子，夾著紅鐵，
另一隻手握著小錘，其餘兩三位都兩手高舉著鐵錘，這鐵錘是一個
大於一個，順著次序下去，這時候你就可以聽到他們嘴裏哼著的歌
調，這歌調固然是毫無意義，但是直接反映勞動的韻律是一件絕不
能否認的事實。〔註45〕

〔註43〕 徐訏：《禪境與詩境》，《徐訏文集》第 11 卷，上海三聯書店 2008 年版，第 455
頁。
〔註44〕 參見徐訏：《談詩》，《徐訏文集》第 9 卷，上海三聯書店 2008 年版，第 201
～202 頁。
〔註45〕 徐訏：《談詩》，《徐訏文集》第 9 卷，上海三聯書店 2008 年版，第 201～202 頁。

　　徐訏認為，野蠻民族之所以要唱那毫無意義的「調子」，正與小鐵店裏的打鐵一樣，是為配合某些勞動的動作而自然發出的。所以，「歌」的發生與「言語」不同，「言語」因有內容而必須發生在動作的前後，或者是停頓的時候，而歌則正是發生在動作進行的時候。

　　徐訏從歌的發生是在動作的進行中來提示我們韻律與動作的關係，聲音，即使沒有意義的聲音，是人本能的在動作中發出來配合動作的，這就是詩的能給人以意義之外的特殊感覺，是有一種超意義的聲音的本質來使我們愉悅。因此，徐訏認為，言語與歌是無所謂先後的。反之，二者正是在生活中的兩種不同的情境的產物。

　　言語與歌是在生活中兩種不同情境下產生的，即前者在動作的停止之時，是一種意義的交流，後者是在動作之中，是一種與動作本身合一的觸發。詩，本質上兼備言語與歌的特徵，所以，好的詩，自然既可以配合動作的韻律，也可以觸發對動作的聯想，而生成一種場景的圖繪，傳達給讀者。

　　徐訏認為在詩的形成之初，是帶著更明顯的歌的特徵的，即很多無意義的音節會進入到詩中來形成韻律，這或正是對事實上動作的律動本身的一種真實再現。為了說明這一觀點，徐訏曾做了下面的實驗：

　　　　我用一件最普通兒童的遊戲來說。這個遊戲，我聽到的名稱為『拍麥果』的，兩個兒童對坐著，自己拍了一下手，以右手拍對方左手，又拍一下手，再以左手拍對方右手來玩。開始的時候，為要時間的相同，先要三次拍摸對方的手，他們的歌謠是這樣：一羅麥，（第一次摸手）二羅麥，（第二次摸手）三羅開稻麥！（三次摸手，於是拍手）「劈啪，劈啪⋯⋯」（拍的聲音）

　　　　我曾經問過二十八個兒童，問他們拍麥果的歌訣，除了兩個因為我當時技巧用得不好的緣故，沒有讓他自然地流露外，由他們嘴裏唱給我聽的都是這樣：

　　　　「一羅麥，二羅麥，三羅開稻麥，劈啪，劈啪⋯⋯」

　　　　十分明顯，他們拍手時的聲音用到歌裏來了。這，還只是八個的答案，還有四個在說到第三句的時候，手就動作起來；另外十四個在說第四句時候更是說得好：「劈——啪，劈——啪⋯⋯」在「劈」音與「啪」音之間有一個小小的停歇，是非常值得我們注意，因為這正完全合遊戲中動的韻律，遊戲時是先拍一次自己的手再拍對方

的手。在兩個聲音中，又正是一個小小的停歇。……當然這些不能
說是一個科學的很正確的實驗，但也可稍稍見到我們對於群工作或
遊戲的聲音與工作時發出的聲音需要統一地來觀察了；同時，所謂
歌與勞動韻律的關係也可以看到一點。〔註46〕

　　這個實驗非常形象地說明了詩歌的發展中，聲音與節奏的參與是很本質
的一種伴隨，如《詩經》、《楚辭》中的「兮」，很可能是對一種動作本身的節
奏的再現的需要而產生的。這正是歌與詩的分離之初，無意義的聲音符號漸
趨減少而終於不見的一個過程。但是，為了對一種現實生活的本身的韻律的
再現，而不得不在「押韻」、「平仄」、「分行」等別一種聲音的形式裏求補償
了。

　　徐訏認為詩的本質是生活的韻律的對應，詩在文學發展的幾千年中的變
化，實在可以說是生活的韻律的變化的對應。徐訏從詩歌同源，來看詩雖漸
漸與歌相分離，但保留了歌在最初產生時伴動作而發的那些無意義的音節所
能帶給人的愉悅，這愉悅的本質即它是動作的節奏的抽象，後來則漸漸沉浸
到詩的本質裏，成為詩的生命。

　　關於詩與散文之間的本質區別，徐訏以為，「詩是要在生活的韻律中勾出
生活的事件，而散文只是直接地在敘述或說明生活的事件。」〔註47〕所以，
他又說：「普通所謂散文詩，我認為它成立的根據，完全在以散文敘述生活的
韻律。我用一個簡單的比喻來說，譬如詩是畫，散文是照相，現在我們用同
樣的大照相，照一張同樣大的畫，（其實大小亦不是問題，而我要說同樣大，
是表示弄得儘量相像的意思）則這張照相算畫呢，還是照相？於是簡單一點，
就叫它『照相畫』吧。我想散文詩就是這麼回事。〔註48〕

　　這樣的比喻是生動地說明了徐訏心中的散文與詩的區別，也自然明白他
所說的散文詩的本質，如果「以散文敘述生活的韻律」能夠成立，那麼自然
「以小說敘述生活的韻律」也應該成立，則「以戲劇敘述生活的韻律」同樣
可以成立，那麼文學的體裁裏便可以多出「小說詩」、「戲劇詩」這樣的文類
了。其實，徐訏自己的創作何嘗不是實踐了這一他沒有說出的原則呢，徐訏
的很多小說、戲劇都是以詩的本質而裏上別種文類的外殼作成，真可以叫做

〔註46〕 徐訏：《談詩》，《徐訏文集》第 9 卷，上海三聯書店 2008 年版，第 203～204 頁。
〔註47〕 徐訏：《談詩》，《徐訏文集》第 9 卷，上海三聯書店 2008 年版，第 205 頁。
〔註48〕 徐訏：《談詩》，《徐訏文集》第 9 卷，上海三聯書店 2008 年版，第 205 頁。

「小說詩」、「戲劇詩」的。世界文學中早有詩體小說與詩劇的體裁，中國新文學史上卻缺少這樣的作品，並且，如果比較徐訏的《彼岸》與普希金的《葉甫蓋尼‧奧涅金》來看，後者才眞正是「詩體小說」，其核心是落在「小說」上，而前者則本質上是詩，但以小說寫成而已，應該是一種全新的「小說詩」，徐訏本人也很喜歡這部作品，他說「如果這本書是成功的，它應當被你認爲是詩。」〔註 49〕而「戲劇詩」則可以他的詩劇《潮來的時候》作爲代表，這部詩劇也是新文學的戲劇史上僅見的傑作，筆者認爲其在「象徵、氣氛、結構布局」上取得的成就實遠超當時的戲劇名家曹禺、田漢等。此外，他的很多戲劇同樣是可以當作詩來讀，比如《鵲橋的想像》、《野花》等。因此，可以說徐訏在創作上是眞正實踐了他「生活的韻律」之詩的本質在多種文體中被實驗性地敘述的潛在想法。

徐訏根據他自己對詩的本質的認識而對中國的新詩運動作出了非常新穎的解釋——

> 詩的變遷，不管內容與形式，完全是依生活韻律的不同而變化。是必然的一種變化，並不是一兩個批評者所能提倡與壓抑的。所謂提倡，原是先感到新時代生活韻律的作家之反映的呼號，他的目的本身即是反映新生活韻律的人，絕不是站在超絕的地位的人。而歷史的變化，常常先有一個反常的現象，方才有一個新的創造。所以，當「新詩運動」到來時，這種完全「廢韻」的「新詩」，原是一個必然的過程，而這種過程也正是反映當時這種盼著「新」喊著「新」的青年們生活的韻律的。所以，如果要闡明各時代詩的不同，我們要在各時代不同的社會生活來說明；如果要闡明各人的詩的不同，這需在各個人的時代，環境，地域，以及他生活態度來說明的。〔註 50〕

徐訏用他關於詩的本質是「生活的韻律」的對應，來解釋新詩運動的發生與進程，這在中國現代新詩研究上有十分新穎的參照價值。他說，中文詩與西文詩在節奏上是不同的，前者偏重於韻，後者則偏重於聲。有人曾將這不同的原因歸於文字。但徐訏以爲文字的不同固然是一個重要原因，而更重

〔註 49〕 徐訏：《彼岸》後記，轉引自司馬長風：《〈彼岸——哲思的絮語〉，《星島日報》1976 年 6 月 20 日。

〔註 50〕 徐訏：《談詩》，《徐訏文集》第 9 卷，上海三聯書店 2008 年版，第 205～206 頁。

要的似乎還是社會生活的不同。西洋詩，因為文字的關係，每個字都有輕重的音節，自然最容易在聲的節奏上運設匠心，不過漢字雖是一字一音，但在「平上去入」的聲調轉接中自然也會發生輕重的變化，所以，發展到宋詞元曲，聲的輕重也就慢慢有些被看重了。而到「五・四」之新詩的創生，自然更是將這一趨勢發展到極致。

對徐訏《談詩》一文中所反覆提及的「韻律」，其實我們能感覺到他的所指，但卻是不清晰的。下面再做一些深入的分析。徐訏的「韻律」即與格律詩之「韻」的規定有關聯，但又不是完全地對應，其本質上，我覺得是指詩的具體形式而言。徐訏認為，每一個時代的生活都有它特有的韻律，這韻律就決定了這一時代的詩的形式。古樸的初民生活之韻律決定了《詩經》有一唱三歎的歌的形式，後社會生活的韻律漸趨複雜，四言為主的簡單形式就變為騷體，律絕，長短錯落的詞與曲。這詩體形式的沿革與變化雖是受詩的內部運動規律的支配，但也是外在社會生活的韻律在發生變化的反應。這是徐訏詩論之最主要的觀點。他用這一觀點來解釋新詩運動的興起與發展，給了我們新鮮的視角。所以，徐訏文中凡涉及到「韻律」的地方，我們要加以分析對待，有的是指詩的韻律，而有的則是擴大到詩的形式的範疇，是指詩的整體形式感。所以，下面這段話中的「聲律」反倒是我們論詩時常說的內在節奏，而其言的「韻律」則是指作詩的技巧了：

> 相對地說，韻律的變化大半可由文人的已養成的情調及其才能去雕琢，聲律是要接受自然的社會的節奏的，這二者當然是不能死分，以作者的生活修養與個性，去接觸環境——自然的或者社會的，這是詩的產生。所以詩必需聲與韻並重的。〔註51〕

「韻律」更多依靠詩人的天才與技術上的修養，而「聲律」則更多關聯著自然與社會的節奏對詩人的觸動，徐訏認為這兩者的並重才能生成真正的好詩。所以，徐訏早已看到，新詩運動最終一定會回到「聲韻」並「舉」的老路上來的。

徐訏根據自己有關詩的本質的理論，對中國的新詩運動作出了新穎的解釋。他說，廢文言倡白話，無非一種文字上的術語，在詩的境域裏，本質上即是對於太重韻的一種反動，更直接的說法則是以重「聲」反對重「韻」。如果說白話文取代文言文，是悠久農業經濟崩潰的反應，在詩史上說，這場以重「聲」來反對重「韻」的新詩運動也正含著這個意義。

〔註51〕 徐訏：《談詩》，《徐訏文集》第 9 卷，上海三聯書店 2008 年版，第 207 頁。

　　徐訏認為，這個重聲的要求並非是偶然的事情。宋詞元曲就已有白話韻律的成分。因為詩歌的本質即是反映生活的韻律，而舊詩的韻律到後來已不能反映人們新生活的韻律，於是需要解除，但是解除了韻律的詩還能否算詩？則這一當時反對新詩運動的人們所提出的疑問是相當有道理的。而後來新詩終於成長起來，便是走上了向「聲」的輕重間取節奏之美的路子。所以當徐志摩、馮至們將西洋的十四行詩的節奏化入新詩時，除去合乎了這一轉向「重聲」的潮流外，也還有那時人們的生活也已很受西方的影響的緣故。

　　但是要抹殺中國的歷史與地域，尤其是特殊的文字的影響，終是不可能的。這在新文學開始以後的新詩作品裏可以看到，韻還是自然而然地存在著。舊詩之所以成為格調，起初也只是因為某種韻律表現某種情調非常親切，所以大家愛用它，變成死規總是後來的事情。

　　所以，中國將來的新詩命運，如果想造出與古典詩詞一樣高度的藝術境界，則還應當從將來的社會內容中來求聲韻的節奏，因想創造新韻律的詩人，正應當直接到自然與社會中去尋。歌謠的形式往往比詩豐富，其原因就是比文人詩，更多在各方面接受生活的韻律。

第四節　關於徐訏詩的兩極評價現象

　　在港臺以及海外漢學界，對徐訏的評價真有天壤之別。夏志清可以在《中國現代小說》中對徐訏隻字不提，輕蔑的程度視徐訏連三流的小說家也算不上；司馬長風的《中國新文學史》卻將徐訏的《風蕭蕭》置於茅盾的《子夜》、老舍的《四世同堂》之上，且不說對徐氏後期巨著《江湖行》之「尤為睥睨文壇」的更高推舉。而對徐訏的詩作，評價的聲音也同樣高低間如隔深澤。臺灣學者魏子雲本十分欣賞徐訏的小說，認為徐訏是「五四」以來相當重要的小說家。但他對徐訏的詩卻持完全否定態度：

　　　　不過，徐訏的詩則不堪一讀，大多是一些格言，可以說遠停留
　　在廿年前的中國新詩階段，和現代臺灣的新詩相較，實無法並論矣。
　　〔註52〕

〔註52〕魏子雲：《讀徐訏的〈爐火〉》，陳乃欣等著《徐訏二三事》，臺北爾雅出版社1980年版，第61頁。

但也有像孫觀漢那樣將徐訏視爲 20 世紀中國最偉大的新詩人的異聲：

> 在我的心中，徐訏先生是二十世紀中國最偉大的新詩人，這種
> 看法，當然會有許多人不同意。尤其是學院派的詩人和學者……無
> 論如何，我的觀點，是二十年來，出自心中的觀感。〔註53〕

總的來看，臺灣的現代派詩人大都對徐訏的詩極爲貶抑，而林語堂、司馬長風、璧華、廖文傑等對徐訏的詩有很高評價。分歧來自對徐訏詩「潔淨、自然」格調的兩種截然相反的評價。前者認爲，徐訏的詩還停留在第一代白話詩人「明白如話」的階段，後者則感到徐訏詩「鏗鏘成章」（林語堂語），是「繁華落盡」後天然的「音節」。這一點上，臺灣現代派詩人確實誤解了徐訏。徐氏對西方哲學與現代主義思潮的熟稔決不低於臺灣現代派詩人，他的「清朗自然」的格調，是有意爲之的：

> 反寫實主義雖然是世界上一般的浪潮，但在臺灣流行的詩歌，
> 一方面是躲藏在墳墓的背後，借屍還魂地吐露著舊有的感情；另一
> 方面是從彎曲的感覺灰暗的意象訴吐朦朧的感情。而這在兩種完全
> 不同方向的藝術的氣氛中，獨獨沒有清朗嘹亮對現實的歌頌詛咒諷
> 刺刻畫的作品。〔註54〕

但是，「潔淨，清朗、自然」，卻不等於淺露，徐訏的詩自有其非常攝人的特殊神韻，不管是《〈鬼戀〉獻辭》的蒼莽猝脆，還是《書眉篇》的凝重繁複，都是在「灰暗」裏「彎曲」地求朦朧意象的現代派詩人們所不可及的。而徐訏晚年所寫的一批表現宇宙幽深神秘，虔仰宗教境界而又懷疑，悼歎生命而又虛無的詩作，尤爲清俊高遠。徐訏一向主張詩情要自然流淌，刻意的晦澀是他所不屑，但他探尋生命的境界卻也可高入雲端，偶然的象徵即使有明晰的指向，也不減其深邃的意緒。魏子雲認爲徐訏的詩「大多是一些格言」，幼稚如新詩發軔階段，實在是門外之見。如以「煙」來象征塵世之俗事的《旅居戒煙辭》：

> 你幻過絲，幻過蛇，／幻過窈窕的女子，／變成雲，變成霧，
> ／叫我躺在你懷裏做事。……但現在我要離開你，／像春蠶離開

〔註53〕 孫觀漢：《應悔未曾重相見——懷念徐訏先生》，陳乃欣等著《徐訏二三事》，臺北爾雅出版社 1980 年版，第 198、199 頁。

〔註54〕 徐訏：《臺灣詩壇的氣候與反寫實主義》，《徐訏文集》第 11 卷，上海三聯書店 2008 年版，第 75 頁。

絲……從此我就能自由地呼吸，／在新鮮的空氣中尋思，／我於是會創造夢，創造愛，／也會創造無煙火氣的新詩。〔註55〕

以及有奇俊的韻律，參錯的聲調，冷寂的意象的《自醉》：

我像一杯酒在杯底自醉，／像一塊冰在水面自碎，／我還像一支搖曳的殘燭，／在自己的焦熱下落淚。〔註56〕

還有氛圍神秘莫測意象繁複華麗得令人驚異的《風浪》：

那萬噸的鋼鐵／像酗酒毒化了的老年／大麻陶醉了的瘋狂的少年，／他們在大氣的節奏中舞躍。／／水，成灘的水，成塊的水／像獸的長舌，魔的長鞭／……拋擲著雲塊，雨條，／吐納無數無數的光線。／……／我們踏著浮動的地殼，／計算著時間在空間消失，／黑暗籠罩著視線，／恐懼威脅著勇氣，／引誘我們解釋那渺茫的／死亡，涅槃及消滅。〔註57〕

此外更有《進香》、《變幻中的蛻變》、《古典的夢想》、《原野的呼聲》那堪稱開一脈詩風的名篇。徐訏的詩並非缺乏現代主義意緒，而是化用得比較高明，正像他的小說是「馬路的熱鬧」與「書齋的雅靜」的結合，他也破除了詩之「貴族」與「大眾」間的隔膜。

吳義勤認為，徐訏以「通俗性」的詩歌形式傳達現代派的人生情緒，這是新詩史上既有別於戴望舒、卞之琳那樣的現代派詩人，也不同於艾青為首的七月派，或者以穆旦為代表的九葉詩人群，他在四十年代的新詩中應該佔有一席之地：

徐訏的詩歌有效地把現代派的人生情緒和通俗性的詩歌形式和諧地統一為一體，這無論對主張追求不可解讀性的現代派，還是對主張直露通俗地再現現實、宣洩情感的現實主義和浪漫主義詩歌都不無藝術的啟迪。徐訏的詩理應在中國現代詩歌史上佔有一定的地位。〔註58〕

〔註55〕徐訏：《旅居戒煙辭》，《徐訏文集》，上海三聯書店 2008 年版，第 28、29 頁。

〔註56〕徐訏：《自醉》(《鞭痕集》)，《徐訏文集》，上海三聯書店 2008 年版，第 228 頁。

〔註57〕徐訏：《風浪》(《原野的呼聲》)，《徐訏文集》，上海三聯書店 2008 年版，第 127、128 頁。

〔註58〕吳義勤：《都市的漂泊之魂——徐訏論》，蘇州大學出版社 1993 年版，第 173 頁。

　　司馬長風對四十年代中國新詩的格局很有自己的判斷眼光，他在《中國新文學史》非常有限的章節中竟大膽地分出相當的篇幅給徐訏的詩，這在臺港以及大陸的文學史著中絕無僅有。司馬長風對徐訏文學史地位的評定可謂力排眾議，顯得極有膽識，他的努力在某種程度上動搖了一些已被視為權威的定評。近些年，徐訏在國內的影響漸漸擴大，徐訏研究也得以展開，司馬長風功不可沒：

> 　　一九一八年誕生的新詩，徐志摩開創了現代的情詩，把愛情當作神聖來謳歌，這一傳統，在一九三一年徐志摩逝世後，幾成絕響，銜接加以發展的則是徐訏。〔註59〕

　　司馬長風從新詩發展的整體格局來審視徐訏在新詩史上的建設性意義，這在學理上支持了孫觀漢的觀點。他注意到中國新詩之愛情詩的寫作自徐志摩之後漸漸落寞，幾乎沒有優秀之作可以接續這一傳統，直到徐訏四十年代《四十詩宗》的出版才將這一傳統銜接上。但同在寫愛情題材上，徐訏與徐志摩的差異也是明顯的。徐志摩的愛情詩以淡淡憂傷為飛揚的羽衣，徐訏則在愛情上面加上了生與死的重量，對比徐志摩的《沙揚那拉十八首》、《雪花的快樂》與徐訏的《〈鬼戀〉獻辭》完全可以明瞭這一點。

　　壁華作為香港的著名詩評家，很少對香港的詩人進行評論，這顯示著他的一種不認可香港本土詩人的態度，但他卻時而寫些對徐訏詩的評論：

> 　　在香港……像李英豪、林以亮等詩評家，幾乎都不評本港詩人詩作……壁華也不例外。他寫於 70 年代、出版於 80 年代的兩本詩論隨筆，均不是以香港詩人作為評論對象（少數地方曾談到徐訏等人的詩歌創作）。〔註60〕

　　潘亞暾、汪義生的《香港文學史》對徐訏不同時期的詩歌創作都有具體的評介：

> 　　徐訏居港後的詩歌一個重要的特點是哲理意味濃厚，部分詩作打上了宗教的超脫、遁世的烙印。《變換中的蛻變》是有代表性的詩篇，詩人思接千載，視通萬里，心遊八方，借助大膽的誇張和神異的幻想，將讀者引入虛無縹緲的境界之中。徐訏詩在結構形式上富

〔註59〕 司馬長風：《中國新文學史》下卷，香港昭明出版社 1983 年版，第 217～219 頁。

〔註60〕 古遠清：《香港當代文學批評史》，湖北教育出版社 1997 年版，第 448 頁。

於變化，排列參差又有內在的嚴整節律，音調和諧，語言華美豐約、
樸實明麗，不少詩被譜了曲，廣泛傳唱。〔註61〕

劉登翰主編的《香港文學史》僅在五十年代香港詩歌概況中提及徐訏的
名字一次，此外再無半句介紹。作爲專門的香港文學史，對於徐訏近千首的
詩作而無一句評介，似乎不可理解，足見徐訏的詩在某些文學史家眼中是可
有可無的。

總體上看，徐訏的詩風隨性、自然，是哲思與才情的噴發，甚至有代替
日記的功能，而其一生所寫近千首的規模，以及隨時隨地作詩的習慣使徐訏
的詩缺少馮至、徐志摩詩的精緻與嚴謹，這嚴重損害了徐訏在新詩史上本應
有的更高地位的確立。但徐訏詩中那些能體現徐訏創作水準的最好的幾首，
卻足以使他廁身於新詩史上少數幾位詩歌大家間而毫不遜色。

〔註61〕潘亞暾、汪義生：《香港文學史》，鷺江出版社 1997 年版，第 227 頁。

第二章　徐訏小說論：別樣格調百媚生

　　對徐訏的評價，如果放在世界文學的格局中，如果以多種標準來衡量，而不是單純以革命與啓蒙話語爲價值的圭臬，則徐訏的文學史地位可能會發生重大變化。將徐訏與同時代的西方作家在藝術上的探索相聯繫，可以看出，徐訏是中國現代作家中爲數不多的與世界潮流接軌，並創作出有中國本土特色的，對世界文學有獨特貢獻的一位傑出的作家。徐訏與昆德拉，梅里美，薩特等一樣，有著哲學高度的對生命與世界的追索。他以詩人的敏感進入哲學的理性思考中，並能用奇幻迷人的故事把這理性的思考傳達給一般大眾，這樣的本領則又是昆德拉與薩特們所沒有的。徐訏的讀者可以是一般的通俗讀者，也可以是文學受眾中的高端群體，前者欣賞故事時可以模糊地感到一種說不出的深刻餘味，後者則可以從中得到非常純粹的哲學境界與宗教高度的文學審美享受。這的確是中國，乃至世界作家中不爲多見的。

　　我本想將徐訏的小說研究放在第四章來寫，這樣，我就可以借助對徐訏的詩歌、戲劇、散文小品的研究來互證其小說的一些奇絕的手筆的來源，以便更清晰地探進徐訏的內心世界，而從寫作發生的角度來更好地理解徐訏的小說創作。但考慮到這是文學史公認徐訏取得成就最大的一部分，是徐訏這位作家在現代文學史上地位確立的最關鍵的砝碼，爲重中之重，所以，我不得不將它提到第二章的位置。我想通過這一部分的寫作，讓更多的人看到徐訏的小說藝術成就絕不僅僅是《風蕭蕭》與《鬼戀》的水準。徐訏的小說題材也絕不僅僅只局限在愛情、異域情調上，他有更廣闊的風神與視野。《江湖行》所涉歷史的駁雜，那是沉闊的意境。《傳統》與《神偷與大盜》雄健而粗豪，那是詩意而遼遠的境界。《郭慶記》、《手槍》、《弟弟》、《一家》等，那是葉聖陶式的對人間眞境的灰暗實寫。

　　彭歌在《憶徐訏》一文中這樣寫他對徐訏小說的印象：「徐先生的小說之動人處，我想主要是由於他那簡潔明麗的文字與奇譎靈動的想像力。」他對徐訏的評價也頗具參考價值，「葛浩文先生費了不少時間去研究蕭紅的《呼蘭河傳》，在我看，徐訏全集中至少有一半作品，價值皆在《呼蘭河傳》之上，更值得後人環誦推敲。」〔註1〕依筆者的觀點，彭歌的說法絕不屬誇張之辭，徐訏小說有多種風格，且每種的藝術造詣均可躋身一流作家的行列。

　　徐訏在北大以及留學法國對哲學的研究經歷，雖未讓他在這方面有突出的造詣，但卻使他的文學創作從根本上棄絕了淺俗的主題與趣味。他對人生的哲學層面的思考無處不在地布於其每部作品，但他又有不尋常的藝術敏感與駕馭的本領來平衡、消解那哲學的理性帶來的艱澀。他自言「記得我開始寫小說的時候，我也是受了當時反寫實主義的思想影響，喜歡用自以為新奇的手法。」〔註2〕可見，徐訏與魯迅一樣地，有相當的自覺要造新的形式的藝術敏感。更令人驚奇的是，他將這先鋒的姿態幾乎保持到他創作的終止。

　　潘亞暾、汪義生著的《香港文學史》對徐訏以及他的小說創作有較為客觀的評價。

> 　　徐訏是位典型的學者型作家，他博古通今，學貫中西、周遊過世界，對哲學、心理學、經濟學、社會學、美學等均有精深的研究。徐訏才華橫溢，可以說，他在文學領域裏無所不能，小說、詩歌、散文、戲劇、雜文、評論都有大量傑作，被譽為「通才」、「全才」作家，出版各類作品 60 餘種，共 2000 多萬字。徐訏著作等身，是中國現代、當代文學史上一位有建樹的大作家。〔註3〕

〔註 1〕彭歌：《憶徐訏》，陳乃欣等著《徐訏二三事》，臺北爾雅出版社 1980 年版，第248、249 頁。

〔註 2〕徐訏：《從文藝的表達與傳達談起》，《懷璧集》，香港正文出版社 1963 年版，第 26 頁。

〔註 3〕參見潘亞暾、汪義生：《香港文學史》，鷺江出版社 1997 年版，第 313～320 頁。下為其評價徐訏的主要論點：「徐訏自始至終是個熱忱的愛國者。青年時代他有過改造中國的政治抱負，而後來他思想上逐漸走向迷惘。他是一個理想主義者，而他的理想與現實嚴重脫節，這使他苦惱萬端；他又是個憤世嫉俗、清高孤傲的個人民主主義者，他一生都沒有擺脫深深的孤獨感，他對人生、對世界的看法是悲觀的，到了晚年他陷入宿命論和虛無主義的泥淖之中。徐訏作品中有康德、尼采、叔本華、佛洛伊德學說的影響，但更多的是老莊的虛無、佛家的禪宗以及五四時代的某些精神與文學理想。中國傳統文化和道德、倫理觀念對徐訏的影響是根深蒂固的。他前期作品中多浪漫主義的渲染和異國風情的描繪，後期在香港創作中則充滿一種無所歸屬的惆悵感和失落感，懷鄉色彩濃重。」

　　徐訏的小說創作，一出手即開別樣格調。但他一生中所寫的作品也嘗試了現代名家已有的各種典範與追求，沈從文的鄉村夜歌，許地山的帶宗教情懷與異域格調的傳奇，葉聖陶式的小人物命運的灰暗實寫，茅盾與老舍般要展示一個時代風貌的大氣與史詩品質。但他獨特的氣質卻貫穿始終，一讀之下，即知乃徐氏作品，這卻是徐訏的更加有魅力的所在。

第一節　徐訏小說別樣格調的隱秘

> 那是初秋，她穿了一件淡灰色的旗袍，銀色的扣子。銀色的薄底皮鞋，頭上還帶了一朵銀色的花……她突然消沉下來，像是花遇到火。〔註4〕

　　《風蕭蕭》的基調就是這樣確定了，用「花遇到火」的消沉，用「銀色」的光芒，用「灰色」的寂寞；「花」是這樣的響亮而明麗，「火」是這樣的收束而猝脆，「花」遇到「火」，便產生出曲折的樂感。徐訏小說最迷人的格調，大概就是靠這樣的文字風格疊加成的。徐訏在三四十年代的成名，雖逢著一片亂世，但仍在蕭索的焦土上閃著點點耀目的光芒，使人無法不見。在徐訏研究界，至今提起他當初的成名，「鬼才」之譽仍最得人心，自然還要說起那攝人的「別樣格調」。但是，對於他那「別樣的格調」，深入地分析其產生的根源，又為何如此特出地透射著這樣獨特的光芒，卻少有透底之見。即以上面短短一句「她突然消沉下來，像是花遇到火」，便隱隱感到它的「別樣」。筆者以為，這種「別樣」的來源，絕非偶然得之，在看似平常潔淨的文字裏，實隱藏著徐訏為營造他內心所向之境界而用力的種種玄機。下面以此為切入口，試為解讀。

一、思想極高自生綺豔

　　思想極高者，會自生一種耀目的綺豔，尼采如此，薩特如此，魯迅亦如此。他們的思想因所達之高，神秘、陌生、幽邃便會伴隨而生。有這樣氣質的作家，其文字極易滋生出一種攝人的力。魯迅的《野草》便是最好的例證。而徐訏則有《魔鬼的神話》。

〔註 4〕徐訏：《風蕭蕭》，《徐訏文集》第 1 卷，上海三聯書店 2008 年版，第 13 頁。

　　《魔鬼的神話》是徐訏晚年陸續做成的一個系列，徐訏自己歸之為筆記。其品質似小說而無小說敘述之累贅；似散文，而又如傳奇般沉醉於想像世界；哲思之高，語言之綺豔甚為少見，其重新結構中外神話宗教故事之想像尤為奇偉，直逼魯迅《野草》與《故事新編》。如《嘴的墮落》、《風聲》、《生老病死》、《輪迴》、《地獄》、《上帝的弱點》之對《聖經》故事的重寫，《盤古氏的故事》之對中國神話的改寫，都是想像俊絕之作。而《夜釋》篇在思想上所表現出的高深，在境界上的幽邃，尤為不下《野草》諸篇：

　　　　在萬丈的石壁前你邀我進寬不過一尺的山縫，裏面是漆黑的洞穴，我再也看不見什麼，也無從知道洞穴的大小。於是你問：

　　　　「你看見我所創造的神沒有？」

　　　　「我只感到空虛與黑暗。」

　　　　「你看見了什麼？」你問。

　　　　「我看見一個空間，空間存在在濃霧之中。」

　　　　「如今怎麼樣呢？」你問我。

　　　　「不錯，如今我已經看出我空間的邊闊了，在周圍十丈的區域中我看到光亮，濃霧已退到十丈以外。我興奮地告訴你，但是你搖搖頭說：

　　　　「不夠，不夠！難洗淨的俗眼呀，你還要修煉。」

　　　　如此者十次百次，我從垂長的鬚髮知道了時間的推移，但我還無法看見你神。最後，你又叫我張開眼睛，我突然發現我原是處在一個四周與上面都無邊涯的世界，如此空洞又如此奇偉。〔註5〕

　　憑依上面的斷篇殘句，筆者無法傳達《夜釋》全文的境界，尤其彌漫其間的孤絕感，憤激的深切，探尋「神」之路途上的委屈，以及瑰麗綺豔的意象群所營構的奇偉之境，都是只能體驗而無法言傳。

　　徐訏作品「思想深沉」，而小說「思想極高」尤為早傳，這在四十年代，已有林徽因為之側目的掌故流傳：

　　　　有一天，好像是秋天，天高氣爽，筆者同著幾個朋友去沈從文家聊天，梁任公的大少奶奶攜著她今年已安在北大學習的小姐少爺們也在沈家玩，葉公超和另外幾個也都在此，大家嚼著香嫩的寶珠

〔註5〕徐訏：《夜釋》，《徐訏文集》第12卷，上海三聯書店2008年版，第398、399頁。

梨，看沈的古瓷器，忽然我想起了西風雜誌來，便談起了初露頭角
的徐，不知是誰（一定是北大人）說他是北大出身的，我告訴他們，
聯大的男女學生都愛讀他的中篇小說，沈從文還沒有開口，梁大少
奶奶——眾星所拱的一個月亮，便搶著說道：「這個人的東西是近年
來中國青年作家中寫得好的一個，他的幾篇小說都很有思想，的確
寫得不錯！」於是大家都應聲而起說果然不錯，誰又敢說錯？在那
樣的情形之下。〔註6〕

　　程靖宇調侃沈從文、葉公超等為要取悅林徽因而人云亦云，順便也把林
徽因的大小姐作風揶揄了一把。但自然我們都知道，真實的林徽因沒有那麼
幼稚，她對徐訏小說思想深沉一定印象很深，才有那樣的贊許。徐訏小說思
想極高，這在學界已屬定論。

　　一般情況而言，我們說一個作家思想高低，是指其作品在哲學層面達到
的高度。有些作家非常優秀，甚至也被列入大作家的行列，但卻不能指認其
思想高深，如沈從文、蕭紅等即如此。這樣的作家以生命的直覺去製造藝術
的意味，但他們無涉思想高低，是接近王國維之所謂主觀詩人也。而另一類
作家，他們以深刻的思想為支撐，本質上，他們與思想家更接近，魯迅自然
是這方面的典範。余華曾在其隨筆《溫暖和百感交集的旅程》中，這樣表達
他對這類智慧機敏型作家的欽佩之意：

　　　　據我所知，魯迅和博爾赫斯是我們文學裏思維清晰和思維敏捷
　　的象徵，前者猶如山脈隆出地表，後者則像是河流陷入了進去，這
　　兩個人都指出了思維的一目了然，同時也展示了思維存在的兩種不
　　同方式。一個是文學裏令人戰慄的白晝，另一個是文學裏使人不安
　　的夜晚；前者是戰士，後者是夢想家。〔註7〕

　　徐訏自然屬於思想型作家，而在思想型作家中，徐訏又與博爾赫斯更為
接近。博爾赫斯喜歡在他小徑交叉的花園中布一些思維的迷宮，徐訏則會偶
而在他的小說麥田裏種一枝思想的花。魯迅不會，魯迅的小說像一塊碑石，
他只須一刀一刀地刻下去。所以，徐訏的小說常會放射花的綺豔，而魯迅的
小說是碑文一樣力透頑石。魯迅雖不喜在他的小說裏展示思想（《阿Q正傳》

〔註6〕程靖宇：《關於林徽因對徐訏的批評》，《星島晚報》1950年6月19日。
〔註7〕余華：《影響我的十部短篇小說：溫暖的旅程》，新世界出版社1999年版，第
　　　8、9頁。

似乎是個例外），但他的小說卻奇怪地深刻，這不能不說，一個思想深刻的作家即使不有意地表現深刻思想，甚至有意收束，但仍會漫溢而出。與魯迅相比，錢鍾書正是喜歡在小說中過於暴露自己智慧的作家，甚至給人以賣弄之感。難怪徐訏對錢鍾書的評價不高，他認為，錢鍾書與張愛玲一樣，雖作品中時時有機警的句子，但都是小聰明，沒有高深的思想與境界。

與錢鍾書相比，徐訏雖也在小說中探討人生，流露思想，但他不同的是並不抽身事外，並且有更深情的入世，正像他在《江湖行》中所追求的境界——歷最入世之色後，乃見最出世的空。同時，徐訏在小說中所探尋的也多是終極意義上的人性、倫理的哲學難題（如《彼岸》、《精神病患者的悲歌》等），民族、時代底下的個體之去從（如《風蕭蕭》、《江湖行》等），以及生命與靈魂的本質（如《魔鬼的神話》與《靈的課題》系列）等形而上層面的問題，錢鍾書卻是多對人情世故作冰冷的嘲諷，他的智慧更有中國傳統文人的趣味，也更有人間的煙火氣。無疑，徐訏的思想更接近西方近現代以來思考人生終極意義的現代主義哲學，甚至他一直以理性的探尋來拒絕退進宗教而終於沒能在理性的世界裏找到出路，最後無奈而哀傷地在逝世前皈依天主的行為，也更像西方哲人的做法，顯示著中國作家所罕有的精神氣質。

徐訏思想複雜高深，因其幾乎兼收了康德、柏格森、佛洛伊德、榮格等當世最具神秘色彩的思想者的精髓。關於這一點，陳旋波在他的《時與光——20世紀中國文學史格局中的徐訏》中作過令人信服的分析：

> 徐訏是從 30 年代北大期間開始接觸伯格森的，並在此時的創作中留下明顯的印記……佛洛伊德、阿德勒和榮格關於人類意識深層結構、生命原動力以及夢幻領域的研究成果無疑引發了徐訏探尋隱秘心靈世界的欲望，也為他後來從事文學創作提供了極為重要的思想資源。〔註8〕

自然，兼收絕不等於移植，徐訏與魯迅一樣，說其思想極高，是指其作品總透著特殊的光芒，那光芒屬於他自己，絕不是因其中藏有他人的影子。徐訏早年事於哲學、心理學，曾一度有意棄絕文壇而他轉，但終未成功。也許徐訏本人的氣質本來就更適合於文學的創作，所以他的努力終究沒有成功，但這卻透露他內心深處的執意之所在，所以，也在終其一生地暗暗用力。

〔註 8〕陳旋波：《時與光——20 世紀中國文學史格局中的徐訏》，百花洲文藝出版社2004 年版，第 36、38、39、138、139 頁。

因此，不僅是他的小說，包括他的詩，戲劇，散文，甚至文藝理論著作，都深染他在哲學層面的探尋痕跡。他所思之深，高，廣，在五四後一批作家中，似乎只有魯迅可與其相匹，但魯迅不喜在詩、小說、散文中表現，而化在他的雜文裏，或者以深刻的眼光來顯示。徐訐確是喜歡以小說、詩、戲劇為實驗的場地，甚至可以認為，徐訐的很多小說都是他在以故事為途徑來探他哲學的命題，這一點，佛洛伊德、榮格是搜集精神病患者的病例來進行，而徐訐是在小說裏，用虛構的人物，最大限度地讓他們接近現實中真實的客觀做法，來實驗他的假設。《精神病患者的悲歌》、《舊神》、《期待曲》、《盲戀》、《爐火》、《殺機》、《殺妻者》、《巫蘭的噩夢》、《彼岸》、《時與光》……這些都是心理學、哲學、宗教意義上的實驗，徐訐借一些小說探進人性悲劇的深的底層，也借一些小說為梯爬升到極高處來對精神存在做終極的思考。

譬如，《盲戀》是在「真」與「善」間表現著「美」的掙扎，這「美」終於在「真」與「善」的衝突裏因不知所從而毀滅。關於此，徐訐在《從寫實主義談起》一文中，曾談到《盲戀》的寓旨：

> 在我脫稿以後，我發覺我沒有從薇翠的角度來寫是一個很大的缺點。原因是我意圖把夢放象徵「真」，世發象徵「善」，薇翠象徵「美」的。所以整個的故事，只是「真」與「善」衝突的故事。真與善本不該衝突，但「真」無絕對的「真」，只是憑不全的理智而信仰的「真」。「善」無絕對的善，只是憑良心的直覺所感的「善」。美是藝術，它要接近「真」，也要接近「善」，但當它內心的直覺覺醒的時候（薇翠重明），發現所信仰的「真」竟是如此醜惡，一切能憑良心直覺體驗的「善」竟完全不在它所信仰的真理中。於是美就不知所從，因而再無法有所表現而自殺了。〔註9〕

這裡，徐訐之所謂夢放的「真」，在薇翠，實則也是一種「美」，是憑她視覺以外的感覺所感到的「美」，人類之對美的神往是一切高貴精神的趨向。但這「美」在視覺的領域竟如此的醜惡，在薇翠重明時，夢放身上的視覺以外之「美」便成了「善」，薇翠依然愛著這「善」，但她愛美的心靈已不能容忍視覺所感的「醜惡」，而這時，世發作為「善與美」的統一而出現，就造成了薇翠良心的磨難。《盲戀》的實驗結果是：沒有了美，善的一切的長久都會

〔註 9〕徐訐：《從寫實主義談起》，《徐訐文集》第 10 卷，上海三聯書店 2008 年版，第 152 頁。

造成壓抑與委屈，這就不是眞，而這世上非眞的東西，也不會長久，所以，一切的美意的祝福便是虛空，薇翠的自毀，正是愛美與愛善的無法統一而撕裂了生命。這使我們看到，作爲《鬼戀》的姊妹篇，《盲戀》中那攝人的別樣格調，則來自他極高思想中之「愛眞」與「愛善」衝突下扭曲的「美之花」所放射出的光色。

再如《爐火》（作於 1952 年），這是徐訏將性錯亂、犯罪、死亡、癲狂等具有強烈現代主義意緒的燃料放進他頹廢、悲觀、絕望的爐中，而燃起的一爐妖冶綺豔的冰火。陳旋波這樣解讀《爐火》的主題：

> 《爐火》……展現了文化危機精神狀態的孤絕意識，直接抒發了本能性的生命悲感……《爐火》把筆觸伸入人類原欲的深淵裏，寫出畫家葉臥佛曲折而近乎瘋狂的情愛經歷以及最後的毀滅。〔註10〕

強烈的現代主義意緒是徐訏小說別樣格調的光源，也即陳旋波所說之「孤絕意識」，這種「孤絕意識」同樣見之於魯迅的《野草》。這是思想極高者普遍的精神氣質，在中國現代作家中，只有魯迅、徐訏身上終身彌漫著這種氣質。

《爐火》以外，還有《殺機》、《不曾修飾的故事》、《殺妻者》、《婚事》、《巫蘭的噩夢》等，在五六十年代的華語文學界，這都是最早在非理性的層面深探進人性惡之深淵的典範之作，顯示著徐訏在宗教、哲學的宏觀思想層面探尋人類存在之終極意義時，也在非理性的微觀層面下查找著人性惡的根因。

最終，如《盲戀》、《精神病患者的悲歌》、《賭窟裏的花魂》等篇，表現的是眞、善、美間的衝突。這衝突的結果儘管是悲劇，但，是「美」的悲劇。這是將綺豔的美毀滅給人看，讓人有隔世的恍惚與歎息。而《爐火》、《殺機》、《殺妻者》、《舊神》、《婚事》、《不曾修飾的故事》等，則在講這美與善衝突底下扭曲的人性。這也是悲劇，但，這是令人顫慄的、人性惡的悲劇。這是邪惡的「爐火」，發著妖冶的光芒。徐訏在這帶有佛洛伊德著作中病例分析式的一系列故事裏，表現了人性的複雜與深邃，但他與陀思妥耶夫斯基不同的是，他的作品裏更有一種迷人的驚豔，使灰暗的閃著冷漠的棱角，使惡罪的發出顫慄的哀吟，使變態的流淌懺悔的淚水。徐訏與陀氏，都是在人性深處

〔註10〕 陳旋波：《時與光——20 世紀中國文學史格局中的徐訏》，百花洲文藝出版社 2004 年版，第 291、292 頁。

探尋的高手，但一個給深邃的無意識塗上搖曳的綺色，一個抓住讀者令他噩夢不絕。徐訏在寫人心理這方面的才能，無疑是現代以來中國作家中的第一高手。

但徐訏終於不能成爲佛洛伊德與榮格，他甚至也不能成爲薩特、加繆那樣的作家，他在爬向思想的巔峰時，終於無法棄絕人生的細節與這細節裏的情感的深沉。於是，在《彼岸》之高與深處，徐訏仍不忘種一片綺豔的花草，以待有情深的人們來他思想的山頂時，慰他高處不勝寒的寂寞——

> 一棵野草是和諧的宇宙，一片野草也是和諧的宇宙，整個的山
> 林是和諧的宇宙，整個的世界與整個的宇宙都是和諧的宇宙，儘管
> 你以爲有大有小，而它們竟可以互相融合，不分彼此。〔註11〕

《彼岸》是徐訏最奇崛的作品之一。其忘記讀者存在，完全沉浸於自己世界之氣質，絕似魯迅《野草》。一方面，《彼岸》文體之奇崛只有《野草》堪比；一方面，《彼岸》中之孤高感，也只有《野草》中才見。司馬長風稱其爲「一部超越流俗的書」，是「散文詩和詩的花卉」，是「哲思的絮語」。〔註12〕《彼岸》思想之高，可爲徐訏小說思想極高的標誌，其因之而放射出的綺豔，足以睥睨近現代文壇。

但《彼岸》也因睥睨世俗的孤高，而令一些無甚高格的文壇宿將心生嫉意，尤以一己之心揣測世人：

> 在文學觀念上，他也處於尷尬的地位，他的氣質與風格實在是
> 唯美浪漫的一種形態，例如，《鬼戀》、《荒謬的英法海峽》，甚至《風
> 蕭蕭》，書裏的人物都是不食人間煙火，也因此獲得讀者的喜愛，但
> 在寫實主義的大環境中，他的獨樹一幟，卻被活活的壓下去。到香
> 港後，他也是見風使舵的寫了近乎現實的《盲戀》、《江湖行》，可是
> 他缺少那個社會階層的生活體驗，寫得很不成功，反而失去了原來
> 欣賞他的讀者。於是他又調轉筆觸寫了《彼岸》，這一本更糟了，他
> 的哲學思想不但與現實政治不合拍，更爲一般「徐訏迷」望而生畏。
> 〔註13〕

〔註11〕徐訏：《彼岸》，《徐訏文集》第 5 卷，上海三聯書店 2008 年版，第 143 頁。
〔註12〕參見司馬長風：《〈彼岸〉——哲思的絮語》，《星島日報》1976 年 6 月 20 日。
〔註13〕徐速：《憶念徐訏》，寒山碧編著《徐訏作品評論集》，香港文學研究出版社 2009
　　　年版，第 313、314 頁。

這是徐速《憶念徐訏》文中的一段話，其不實處早已被人指出。如其說徐訏是因《盲戀》、《江湖行》寫的不成功，才調轉筆觸寫的《彼岸》，事實上是《彼岸》出版在先。《彼岸》雖所探極深，但它卻並非艱澀之作，有無數一般讀者深喜它的渺然之境，即使不能清晰知曉其全部深意。據粗略統計，《彼岸》自1951年3月初版，至1962年5月已再版七次。廖文傑曾對與徐速看法相似的劉以鬯批評《彼岸》因涉哲思過多反而給讀者刺激減小深感不平，表示這只是劉以鬯個人的感覺，不能代替別人的看法：

> 談《彼岸》，劉以鬯說徐訏為了減少小說中的低級趣味，將哲理當作血液注入作品，野心很大，給讀者的精神刺激卻小。我自己的意見則竟然剛好相反，《彼岸》一書哲思深邃，探討人生，貫穿時空，在人生的思想上給我的啟發頗大，我以為此書應屬徐先生很有特色的代表作之一。〔註14〕

確實，《彼岸》雖所思極高，但卻沒有令「徐訏迷」們望而生畏，一方面，因「徐訏迷」與「張愛玲迷」、「錢鍾書迷」不同，其間甚多各界之頂尖級人物，傑出物理學家孫觀漢，著名音樂家、作曲家林聲翕，畫家呂清夫，這是一個高端的讀者群；一方面，《彼岸》即是小說，也是散文詩，「詩的花卉」，其潔淨的詞匯，綺豔的意象，歌樂的旋律，英雄高僧的境界，自然宇宙的協和，都使它放射著攝人的氛氳。

二、暗運聲律布之無形

> 在湖邊山頂靜悄悄旅店中，我為她消瘦為她老，為她我失眠到天明，聽悠悠的雞啼，寥遠的犬吠，附近的漁舟在小河裏滑過，看星星在天河中零落，月兒在樹梢上逝去，於是白雲在天空中掀起，紅霞在山峰間湧出，我對著她的照相，回憶她房內的清談，對酌，月下的淺步漫行。我後悔我自己意外的貪圖與不純潔的愛欲，最後我情不自禁的滴下我脆弱的淚珠。〔註15〕

〔註14〕 廖文傑：《風蕭蕭‧路迢迢——懷念生前飄零死後寂寞的徐訏》，《香港時報》1985年9月6至8日。

〔註15〕 徐訏：《鬼戀》，《徐訏全集》第2卷，臺北正中書局1966年版，第75頁。

　　這是《鬼戀》中最攝人的段落之一。其格調之清絕，甚為少見。只因這雖是一段抒情的敘述，實則每一句徐訏皆暗運聲律，其心所向之高，其意所用之深，即很多新詩名篇也未必能及。這與徐訏在新詩的舊格律現代轉化上已闢新徑〔註16〕有密切關係，他是憑藉在數量驚人的詩歌寫作實踐中產生的聲律直覺來安排文字，才在看似無意間營構出這樣近歌近詩的旋律。為發現這段話清絕之境到底出自何處，筆者曾無數次反覆地詠讀，每每沉迷於它歌樂般起伏錯落的聲調之美，遂猜想這段文字若按詩行排列，其平仄用韻必有特殊之處。但現實操作中發現，若按一般分析新詩的方法，實難進行，因這段話正如徐訏幾首影響較大的詩作一樣，在平仄、用韻、字數、詩行、節奏上非常特殊，雖明明感到一種強烈的歌詩效果，卻難有落到實處的具體分析，這應該是此前的研究界沒有找到適合分析徐訏詩的理論工具所致。筆者近日恰好讀到徐訏研究新秀馮芳的一篇力作《論徐訏新詩何以鏗鏘滿章》，大受啟發，一些原來對徐訏詩僅憑直覺可感而無法言出的體驗似乎已能藉之做理性的分析。馮芳論文最有意義的貢獻是她發現新詩一直沒有解決的舊格律現代轉化問題實則在徐訏詩中已找到解決途徑：

　　　　徐訏格律體新詩是按輕重音、音組、「頓」、詩行、韻、詩節等各層次組織節奏；同時對「音組末字」（或「頓前字」）及「行末音組」（或「行末『頓間音組』」）調平仄，並依照重複律、相反律、相似律等原則營築各詩行的聲調以創造旋律。在語音方面，它照拂到音高（平仄）、音強（輕重）、音質（韻）；在節奏上，它安排多層次的節奏單位：輕重音、音組、「頓」、詩行、韻、詩節；在旋律上，它從建行建節到謀篇都注入了創造旋律的理念。令人欣悦的是，徐訏新詩成功地實現了舊格律的現代轉化，尤其新詩探索史上令人撓頭的舊聲律轉化是其最見長之處。〔註17〕

　　若以馮芳的「頓前字、音組末字、行末音組」的解詩方法來分析上面這段話，可清晰看到徐訏傾注於這段抒情文中的聲律之心血：

〔註16〕關於徐訏的詩已成功地實現舊格律的現代轉化問題，參見馮芳論文《論徐訏新詩何以鏗鏘滿章》，《世界華文文學論壇》2013年第2期。
〔註17〕馮芳：《論徐訏詩何以「鏗鏘滿章」——兼議其對當下詩律重建的典範意義》，《世界華文文學論壇》2013年第2期。

按詩行排列的《鬼戀》片段	「頓前字」聲調分析	「音組末字」的聲調分析	「行末音組」中各字的聲調分析	詩韻
在||湖邊|山頂|靜悄悄|旅店中	仄仄平	仄平仄平平	仄仄平	ONG
我||為她|消瘦||為她|老	仄仄仄	仄平仄平仄	仄	AO
為她||我|失眠||到|天明	平平平	平仄平仄平	平平	ING
聽||悠悠的|雞啼|寥遠的|犬吠	平平仄	平仄平仄仄	仄仄	EI
附近的|漁舟||在|小河裏||滑過	平仄平	仄平仄仄仄	平仄	UO
看|星星||在|天河中||零落	平平仄	平仄平仄仄	平仄	UO
月兒||在|樹梢|上||逝去	平仄仄	平仄平仄仄	仄仄	U
於是||白雲||在|天空中|掀起	仄平仄	仄平仄平仄	平仄	I
紅霞|在|山峰間||湧出	平平平	平仄平平	仄平	U
我||對著||她的|照相	仄平仄	仄平仄仄	仄仄	ANG
回憶||她|房內的||清談|對酌	仄仄平	仄平仄平平	平平	UO
月下的||淺步|漫行	仄平	仄仄平	仄平	ING
我|後悔||我自己||意外的|貪圖||與|不純潔的||愛欲	仄仄平仄仄	仄仄仄仄平仄仄仄	仄仄	U
最後||我|情不自禁的||滴下||我|脆弱的||淚珠	仄仄仄仄平	仄仄仄仄平仄平	仄仄	U

　　分析上表，可看到不管是「頓前字」，還是「音組末字」，都有整齊的聲調形式，整段文字非常符合馮芳解徐訏詩所得結論：徐訏依照重複律、相反律、相似律等原則營築各詩行的聲調以創造旋律。上表中每行基本都是五個音組，雖每一音組字數略有不同，但誦讀中因內容而變的語速會自動調整，以形成錯落中的整齊勻稱。如第二行與第三行，在音組字數上有非常別致的上下「錯對」：

　　　　我\|\|為她\|消瘦\|\|為她\|老
　　　　為她\|\|我\|失眠\|\|到\|天明

　　從上往下依次為「一對二，二對一，二對二，二對一，一對二」，在變化中形成一種迴環複沓的對稱。此外，行末字隔數行即有 ing、uo、u 等韻遙遙相押，也甚合詩格。

　　難怪每讀至此，必愀然若失。彷彿聽一支歌，等它聲調的揚起，再待它猝然落去，於是又感到它若疾若徐的節奏，聽到它清俊絕響的結尾一收。確實，只要有一點歌詩感的讀者，幾乎都能感到這段話的特別。

　　新文學史上的小説家，如徐訏這樣在詩界也有傑出成就的幾乎没有。馮至是以詩人的身份寫小説，雖質量甚高，但數量上不可爲數。其他諸人，也只有郭沫若有過較多小説創作，但其小説又影響極微。徐訏則是小説名大於詩名，但「他的新詩成功地實現了舊格律的現代轉化，尤其是最令世人撓首的舊聲律轉化問題在徐訏詩中得到了解決，代表了新詩所能達到的高度」〔註18〕，也在向世人證明，他在新詩史上亦爲有特出貢獻之人。其實，徐訏小説（包括戲劇）放射「別樣格調」的隱秘也正藏於其罕有的雙料身份中：其「思想極高」再被「譜上」平仄清濁的「聲律」，自然可成或清俊高爽，或猝脆收束的別樣境界──「思想極高」已然綺豔多姿，再加以「歌樂境界」的曲折收發，攝人處當不難揣測。

　　　　白蘋在神龕的面前跪下去，……她忽然低聲地説：「祈禱你最真
　　的願望。」於是我祈禱，我没有思索，我在心裏自語：「願抗戰早日
　　勝利，願有情人都成眷屬，願我永久有這樣莊嚴與透明的心靈。」
　　〔註19〕

　　這願望可以使每個有美好靈魂的讀者流出悵然感動的淚水，它的境界一方面產生於情感的真誠，一方面源於語言風格上的潔淨。「願抗戰早日勝利，願有情人都成眷屬，願我永久有這樣莊嚴與透明的心靈。」這三個分句，文字漸次增多，形成一種逐漸加強的節奏，聲調起落乾淨，三個分句的末字，竟無意間湊成「仄仄平」的聲律。正如前文所析，這便是讀到此處即有莫名歌詩感之原因所在。然而，這應該不是寫到此處徐訏有心刻意地設計，而是他憑多年詩歌寫作所生的直覺使他能自然爲之，因而在無痕跡中使之暗合聲律，這樣的例子在其小説中幾乎隨處可見，足證他在這方面確爲天才，也不愧他那「因韻律突出而被譽爲現代詩人第一」的稱號──

　　　　從層層的深幔裏進去，我看見了光看見了色，濃鬱的音樂與謔
　　笑中，我意識到夜闌世界裏的罪惡。〔註20〕

　　在這個句子中，我們同樣可以如前文一般，給它斷句，再作「詩」的排列：

〔註18〕　馮芳：《論徐訏詩何以「鏗鏘滿章」──兼議其對當下詩律重建的典範意義》，
　　　　　《世界華文文學論壇》2013 年第 2 期。
〔註19〕　徐訏：《風蕭蕭》，《徐訏文集》第 1 卷，上海三聯書店 2008 年版，第 18 頁。
〔註20〕　徐訏：《風蕭蕭》，《徐訏文集》第 1 卷，上海三聯書店 2008 年版，第 179 頁。

　　　　從層層的深幔裏

　　　　進去，

　　　　我看見了光

　　　　看見了色，

　　　　濃鬱的音樂

　　　　與謔笑中，

　　　　我意識到

　　　　夜闌世界裏的罪惡。

　　摘出「行末字」（裏／去／光／色／樂／中／到／惡），除去有規律的押韻外（「光」與「中」，「色」與「惡」），也基本符合平仄的聲律：仄仄平／仄仄平／仄仄。於是，我們在徐訏的小說（包括戲劇）中每讀到這樣的段落時，那種難以言傳的「別樣格調」就會一閃而現，它們實則是披著小說外衣的詩，披著戲劇袈裟的飄逸道士。

　　上文所析的這句話，是「徐」受梅瀛子的指示去竊取白蘋的文件，他雖成功地盜取，但良心與忠誠使他感到慚愧與苦澀，即使這行動出於正義、民族與抗戰。於是，在梅瀛子為慶祝他英雄行動的告捷而帶他到「香粉甜酒與血的結晶」的世界去狂舞、豪賭時，他輕蔑自己，也冷淡梅瀛子，他內心兩種情感的激沖，正化成這句子歌詩的節奏，而在平仄的微唱中，在光色的意象裏，小說的歌詩化竟就這樣悄然布於無形。

　　「而我，我對於賭場裏的人都當作花看待的。」

　　「花？」

　　「是的。」她又是笑，「不錯，花。」

　　「我不懂。」我注視她掛下去的睫毛。

　　「你自然不懂！」她收起笑容，注視著我，「我都當它花，看他們是綠色蓓蕾般，不使人注意的出現，於是乎長大，於是乎放苞了，於是成了一朵令人注意的花，於是一點一點凋謝，枯萎下去。」她用細長的手指將餐桌上的花撫摸著。

　　「那麼我呢？」

　　「你是還未開足的花。你看，那面，……」她偷指著旁邊餐桌上的客人。

　　　　那面是一個穿中裝的中年男子，頭髮零亂，衣服不整，胡髭未
修，眼圈發黑，頭低著正在想心事。
　　　「這是一朵已經枯萎的花。」
　　　「那麼你自己呢？」我笑了。
　　　「我，我開過，最嬌豔地開過；我凋謝過，最悲淒地凋謝過；
　　現在，我是一個無人注意的花魂。」〔註21〕
　　當然，在小說之中，任何人都無法使每一個句子都合於聲律，也絕無這
個必要，否則，小說這種文體也就不必存在。不過，徐訏對詞語之聲調與意
義的組合常有十分奇崛的神來之筆，令人有望塵莫及之感。比如，上面所引
《賭窟裏的花魂》中的一段對話，雖全無前文所引《鬼戀》、《風蕭蕭》中那
種甚合詩律的琅然沓然之調，但仍透射著強烈的徐訏特具的氣質，則正是他
甚至在某一個字、某一個詞中都能注入他對文字的「聲」的用力——
　　在賭窟的零落的茶室，當那神秘、頹廢、蒼白、寂寞的「花魂」這樣對
「我」說：
　　　「而我，我對於賭場裏的人都當作花看待的。」
　　「我」聽到了她的話裏最攝人的一個字，之所以它如此的攝人，不是因
為那個字本身多麼異樣，而是它出現在了本無可能出現的地方。於是，它的
熠熠的光芒便突然閃現出來，令「我」驚愕：
　　　「花？」
　　「我」的疑問簡潔，猝脆，響亮。帶著一種綺豔。同時，這驚異的語調，
則第二次使這個漢字放出異彩。
　　不過，令人驚歎的還在後面。按一般人的想法，能使這個已被世人用濫
的詞語接連兩次發出攝人的聲響，已經非比尋常，而徐訏，卻敢在兩次之後，
第三次出手，他讓「她」頹廢地一笑，說：
　　　「不錯，花。」
　　這是低垂下來的語調。平靜，豔絕。至此，徐訏幾乎榨乾了「花」這個
漢字裏所可能隱藏的全部美感，包括它的形，它的聲，它的義，它的引申，
它的象徵。

〔註21〕徐訏：《賭窟裏的花魂》，《徐訏文集》第 6 卷，上海三聯書店 2008 年版，第
　　　　110 頁。

甚至，在這小說的篇名中，徐訏也最大限度地發揮了他在文字的聲義組合上的特殊氣質。「賭窟裏的花魂」──「賭窟」黑暗、頹廢，「花魂」神秘、綺豔，因有「賭窟」幽邃的背景，才更顯「花魂」的豔絕。「賭窟」之聲調仄起平收，再加上其發音阻塞、扼抑，遂形成一種蓄積的「勢」，這種「勢」在「花」的響亮中得到釋放，又在「魂」的微合中得到收束，而「魂」陽平的聲調則恰到好處地將它字義的神秘接到混茫之境。這種組合，正如後文將舉之《神偷與大盜》，都是在極少的文字裏用力的典範，其突破語言在聲與義的組合習慣上如此超絕凡庸，僅六個漢字，即造出這樣幽邃綺豔的境界。如果再深探一層，這小說的境界，其實已盡在這「賭窟裏的花魂」的篇名之中，甚至作為經驗讀者，一見這篇名即可領略到徐訏小說的特殊攝人處。

在徐訏的早期小說之中，他非常喜歡用這種隱藏歌樂旋律的對話來塑造他的人物，尤其是那種「徐訏式」的冷豔而神秘的女子形象。關於這一點，很早就有人注意，不過，也有人並不喜歡徐訏的這種「雕琢」。李輝英在他的《中國現代文學史》中以調侃的口吻隱隱表達著他對徐訏這種「不事」民族大業與現實苦難，卻用力於「對話的巧製」的不滿：

> 作者刻意於文句的雕琢，對話也經過一番巧製，他希圖用傳奇式的形式美以及賈寶玉式男人必為若干女人所喜愛的愛情，織結成奇幻虛渺的故事引人入勝，頗為一般人所愛好。大抵又因為取材和文字的較為奇異，一時有人譽之為鬼才。其實人間只有人才，沒有鬼才，鬼才要去鬼域尋求了。〔註22〕

不過，李輝英的苛責卻從相反的一面讓我們看到，徐訏的小說對話，的確與眾不同，除去一般的錘鍊文字外，徐訏還會注意對話中可能存在的旋律。如果從這個角度來看徐訏的小說，我們便似乎能找到他早期小說總透著一種強烈的綺麗感的又一隱秘。傳統的小說對話，因角色的轉換常須如詩一般的分行，因此會形成一段或長或短的停頓，這停頓其實正如詩歌與音樂中的節奏點，如果控制得好，前後句間就能產生節奏以至旋律，形成一種特殊的格調。徐訏則正是在他的小說對話中，充分施展了他在這方面的天分，他的《鬼戀》、《吉布賽的誘惑》、《風蕭蕭》等一系列名篇，以至他後來所有的小說，包括《時與光》、《彼岸》、《江湖行》等等，幾乎無一例外地都有這方面的用力。可以說，徐訏製造了對話聲律上的最高典範，這使他創造了新文學史上

〔註22〕 李輝英編著：《中國現代文學史》，香港文學研究社 1972 年版，第 269、270 頁。

獨一無二的對話風格——既不同於魯迅的入木三分，也不同於老舍的形神皆現，他是用詩與音樂的寫意方式映人物的靈魂於紙上，所以，顯得恍惚而神秘。為印證這一結論，我們再回頭一看前面引文中的對話。此處，為要更清晰地看出其間的節奏與旋律，遂隱去敘述語，並作適當的斷句：

　　「我不懂。」

　　「你自然不懂！

　　　我都當它花，

　　　看他們是綠色蓓蕾般，

　　　不使人注意的出現，

　　　於是乎長大，

　　　於是乎放苞了，

　　　於是成了一朵令人注意的花，

　　　於是一點一點凋謝，枯萎下去。」

　　「那麼我呢？」

　　「你是還未開足的花。

　　　你看，那面，……

　　　這是一朵已經枯萎的花。」

　　「那麼你自己呢？」

　　「我，我開過，最嬌豔地開過；

　　　我凋謝過，最悲淒地凋謝過；

　　　現在，我是一個無人注意的花魂。」

　　這雖算不上嚴格的詩，但其中的「巧製」也格外地特別。「我」的話本質上只是提示「她」繼續說下去，但在她的話中間，我的話又形成一種阻隔、停頓，使將枯竭的境界總能一轉而有新的變化，最終達到這境界的最高點：

　　　　我　　是一個無人注意的花魂

　　至此，徐訏終於成功地讓頹廢、無望的賭窟裏，開出了這朵綺豔的「花魂」。她的頹廢的光芒這樣攝人魂魄，只因這樣的女子世界上本沒有，她是徐訏哲學世界裏幻化出的精靈。但她生動而寂寞地開在那賭窟裏，用她愛情的冰冷，參雜著哲學的玄思，與要離開人間的倫理關係而去的哀傷，吸引著當時以及後世的青年男子們，讓他們在某一個無眠的夜晚來看她在厭世的邊緣踏頹廢豔絕的舞步。

三、鬼神題材近代少見〔註23〕

　　小說詩學中之綺豔感的產生，可能都是某種極致的結果。魯迅是精瘦如骨的象徵，力透頑石也能生出綺豔；蕭紅是慘烈到輕盈，她的綺豔竟彌漫在血的污濁裏。極致，即陌生，陌生而神秘，神秘而綺豔生。大凡有神秘感的作家，似乎都有一種特殊的綺豔，愛倫‧坡、梅里美、王爾德等，皆如此。徐訏的綺豔之色，比之這三位，絲毫不弱，因徐訏也是中國現代作家中非常難得的一位有神秘感的作家。當年，徐訏曾與林語堂戲談到作家的神秘感問題，兩個人都認為中國作家少有神秘感，即使魯迅，與世界上有名的大作家相比，也是缺少神秘感的。能這樣相談，徐訏當年一定早就有製造神秘感的自覺。徐訏的神秘感，一方面來自他對自己的私事致死諱莫如深，幾乎從不寫日記，也沒有自傳之類的作品傳世；一方面是他思想極高，在心理學、哲學、宗教上都探入極深，也將其所思注入作品；最後是他癡迷於鬼神題材，甚至有以其接近靈魂真相的野心，從早年成名直至晚年離世前，都有極高的探尋。如早年之《鬼戀》、《阿剌伯海的女神》、《癡心井》與晚年的《離魂》、《時間的變形》、《園內》、《歌樂山的笑容》等，以及戲劇《客從陰間來》，筆記《魔鬼的神話》系列。這也使其小說生出一種詭秘之氣，雖這不是其小說風格的最主要走向，卻是其出道以後所放之最引人矚目的一束強光。

　　可以說，徐訏對「鬼神」的思考，是近現代中國思想家、作家中極為少見的。在《談鬼神》中，他甚至認真地做過科學與哲學的推理論證，雖最後得出「即使要將鬼神之說來肯定，也總與人間世有可驚的距離，當人與人的爭鬥尚未決定時，當人尚未將病菌克服時，鬼神，終還不是人應該顧到的問題」〔註24〕的結論，但該文透露出徐訏的鬼神思想非常特別，即與中國傳統的鬼神想像不同，也區別於西方的鬼神體系：

　　　　但是我還想，或者鬼神是植物以下的一種生物。把植物當做零度幾何裏的動物，負度幾何，終該是空間以外的境界，或者就是所謂陰間？〔註25〕

〔註23〕這種說法出自廖文傑的《風蕭蕭‧路迢迢——懷念生前飄零死後寂寞的徐訏》一文，該文對徐訏一生執著於對「鬼神」世界的探尋與表現有深刻的分析。
〔註24〕徐訏：《談鬼神》，《徐訏文集》第9卷，上海三聯書店2008年版，第233頁。
〔註25〕徐訏：《談鬼神》，《徐訏文集》第9卷，上海三聯書店2008年版，第230～232頁。

　　徐訏以現代自然科學所能提供的理性的極限來思考與想像「鬼神」的本質，他是將「鬼神」作爲一種生命形式來思考的，所以得出了「徐訏式」的鬼神原型：

　　——生成的「鬼」。只有「我」能成爲「鬼」，別人不能，「鬼」是一種特殊的存在：

　　　　「假如你眞是鬼，那麼愛，讓我也變成鬼來愛你好了。」我說
　　　　著，安詳地站起來，我在尋找一個可以使我死的東西，一把刀或者
　　　　一支手槍。

　　　　「你以爲死可以做鬼麼？」她冷笑著說，「死不過使你變成死
　　　　屍。」

　　　　「那麼你是怎麼成鬼的？」

　　　　「我？」她笑了，「我是生成的鬼。」

　　　　「那麼我是沒有做鬼的希望了。」

　　　　「是的。」〔註26〕（《鬼戀》）

　　「鬼」無法由「人」死而變成，而只能「生成」，這奇絕的想像在傳統的鬼神小說中沒有，在西方的鬼神思想中也未見過，這是「徐訏式」的「鬼」。這種想法，徐訏在《談鬼神》中也有闡發，大概不是一時之靈感。所以，又有「生成的神」。

　　——生成的「神」：

　　　　「但是你是怎麼做神的呢？」

　　　　「我本來是人，想知道哪一個是眞帝，所以特地飄到海外訪問，
　　　　沒有結果，苦悶發慌，就跳在這裡自殺。一跳下就變成神了……我
　　　　不過可以在這阿剌伯海區內自由罷了，我只要一想，就可到海底，
　　　　可到天空，可在水面上走，不會冷，不會熱，不會餓。」〔註27〕

　　這「神」是精神自由的境界，脫離了肉身，離開了物質，它與「鬼」的區別是：

　　　　「我只是可以自由自在，不受一切物質的束縛，瞬息可以走遍
　　　　這海天罷了。風不阻我，雨不濕我，冰雪不凍我，如此而已。」

〔註26〕　徐訏：《鬼戀》，《徐訏文集》第 6 卷，上海三聯書店 2008 年版，第 162 頁。
〔註27〕　徐訏：《阿剌伯海的女神》，《徐訏文集》第 6 卷，上海三聯書店 2008 年版，第 209 頁。

「眞的嗎？不過這個就算是神麼？難道不是鬼？」

「鬼？」她笑，「我見過，在海的底裏，有我一樣的能力，但一切不能隨自己的意志。他們想在空中飛，偏沉到了海底去，有時候想到海底去，偏偏浮到了水面；有時候想看看船隻，偏偏只看見了月亮；有時候想望月亮，又只見到了山。我初來的時候問鬼，鬼告訴我我就是神。」〔註28〕（《阿剌伯海的女神》）

這時，徐訏的「鬼」又是雖脫離了物質的束縛，而同時也失去了意志的力量，「鬼」終於變成無法支配自己意志的混亂的世界。但這樣的「鬼」也是中外古今皆無的，僅見於徐訏的世界。

——「客」自陰間來：

德存：那麼有沒有神呢？或者也有一個陰間的政府。

祖常：神有沒有不是問題。靈的世界，看見的都是靈，接觸的都是靈。靈與靈的交往是透明的瞭解，不需要文字，不需要語言，不需要法律。所以在靈的世界沒有這個世界的俗務。〔註29〕（獨幕劇《客從陰間來》）

有一天，死去二十多年的「祖常」突然從陰間回來了，他的老朋友、兒孫們都驚疑無比，紛紛向他打聽人死後的世界。「祖常」說，他現在是在「靈的世界」裏，本來，「靈的世界」同人的世界的溝通原是單行的。「靈」可以來，但人是看不到，也無法感覺到。但最近，「靈的世界」出現了一個大科學家，他發明一種奇怪的東西，這是介於靈與物間的一種東西，他可以用它為「靈」造出一個人能看到的外形，就像給「靈」套了一件「衣服」一樣，所以，「祖常」的老朋友、子孫就都能看到他，而問他上面這些話。祖常就一一地回答他們關於「靈的世界」的一切。無疑，這是通過「鬼神」的想像而在探尋精神與物質關係的一個寓言，「靈」們脫去「肉身」，就像脫去一件無限沉重累贅的衣服，它們在「無物」「無形」的虛空裏聚居，彼此的交流不用語言，不用文字，活動時是一個一個的個體，不活動時，就消失而彼此融成一個無限和諧的整體。

〔註28〕 徐訏：《阿剌伯海的女神》，《徐訏文集》第 6 卷，上海三聯書店 2008 年版，第 209 頁。

〔註29〕 徐訏：《客從他鄉來》，《徐訏文集》第 16 卷，上海三聯書店 2008 年版，第 515 頁。

——無神之「神」：

> 人創造神，人不斷地創造神，一次兩次，千次萬次，人始終在
> 造神。神創造人則只有一次，一次的創造就注定了無窮的創造。創
> 造人的是無神的神。……只有無神的神是無限的。一切的神都是有
> 限。(《夜釋》)〔註30〕

這是《夜釋》，體裁爲徐訏自稱之「筆記」——在小說、散文、詩與哲思
之間。「我」在尋找「無神之神」的時候，遇到了「你」，「你」先是在萬丈石
壁的洞穴裏造人間無與倫比的「神」，用無從計算的時間，用不可想像的奉獻。
但，很快，你的「神」在戰火中被摧毀，連那大山也被夷成滄海。於是，「你」
開始利用「神」，「你」以「神」來凝聚信徒，讓他們虔誠地服役於「你」的
「神」。於是，「你」在十年間的創造超過了「你」的前代幾百年的創造，「你」
從此再不怕戰火會摧毀你的「神」，因爲，「你」已使每個信徒都成爲勇敢的
士兵，任何對手都會粉碎。「你」說「你」的神將毀滅一切的神，「你」的教
義將統治整個的人類，「你」的呼聲是代表最響最多的信仰。於是，「我」爲
你喝乾了酒，與你告別，「我」從此不敢見你，永別了「你」的神。這文本介
於小說、論述、散文之間，其間溢蕩著綺豔的哲學、宗教思想，同時灌注深
沉的情感，而「你」「我」之具體與情節之模糊又形成劇烈的反差，於是，意
象綺豔與思想高蹈偏能融成一體，遂成就一種特殊的「徐訏式」文體，與《彼
岸》、《魔鬼的神話》形成一個特殊的文體系列。此外，《夜釋》對「神」、「宗教」、
「英雄」等概念的闡釋，放射著詩與思的凝結之光，其所探之高令人震撼。

——「鬼」之死與淒豔幽冷的「歌樂山魅影」之笑：

徐訏有幾部非常特別的小說，這是晚年所作《靈的課題》與五十年代《百
靈樹》、《癡心井》及六十年代《離魂》。其格調較之成名作《鬼戀》更加詭秘，
是徐訏有意探「靈」的世界之本質的實驗。其中「靈的課題」——《時間的
變形》、《歌樂山的笑容》、《園內》爲 1973 年之後所作，此時徐訏之晚年心境
更趨幽深神秘，對世界本質之探尋愈發接近「詭異」的不可知。可以說，從
《鬼戀》之「鬼」而「無鬼」，到《百靈樹》之靈異稍顯，再到《癡心井》之
捧著「血淋淋的人心」的少女幽幽地問「你看見過這個沒有？你有這個沒
有？」，及至在《離魂》戰亂後淒涼的墓園裏，「我」遇到亡妻的「鬼魂」，在
陰冷的雨中，我們隔墓而泣……徐訏之探尋「鬼魂」本質的興趣是越來越純

〔註30〕徐訏：《夜釋》，《徐訏文集》第 12 卷，上海三聯書店 2008 年版，第 404～408 頁。

粹，而作品的空氣自然更幽冷。徐訏寫「鬼魂」，自然可認爲是對《聊齋誌異》傳統的接續，不過，正如有研究者指出：

> 「五四」及其以後的中國社會，處在一個從傳統向現代嬗變的文化轉型時期，作爲遠古而來的「鬼文化」，面臨著時代思想和「現代」文學的重新檢視和選擇。況且，「鬼文化」本身的複雜形態，也使擔當「啓蒙」重任的現代文學在理性批判之餘，潛隱著對「鬼」民俗審美和藉「鬼文化」表達內在思想款曲的藝術嚮往，在此基礎上，「鬼文化」在現代時期的文學創作中產生了美學功能的演變與演進。大體上，現代中國文學中的「鬼文化」書寫已經由傳統文學的主題寫作、道德認知和結構功能的敘事向民俗抒寫、美學寄寓和結構功能的象徵進行轉變。……徐訏的小說，如《鬼戀》、《癡心井》、《幻覺》、《彼岸》、《離魂》、《園內》等，「鬼物」的出現是一個引人注目的現象，蘊含著多種哲理或美學體悟。〔註31〕

他是將現代哲學、心理學以及獨特的內心體驗、深沉的情感、恍若隔世的意緒、民族的苦難、戰爭的殘暴都捺進其中，揉和成徐訏式的神秘、淒豔而深沉的「鬼」氣。這一點上，《離魂》與《歌樂山的笑容》堪爲極致。

《離魂》述「我」在抗戰前夕葬患病而死的「妻」於上海浦東的普渡山莊。「我」親自設計「妻」的墳墓，時常帶著花去望她，也常會夢見她。之後抗戰爆發，「我」遠走內地，奔波中漸漸將她淡忘。抗戰勝利以後，「我」回到上海，在舉國歡騰中，「我」也在花天酒地裏度我頹廢的生命。那時，「我」喜歡上一個叫「齊原香」的歌女。在一個微雨的中午，「我」同齊原香以及另外幾個朋友駕車出遊，因見別人新婚場面而憶起亡妻，這時，車子詭異地失去控制，撞向一輛卡車，瞬間「我」失去知覺：

> 於是我聽見有人叫我：「你回來了。」我一看是我的太太，她穿一件灰色的衣服，黑色的絨線衣，兩手插在絨線衣袋裏，露出她特有的略帶憂鬱的笑容迎接我。我迎上去，握著她的兩隻手，像是帶著白色的手套，很冷，一種奇怪的沁人骨肉的冷。她鬆了我的手，兩手圍著我的身子忽然哭了起來。〔註32〕

〔註31〕 肖嚮明：《書生回眸：「鬼文學」的現代新編》，《暨南學報》2010年第6期。
〔註32〕 徐訏：《離魂》，《徐訏文集》第8卷，上海三聯書店2008年版，第286、287頁。

「我」勸慰她，同她說話，後來「我」疲倦了，就迷迷糊糊地睡去。醒來時，發現在醫院裏，之後「我」知道齊原香已在車禍中死去。出院後，「我」無比自悔，對於齊原香與亡妻都有無限愧疚。而自此「我」又奇怪地開始常常夢見亡妻。這使我想起，自回到上海，「我」還沒有去看過亡妻的墳墓。於是，「我」決定前往普渡山莊。但普渡山莊已同人間一樣在戰亂中變得破敗不堪：

> 路徑已經無法認出，到處都是荊叢雜草，本來很整齊的墳墓，
> 現在像是非常凌亂，許多束著爛草的棺木放在墓隙間。〔註33〕

「我」就在這荒涼破敗的墓地裏踏著亂石尋找著亡妻的墳墓，終於找到了，而令「我」驚異的是，就在亡妻墓旁的另一座墓前有一個女子，「她」在哭她的「亡夫」，細認時卻是「我」的亡妻。「我」驚疑而不敢相認，天下起了雨，陰冷中，她淒涼的哭聲也使「我」孩子一樣哭了起來。後來，「我」們爲避雨而走到一座昏黯的老屋，屋裏住著的「七星婆」將她留宿，而借我一把紙傘。「我」在離去時，伸手同她告別：

> 我說：「再見。」她微笑了一下，也伸出右手。我同她握手，發
> 覺她手上帶著白色的手套。但使我吃驚的則是我的感覺。這個感覺
> 是多麼像我以前夢中的感覺。是一種奇怪的，沁人骨肉的陰冷。

「我」回來就病倒。第三天，在「我」能起床活動後，就又前往普渡山莊，但發現，那「七星婆」的老屋裏只有一口棺材，她的家人告訴「我」，「七星婆」六年前就死了。而後來，更奇異的是，「我」幾月後再回普渡山莊看亡妻的墳墓時，發現就在亡妻哭拜的地方，有一座新墳，那竟就是齊原香的墓。

《離魂》中有一奇異的對陰間的想像：

> 在我們那裡，有一種迷信的說法，說是一個人活在世上一年年
> 老去，死了以後就是一年年的年輕，一直回到襁褓的時代，於是就
> 再去投胎。〔註34〕

這想像之奇，在於陰間之一切原是同我們陽世完全相反。對於「鬼」而言，「人」之死時，正是它之出生，它長大一歲，其外形正是回到「人」更小一歲時的模樣，而這，對於「鬼」來說，卻正是一種「衰老」，等它「衰老」

〔註33〕 徐訏：《離魂》，《徐訏文集》第 8 卷，上海三聯書店 2008 年版，第 289、290 頁。

〔註34〕 徐訏：《離魂》，《徐訏文集》第 8 卷，上海三聯書店 2008 年版，第 291 頁。

到襁褓的時代，「鬼」就老邁而「死」。於是，在那瞬間，「人」則出生了。「人」之出生，正是「鬼」死之時。所以，對「亡妻」來說，「我」車禍那一瞬來到陰間就是一種「生」，而後來，「我」被醫生搶救而在醫院裏醒來，對於「亡妻」，則就是一種「死」。所以，在「我」後來去普渡山莊看亡妻的墓時，就看到她在那本應是葬「我」的地方哭她的「亡夫」。齊原香的墓出現在亡妻哭拜的地方，正因「死」（對在陰間的亡妻來說則是「生」）的本應是「我」，原香是代「我」而「死」（亡妻本是要「我」來陰間「生」的，但卻「生」的是原香）。這種鬼神想像，也正與徐訏一貫有「鬼」是另一種生命形式的想法相一致。對於「鬼」來說，「鬼」投胎而去，即是脫離了「鬼」這種本質，那即就是一種死亡。在徐訏的想像裏，也就有了這離奇的「鬼」之死。

《歌樂山的笑容》則敘林學儀的太太淑明被一個綺豔幽冷的笑容索命而去的故事。淑明的臉上有一天突然浮現出一個不屬於她的笑容，淒豔，幽冷，帶著一種不屬於人間的高貴之美。後來，淑明就患病而死。她死的時候，臉上依然帶著那淒豔幽冷可怕的笑容。淑明在生前曾畫過一幅讓林學儀驚疑的畫，它非常像重慶歌樂山的一條小徑，那是他當年住過的地方，而淑明並沒有去過重慶，更沒有到過歌樂山。淑明死後，林學儀在淒涼的客廳裏，無意間又看見那幅畫，他忽然一愣，想起了多年前的舊事。那時，他正在重慶一間中學教書。他從學校回住的地方正是要經過那畫幅裏的小徑。那個時候，學生中忽然有謠言說小徑旁邊的溪流裏死了一個少女，夜裏常有鬼魂出沒。他不信鬼，但有一天：

> 一個同事請吃飯，飯後他一個人回家，他帶著手電筒，但沒有用，因為那天月亮很好，什麼都看得很清楚，但就在他走出村莊十幾分鐘後，忽然眼前一模糊，感覺上迷糊了一下，前面浮起了一個面孔。這是一個笑容，一種淒豔幽冷的笑容。他一愣，定了一回神，這笑容就不見了。他馬上開亮了手電筒，四周照照，什麼也沒有發現。

這一次奇怪的際遇，他初以為是自己的錯覺。但一週以後的一天雨夜，也是在那條小徑上，忽然那個淒豔幽冷的笑容又在他眼前出現，這一回大概只有一尺的距離，他精神一霎時又有一陣迷糊，而後又是什麼都沒有。這以後，當他走在那路上，那個淒豔幽冷的笑容就時時在他面前突然出現，更奇怪的，是每次出現的地方，總是更近他的家。後來在他燈下，窗前，門口，

那笑容都會出現，淒豔而幽冷。從此，他心裏有點不安，但幾個月後他搬了家，也就沒再碰見那笑容。但是，這笑容，卻在三十年後出現在他香港的妻子淑明的臉上，且在她病體嚴重時，這笑容也愈加清楚逼眞。淑明從未到過重慶，更沒有到過歌樂山，但她竟畫出了他三十年前碰見那個淒豔幽冷笑容的小徑。

《聊齋誌異》等傳統鬼狐小說在營造恐怖之境時，更多借助情節的離奇與場面之逼眞，如《屍變》、《噴水》，其緊張恐怖令人悚然已極。《歌樂山的笑容》之恐怖卻有一種奇異的陰霾感，那淒豔幽冷的笑容，出現在一個極其熟悉的人臉上，這卻是詭異心理學的範疇。徐訏將「鬼」的不可知與「人」之心理幻覺相結合，打破了傳統「鬼文學」純粹虛構的寫法，使人不知那「淒豔幽冷的笑容」是否眞的與鬼魂有關——淑明患癌病而死，她的不屬於她的笑容卻終究有現實的可能性；而三十年前林學儀夜晚所見，也完全可能是一種幻覺；但淑明死了，她死後青白的臉上遺留的淒豔幽冷的笑卻絕對使人有透骨的恐懼，那是一種深層的恐懼，即使在白日人眾時。

《歌樂山的笑容》以外，還有《園內》、《時間的變形》，其中都有一個神秘的不知是幻覺還是眞實出現過的「魅影」。《園內》白天出現在花園裏的少女，與夜間總在月光底下走動的閃著銀光的少女是否同一個人，還是一個是人一個為鬼魂，這是不能判斷的。《時間的變形》中，「我」與殷三姑的「鬼魂」相遇，也只感到她沒有以前的熱忱，神情有些恍惚而已。這都與《歌樂山的笑容》一樣，是現代心理學與傳統鬼神想像相結合的產物，徐訏有意模糊它們之間的界限，這是在現代科學破除鬼魂迷信後，他為「鬼文學」找到的一個新的生存縫隙。因傳統的純粹聊齋式荒宅鬧鬼故事已經失去它產生的社會文化環境，所以，這「徐訏式」的在心理學與鬼魂想像的邊緣逶邐的新型小說，則即有傳統鬼魂志怪小說的綺豔，又同時增加了存在主義的哲學意緒，這也正是徐訏小說在現代文學中能新開一脈小說流派的依據。徐訏從早期之《鬼戀》、《阿拉伯海的女神》，至中期的《百靈樹》、《離魂》、《癡心井》，再到晚年的《靈的課題》與《魔鬼的神話》系列，一直對「鬼靈神魔」的世界有極大的興趣，他憑依自己在哲學、心理學上的造詣與俊絕的想像，搏出一個個奇崛、豐沛的形式，這使他殊異的講故事稟賦發揮得淋漓盡致，也使他奇突的想像與極高的思想以不可多得的文本形式得以固定封存。

徐訏一直有「鬼」才之譽，若從題材的角度看，這才眞是名副其實。而這，也正是他戲劇、小說「豔」絕一時的又一隱秘。「思想極高自生綺豔」，「鏗鏘滿章近歌詩」，「鬼神題材近代少見」，徐訏小說之中當然絕不僅只有這三個特徵，比如其極善營造場面與空氣，語言潔淨得幾乎一塵不染，這些也都是「別樣格調」生成的因素。不過，這三點應該是最主要的，是徐訏區別於新文學史上小說諸家的最特出的別樣氣質，這也是他最初得以在三四十年代文壇贏得「鬼才」之譽的資本。

第二節　古典小說時空結構的現代轉換

中國古典小說最成熟、最經典的時空結構，即爲《紅樓夢》、《西遊記》、《水滸傳》、《封神演義》均採用的在「人間」之上設一更高的「神話時空」結構。這一結構最突出的特徵爲，小說的開頭都有一高於主體故事的「大神話」緣起，中間自然是進入「歷史」或「傳奇」的演繹，而結尾則又從「歷史」與「傳奇」中鑽出，與開頭的「大神話」一一呼應成完整的「圓形」。中國古典小說的這一時空結構，有著巨大的魅力，它輕易地造出一種罔罔神異之境，所以，除《紅樓夢》、《西遊記》、《水滸傳》、《封神演義》這四部經典之外，還有《說岳全傳》、《後水滸傳》、《鏡花緣》等等小說，都無一例外地採用這一結構。但這一經典結構，卻在「五·四」後漸成絕響，可以認爲，新文學作家中，只有徐訏自覺實踐了這一經典結構的現代轉化。爲論述方便，筆者勉強將這種在「人間」之封閉「圓形小時空」外套著一更大的神話封閉「圓形大時空」的結構稱之爲「雙重封閉圓形結構」。徐訏的《江湖行》、《鳥語》、《時與光》、《悲慘的世紀》這四部作品，都在某種程度上化用了這一經典結構，它們或取佛教「人生若夢」的幻象時空，或取基督教高天宇宙中的光與色，或借現代宇宙時空的理論與想像，而造出一種在現代同樣有茫然隔世意緒的「雙重封閉圓形結構」。

「雙重封閉圓形結構」本質上是對宇宙空間結構的一種模倣，而同時想實現對這「空間」裏生命本質的表現，則以身在其間的生命時間來觀察，就會有「只緣身在此山中」的局限，而不能看到更深刻的境界。所以，還要對「時間」加以扭曲，通過「扭曲」時間來打開通往異度時空的「開口」，從而製造一種隔世感與人生如夢的境界。所以，徐訏還有更能表現他在這方面用

力的另外四部作品──《荒謬的英法海峽》、《阿剌伯海的女神》、《歌樂山的笑容》與《時間的變形》，這四部小說都努力以非正常的「時」與「空」來拓展對人生的表現。其實，中國古典小說對「非正常時空」的開掘更是成就極高，《枕中記》、《南柯太守傳》、《續黃粱》、《畫壁》皆非凡品，徐訏這四部作品無疑受到這些經典的深刻啓發，他是借助現代心理學之心理幻覺打開了通往異度時空的神秘「開口」。

一、時間的變形與空間的彎曲

中國的古典小說，利用時間與空間的變形來製造詩意與恍若隔世的境界，可說成就極高，手法堪稱爐火純青，幾乎所有經典作品都有涉及。而《枕中記》、《南柯太守傳》、《續黃粱》尤爲俊絕。

其枕青瓷，而竅其兩端，生俯首就之，見其竅漸大，明朗。
乃舉身而入，遂至其家。〔註35〕

枕中有竅，而竟能舉身而入，既入，則時間頓變，竅之這端蒸黍未熟，而另一端已度一世。這想像之俊絕，竟類似當今宇宙物理學之「蟲洞」理論，也與愛因斯坦廣義相對論所描述出的彎曲時空暗符。自然，中國古典小說對時空的開掘，得益於佛教的傳入與道教的興起，佛道在現實世界的三度時空以外，關出時間上之前世今生與來世，空間上之天上人間地獄，而六度輪迴則更增加了這一生命循環的時間層面的豐富。明清神魔小說整合三教，更衍生出天有三十六層，地獄有十八層，這樣的空間想像，更是俊絕已極。因地球生命所能感知的時間，是一維而均勻的，所以自古便有在不同空間中時間快慢相異的想像，所謂天上一日地上一年是也。但天上畢竟離人世太遠，於表現人生有隔，所以，又進而有在人間之非常處尋通往異度時空的「開口」之突破。但這「開口」究竟應放在人間的何處才顯得眞實而奇突，則足見不同境界之高下。《枕中記》之「其枕青瓷，竅其兩端」與《南柯太守傳》入「蟻穴」而通「大槐安國」皆屬奇崛之構，但仍須借助夢境來實現空間轉換。那盧生是在「目昏思寐」時「舉身而入」那枕中之竅，淳于棼也是在「昏然忽忽」中被接進蟻穴之國。但也有《述異記》中「爛柯」一事稍顯特出，王質入石室山伐木，因見童子數人棋而歌，聽之，俄頃而斧柯已爛，既歸，無復

〔註35〕沈旣濟：《枕中記》，魯迅校錄《唐宋傳奇集》，齊魯書社1997年版，第13頁。

時人。「爛柯」非借助夢境，而寄寓深山，其實質不過是將「天上」的仙境搬
到人間之人跡罕至處。但「爛柯」沒有像《枕中記》與《南柯太守傳》那樣
設置一個通往異度時空的「開口」，如「枕中之竅」與「蟻穴」這類中間的「途
徑」，而是直接將「異度時空」放在深山之中，這正與現代科幻小說中想像地
球上某個地方「時空異常」類似。「爛柯」雖造出一種恍若隔世的時間詩意，
但在神秘這一境界上遠不如《枕中記》與《南柯太守傳》。此外，若論俊絕，
還有蒲松齡之《畫壁》，「朱注目久，不覺神搖意奪，恍然凝想，身忽飄飄，
如駕雲霧，已到壁上。」〔註36〕蒲松齡以「畫」為通往異度時空的「開口」，
其想像奇突處還別有一種特殊的綺豔，雖朱孝廉沒有像盧生與淳于棼那樣在
「異度空間」中度過漫長的一世，但畫外俄頃而畫內世界也已二日，而敘朱
孝廉從「畫」之彼側世界回到此側世界時尤為超絕：

> 時孟龍潭在殿中，轉瞬不見朱，疑以問僧。僧笑曰：「往聽説法
> 去矣。」問：「何處？」曰：「不遠。」少時以指彈壁而呼曰：「朱檀
> 越，何久遊不歸？」旋見壁間畫有朱像，傾耳佇立，若有聽察。僧
> 又呼曰：「遊侶久待矣！」遂飄忽自壁而下，灰心木立，目瞪足軟。
> 孟大駭，從容問之。蓋方伏榻下，聞叩聲如雷，故出房窺聽也。共
> 視拈花人，螺髻翹然，不復垂髫矣。〔註37〕

自然，蒲松齡豈是一般作手所能及者，所以還能以《續黃粱》不步《枕
中記》之後塵，真可謂睥睨古今了。

中國的古典小說與詩歌一樣，尤其代表中國小說藝術最高成就的幾部，
都有罔罔神異虛虛緲緲之境，探其根本，都與「非正常」時空的結構有或多
或少的關係。《紅樓夢》若無大荒山青埂峰的「神話」外殼，則意境頓減，《西
遊記》若無如來二徒弟金蟬子真靈轉世東土再歷九九八十一難求取真經的大
神話結構，也會喪失不少茫茫氣象。而這大神話結構，本質上則是在人間之
外設又一更大時空，人間與人間以上的神話時空以「幻形入世」的途徑來實
現轉換，於是人間之一切因緣都有來自另一世界的解釋。「絳珠仙子」「神瑛
侍者」所在之「離恨天」「灌愁海」是人間以外的大時空，它套在人間之外，
但它的世界之恩怨卻轉到人間來了結。絳珠仙子與林黛玉、神瑛侍者與賈寶
玉即是一一對應又是一種幻化，一個世界是「實」，另一個世界是「虛」，一

〔註36〕 蒲松齡：《畫壁》，《聊齋誌異》，河北教育出版社2008年版，第16頁。
〔註37〕 蒲松齡：《畫壁》，《聊齋誌異》，河北教育出版社2008年版，第17頁。

個是「存在」，另一個是存在的「幻象」，這種是是而非的對應造出的境界便
生出隔世的空茫感。這種小時空外套大時空的結構，表現為時間上是前世今
生的對應，表現在空間上即為人間之上的更高之「離恨天」與人間之下的更
低之「陰間」同「人間」的對應。這種小說時空結構正是東方美學神秘、空
茫感產生的根源。而這一傳統，卻在五四後「為人生」的口號中被沖淡，重
新接續這一傳統，並以傑出的創作實績來實踐將這一傳統與西方現代小說藝
術相融合，同時注入強烈的現代主義意緒的，正是徐訏近百部的小說創作。
王璞指出，徐訏在小說藝術上最重要的貢獻是他在小說敘事技巧上的開掘，
他將中國古典小說在時空結構上的極高境界化進西方現代派小說的各種敘事
技巧之中，從而自成一派放射強烈現代格調與綺豔古典色澤的新型小說藝
術。這也是徐訏本應在中國乃至世界文學史上佔有一席之地的根據：

　　　　徐訏在小說藝術上最重要的貢獻是他變化多端的小說敘事技
　　巧。西方現代派小說的各種敘事技巧，和中國傳統小說的結構技巧，
　　在他的近百部小說中差不多都可看到，而在他最為優秀的小說，如
　　《阿拉伯海的女神》、《鬼戀》、《一家》、《無題》、《傳統》、《神偷與
　　大盜》、《春》、《江湖行》、《巫蘭的靈夢》等作品中，他把這些手段
　　綜合應用，達到爐火純青的程度。〔註38〕

　　王璞在其博士論中對徐訏第一次真正接通中西糅合古今的創作實踐不吝
給以最慷慨的推崇，並憑藉自身的作家身份與創作經驗來逐一解讀徐訏小說
文本中那些最出色的部分，其用力與所見之深，是已探及到徐訏小說藝術最
攝人的本質層面了。

　　中國現代小說史上，成功化用《枕中記》、《南柯太守傳》、《續黃粱》式
的時空結構者，恐僅有徐訏的《荒謬的英法海峽》。不過，王璞卻認為，《荒
謬的英法海峽》作為夢幻小說，犯了兩條大忌，一是太長，一是太有條理。
所以，她十分惋惜地將這部小說排除在徐訏最優秀的幾部小說之外：

　　　　古今中外所有的成功夢幻小說都證明了此一規則（指既是做夢
　　就不能太長與太有條理），可惜，這兩條大忌，《荒謬的英法海峽》
　　都犯了。長達七萬字的篇幅裏，一直都講述的是同一個夢，而且講
　　述得條理分明、頭頭是道，人物都有名字，事件都依循正常因果序

列發展，甚至俊男美女之間發生的一場戀愛，也都不失理智。就只
能令人感其荒謬而不能信其真實了。〔註39〕

　　但筆者對此持有別見。實際上，王璞上文所言之夢幻小說，其實是指寫
「夢境」的小說，而其「不能太長，也不能太有條理」的「規則」也是根據
西方現代心理學理論之「夢」的非理性本質。但若回望中國古典小說，則所
寫「夢境」多為與「現實世界」並存的另一時空（或為「蟻穴中之大槐安國」，
或為「枕竅中之世界」），「入夢」不過是此一時空進入彼一時空的手段，所以，
超現實的部分是「恍然入夢」這一形式，而非「夢」之內容。所以，一旦從
「夢」的「蟲洞」進入到另一時空之後，小說的敘事便在邏輯、條理上又變
得嚴謹而無懈可擊了。試看《南柯太守傳》、《枕中記》、《續黃粱》、《畫壁》
在非正常時空中的敘述，皆鑿鑿在目，並不像王璞所說之「不能太有條理」。
所以，《荒謬的英法海峽》的藝術成就與「南柯」「枕中」一樣，是在「恍然
有思」間使讀者感到了「月餘之久」的漫長時間感。徐訏的特出之處，是他
在現代科學語境下創造出了與古典小說《南柯太守傳》、《枕中記》、《續黃粱》
接近的隔世感與空茫之境。

　　《荒謬的英法海峽》敘「我」在英法海峽間的輪渡上恍然而思，於是冥
然間「我」被劫掠到海上一個從無外人知道的小島，那裡沒有階級，沒有官
僚，和平，自由，平等，快樂。但，在這沒有剝削與壓迫的樂園，「我」卻感
到非凡的渺茫，「我」時時想著離開它。繼而，「我」漸漸捲入這裡的情感與
人事之中，「我」擔心越陷越深而無法離開，遂決定在月餘之後實踐已許諾言
即刻離去。但「我」在一個月後的「露露節」上，因事情未按計劃而行使「我」
一陣驚慌，於是，「我」在昏暈中因聽到有人問我要「護照」而愕然清醒，原
來輪渡已到英國的碼頭，「我」正在擁擠之中走下輪渡。《荒謬的英法海峽》
在篇幅上遠超「南柯」「枕中」，是接近七萬字的中篇，其開頭與結尾對「現
實世界」的敘述不足兩頁，其餘盡敘化外世界之曲折。輪渡上之恍然而思，
其時間大概一個小時，而「我」已在「島上」度過月餘。徐訏為營造「島上」
時空的真實時間感，基本使用的是「第二天」，「是第二天」，「第三天」，「第
四天」這樣看似精確實則模糊的時間標誌。之所以說模糊，是因其並不交待
是何時之後的第二天、第三天，這等於抽去了時間軸上的原點，所以，讀者會

〔註39〕　王璞：《一個孤獨的講故事人——徐訏小說研究》，香港里波出版社 2003 年版，
　　　　　第 62 頁。

突然發現，你已在不知不覺中度過了月餘之久。這是一個巧妙的時間陷阱，博爾赫斯、奈瓦爾等現代主義小說大師都喜歡使用，這使讀者會在自以為很明確知道故事時間的錯覺中失去判斷自己所處時空的能力。於是，當「我」愕然清醒，剛剛經歷的一切還鑿鑿在目，事件是那樣密集，真切，所以，儘管被告知一切皆為「我」虛幻的「神遊」，但仍感無限唏噓，隔世感與空茫之境頓生。

徐訏小說在時空結構上迥異同代作家是非常明顯的，所以，很多研究者都曾嘗試從這一角度解讀徐訏。不過，王璞雖然也將《荒謬的英法海峽》與中國古典寫夢小說《南柯記》、《枕中記》進行比較，可惜只在注釋中一筆帶過，並未作深入的分析。而從她認為《荒謬的英法海峽》犯了寫夢小說兩條大忌的觀點來看，王璞並沒有真正注意到《荒謬的英法海峽》成功轉換中國古典小說時空結構藝術的成就。而另一個注意到徐訏小說在時空結構上力關蹊徑的是陳旋波，但他卻是完全站在西方文藝理論視野下看待徐訏小說中的異常時空結構。比如，他用伯格森和伍爾芙的心理時間分析《荒謬的英法海峽》與《阿剌伯海的女神》，將非正常時空中「月餘之久」的時間定性為「體驗性的心理時間」，雖然凸顯出徐訏小說中的現代主義成分，但卻完全忽視了徐訏對中國古典小說時空藝術的借鑒。

> 《荒謬的英法海峽》無疑也是徐訏凸現內在心理時間的典型文本。小說敘事完全擺脫了傳統小說的故事時間與結構時間同步的限制，打破客觀世界為生命設定的邊界，最終實現主體對現實的超越。……這段虛擬的時間之旅是小說的故事主體，它是作者感悟自由生命的心理時間體驗。〔註40〕

正與陳旋波以為《荒謬的英法海峽》「完全擺脫了傳統小說的故事時間與結構時間同步的限制」相反，《荒謬的英法海峽》正是在時空結構上回到了「南柯」「枕中」這一中國古典小說最奇崛的時空模型中，只不過徐訏在現代科學語境下再造這一時空模型困難更大，所以也在化用時融進了新的品質——正如陳旋波所注意到的，他是借助西方現代心理學來解決這一問題的，不過，筆者以為，徐訏受西方現代心理學啟發的並非是陳旋波所說的「心理時間綿延說」，而是在現代語境下怎樣設置進入非正常時空的「開口」，正如前文分析「南柯」「枕中」「畫壁」在這一點上令後人望塵莫及一樣。因此，儘管《荒

〔註40〕 陳旋波：《時與光——20世紀中國文學史格局中的徐訏》，百花文藝出版社2004年版，第 129、130 頁。

謬的英法海峽》化用「南柯」「枕中」之時空結構的痕跡非常明顯，但因徐訏已對之做出符合現代語境的改造，其從此之正常時空進入彼之非正常時空的依據已不是古典的「離魂」與「入夢」，也沒有借助「大槐樹下之蟻穴」與「其枕青瓷而竅其兩端」的通往異度時空的現實世界之「開口」，而是借助現代心理學之「白日夢」——恍然有思，神遊異境——這就在現代語境下給「黃粱一夢」找到了新的產生方式與存在空間。其實，這也早在《畫壁》之中，已有異史氏「人有淫心，是生褻境」的合理解釋了。

王璞對《阿剌伯海的女神》〔註41〕在時空轉換上的高明佩服得五體投地。她認為這部小說在時空結構的藝術上達到了中國現代小說前所未有的高度。

> 我想說的是，這篇小說無論在結構的複雜多變、時空變化的嫻熟把握、和容量的深度方面，都達到中國現代小說前所未有的高度。講故事的手法已經高明到這種程度，對典型讀者的期待視野滿足到這種程度，以至於非戴上經驗讀者的析光鏡，就無法看出作者在小徑交叉的花園布下的迷陣。其中哪條路是真正的出路，哪條路只是誘你深入的幌子，皆非已和作者一道進入白日夢狀態的典型讀者所能明察。〔註42〕

《阿剌伯海的女神》與《荒謬的英法海峽》在時空結構上並無太大差異，不過，這部更早作於 1936 年的小說一向被認為是開啓徐訏綺豔格調的「起飛」〔註43〕之作，則是這部小說在化用「南柯」「枕中」式的時空結構時比《荒謬的英法海峽》隱秘得多，更有西方現代主義小說技巧的痕跡，所以也更得現代小說批評理論家的青睞。

《荒謬的英法海峽》在結構上清晰地分為三段：

第 1 章節：進入非正常時空前——輪渡上聽旅客談論，「我」恍然而思。此為「第一段」，是造設進入異度時空的環境與條件，敘述快而簡短。

〔註41〕 根據相關資料，《阿剌伯海的女神》構思於 1936 年徐訏前往法國的輪船之上。

〔註42〕 王璞：《一個孤獨的講故事人——徐訏小說研究》，香港里波出版社 2003 年版，第 43、44 頁。

〔註43〕 王璞論文中有「在阿拉伯海裏起飛」之標題，亦將下面這樣充滿欽羨的句子贈與《阿剌伯海的女神》：「相對於前一階段的小說，《阿拉伯海的女神》在徐訏小說中是一個跳躍。計劃著出國以「自撥」於文壇，然而在自拔的半路上，船還沒到岸，他卻等不及地又陷於文學的白日夢了。是不是地中海的風（或是阿拉伯海的風）真有一股魔力，吹散了他心頭的凡塵，讓他多年來積聚、蓄勢待發的才力噴薄而出？」

第 2 到 10 章節：進入非正常時空——冥然間「我」被劫掠到海上一個從無外人知道的小島，那裡沒有階級，沒有官僚，和平，自由，平等，快樂。在這沒有剝削與壓迫的樂園，「我」經歷了種種脫離了物質而仍存在的人性的困惑，終於感到非凡的渺茫而時時想著要離開它。但不知不覺中，「我」已在「島上」度過月餘。此為「第二段」，敘述節奏突然放慢，敘事詳盡，情節曲折，漸漸產生漫長的時間感，用「第二天、第三天、第四天」這樣真切的時間標記來製造故事時間的真實感，於是達到恍然發現已度過月餘之久的效果。

第 11 章節：從非正常時空返回現實世界——「我」在一個月後的「露露節」上，因事情未按計劃而行使「我」一陣驚慌，於是，「我」在昏暈中因聽到有人問我要「護照」而愕然清醒，原來輪渡已到英國的碼頭，「我」正在擁擠之中走下輪渡。此為「第三段」，讀者隨「我」一起愕然清醒，茫然若失，跌進無限悵然之中。

而《阿剌伯海的女神》則用盡手段意圖使讀者在閱讀中忽略是在何時跨過了正常時空與非正常時空的界限，甚至還為此而取消了章節的劃分，在這部近兩萬字的中篇小說中竟沒有一個章節號。但徐訏的小說又與後來盛行的「拉美魔幻現實主義」不同，它並不完全隱去這一界限，而是有非常確定的暗示，只是讀者在第一次閱讀中幾乎沒有不被作者的敘事策略所欺騙的。於是，多數讀者在看到小說結局時都會回頭重新檢視自己的閱讀，於是發現，《阿剌伯海的女神》同樣也有「標準」的「南柯」「枕中」式的三段結構：

進入非正常時空前——「我」在阿剌伯海船的甲板上，遇到一位阿剌伯巫女，於是「我」同她有第一次的交談；又一個夜晚，「我」又在甲板上遇到這「巫女」，於是「我」同她有第二次的交談。此為「第一段」，與《荒謬的英法海峽》「第一段」僅有短短一節的快節奏簡潔敘事不同，《阿剌伯海的女神》將故事的四分之一篇幅用在這一部分，這也與「南柯」「枕中」之「兩頭簡中間繁」的運筆略有不同。

進入非正常時空——「可是月兒亮上去。海上的銀光短起來，我還是一個人在籐椅上躺著，大概是我吸一支煙的時間吧，我聽到身後有一點微響……我回頭去看時……是一個一直沒有見過的少女，自閃光的眼睛下都蒙著黑紗。」〔註44〕現實與夢境的界限就在「大概是我吸一支煙的時間」之中，但

〔註44〕　徐訏：《阿剌伯海的女神》，《徐訏文集》第 6 卷，上海三聯書店 2008 年版，第 210、211 頁。

明確的進入夢境標誌並不在這裡，於是，「我」與「少女」的第一次交談是現
實還是夢境就絕不會有讀者在這時會注意到。於是又接著同「少女」有第二
次交談，第三次交談⋯⋯至第 X 次交談直到最後與「巫女」同「少女」母女
兩人交談而投海自盡。這期間究竟過了多少時日無法知道，只有「第二夜」、
「第三夜」、「我的日子是在她黑幕裏消失去了」、「那天以後的第三天」、「好
容易等到夜晚」這樣看似漫長的時光，這更使讀者不會想到原來這麼多具體
的時間標誌原來都是在那「大概是我吸一支煙的時間」之後的「夢境」之中。
只有到小說的結尾，看到「我醒了，原來是我一個人躺在甲板的帆布椅上⋯⋯
哪兒有巫女？哪兒有海神？朦朧的月兒照在我的頭上，似乎有沁人肌骨的笑
聲掛在光尾。我一個人在地中海裏做夢。是深夜。」〔註45〕時，才明確了那
跨入非正常時空的界限是在哪裏。此為「第二段」，與《荒謬的英法海峽》一
樣，這一部分是「南柯」「枕中」式時空結構中之「最關鍵處，最詳盡處，故
事時間最漫長處」，也是形成回到「正常時空」後之悵然與隔世感的根據。

從非正常時空返回現實世界——「我醒了，原來是我一個人躺在甲板上
的帆布椅上⋯⋯我一個人在地中海裏做夢。是深夜。」此為「第三段」，除去
「南柯」「枕中」式時空結構在此一部分所能帶給讀者的悵然與隔世感外，《阿
剌伯海的女神》的「第三段」還令人有存在主義式的終極迷茫感，以及現代
主義小說技巧所帶給人的形式衝擊。正如王璞所指出：

> 只有回過頭去第二遍閱讀，我們才發現，原來「籐椅」像是魔
> 術中的道具，而「月兒」、「海上的銀光」，甚至虛詞「還是」都像是
> 魔術師的手勢，為的是掩飾魔術的暗中進行。魔術師把他的兩支手
> 都向觀眾幌動，以示他的光明正大，其實把戲往往就在這一幌之中
> 發生；「還是」這個詞乍看之下是對現實的強調，其實卻是對情境轉
> 換的暗示。所以當我們作為經驗讀者回過頭來再次閱讀時，我們不
> 能抱怨之前沒有被人扯動過衣角。只是自己情緒太投入而沒有發覺
> 而已。〔註46〕

這是精巧的「魔術」，徐訏略施現代主義小說的技術手段，將「南柯」「枕
中」式的「三段式」時空結構變得隱晦，於是成為深得王璞等青睞的「博爾

〔註45〕 徐訏：《阿剌伯海的女神》，《徐訏文集》第 6 卷，上海三聯書店 2008 年版，
　　　　第 223 頁。
〔註46〕 王璞：《一個孤獨的講故事人——徐訏小說研究》，香港里波出版社 2003 年版，
　　　　第 47 頁。

赫斯與奈瓦爾式」的轉換時間以造敘事迷霧的大師級文本。這「三段式」時空結構同樣意出於「南柯」「枕中」，卻令人幾乎看不出化用的痕跡，確實顯示出徐訏在將古典小說的時空藝術揉進現代小說敘事中的高超技藝。

《時間的變形》是徐訏晚年所作《靈的課題》系列之一，這小說的情節原也不算特別，大概可以從中國傳統鬼神故事中尋出原型來，奇怪的是徐訏為這小說所取的篇名——「時間的變形」，這就賦予了這篇小說與傳統鬼故事相比完全不同的時空意識。

故事是敘「我」同「我」家的女傭「殷三姑」之間的一段不同尋常的友誼。她大「我」整整十二歲，卻在「我」小學畢業時要拜「我」做她的老師，以後就同「我」一起學習，直到「我」初中畢業去北平，她也就有了初中的文化程度。「我」到北平以後，同殷三姑之間也常有書信往來。後來殷三姑離開「我」的家，在杭州佛教孤兒院找到一份很不錯的工作，「我」們自然都很為她高興。「我」後來在北平讀完高中又考上大學，但同殷三姑之間的友誼也在加深。殷三姑同「我」之間似乎也有一種無法實現的理想，不知是否這個原因，殷三姑越發接近佛教徒的生活，她似乎已經有出家做尼姑的打算。在「我」大學畢業那一年，因為要趕畢業論文，所以就少有心情與時間寫信。大概在春假以後不久，「我」寫了封信給殷三姑，但沒有她的回信，「我」也就沒有寫第二封信，這樣就一直到了暑假。「我」後來動身到杭州去，為給殷三姑一個驚喜，「我」沒有預先告訴她就直接到佛教孤兒院去拜訪她。那是一個雨後的黃昏，「我」剛到佛教孤兒院，殷三姑卻正好從裏面出來。於是，她高興地跟「我」說話，帶「我」去看她以前就告訴「我」她在杭州買下的庵堂。「我」們先走路，再坐船，然後坐車，其間也說了很多話，但「我」感到殷三姑待「我」與以前有些不同，她好像對我說的什麼都不十分在意了，有時會微喟一聲，彷彿有說不出的感傷。後來，「我」進到殷三姑買下的庵堂的院子，再隨她走進房中，直到看見廳堂正中掛著殷三姑的半身照像，這一路所見的描寫都非常細緻入微。但這，卻直到「我」後來與殷三姑分手，再從杭州回到寧波的家中見到母親才明白，原來自「我」在佛教孤兒院門口碰到殷三姑開始，一路上對「我」所見與所聽的一切細節都刻寫得那麼分毫畢現，則正是作者有意為之——原來殷三姑已在兩個半月前死了，這後來的一見以及同她所說的話就都成為小說產生張力的根據。而再回頭重看殷三姑同「我」所說的話，也才明白其內容並不尋常，裏面有沒有說出的深意與悵惘：

　　「我想，在杭州，找一個風景好的地方，辦一個中學。」

　　「這倒是很好，可惜……」

　　「可惜什麼？」

　　「可惜……可惜我不能幫你的忙。」

　　「在杭州做事，可以時常看到你，不就很快樂麼？」

　　「是的，是的，我會常常來看你的。」殷三姑說著，眼睛望著前面，她好像對我的話並不十分注意。

　　……

　　殷三姑忽然說：「我一直想到北京去玩，總是沒有去成。」

　　「那還不容易麼，明年暑假我隨你一同去。」我說，「我們可以順著滬寧路津浦路一路遊上去。」

　　殷三姑沒有說什麼，她只是輕輕的微哼一聲。

　　……

　　這樣又走了十幾分鐘，我們就到了庵前，匾額上「慧寧庵」三個字是顏體，庵門關著。我以為殷三姑要去叫門了。但是她說：

　　「我的房子在後面，我們從後面進去，可以不驚擾她們。」

〔註 47〕

　　仔細品味引文中有下劃線的句子，原來那文字裏處處都隱藏著作者對讀者的暗示，但是沒有讀者會在第一次閱讀時就能注意到，只有在讀者瞭解了小說的基本情節後，再回頭看時，才能知道這些句子的深層含義。這種小說時空結構，其實質與《阿剌伯海的女神》是相同的，它們都是在第二次閱讀中才能完全釋放小說的真正魅力。

　　但此處，論者更關注的是，徐訏為何將這樣一個十分接近中國傳統的遇鬼故事命名為《時間的變形》？對這一點，筆者以為，則正是徐訏晚年時空觀與生命觀探向神秘境界的一個表現——「我」之能夠遇到殷三姑，是在「變形的時間裏」。殷三姑剛好比「我」大十二歲，在殷三姑至死沒有說出，而「我」也只是在心裏一想「如果她年輕十年，做我的太太不是很好麼」，都暗示著「時間」的錯位。殷三姑因沒有見到「我」的最後一面而感到「很不安」，她在遺囑中要把她「慧寧庵」裏的房子送給「我」，於是，在她死後，「時間的變形」

<hr>

〔註 47〕　徐訏：《時間的變形》，《徐訏文集》第 8 卷，上海三聯書店 2008 年版，第 514、515 頁。

開始了，她等在佛教孤兒院的門口待「我」的到來，她知道「我」一定能來看她一面。終於，殷三姑「親自」領著「我」看了她的房子，說了她想說的話，「我」跟殷三姑在「變了形的時間」中見了最後一面，她消失了。徐訏以「總覺得殷三姑待我同以前有點不同」，「她好像對我的話並不十分注意」這樣的句子去有意消除殷三姑的眞實感，這些句子中彌漫著煙一樣的迷茫，當第二次重新回頭看這些描寫的句子時，我們會發現，殷三姑原來已不在這個世界，「我」眼前的殷三姑只是一個影子，她飄渺虛無，似有而實無，她的眼神與表情原來已遠離了這個現實世界。這時，「我」與殷三姑已經不在同一個時間維度裏，她雖在「變形的時間裏」讓「我」看到，但這個殷三姑已經與以往眞實的殷三姑不同了，她所存在的時間是虛無的，「我」不過看到了它變了形後的一個幻影而已。這也正與前文所論及徐訏特殊的鬼神思想相符，徐訏以爲鬼神也許是另一種生命形式，它們可能存在於零度時空以下，或者四度時空以上的空間中。鬼神與人一樣，是一種生命形式，所以，他們有可能在變了形的時間中相遇，這正是《時間的變形》所透射出的晚年徐訏的神秘時空觀與生命觀。

二、造現代雙重封閉圓形結構

　　中國古代時空觀的形成與佛教傳入有密切關係。《大智度論》中說：「百億須彌山，百億日月，名爲三千大千世界。如是十方恆河沙三千大千世界，是名爲一佛世界。」自然，如此廣漠的空間竟只是「一佛世界」，實爲突出「佛」之大。不過，佛教經典所描述的宇宙確實更接近現代科學所認識到的宇宙本質。根據《華嚴經》的描述，世界有「三千大千世界」。構成「大千世界」的是「中千世界」，構成「中千世界」的是「小千世界」，構成「小千世界」的是「須彌世界」。在「須彌世界」中，須彌山處正中央，它透過大海，矗立在地輪上，地輪之下爲金輪，再下爲水輪，再下爲風輪，風輪之外便是虛空。須彌山上下皆大，中央獨小，日月懸於山腰，四天王天居山腰四面，切利天在山頂，其上空有夜摩天、兜率天、化樂天、他化自在天，再上則爲色界十八天，及無色界四天。在須彌山的山根有七重金山，七重香水海，環繞之，每一重海，間一重山，在第七重金山外有城海，城海之外有大鐵圍山。在城海四方有四大部洲，即東勝神州、南贍部洲、西牛賀洲、北鉅蘆洲，叫做四天下，每洲旁各有兩中洲，數百小洲而爲眷屬。如是九山八海、一日月、四

大部洲、六欲天、上覆以初禪三天，即爲一須彌世界。集一千須彌世界，上覆以二禪三天，爲一小千世界。集一千小千世界，上覆以三禪三天，爲一中千世界。集一千中千世界，上覆以四禪九天，及四空天，爲一大千世界。因爲這中間有三個千的倍數，所以大千世界，又名爲三千大千世界。

概因佛教對宇宙結構的描述實在俊絕非凡，一旦傳入中土，便在各種文學想像中運用發揮，造出眾多具罔罔神異之境的藝術經典。《西遊記》、《封神演義》、《西遊補》、《紅樓夢》部部都有渺渺神境，正是佛教神話時空的移入使然。而佛教之小世界外套大世界的分層時空觀也許最爲奇崛，遂不僅直接化爲上述經典神話小說內容的一部分，更深深滲進作品的結構層面。這就是從「小時空」外套「大時空」的佛教分層宇宙觀中抽象出來的，代表著中國古典小說最主要特徵的「雙重封閉圓形結構」。盡列中國古典小說最著名的幾部，《西遊記》、《水滸傳》、《紅樓夢》、《封神演義》、《西遊補》、《後水滸傳》、《說岳全傳》、《鏡花緣》等等，幾乎無不入其名下。這一結構最突出的特徵爲，小說的開頭都有一高於主體故事的「大神話」緣起，中間自然是進入「歷史」或「傳奇」的演繹，而結尾則又從「歷史」與「傳奇」中鑽出，與開頭的「大神話」一一呼應成完整的「圓形」。這一在「主體故事」外套一層「大神話」外殼的結構，基本上可以視爲中國古典小說最普遍、最成熟、最經典的一種敘事結構。現在看來，這層套在「人間故事」之外的「大神話」外殼就像現代宇宙理論之另一個更高的「宇宙時空」一樣，它是以更大的時空想像彎曲成能包容我們莽莽眾生之人間的又一個「大圓」，它套在「熱鬧的人間」的最外層，構成對具象人生的遠觀視角。爲使論述更形象透徹，筆者勉強將小說的「主體故事」比作「封閉」的「小圓」，而把嵌在開頭與結尾的「大神話」外殼看成是套在其外的「封閉」的「大圓」。言「封閉」，因「大神話」與「人間主體故事」都各成體系，構成完整的兩套情節系統。所以，才有上文之把這一「大圓」套「小圓」的既屬時空上也屬敘事上的結構稱爲「雙重封閉圓形結構」。

「雙重封閉圓形結構」之所以能成爲中國古典小說最普遍、最成熟、最經典的一種時空與敘事結構，概因只有「小圓」，則見「色」不見「空」，只有「大圓」則見「空」不見「色」。而「小圓」外套「大圓」的「雙重封閉圓形結構」則兼得「小圓見色」「大圓見空」的境界。其深刻之處表現爲——歷最入世之「色」後，乃見最出世的「空」。這外面的「大圓」爲「見空」之遠

觀視角，裏面的「小圓」爲「見色」的微觀視角。「大圓」之「遠觀視角」爲
從人間外看人間，只看到一片煙蘊，只看到地球所蒸發出來的一層輕煙，裏
面的人生，並沒有歷過，這時，只有「空」。「小圓」，是進入人間後的「微觀
視角」，於是，經歷了各種的人生，再跳出「小圓」，會看到另一種「空」，這
時，那「空」裏就有了「色」的隔世的悵然。並且，在「封閉的小圓」與「封
閉的大圓」之間，還有各種「蟲洞」相通，實現「大時空」與「小時空」的
交接。譬如，《紅樓夢》是借「通靈寶玉」幻形入世連接兩個世界；《水滸傳》
則有「洪太尉」誤走「妖魔」，乃有「天罡地煞」落人間；《西遊記》則讓「金
蟬子」眞靈轉世去東土，方有肉眼凡胎的「唐僧」一路西回；《封神演義》更
是一部描寫「小圓」內之「人」變成「大圓」內之「神」的最富有細節與眞
實感的傑出巨構。

　　但如此經典輝煌的小說結構，竟在「五·四」後「爲人生」的呼號中漸
被棄絕。自然，新文學作家放棄這一經典的小說結構，除去西方文藝思潮的
湧入帶來了各種新奇的小說技法，以及受「啓蒙」與「救亡」之宣傳目的壓
抑外，還與現代科學與理性精神的傳播有關，這使現代小說很難再如古典小
說一樣直接地在小說首尾處嵌套進一層「大神話」外殼。不過，這一結構實
在是中國古典小說最具魅力的所在，它造出的神秘、空茫、隔世的意緒絕對
是完全取法西方小說技巧的一批新文學作家所望塵莫及的。如果，恰好遇到
通中西貫古今的高手加以糅和化用，則一定能夠開掘出小說藝術的新境界。

　　可以說，徐訏正是這樣的高手之一〔註48〕。盡列「五·四」之後的小說
諸家，「傳統」的一脈流於「鴛蝴」，「左翼」的陣營專注「寫實」，「京派」「海
派」雖都有整合傳統之意，卻也未見有眼光用力於將這一經典結構加以現代
轉化者，只有徐訏自覺實踐了這一經典結構的現代轉換，並取得了非凡的業
績。徐訏四十年代所作詩劇《潮來的時候》、《鵲橋的想像》直接採用古典作
品在開頭與結尾處嵌入「大神話」外殼的結構，可以說是新文學史上絕無僅
有的典型「雙重封閉圓形結構」，且加之是詩劇的形式，則更顯空前絕後；而
他的《江湖行》、《時與光》、《悲慘的世紀》這三部長篇，雖並不直接採用「大
神話」外殼，但他取或站在「人間」的時間之外，或站在「人間」的空間之
外的「大人生視角」來看「人間」，於是也形成一種「現代哲思式」的「雙重
封閉圓形結構」。這「大人生視角」在《江湖行》是以神秘的「你」與敘述人

〔註48〕　筆者認爲，在中國現當代小說史上，徐訏之後，金庸可算是又一高手。

「我」在寺廟中禪語般的「對話」來實現對「我」在「人間」所歷「人生」的遠觀；在《時與光》中，以「我」死後的「淺狹與污穢」的靈魂升到宇宙的「光」裏，又有「慈悲而莊嚴的聲音」將「我」融化成「透明」，於是「我」在雲端上重新看到「人間」的「我」在怎樣的「偶然」中一步一步走向生命的「定數」，而終於看清在時間平面上一切人世的歷史都如天國的地圖，必然與偶然並無差異；在《悲慘的世紀》則以現代科學對宇宙時空的神秘想像來建構「時間」軸上「人間」的政治寓言。可以說，這三部作品分別在各自不同的方向上實踐了中國古典小說之「雙重封閉圓形結構」的現代轉換。下面詳細析之。

雖然，徐訏的小說語言「完全接受『五・四』以後底白話文體，而又以外國作品的譯文作本身支柱和構架，半個世紀以來中國文學上也只有徐訏先生一人」〔註49〕，但在小說的時空結構上，徐訏卻是新文學作家中最有意向中國古典小說攝取精華而又同時糅進西方現代主義小說技巧與意緒，且做到幾乎不露痕跡之人。〔註50〕徐訏一向對《紅樓夢》推崇極高，也有精深研究〔註51〕，能看出，《江湖行》的造境與《紅樓夢》空茫、隔世的極深時空體驗非常接近。關於這一點，呂清夫也有同感：

> 徐訏曾把《紅樓夢》推許為世界第一流的名著，其實他的某些著作，尤其是長篇小說，給我的感受實與《紅樓夢》相去不遠，說得誇張一點，那種感受有點像心痛，或者近乎李叔同所謂的「空苦無常」之感，或許是這種緣故吧，徐訏對佛學的研究也常隱約地出現於他的作品之中。徐訏的人生經驗或許在《江湖行》一書裏面透露的最多，我覺得他是個相當悲觀的人。〔註52〕

自然，呂清夫所說的只是他個人讀徐訏作品的一些感受，但也正是筆者閱讀《江湖行》時的體驗，《江湖行》所營構出的「色即是空」與「人生若夢」

〔註49〕 南宮搏：《漩渦中的一位文人》，《香港的最後一程》（發表時署名漢元），余冠漢收集《徐訏原始資料庫》。

〔註50〕 關於這一判斷，前一小節已有詳細分析，此處不再贅述。

〔註51〕 曾著長文《〈紅樓夢〉的藝術價值和小說裏的對白》，《自由中國》編者認為「是當前少數有份量的文藝批評之一」。甚至連他的論敵石堂也承認《〈紅樓夢〉的藝術價值和小說裏的對白》中關於劉姥姥初進榮國府那段對話的分析「很仔細，有不少新意見」，讀了「很佩服」，還說「我們一向知道徐訏先生對於小說理論有很深的研究，這一次看了他的大文，更足以證明這一點」。

〔註52〕 呂清夫：《徐訏的繪畫因緣》，陳乃欣等著《徐訏二三事》，臺北爾雅出版社1980年版，第264頁。

感，實在並不比《紅樓夢》低很多。徐訏曾在《〈紅樓夢〉的藝術價值與小說裏的對白》一文中說，一句「人生若夢」的話便可以概括《紅樓夢》的主題：

> 人生若夢，原是說人生的短促，因此作者對於時間非常敏感。
> 在時間的變易上，作者看到了色與空的衝突，盛與衰的矛盾，生與
> 死的對立。〔註53〕

而在同一篇文章中，他還這樣流露他對一流作品的看法：

> 《紅樓夢》的課題正是文學上永恆的題材。作者的故事儘管放
> 在一定的社會，一定的時代上，但是作者的課題不是在社會上不是
> 在時代上，《紅樓夢》的作者因此不在時代上落墨而在時間上落墨。
> 〔註54〕

可以說，世界上頂尖的一流作品無不如此，它們都是落墨於「時間」，而不是落墨於「時代」。「時間」是永恆的境界，「時代」則常淪爲流俗。中國古典小說最優秀的幾部無不屬於前者，且因此而得以在「時空結構」上形成非常獨特的東方類型。徐訏之小說、詩、戲劇均有混茫之色，正是因爲他在作品中的用力都是指向「時間」深處，這爲其成功化用古典小說之「雙重封閉圓形結構」配合了一種適合的意境。

正如《紅樓夢》、《水滸傳》、《西遊記》、《封神演義》之「雙重封閉圓形結構」最主要的體現是在小說的開頭與結尾處一樣，《江湖行》在將這一經典結構加以現代轉化時，也正在小說的開頭與結尾處顯示這一構意。

《江湖行》開篇，便是兩個人的對話。一個是敘述人「我」，一個是身份神秘的「你」。不知何時，亦不知何地。「你」與「我」被置在時空的渺茫中。「你」大概因爲這時空過於渺茫而感到了空虛與寂寞，所以，「你」鼓勵「我」講「我」人間的故事。而「我」則感到人間已有太多的小說，太多的戲，而無盡的故事無非大同小異，拆造拼湊而已。但「你」又用「神」的「愛」來引「我」流藝術的淚水。「你」說，「神使人創造故事，魔鬼使人創造謠言；故事發生於愛，謠言發於恨。……當你有美麗的故事時，謠諑不會侵佔你的靈魂。」〔註55〕於是，「我」終於接受「你」的蠱惑，要重新開始藝術的創作，

〔註53〕　徐訏：《〈紅樓夢〉的藝術價值與小說裏的對白》，《徐訏文集》第11卷，上海
　　　　　三聯書店2008年版，第28頁。
〔註54〕　徐訏：《〈紅樓夢〉的藝術價值與小說裏的對白》，《徐訏文集》第11卷，上海
　　　　　三聯書店2008年版，第28頁。
〔註55〕　徐訏：《江湖行》，《徐訏文集》第2卷，上海三聯書店2008年版，第3頁。

講「我」人間的「故事」給「你」聽。「你」說，一切理論都是對人，是在求人相信，而藝術的創作則是對神，是在求神的寬恕。所以，「你」催促「我」快些講「我」人間的故事，「你」要「我」在懺悔之中得到更安寧的靈魂，也好驅走「你」渺茫時空中過分的空虛與寂寞。

之後，《江湖行》同《紅樓夢》一樣，進入它人間故事的主體。這樣，又經過足夠漫長的主體敘事之後，小說的結尾出現了。這時，仍然是「你」與「我」在對話──「你」說，「你」已經細細地讀過「我」人間的故事，但「你」讀了「我」的故事後反而感到更加的空虛與寂寞了。而「我」告訴「你」，這因為「我」說的人生都是過去的故事，而「你」聽的故事則是未來的人生。「我」講完了「我」的故事，現在感到充實而安詳，只是「我」已經疲倦了。於是，「你」讓「我」去休息。於是，世界終於又歸於渺茫與沈寂的空虛。

如果，我們用黑色遮住小說的主體部分，則更能清晰地看到「你」與「我」的對話正可構成一個完整的「故事」──即「雙重封閉圓形結構」之「大圓」。《江湖行》雖沒有直接採用「大神話」外殼，但以神秘的「你」與「我」的對話在小說的首尾形成遠觀的「大時空」視角，其結構功能正與《紅樓夢》、《水滸傳》、《西遊記》、《封神演義》的「大神話」外殼相差無幾。「你說」「我說」構架奇特，有宗教境界，當讀者看完整部作品，意念中可以感到作品裏存在著一個高於「人間」的「大圓」。而「你說」「我說」的極深「色空」體驗也與《紅樓夢》裏一僧一道的對話境界十分接近。

下面具體繪出《江湖行》「現代雙重封閉圓形結構」的完整輪廓。

──借「你」「我」回憶「人間故事」而造時空之「大圓」：

你說，人生不過是故事的創造與遺忘。沒有人生不是故事，也沒有故事不是人生。沒有故事的人生不是真實的人生，沒有人生的故事是空洞的故事。你又說神話的可愛就是它真正表現了人生，神話衰微以後，世上就有寫不盡的小說，說不盡的故事，演不完的戲劇，我們無法設想沒有故事的人間，沒有故事的人間正是沒有大氣的空間，這該是多麼空虛與寂寞。

我說，可是如今人間已有太多的小說，太多的戲；所有的故事都是大同小異，拆造拼湊，千篇一律，難道你沒有聽厭麼？

你說，人間也偶而沒有故事，那是謠言的時代。神使人創造故事，魔鬼使人創造謠言；故事發生於愛，謠言發於恨。沒有神的世

界就會有魔鬼，沒有愛的世界就會有恨，人生不會是空白人生。人用故事懺悔自己，人也會用謠諑損害別人。

你又說，請不要談枯燥的哲學，煩瑣的理論了，一切你所說的都是對人，一切你所講的都在求人信你。而藝術的創作則是對神的，是求神對你寬恕。理論的始點是謠諑，理論的終點是批評。一切的理論是評衡人，一切藝術的創作則是評衡自己。因此我要你重新創作，當你有美麗的故事時，謠諑不會侵佔你的靈魂。

……

我說，我也許沒有作什麼嘗試，也沒有失敗，我的一生只是追尋已失的東西，而得到的則總是多了一個已失的東西。我不知道我生我知以前神與命運是怎麼安排了的，在我生我知以後，我的生命就是這樣追尋中浪費了。

你說，這就值得你細細地回憶與懺悔。那麼你願意把一切都講給我聽麼？〔註56〕

然後，《江湖行》從這「大圓」的「外殼」進入到它「小圓」的「人間」。於是，歷過「幾世幾劫」，終於在應該跳出的時候跳出了「小圓」的「人間」而回到「大圓」的層面，於是我們在小說的結尾又看到這樣接續小說開頭的「半個大圓」：

如今我已經把什麼都告訴你了。我說：

「這就是我所失的與我所重獲的，我所給的與我所取的了。

「我已經細細的讀過了，以後你一直在望月庵裏？」你說。

……

「韓濤壽呢？」

「不知下落。」

「你的兒子小壯子呢？」

「一直沒有消息。我想他一定很好。」

……

你又說：「當你寫出這故事以後，你感到充實還是空虛？感到安詳還是煩惱？」

我說：「我感到充實而安詳，但我感到疲倦。」

〔註56〕 徐訏：《江湖行》，《徐訏全集》第 3 卷，臺北正中書局 1967 年版，第 1～4 頁。

　　你說：「那麼你休息吧。不瞞你說，我讀了你的故事倒感到了空虛而煩惱了。人生難道眞如你所想的這樣沒有意義麼？」

　　我說：「這大概因爲我說的人生都是過去的故事，而你聽的故事則是未來的人生吧。」〔註 57〕

　　這樣，《江湖行》最外層的「大圓」終於被畫出完整的輪廓，但是，正如《紅樓夢》、《水滸傳》、《西遊記》、《封神演義》的結尾那「半個大圓」一樣，此時，我們見到的「空」已不再是單純的「空」，它的裏面已經浸染了所歷的一切「色」的因遠觀而生出的隔世的悵然。因此，如果深探《紅樓夢》、《水滸傳》《西遊記》、《封神演義》的「大神話」外殼，其開頭與結尾所形成的完整「大時空」之「圓」，其開頭的前「半個大圓」與結尾的後「半個大圓」並不完全相同，前者接近眞正「神的世界」，後者則沾染了人間的哀傷，正如引文中所寄寓的——我說：「這因爲我是人，而我們是在人間。」所以，與開頭「你」「我」之間對話的抽象不同，結尾的「你說」「我說」更多了對具體人生的「知生死而不能了然」的深情，因此，要問「疊姨」，要問「紫裳」，要問「容裳」，要問「韓濤壽」，要問「小壯子」……正如《紅樓夢》的「神的世界」，《水滸傳》的「神的世界」，《封神演義》的「神的世界」〔註 58〕，都是在進入「人間」再鑽出時，才披掛上一層空茫、悵然、隔世的煙蘊。

　　前文述及，與西方經典作品相比，中國古典小說之「雙重封閉圓形結構」最獨特的魅力即爲能造出一種「罔罔神異」之境。而這「罔罔神異」之境，更多是依賴形成這一結構之「大圓」的「大神話」外殼。概因「大神話」外殼除形成「大圓」之遠觀視角的結構功能以外，本身更是一種有混茫之色的「時空系統」。「神話時空」想像俊絕，其茫茫氣象罩於小說之外，怎不令人讀之悵然已極。所以，若單單從結構上形成「雙重封閉圓形結構」，則一定魅力大減。但在現代語境下，又難以直接採用「大神話」外殼，所以，若要在整體上造出接近《紅樓夢》、《水滸傳》、《西遊記》、《封神演義》那樣境界的「現代雙重封閉圓形結構」，卻並非易事。爲營構這一「罔罔神異」之境，徐訏在其小說中參雜以「佛教」、「基督教」、「偶然論」甚至「現代宇宙理論」

〔註 57〕 徐訏：《江湖行》，《徐訏全集》第 3 卷，臺北正中書局 1967 年版，第 104～108 頁。

〔註 58〕 這三個連用的「神的世界」，是指「大神話」外殼，也即「大圓」；神魔「進入人間」之前對應「前半個大圓」，神魔「鑽出人間」對應「後半個大圓」。

來製造藝術上的「混茫之色」。《江湖行》之開頭與結尾的「你說」「我說」正是對佛教「色」「空」思想的極深思辨；而貫通小說首尾的對「偶然」與「宿命」之間神秘關係的思考，也使《江湖行》彌漫著一股說不清的神秘場氛；同時，佛教的「輪迴」思想也是徐訏作品中反覆出現的一個主題〔註59〕。

　　關於徐訏小說中的強烈宗教取向，很多學者都曾發生興趣，如吳義勤、廖文傑等對此都有詳細而深刻的論述。寫至此處，筆者自然無須再為說明徐訏小說呈現這一特徵而用力，而欲分析徐訏小說中的宗教元素與新文學史上其他有宗教氣質的作家有何不同。比較來看，徐訏作品中的「佛教」、「基督教」元素，是已被注入了現代主義意緒的「佛教」、「基督教」，其更大成分上是一種哲學上的探尋，而不像許地山那樣是在作品中進行或顯或隱的佈道。同時，徐訏小說中的宗教成分也更傾向於一種藝術上表達的需要，如《江湖行》寫白福與藝中之間的神秘聯繫，竟能在現代語境下造出一種詭異的恐懼感：

　　　　我忽然想到了白福與藝中垂死時的相似，有一種神秘的聯繫。沒有人可以證明藝中是白福的轉胎，但也沒有人可以反證藝中不是白福的轉胎。我還覺得衣情撫養映弓的孩子同小壯子交給黃文娟撫養是一種不可分割的呼應。為什麼小壯子的前身不就是藝中呢？我也想到衣情的神經病，同我父親的神經病，也不是完全沒有關聯的兩件事變。我父親因為誤害了白福而瘋，衣情則偏在瘋前生了小壯子。〔註60〕

　　這種神秘的場氛，與中國傳統的人死投胎轉世的「輪迴」想像並不完全相同，它的裏面更有一種源於西方現代心理學的「心理暗示」因素。因此，讀者在受了這樣的心理暗示之後，會對「白福」與「藝中」的形象生出莫名的恐懼。徐訏有很深的「心理學」背景，並極善將現代神秘心理注入中國傳統鬼神想像，從而形成他特殊的「鬼神題材」。〔註61〕可以說，這是被徐訏加以現代轉換的佛教「輪迴」想像，《江湖行》中類似的例子很多，它們都很好地成為配合「雙重封閉圓形結構」在現代情境中產生罔罔神異之境的藝術佐料。

〔註59〕　比如徐訏的名詩《輪迴》，曾被林聲翕譜曲而廣為傳唱。
〔註60〕　徐訏：《江湖行》，《徐訏文集》第 2 卷，上海三聯書店 2008 年版，第 607、608 頁。
〔註61〕　關於這一點，本章第一節中已有詳細論述。

　　雖然，《江湖行》、《時與光》、《悲慘的世紀》這三部作品從嚴格意義上說都沒有直接採用中國古典小說的「大神話」外殼來構成各自的「雙重封閉圓形結構」之「大圓」，但《時與光》與《悲慘的世紀》略有不同，它們的「大圓」雖不屬中國傳統神話系統，但卻都是超現實的。

　　《時與光》的靈感應該來自「基督教」，其「開頭」敘「我」一瞬間什麼都不知道，等「我」知覺恢復時，「我」發現「我」已經離開了痛苦而升到宇宙的光色中。那時候，「我」意識到「我」已經死過，「我」只是一個孤獨的靈魂，在瑰麗的光色與神奇的音樂中飄蕩——而突然，「我」聽到莊嚴而慈悲的聲音，於是，有了下面這段「聲音」與「聲音」之間的奇絕的「對話」——

　　　　「又是一個歸來的靈魂麼？」

　　　　「是的。」

　　　　「你何以不留戀那豐富的人世呢？」

　　　　「在大宇宙的懷裏，人世還有什麼可值得我留戀麼？」

　　　　「但是人世也是宇宙的一角。你相信過什麼宗教麼？」

　　　　「沒有，命運注定我沒有，我是一個沒有依靠的孩子。」

　　　　「可憐的孩子！那麼你可有哲學上的信仰嗎？」

　　　　「我什麼都沒有。」

　　　　「那麼你眞是可憐的孩子了。但在這豐富的人世中，你憑什麼養活你自己呢？」〔註62〕

　　這慈悲的聲音好像已滲透「我」，使「我」變得透明，「我」被它感動，不禁發出愉快的嗚咽。有「光」撫摸「我」粗糙的靈魂，使「我」突然在它瑰麗的色中反觀到自己的影像，「我」看見了「我」靈魂的淺狹與污穢。這時，「我」又聽到那「慈悲的聲音」啓示「我」——「如今，你該寫你自己的靈魂。」〔註63〕於是，在人間之外，在宇宙的深處，「我」聽受那莊嚴的「聲音」，撿取宇宙的光芒在雲彩上寫「我」短暫生命中的淺狹與污穢，寫「我」偶然機遇裏的愛與「我」寂寞靈魂裏的斑痕。這，便是《時與光》「雙重封閉圓形結構」之「前半個大圓」。自然，接下去即是《時與光》眞正人間故事的開始——小說進入到它的「小圓」結構層面，這是探尋人生之「偶然」與「宿命」

〔註62〕徐訏：《時與光》，《徐訏文集》第3卷，上海三聯書店2008年版，第4～6頁。

〔註63〕徐訏：《時與光》，《徐訏文集》第3卷，上海三聯書店2008年版，第6頁。

間神秘聯繫的一段發生在香港的故事。最後，這段偶然流落在香港的「小圓」
裏的「人生」，以「我」中槍倒地而終結，同時回到「大圓」的結構層面而接
續上「開頭」的那「聲音」與「聲音」間奇絕的「對話」——

　　　　「可憐的孩子，那麼你相信人生不過是偶而的機緣了。」

　　　　「但是不知道這些機緣是不是都是前生定的？」

　　　　「前定的與偶然的有什麼關係呢？你已經過了你的一生。」

　　　　「那麼以後呢？」

　　　　「以後，你就在這天空裏消失了。」

　　　　「那就什麼都沒有了。」

　　　　「你難道對人世還有戀念？」

　　　　「我至少還有愛留在人世，羅素蕾同我的孩子究竟怎麼樣了
呢？」

　　　　「可憐的羅素蕾已經投海自殺了，她同肚裏的孩子都為你殉情
了。」

　　　　「那麼那巫女的水晶棺材的預言都說中了。」

　　　　「孩子，慢慢你會知道，羅素蕾的死並不在水晶棺材預言的後
面。」

　　　　「那麼，一切都在一個平面上發生的麼？」

　　　　「時間只是人間的幻覺。如果把人世的歷史看作天國的地圖，
那麼必然與偶然不都是一樣麼？」

　　　　「那麼我們活了一生算是什麼呢？」

　　　　「難道還不有趣？」

　　　　「是的，是的。」我說。

　　　　「你還有什麼疑問麼？」

　　　　「那些沒有死的人呢？旁都、陸眉娜、尤美達，何醫生、蘇雅、
多塞雷，真是有這些人麼？」

　　　　「自然，旁都與陸眉娜結婚了，尤美達與何醫生結婚了。蘇雅
在東京的修道院裏，多塞雷在喜馬拉雅山的寺院裏，一切不是安排
得很好麼？」

　　　　「那麼魯地？」

　　　　「在監獄裏。」

　　　　「林明默呢？」

　　　　「她一個人，她把森林別墅經營得非常高貴與燦爛，她已經是
　　香港社交界的紅人。」

　　　　「那麼這人間實在也夠平庸與單調了。」

　　　　「這所以人生不需要太長壽了。」〔註64〕

　　是的，「人間」本是這樣「平庸與單調」，所以，這「聲音」與「聲音」
間關於「人世」的「對話」也終於結束。於是，那慈悲莊嚴的聲音也遠遠地
飛逝，隨著而來的是一陣低沉的笑聲。「我」發覺「我」已十分稀薄，「我」
已失去了一切，慢慢地感到「我」已不再存在，「我」的存在只是遺留在雲層
中的「我」用宇宙的光芒所寫的淡淡的發亮的紋痕。〔註65〕

　　至此，《時與光》終於完整地畫好了它的「後半個大圓」。在人間之外，
在宇宙的深處，一切都歸於沈寂，但「時」與「光」的「淡淡發亮的紋痕」
已使那「小圓」的「人間」開始泛出中國古典小說「雙重封閉圓形結構」之
「大神話」空茫隔世的藝術之色。

　　徐訏哲學科班出身，對宇宙本質的思考時常出現在其作品之中，譬如其
詩裏大量的宇宙、星雲、光的意象〔註66〕。《時與光》是既有基督教的宗教成
分，同時也汲取了現代宇宙時空想像的神秘色彩，這使徐訏後期的小說生出
一種介乎中國古典小說與西方現代主義小說之間的一種空茫的意緒。徐訏晚
年越發對生命與時空本質的思考有極大興趣，他寫「靈的課題」與「魔鬼的
神話」系列來探尋「生命」在「時空」中存在的不同形式，是在思想與藝術
上都進入了一個新的境界的。《時與光》相較「靈的課題」與「魔鬼的神話」
系列，成書更早，但已顯示出徐訏藝術造境向宇宙時空的神秘轉移的傾向。
不過，徐訏一定認為在所有小說結構之中，中國古典小說的「雙重封閉圓形
結構」還是最難以企及，最難以超越的，所以，他一生中最後的長篇《悲慘
的世紀》也仍採用「雙重封閉圓形結構」。只是，他這時已對宇宙時空的神秘
境界有更深的興趣，所以，他竟完全離開神話與宗教的光色，僅憑藉現代宇
宙時空理論來造他「現代雙重封閉圓形結構」的「渺茫隔世」之境。《悲慘的

〔註64〕徐訏：《時與光》，《徐訏文集》第 3 卷，上海三聯書店 2008 年版，第 277～278
　　　　頁。

〔註65〕徐訏：《時與光》，《徐訏文集》第 3 卷，上海三聯書店 2008 年版，第 278 頁。

〔註66〕關於這一點論文第一章中已有詳細論述。

世紀》開篇即將「人間政治寓言故事」的「小圓」扔進無限深邃的宇宙時空深處，讓「它」在不知「時間」亦不知「空間」的「星雲」、「恆星系」間寂寞地旋轉一番，直到「它」從那無涯的時間與空間中得到那閃著虛無渺茫之色的「前半個大圓」——

> 人類有兩個大謎：一是宇宙的廣袤，一是時間的去處。……有些科學家相信，時間不過是第四度的空間；也有些思想家揣測，消逝的時間不過是滑到看不見的地方去了。——是不是在滑到另一個恆星系了呢？……現在我想寫的正是那個恆星系裏的一個行星的故事。……但是，時間，則無從核算……這個故事以後，那裡歷史慢慢也就中斷，那裡的人類也許因為戰爭已經絕滅，也許那個行星也就墮入了那個太陽的懷抱，時間變成混沌，空間變成混沌。故事是從那裡的人類的歷史開始的。〔註67〕

與《江湖行》、《時與光》一樣，按「雙重封閉圓形結構」的敘述曲線，《悲慘的世紀》在這之後自然又進入到它的「小圓」結構層面。《悲慘的世紀》的主體故事是一個嚴肅的探進人性深處的政治隱喻與象徵，很多人在後來讀到這部小說時都驚歎徐訏竟在「文化大革命」才剛剛開始時即寫出這樣一部「預言式」的作品〔註68〕。當這個「人間政寓言故事」結束時，小說依例回到「大圓」的結構層面，接續「開頭」的關於宇宙時空的思考：

> 這故事雖是用現在我們的語言傳述，但發生則在……太陽系外另一個恆星的行星裏的。現在，發生那個故事的星球是否還存在，我們不知道。不過，有一種說法，是時間上消失的事物，事實上正存在在另一個時間裏，正如空間上的移動。那麼這個故事也正可以滑溜到另一個時間上去，只是我們經驗不到罷了。……這裡所寫的，只是在無限大無窮久的宇宙的一角，扮演一齣人類一樣的生物的戲劇而已。〔註69〕

《悲慘的世紀》借助「現代宇宙時空理論」關於「存在」在「時間」維度上「滑溜」到不同位置的想像而使這部作品進入「隱喻」與「象徵」的境

〔註67〕徐訏：《悲慘的世紀》，《徐訏文集》第3卷，上海三聯書店2008年版，第281～282頁。

〔註68〕《悲慘的世紀》於1966年開始在臺灣《文藝》月刊及香港《展望》半月刊上連載（在《展望》上連載時改名爲《陰森森的世紀》）。

〔註69〕徐訏：《悲慘的世紀》，《徐訏文集》第3卷，上海三聯書店2008年版，第471頁。

界，從而使其拉開了與一般政治題材小說的距離。正如前文所言，徐訏的小說幾乎都是落墨與「時間」，而不是落墨於「時代」，即使在寫這樣單純政治題材的小說時也依然能躍出「時代」的泥沼。這也是區分一流的傳世經典與二三流趨時之作的重要標誌。

可以說，《江湖行》、《時與光》、《悲慘的世紀》這三部長篇都在各自不同的方向上成功地化用了中國古典小說的「雙重封閉圓形結構」，它們因「小圓」之外有「大圓」的「見色」「見空」兼具的視角而使各自輕易地離開「時代」的局限，進入到渺茫時空的無涯之中，從而彌漫出《紅樓夢》、《西遊記》等經典小說才有的隔世的煙蘊。

在徐訏的「雙重封閉圓形結構」的「小圓」內部，還有無數的具有「圓形」思想的設置，在「人物」，在「事件」，都有超凡的構想，而使每一個「偶然」都指向一個令人喟歎的「定數」。如《江湖行》、《時與光》中「我」的與某人從初見到再遇，均形成一個時空的「圓圈」。人生原本是由與無數人的從初見到最後一次再見所形成的無數個首尾呼應的「圓圈」組成，這些「圓圈」可能又彼此銜接勾連重重疊疊，構成千萬種複雜的「圓圈」結構的生命之海。生命的本質即是一種無止境的「圓形循環」：

> 「我想沒有去世的也該老了。」我說，「我們這一代已經在長長抗戰中過去了。世界已屬於下一代。下一代的愛情不會是我們這一代的愛情，下一代的生活也不會是我們這一代的生活。然而我們的生命是彼此關聯著，逝去者向一個大生命裏去，繼來者向一個大生命裏來。」
>
> 你說：「你真的相信，一切生物來是生命之海而復歸於生命之海麼？」
>
> 我說：「否則生命更沒有意義了。」〔註70〕

既然，「一切生物來是生命之海而復歸於生命之海」，則「輪迴」是否如「佛教」描述的那樣已不重要，單單這一哲思已經具備無限迷茫之色，散發出強烈的隔世感與空茫感。

徐訏為讓人看出他結構中的「圓形」則最用力的部分就在小說的首尾。他不忘每一個極其微小的角色，凡在開頭出現而讀者以為偶然的人或事，則

〔註70〕 徐訏：《江湖行》，《徐訏文集》卷2，上海三聯書店2008年版，第607頁。

在後面一定以呼應的面貌再現，給讀者以極大的感慨。這也是徐訏在《江湖行》的結尾處，曾借人物之口流露過的人生與藝術觀：

　　你說：「人生既然不過是故事的創造與遺忘。可是你的生命是詩的抒寫與歌頌。你真的以為綜錯複雜的人生像一件藝術品、一首詩、一曲交響樂一樣前後呼應、首尾調和，完整而對稱的組織麼？」

　　我說：「這因為一切藝術品不過是反映人生；藝術的完整性正是生命的完整性。一首小歌，一首小詩像是短促的生命；一曲複雜的交響樂，一部宏偉的小說像是一個冗長的生命。每個生命都有他自己的節奏。」〔註71〕

所以，儘管西方現代主義思潮對徐訏影響極深，而西方現代主義小說之不重視小說故事情節的「弊病」，徐訏則盡數拋棄，他在這方面所繼承的完全是中國古典小說的神韻，與現代主義小說重視小說的敘事技巧相比，徐訏更在意小說的「藝術完整性」。

徐訏以非凡的才華將中國古典小說的「雙重封閉圓形結構」加以現代轉換，寫出《江湖行》、《時與光》、《悲慘的世紀》以及詩劇《潮來的時候》、《鵲橋的想像》這樣有極高開拓意義的經典文本，這是他對中國新文學的發展作出的特殊貢獻。對這一點，研究界迄今尚未有隻字論及，而文學史則更無可能對徐訏在小說文體上的開創貢獻給以公允的認可。

第三節　寫「空氣」與「場面」的高手

　　他從遙遠的大地想到火把，想到刀，想到馬，想到盒子炮，想到大隊的人在廣闊的原野奔馳。〔註72〕

僅用三十六個字，便能造出這樣沉闊的意境。具這等筆力的作家，想新文學史上也寥寥無幾。魯迅的小說，常常開篇第一句就造成一種氛圍，以後的文字大抵是在這種氛圍上繼續疊加，他自然不捨得浪費一個標點，所以，後面加上去的，就漸漸產生一種勢，對讀者造成一種壓迫。這是營造「空氣」的高手，魯迅是大師級人物，徐訏似乎也不示弱。徐訏的小說，篇篇都有非常攝人的「格調」，秘密即在於此，他極善營造「場面和空氣」，手法繁多，

〔註71〕徐訏：《江湖行》，《徐訏文集》卷2，上海三聯書店2008年版，第596、597頁。
〔註72〕徐訏：《神偷與大盜》，《徐訏文集》8卷，上海三聯書店2008年版，第22頁。

技術爐火純青，境界之高，某種意義上是不下於魯迅的。即以上面所引《神偷與大盜》的斷章殘句，其高遠幽眇的境界，雖看似平常寫出，實則暗藏許多玄機。且看這小說的篇目《神偷與大盜》，即便未看內容，就已先有一種沉闊的大氣，這實在頗為神奇。其原因，一是「神偷」與「大盜」這兩個詞語，實已在中國幾千年的歷史文化中被意象化，一讀之下即產生無限聯繫，生出無數豪闊的想像；二是「神偷」二字皆取陰平，「大盜」兩字則迅變入聲，「神偷」之聲飽滿、沉穩，「大盜」之聲響亮、開闊，這「平平」「仄仄」「沉穩」「開闊」的音義之間，加以有曲折送收的「與」字來連接，則沉闊意境頓生。而「遙遠的大地」，「火把」，「刀」，「馬」，「大隊的人在廣闊的原野奔馳」，這些看似平平的意象，組合起來竟生出如此遠超單個名詞所能有的遼遠與沉闊，其手法大抵與馬致遠的《天淨沙・秋思》相近，這正印證了中國古典文論的「境出乎象而超乎象」的理論。但最點睛的一處，正如馬致遠要用上一句「斷腸人在天涯」，將一種無法言傳的氣氛倒進他精心挑選的意象中間，使它們連成一片，終於「氣象渾沌」「不可句摘」；徐訏是讓他氣概不凡的意象們從「神手李七」所神往的想像之中向我們走來——火把，刀，馬，盒子炮……我們似乎能看到「神手李七」望向遠方的背影，「他」站在那裡，厭棄了他從不失手的、小心謹慎的「神偷」的人生，「他」要去尋「海怪」〔註73〕的朋友們，他的眼神漸漸彌漫了整個畫面，使我們也不得不感到他那無限遼遠的想像的境界。

　　這種「場面」與「空氣」的營造，自然是世界上所有頂級的作家們所共有的氣質。其本質即是一種「詩意」，在這一點上，詩人與小說家、戲劇家是相同的。徐訏極善造「場面」與「空氣」，這也可視為其創作的水準已達相當高度的證據。早在三十年代，就有人指出徐訏具有這方面的天才：

> 作者的手腕彷彿擅長的是寫場面與空氣，他能抓住觀眾與讀者，使觀眾與讀者一口氣要看完，不能中斷。……寫戲劇同寫小說一樣，有人偏於寫空氣，有人偏於寫人物；上手終是二者都有把握。以作者的氣質似乎是屬於前者。〔註74〕

　　孟企在三十年代即看出徐訏的氣質是偏於寫「空氣」，這觀察是深刻而敏銳的，不用說《歌樂山的笑容》、《園內》、《時間的變形》那神秘詭異的「靈」

〔註73〕 「海怪」，《神偷與大盜》中的人物，象徵著磊落、壯闊的人生境界。
〔註74〕 孟企：《〈月亮〉書評》，《文匯報》1939 年 2 月 13 日。

的課題系列，即如上面之《神偷與大盜》、《傳統》、《殺機》、《江湖行》、《風蕭蕭》這類追求史詩風格的作品，也都有各自的強烈的「空氣」籠罩作品的始終。這「空氣」使徐訏的作品有一種相當獨特的攝人的力，它一旦被建成，會形成一個強大的場，使罩在它裏面的一切文字都發生變化，甚至能改變一些文字本身所具有的色彩，而賦予它們新的意味：

> 同我碰杯的人／來跳舞吧！／舞盡了這些燭光，／讓我們對著太陽歌唱。／／同我碰杯的人／來跳舞吧！／舞空了這些酒瓶，／讓我們再去就寢。／／同我碰杯的人，／來跳舞吧！／舞過了這段黑夜，／天邊就有燦爛的雲彩。〔註75〕

這是《風蕭蕭》中的「徐」在接受任務之後，以「赴死」之心在那場表面迷醉的面具舞會之中，聽白蘋唱的一支歌曲。這俗的詞原也可有如此悲涼而華麗的組合，生成這空虛中的美麗的頹廢與哀感。小說中潛在的危險，使原本爛俗的歌詞產生了新的意味，令讀者看到它時，頓生一種說不出的悵然與迷茫。

一、憤激的深切：《鬼戀》的攝人處

《鬼戀》格調清絕，當其一出，即豔驚一時。可以說，徐訏得「鬼才」盛譽，全憑此文。甚至，在時隔 60 餘年後，香港作家王璞再次讀到它時，仍感錯愕：

> 《鬼戀》自一九三七年一至二月在《宇宙風》雜誌連載以來，半個多世紀過去了，即使在我們已領教了各種現代、後現代小說手法的今天，當時讀者們所體驗的那種「驚豔」之感猶存……《鬼戀》的最大成就，是它在藝術手法上的創新，它是將中國傳統小說和西方浪漫主義小說結合的一個成功範例。〔註76〕

儘管，《鬼戀》自發表以來，品評文章數量甚巨，但觸及風神者不多。甚至可以說，直到王璞的出現，《鬼戀》在小說藝術上的成就才真正被挖掘出來。尤其，她分析《鬼戀》造「貌似平實的時間陷阱」部分，是已基本釋清《鬼戀》迷離隔世境界的成因。但王璞對《鬼戀》的分析只限於小說技巧層面，

〔註75〕 徐訏：《風蕭蕭》，《徐訏全集》1 卷，臺北正中書局 1966 年版，第 455、456 頁。
〔註76〕 王璞：《一個孤獨的講故事人——徐訏小說研究》，香港里波出版社 2003 年版，第 51 頁。

而對隱約其間的特殊情緒卻沒有涉及，而這，竟也是《鬼戀》在「驚豔」之感外另一攝人處。

也許，關於《鬼戀》的精神氣質，黃康顯的一句話或可見真髓：

> 她（指「鬼」）最後的躲避，與其說是毅力的取勝，勿寧說遠是憤激的深切。〔註77〕

筆者也深以為，「鬼」的憤激的深切，鬼的委屈遠走，正是《鬼戀》最攝人之處。「鬼」最終棄絕這騙她信仰、欺她靈魂的人心要遠走，也正是徐訏對這世界的一種「報復」，他讓讀完這小說的人們最終也沒有再見到「鬼」最後一面，讓他們長久地浸在那永遠失去「鬼」的行跡的悲傷裏。這是作者對讀者的「報復」，正是「讀者」之中廣漠的人心組成的人世傷害了「鬼」。《鬼戀》之中彌漫的情緒，與魯迅《野草》中的名篇《復仇》一樣，有著深廣的憤激，這憤激是來自他憐憫而又厭憎的人間。

可以說，在現代作家之中，流露如此深廣的「憤激」者，恐怕只有魯迅與徐訏二人。此二人皆為「愛之深」，才「恨之切」。《鬼戀》中的「鬼」在其身份被揭開，而「我」又迫「她」已極時，「鬼」的冰冷之中帶著委屈、憤激的「話」竟與《影的告別》中「影」最後的「獨語」如此相似：

> 「人，現在我什麼都告訴你了，我要一個人在這世界裏，以後我不希望你再來擾我，不希望你再來這裡。」〔註78〕

> 「我獨自遠行，不但沒有你，並且再沒有別的影在黑暗裏。只有我被黑暗沉沒，那世界全屬於我自己。」〔註79〕

「鬼」終於和「影」一樣，別了「人」，帶著委屈與自傷而獨自遠走。

徐訏思想極高，性格內斂，一生所寫作品無不注入其對人間之「愛」與「美」的追慕，對「生」與「死」的熱力。但當這「愛」與「熱力」遭遇到人心的「惡」與「冷漠」時，徐訏也同魯迅一樣，要復「人心」的仇。這種指向「人心」的復仇，常常夾帶著自戕的悲憤與快感，正與《野草‧復仇（其二）》一樣：

> 丁丁地響，釘尖從掌心穿透……丁丁地響，釘尖從腳背穿透，釘碎了一塊骨，痛楚也透到心髓中……可詛咒的人們呵，這使他痛

〔註77〕 黃康顯：《運筆於靈魂的兩方面》，寒山碧編著《徐訏作品評論集》，香港文學研究出版社 2009 年版，第 96 頁。
〔註78〕 徐訏：《鬼戀》，《徐訏文集》第 4 卷，上海三聯書店 2008 年版，第 180 頁。
〔註79〕 魯迅：《影的告別》，《魯迅作品精選》，中國文史出版社 2002 年版，第 377 頁。

得舒服。……他沒有喝那用沒藥調和的酒，要分明地玩味以色列人怎樣對付他們的神之子，而且較永久地悲憫他們的前途，然而仇恨他們的現在。〔註80〕

《鬼戀》的「復仇」也帶有類似的情緒：

　　「我們做革命的工作，秘密地幹，吃過許多許多苦，也走過許多許多路……後來我亡命在國外，流浪，讀書，一連好幾年。一直到我回國的時候，才知道我們一同工作的，我所愛的人已經被捕死了。當時我把這悲哀的心消磨在工作上面。」她又換一種口吻說：「但是以後種種，一次次的失敗，賣友的賣友，告密的告密，做官的做官，捕的捕，死的死，同儕中只剩我孤苦一身！我歷遍了這人世，嘗遍了這人生，認識了這人心。我要做鬼，做鬼。」她興奮地站起來又坐下。〔註81〕

這憤激的深切除在情感上可以攝奪讀者眼中的淚水，在藝術上則彌漫成一種「空氣」罩住小說的通篇，從而使《鬼戀》的「驚豔之感」得到一種凝重的收束力，並因此拉開其與無名氏模倣徐訏所作《北極風情話》等濫情之作的距離。徐訏雖外表謙遜，但內在遠有一種接近魯迅的「憤激」，除《鬼戀》以外，他的《彼岸》、《燈》、《夜釋》，以及劇本《潮來的時候》、《兄弟》等，都有深切的流露。也因此，上述諸篇皆有近於《鬼戀》的特殊攝人格調。

《鬼戀》所涉「革命」部分，也向來受到研究者的矚目，寒山碧《〈鬼戀〉——一個迷途者的悲歌》以細節探尋文中之「革命」究竟何指，最後得出其應爲1927年前後的中共革命。〔註82〕若此判斷準確，則「鬼」所復「人心」之「仇」亦指向這一革命群體。這正是左翼團體所不能容之深刻所在，卻並非如寒山碧據此所言的「中國大陸的文學批評家一直把徐訏當作反動作家，其實徐訏早年倒是他們的同路」〔註83〕，即使徐訏在小說之中對這場革命的失敗流露著深切的同情。只因，「鬼」的憤激之深廣，遠比「同情革命」更深入人心，「鬼」最後拒絕「人心」的挽留，而決絕地遠走，正是「她」的一個

〔註80〕　魯迅：《復仇（其二）》，《魯迅作品精選》，中國文史出版社2002年版，第384頁。
〔註81〕　徐訏：《鬼戀》，《徐訏文集》第4卷，上海三聯書店2008年版，第179頁。
〔註82〕　參見寒山碧編著：《徐訏作品評論集》，香港文學評論出版社2009年版，第110～119頁。
〔註83〕　寒山碧：《〈鬼戀〉——一個迷途者的悲歌》，寒山碧編著《徐訏作品評論集》，香港文學評論出版社2009年版，第116頁。

姿態——不會原諒這「人心」。所以，「革命」在《鬼戀》只是一個「場」，或者是「空氣」，徐訏藉此而落墨的並不是這一「時代」，而是永恆的「人心」。關於此，許道明的看法也許有幾分切到真髓：

> 鬼戀的作者……他不是革命者，卻看重那些從戰線上退下的革命者的靈魂深處的落寞和蒼涼，並且以他可能有的關愛凝視著他們的命運變遷。〔註84〕

的確，《鬼戀》看重的是被「人心」背叛了的「革命者」的「靈魂」，那一份「落寞」與「蒼涼」，在永見不到「鬼」的寂寞的冬天裏，將會永久地使「人」受著思念的懲罰，給「他們」〔註85〕以茫茫無涯的隔世的空虛與悔恨。

在「憤激的深切」以外，《鬼戀》「潔淨」的格調也是配合它放射特殊攝人光色的又一品質。如其關於「接吻」的那一段唯美的比喻：

> 「不過……」我說著就把頭向著她的頭低下去。她是坐著的，這時候她站起來避開我，她說：「用這種行動來表示愛，這實在不是美的舉動。你看，」她於是用鉛筆在紙上畫了兩隻牛兩隻鴨的接吻，說：「你以為這是美麼？」〔註86〕

徐訏對愛情描寫之純淨，對肉身接觸的唯美化，代表著他對俗世的排斥態度，這是他一貫的作風，幾乎貫穿其一生所寫作品全部。他追求著藝術的脫離物質的精神的境界，他將男女之間心靈的契合表現得如此超離人間，使他像一個在文學上患有潔癖的人那樣偏要洗淨一切可能落進他文字裏的肉欲的灰塵。徐訏對都市物欲的厭惡使他遠不同於新感覺派的熱衷於是。他雖也熱衷於表現都市，但，是「靈」的都市，而遠離了「物與性的橫流」。因而，《鬼戀》的「驚豔」正是在「情緒」的「憤激的深切」與「空氣」的「潔淨」「孤絕」中發著幽深攝人的光芒，這所以自其面世以來，激賞者經久不絕。

《鬼戀》以現代語境而造出「聊齋」式的「場氛」，大約全靠徐訏特殊的語言天分，以及他化用古典小說結構的才華。在語言方面，本章第一節之「暗運聲律布之無形」部分已有較細分析，而在化用古典小說結構上，則有設置「周小姐」這一角色的不凡一筆。《鬼戀》中直接寫到的主要人物，「我」與「鬼」外，還有就是看護周小姐。這一形象的植入，絕非偶然為之。其使我

〔註84〕 許道明：《海派文學論》，復旦大學出版社1999年版，第337頁。
〔註85〕 這「他們」也包括組成我們人世的讀者。
〔註86〕 徐訏：《鬼戀》，《徐訏文集》第4卷，上海三聯書店2008年版，第172頁。

想到《聊齋誌異》中的《小翠》——狐仙母女早知元豐後將與一名為「小翠」
的女子成婚，便化為「小翠」的模樣而進元豐家報先前救命之恩。後「狐仙
小翠」終因元豐父母的折辱而隨母遠遁。當元豐走遍野嶺荒山呼喊「小翠」，
而得見最後一面時，「狐仙小翠」告訴他快先回家去，「她」將在家裏等著元
豐回去成婚。後元豐回到家中，果然有人前來提媒，問之，女子果然名為「小
翠」。洞房之夜，當元豐揭開女子蓋頭，看到的竟真是「小翠」，但這已是「人
間的小翠」。這時，元豐一定有恍然隔世感，他的悵然也正與我們讀者看到深
夜來訪的穿黑衣服的女子竟是周小姐時相同。這最後的一筆，我們都期待的
能與「鬼」的一見，竟在一種熱烈的期待中，化成意想不到的虛空。狐仙「小
翠」走了，當讀者看見那人間的「小翠」時，更感到一種真真假假的茫然；
而在「鬼」永遠不會回來的冬天，一個月色淒涼的夜晚，穿著「黑衣」的「周
小姐」成為留在人間的「鬼」，「她」在「我」期待的心跳聲中一步一步走上
樓梯。這樣的結尾，與中國傳統文學中最常見的在陰間或化成蝴蝶來虛幻地
聚會一樣，製造的餘味是持久的。而其感傷的意緒尤其令人茫然無措。

　　袁堅與王璞一樣，也注意到徐訏小説中獨特的「實幻交錯的小説世界構
造方式」。他對《鬼戀》中描寫上海的細節之考證有新鮮的意見。但他對《鬼
戀》的風神與作者藝術造境的理想卻並不瞭解。他認為：

> 倘若在小説《鬼戀》中，徐訏將女「鬼」作為他的核心人物而
> 深入開掘其內心世界，並突出其疏離社會的行為及其背後的意味的
> 話，或許能夠追問到獨立個體在時代、社會的大環境中如何自處的
> 某種答案；只可惜他的注意力最終還是放在了「我」，小説由此落回
> 到普通的戀愛故事的身上。〔註87〕

　　這樣的看法，不説是否符合徐訏的風格，自是又一種「以革命歷史、文
化啓蒙、社會意義」為核心的價值觀，而偏離文學本身的審美價值。如果真
是這樣的來寫《鬼戀》，那麼「鬼」的內心世界暴露無遺，試想，徐訏獨特的
神秘風格將從何而生？審美距離感又何以產生？並且，那種《聊齋誌異》般
中國古典小説的恍若隔世、悵惘迷離的意境又如何生成？這自是袁堅沒有從
創作的角度來考慮問題的結果，他只從理想的狀態出發，根據自己的想像與
對文學價值的判斷來「修改」《鬼戀》，自會產生這樣的結論。

〔註87〕　袁堅：《論徐訏 30～40 年代的小説創作》，復旦大學博士學位論文，第 94 頁。

二、抗戰悲風與綺豔的銀光

　　一切優秀的藝術作品都旨在製造某種特別的境界。但正如香料、美酒的配製，即使原料相同，不同的人也會造出完全不同的味道。這因為，還有比例的相異，時間的差別，溫度的變化等等未知的因素會合成一種特別的不同。所以，這世上本無完全相同的事物，這是辨證法告訴我們的。而成功的藝術作品，正是憑依各種此時、此地、此物的組合而成的一種有別於其他的境界在引我們駐足。小說藝術自然也在此間。特別的故事，特別的結構，特別的語言，特別的情感，特別的意緒，特別的節奏，特別的標點，特別的分段，甚至特別的紙張，都會對最終生成的意境發生或輕或重的影響。所以，頂尖的一流小說家能憑一種直覺來操控這無限多的元素，最終製造出接近他理想的藝術之境。而二三流作家則可能使各種相反的元素互相抵銷，於是，或者意境平平，或者枯乾乏味，成為毫無藝術生命的一堆雜物。

　　徐訏擅長寫「場面」與「空氣」，則正是能使各種元素配合而發揮出最大的「合力」之明證。他的小說，包括戲劇作品，幾乎部部都有特別攝人的「空氣」籠罩。《鬼戀》之「憤激的深切」，《神偷與大盜》的「沉闊遼遠」，詩劇《潮來的時候》「神秘哀豔」……徐訏像一位外表羸弱的武林高手一樣，以神奇的內力向他的作品中吹進有各種氛圍的「真氣」，而且力道充沛，即使如《江湖行》、《風蕭蕭》那樣浩瀚的長篇，也能被他鼓蕩得「真氣」彌漫，顯示出極深的藝術功力。

　　《風蕭蕭》可說從首至尾都勁吹「蕭蕭」的「抗戰悲風」。不過，這「抗戰悲風」大部分併不是以「血」與「火」的正面出現，而化成一種「空氣」，彌漫在小說的內外，令其所有文字在其本色以外都染著一種蕭殺的「寒氣」。徐訏作品之中，正面寫到抗戰題材的可說很多，小說即有《風蕭蕭》、《燈》、《江湖行》，戲劇有《月亮》、《兄弟》、《旗幟》等。這些作品很多有直接正面寫到與日軍的衝突，如《燈》全篇，《江湖行》寫「我」與日本軍官決鬥的場面，《兄弟》全場等。徐訏曾概言，中國現代文學中竟沒有一部優秀的正面地直接寫到抗戰的小說，這是很遺憾的。不過，徐訏謙虛地將自己排除在外，而實則，他的上述幾部作品都是非常優秀的寫抗戰的傑作。戲劇《兄弟》在戰爭與信仰及人性上所探尤深。徐訏對戰爭的表現，正如世界上那些一流的作家，如肖洛霍夫、海明威、茨威格一樣，自然與左翼旨在宣傳的一脈不同，

他是在戰爭的「空氣」裏面探尋「民族、人性、宗教、存在、愛與美」的關係，以及表達處在這特殊的時代的人們那特殊的掙扎所放射出的「生」的光芒。

徐訏本就擅長寫「空氣」與「場面」，這是他非常特殊的氣質。在一些作品中，可能只須幾個字便造出一種能罩住整部小說的「場氛」，如前文對《賭窟裏的花魂》以及《神偷與大盜》題名的分析。此等筆力，現代作家中除去徐訏似乎只有魯迅具備。因此，徐訏的很多作品都被無形地注入了他以特殊的「詞匯」、「句式」、「聲律」、「情緒」等而配置成的「抗戰空氣」，這使他以驚豔名世的特殊格調又隱隱透著一股悲憤之氣。而這，正是《風蕭蕭》所放射的光芒。它是「抗戰悲風」裏的人們以「愛」、「美」、「人性」、「民族」、「正義」、「哲學」、「宗教」而配製成的一杯「酒」，飲它的人們在「葡萄美酒夜光杯」的綺豔裏，還聽到易水河邊蕭蕭的風聲，因為壯士已一去兮不回：

> 五點鐘的時候，我穿著袍子，夾著那件永遠帶著笑容的老闆為我送來的西裝大衣，在蒼茫的天色下，踏上了征途。
>
> 有風，我看見白雲與灰雲在東方飛揚。
>
> ——《風蕭蕭》結尾〔註88〕

而在「易水的河邊」，徐訏還澆灌著「水蓮」與「玫瑰」，也有「太陽」的耀眼的光芒，也有「燈光」的照亮暗夜，也有「星光」的晶瑩閃射。這顯然是一種無限複雜的意象的綜錯，它們每一個個體都閃射自己的光色，而將它們收束在一個封閉的暗室裏，則造出怎樣神秘俊絕的藝術境界，是只有親自讀過此書的讀者才能意會到——

> 好像我落在雲懷的中心，我看見了光，看見星星的光芒，看見月亮的光芒，還看見層層疊疊的光層，幻成了曲折的線條，光幻成了整齊的圓圈，光幻成了燦爛的五彩，我炫惑而暈倒，我開始祈禱，我祈禱黑暗，黑暗……那麼我的燈呢？「燈在這裡。」我聽見這樣的聲音，於是我看見微弱柔和的光彩，我跟它走，跟它走。走出雲，走過霧，走到綠色的樹叢。我竊喜人間已經在前面，這是我們的世界，是我們祖先幾千年來慘淡經營的世界，那裡有多少人造的光在歡迎我降世，於是我看見萬種的燈火，在四周亮起來。我笑，開始笑，但我在笑聲中發現我已經跨入了墳墓，我開始悟到四周的燈光

〔註88〕徐訏：《風蕭蕭》，《徐訏文集》第 1 卷，上海三聯書店 2008 年版，第 451 頁。

都是鬼火，我想飛，但是多少泥土壓迫我，我在掙扎之中喘氣。「太陽來了。」有人嚷。於是我看見了炫目的陽光。〔註89〕

《風蕭蕭》1943 年 3 月 1 日開始在《掃蕩報》副刊連載，聲名大噪。1944 年 3 月 11 日《風蕭蕭》脫稿。可以說，徐訏此前在藝術上的探尋與積累基本都被注入此書，是此前之《鬼戀》、《阿剌伯海的女神》、《吉布賽的誘惑》、《荒謬的英法海峽》，以及戲劇《生與死》、《月亮》、《孤島的狂笑》、《兄弟》等種種意緒綜錯而成。王璞曾有「《風蕭蕭》是徐訏所有作品最難卒讀的一部」之言，不過，這是她有意以此驚人之語來舉薦徐訏，以引世人矚目而已。事實上，《風蕭蕭》儘管並非徐訏最好的小說，但其造境之高，而情節之引人入勝，則現代小說史上無有可及。尤其全書自始至終所透放出的蕭殺之意與綺豔的哲思色調完美融合，成一種特殊的「空氣」彌漫在小說內外；而其在語言格調上的潔淨豔絕尤其使讀過此書之人暗生難以企及感。司馬長風的《中國新文學史》對《風蕭蕭》即有極高推舉之念：

> 本書（指《風蕭蕭》）的卓越成就之一是結構的嚴密和完整。近五十萬的小說，人物、情節和主題，絲絲入扣連在一起，絕少脫節和破綻，而情節的進展，井井有條，入情入理。茅盾的《子夜》大病是人物和情節凌亂，端木蕻良《科爾沁旗草原》缺點，在缺乏組織力；老舍的《四世同堂》，則人物稍嫌類型化，情節稍嫌蕪雜，《風蕭蕭》則全無這些瑕疵。〔註90〕

司馬長風認為徐訏的《風蕭蕭》辟除了茅盾的《子夜》、端木蕻良的《科爾沁旗草原》、老舍的《四世同堂》之各自的瑕疵，幾近完美。他甚至又矛盾地推翻自己所指《風蕭蕭》時代襯景模糊的缺憾——「不過，究其實來說，這也說不上什麼缺點，因為作者幾乎在所有的作品中，都把重點指向角色的內在世界，對外在世界向來缺乏興致。」則正與徐訏眼中的一流作品應該是落墨於「時間」而不是落墨於「時代」的標準暗符。司馬長風對《風蕭蕭》的主旨與風格的鑒定是準確的，尤其將《風蕭蕭》的成就置於茅盾《子夜》與老舍《四世同堂》之上的判斷尤為大膽而具獨見。

〔註89〕 徐訏：《風蕭蕭》，《徐訏文集》第 1 卷，上海三聯書店 2008 年版，第 35 頁。
〔註90〕 司馬長風：《中國新文學史》下卷，香港昭明出版社有限公司 1983 年版，第 95～97 頁。

　　司馬長風之極力推崇徐訏已成文壇趣事，尤其他將徐訏與魯迅並舉之事更流傳甚廣，演繹至今已頗有譏嘲之意，眞可悲也。在《中國新文學史》中，司馬長風分出大量篇幅評介徐訏，並爲受限於新文學史時段的劃分而不能在《中國新文學史》中深入分析徐訏的後期代表作《江湖行》與《彼岸》而深感遺憾：

> 以長篇小說而論，《江湖行》實是徐訏的代表作。……另具有散
> 文詩風的《彼岸》，也是一部傑作；與沈從文的《邊城》，老舍的《月
> 牙兒》，蕭紅的《呼蘭河傳》，是同一類型的作品。可惜，《江湖行》
> 和《彼岸》出版皆在一九四九年之後，不在本書的研究序列之內，
> 不能作深長的鑒賞。〔註91〕

　　司馬長風與徐訏同年離世，也許因年齡、經歷的相仿，又或者氣質的接近，所以能特別地體恤徐訏藝術的風神。在文學與學術凋零的時代，想起這兩位流落香港的文人，他們生前的彼此惺惺相惜不禁使人唏噓。

三、沉闊、遼遠的「江湖」

　　在漢語之中，「江湖」是一個神奇的「詞匯」。千百年來，寂寞的人們已用無數蕭殺的故事將「它」填滿。從司馬遷一諾千金的「刺客遊俠」，到李太白「縵胡纓」的「趙客」，從施耐庵嘯聚山林的「水滸英雄」，到魯迅仗劍獨行的「黑衣人」，這些烏有的生命已漸漸使「江湖」從一個詞語變成了一個令人無比神往的世界。千古文人俠客夢，徐訏也在此間。

　　徐訏的「江湖」是他「異域」、「鬼靈」、「哲學」、「宗教」、「宇宙」、「時」與「光」之外，又一個「別樣的世界」。他的「江湖」不同於金庸熱鬧而險峻的「江湖」，也不同於古龍寂寞而詭秘的「江湖」，他的「江湖」無限遼遠，似乎與莊子的「江湖」接近，廣大，空明，使人忘記人間的局促。那境界，似乎只有「神手李七」知道：

> 月光更深地照進房內，李七吸起一支煙，忘了料峭的春寒，站
> 起來，走到窗口，他望到那蜿蜒向東的閃著月光的河流，望到櫛比
> 的屋脊，望到遠處的田野與起伏的丘岡。……他從遙遠的大地想到

〔註91〕司馬長風：《中國新文學史》下卷，香港昭明出版社有限公司 1983 年版，第93 頁。

火把，想到刀，想到馬，想到盒子炮，想到大隊的人在廣闊的原野奔馳。」〔註92〕

於是，他終於再無法忍受那「局促的閣樓」「雜亂的地鋪」「惡濁的鼾聲」，決絕地向著他的「有刀，有馬，有盒子炮，有壞女人……」的「江湖」走去。

概因徐訏的驚豔格調太過強烈，又或者如司馬長風所言之「生不逢時」，徐訏別出手眼的《神偷與大盜》、《傳統》，包括《江湖行》等，在大陸均鮮有人知。不過，這是徐訏在神秘、異域的傳奇格調外又一套獨特的筆墨，配合他孤絕的現代意識，造出了上面引文中所透放的一種帶有存在主義色澤的「遼遠的高境」。

這本是徐訏多部作品中都有的一種「空氣」。它彌漫出一股「蕭殺」「憤激」「孤絕」「高遠」之氣，《風蕭蕭》、《燈》、《鬼戀》、《傳統》、《神偷與大盜》、《江湖行》，以及戲劇《兄弟》、《生與死》、《潮來的時候》等等，都有或多或少的隱現。不過，這種「空氣」以最集中、最突出、最接近單純的面貌出現的，則是在小說《神偷與大盜》、《傳統》與《江湖行》之中。

《神偷與大盜》大約是徐訏非常偏愛的一個故事，其靈感亦以另外面貌出現於《江湖行》中。當「野壯子」要努力成為一個作家，「他」所寫的第一部使「他」驚動文壇的小說，徐訏即讓「他」名之為《盜賊之間》。是寫一個江湖女子同時愛上一個神偷與一個大盜的故事，但因為愛了兩個人，她心裏就有各種不同矛盾彷徨與痛苦。她想盡方法，不讓兩方面知道她心裏另有他人，她不願意他們彼此妒忌仇恨。偏偏這個神偷同她在一起，就愛講強盜的低能與暴戾，而那個強盜又愛在她面前說起小偷的懦怯與無用。她總是站在強盜的立場與小偷爭，又站在小偷的立場與強盜爭。於是慢慢地她竟發現那個小偷竟真有強盜所說的一切小偷的缺點，而那個強盜也正具有那個小偷所說的一切缺點。最後她離開那個強盜，說她愛上了一個小偷；但同時她也離開了那個小偷，說她現在愛上了一個強盜。她獨自一個人又在茫茫的人海去過流浪生活。正中書局版《徐訏全集》卷15標明，《神偷與大盜》作於1957年8月15日。而《江湖行》第三部脫稿於1960年，第四部脫稿於1961年，《盜賊之間》的故事即出現於《江湖行》第三部與第四部中。如此看來，時隔三四年之久，徐訏仍對這一故事原型念念不忘，遂有進一步發揮的興致。

〔註92〕 徐訏：《神偷與大盜》，《徐訏文集》第8卷，上海三聯書店2008年版，第13、22頁。

　　與《盜賊之間》只具故事框架相比，《神偷與大盜》作為一部完整的中篇小說，其格調更沉闊，造境更高遠。其中「偷」「盜」之間爭論誰更有本領的對話閃射著徐訏對戰亂底下世界的污濁之深切的憤激：

　　　　「是的，因為我在監獄見到一個囚犯，是一個江洋大盜，他就時常笑我們既沒有氣派，又沒有膽魄，鬼鬼祟祟都是些沒有男子漢氣的傢伙。他告訴我他的過去，說他們強盜永遠是翻山越野，大隊的人馬，騎在馬上，亮著火把，操著刀，掛著盒子炮，他們搶最有錢的豪富。他說那些作威作福的人，見了他們就苦苦叩頭求饒，那些裝腔作勢的女人，當他們說饒她一命的時候，沒有一個不服服帖帖的。『你看，這多過癮！』他說：『哪裏像你們這些小偷，什麼人都怕。』我當時就很不高興，說我們小偷才靠真本領，不像他們強盜，只靠暴力。他就笑我那是老鼠對老虎說的話。他說，這世界到處都是暴力，搶到天下，就可假作公道。他還勸我改行去做強盜。……後來我把失手的經過告訴他，他更譏笑我了，他說：『我有武器，我們做強盜的決不會用玉佛去打和尚的，玉佛是和尚供奉的，他自然要幫和尚。』他說著又哈哈笑起來：『你是什麼神手李七，你倒是佛手李七呢。』」〔註93〕

　　「神手李七」行竊十八年而從不失手，這所以他得了「神手」的綽號。但是，李七終於失手了。而失手的原因，則是他到雪照寺去偷那喝酒吃肉藏女人的「了空和尚」的金佛，本來他已經得手，還順手拿了幾件金指環、玉鐲和一尊玉佛。但他在跳到牆脊要走的時候，卻看到「了空和尚」正在打一個女人，李七難抑怒火，反身跳下牆脊，就用那玉佛朝和尚打去。後來他們滾打在一處，而終於那和尚被他騎在身下，正在這時，他頭上遭了一擊，於是瞬間他什麼都不知道。醒來的時候，李七已被縛在樹下，頭上流著血，有警察與一群和尚圍著他。原來他就是被那女人用那玉佛敲昏的。這樣，李七被關進牢獄。在獄裏，他碰見一個叫做海怪的強盜。李七看不起強盜，可是海怪也瞧不起小偷，他們兩個不時爭論。後來海怪聽說李七失手的經過，就哈哈大笑，從此管他叫「佛手李七」。這使李七的心裏起了一種說不出的自卑，他開始對自己的一行輕視起來，最後決心出獄後要棄竊行盜。後來，李七出

〔註93〕　徐訏：《神偷與大盜》，《徐訏文集》第 8 卷，上海三聯書店 2008 年版，第 12、18 頁。

了獄，他用小偷的計謀給「了空和尚」與那女人施了悶香，把他們赤裸裸地綁在一起，還假扮和尚去警察那裡報了案，他終於痛快地雪了恥。但是，當李七快慰地睡著，他做了一個夢，夢見海怪「晦晦晦晦」地嘲笑他，「要是我海怪，就當著那和尚的面，把那女人……晦……晦……這才是強盜的氣魄！」他從那夢裡驚醒，又感到說不出的自卑，想到要是讓海怪知道他所做的，一定又要譏笑他總是一個小偷。他一定會帶著輕視的口吻告訴他獄中的朋友說佛手到底是佛手。李七那時起來到窗口，看到東方已經發白，天空上星星已疏，月色仍好，他順看那蜿蜒的野浦河，一直望到它入江的盡頭，藍灰色彩雲正在透白的東方浮蕩。他終於再不能忍受那局促的「小偷」的人生，下了樓，向著海怪給他描述的「有馬，有刀，有盒子炮，有壞女人……」的廣闊的「江湖」走去。

「李七」的人生是「狹窄、局促、卑屑」的現實人生的隱喻。徐訏在香港狹小的都市中，感到的是無限的局促與仄逼，所以他嚮往廣闊的原野，遼闊的江湖，在這些遼遠的小說意境之外，他也曾在詩作中流露相似的情緒，如其離世前於 1977 年出版的詩集即名之為《原野的呼聲》。

《神偷與大盜》——這小說的題名沉闊而響亮，其文字、敘事也都粗豪而乾淨。在它不是很長的篇幅中，那乾淨利落的格調顯得分外攝人。不過，與《傳統》相比，它在冷硬、乾淨、悲殺的空氣上稍欠一些，後者篇幅更長，表現更加充沛，力道更足，已是徐訏此種風格的爐火純青之作。《傳統》講述的是一個「江湖」在消失的故事。「刀疤項成」為守他從師父「金面洪九」那裡繼承的「江湖幫派」傳統，而槍殺了出賣自己兄弟的師父之子「青痣洪全」，而他自己也被師父的女兒，「青痣洪全」的妹妹——「曉開」所殺。自然，他一直愛著「曉開」，但到過上海的「曉開」已發生變化，「她」已不再想過這「不光明」的江湖幫派生活。「刀疤項成」以血來維護的「傳統」終於在他倒下時被消解，他低微地說：

　　　　「曉開……你沒有錯……你……做得……很對……」〔註94〕

《傳統》的「空氣」在《神偷與大盜》「沉闊遼遠」的境界之外，更透出一股「生硬」的「乾淨利落」，王璞對《傳統》這種風格非常欣賞，曾在其論文中引用數段來證她「乾淨利落」之判斷的準確，並將其多用短句的特徵與海明威、加繆相比，使我們看到徐訏在驚豔，潔淨，神秘之外，還

〔註94〕徐訏：《傳統》，《徐訏文集》第 7 卷，上海三聯書店 2008 年版，第 113 頁。

有一股硬漢氣概。這得力於徐訏文字上的筆力，其開碑裂石的冷硬，很像武功上的「大金剛掌」的「重手法」。亦引一段這樣的文字，以示其「冷硬」之風：

> 刀疤項成的師父是金面洪九。三十年來在附近水陸兩路上沒有人不知道金面洪九；但是金面洪九在三十年裏沒有忘去他師兄禿頭蓋三。項蓋三就是刀疤項成的父親。在項蓋三一生磊落的紀錄中，他的死亡是江湖上遍傳的故事。項蓋三本是陸幫的領袖，在他們某一宗買賣上，一群合作的水幫出賣了他們，項蓋三的頭號徒弟因此死於非命。項蓋三在一年之中策劃各種明槍暗刀完成徹底的報仇雪恥，殺盡了十二個一級的對手。最後他自己也中槍重傷身亡。他臨死時覺得他完成了這巨大的報仇雪恥，自己的身殉是應該的。他叮囑金面洪九不要再圖報復，叫他根據他的原則領導兄弟們，又託他善視自己的孩子項成。項成那時候才六歲。〔註95〕

這是一段交待刀疤項成身世的紀述。接近「述而不作」的「春秋筆法」。其間似乎有無數的場景，無數的畫面，以及密集的信息，都被鐵一般的冷硬強行壓進詞句之中。那凝縮的文字似乎都被重錘錘鍊過，它們一個一個站立在那裡，像一群好漢，彼此不肯依靠得很近，但卻有鐵羅漢陣一樣的整體氣概。用這樣的文字，或者紀述，或者描寫，則所成的境界自然乾淨利落，連那蕭殺之氣，也似乎不能像《風蕭蕭》、《兄弟》、《生與死》那樣透放得痛快，就好像被那群「好漢」用鐵掌的掌風硬生生地壓住，而向內地暗放冷光。這即是《傳統》中非常特殊的「空氣」。

如果將徐訏所有作品按時間縱向排列，則可見其早期作品多浪漫綺豔之色，可以《阿拉伯海的女神》、《鬼戀》、《荒謬的英法海峽》為代筆；中期作品深邃沉闊而高遠，《盲戀》、《爐火》、《彼岸》、《江湖行》、《時與光》、《悲慘的世紀》均異彩紛呈；晚年境界則似有恢復當年綺豔之感而更添上一種詭秘的「空氣」，《魔鬼的神話》、《靈的課題》、《時間的去處》都綺豔已極亦空茫已極，已是一個深邃的靈魂在肉身將逝時探尋「靈」與「死」的極限。早期作品雖豔絕當世，終屬「初生」；晚年雖深邃已極，但肉身已衰，離現世亦遠；只有中期，乃各方面都已成熟而漸近鼎盛，是以最可代表徐訏一生之至高境界。而《江湖行》可說正是其鼎盛中的鼎盛。

〔註95〕 徐訏：《傳統》，《徐訏文集》第 7 卷，上海三聯書店 2008 年版，第 79 頁。

　　但《江湖行》六十萬巨製的篇幅，以及錯綜的線索，複雜的思想，存在主義的意緒等等，均令研究者望而生畏。遂自其問世至今已近 50 年，評論的文章仍非常寥寥。而對徐訏寄寓其中的藝術理想與表達的境界有跡近作者本意的分析，則更顯闌珊。徐訏逝世後，在港臺有他生前的友人寫過一些懷念與評論文章，這些不拘學理感興而發的文字，倒時而間雜一些對徐訏小說的珠璣之見。其中，蕭輝楷的《天孫雲錦不容針》，是這些紀念文章中少見的一篇專論《江湖行》的嚴肅之作。他用了很深的工夫分析了《江湖行》的得失成敗，尤其他以不多筆墨總結《江湖行》成就的部分很有藝術品鑒的目光：

　　　　首先，是《江湖行》的遣詞用字之力透紙背——不看全貌而看局部，《江湖行》在寫景敘事上的一字千鈞，恐怕已是非如徐訏者所可輕易辦到的了。《江湖行》在意境上結構上的種種瑕疵，大概也都是主要仰仗此種字字珠璣的筆致文采而給掩蓋過去的。作者以不到六十萬字的篇幅，靠了「故事具相」的無可奈何的犧牲，卻總算已將「陷共前的現代中國全貌」之風韻神情大致具象化了。雖說是走馬看花而兼霧裏看的話，「現代中國」的基本輪廓總算是躍然紙上了！這是現代中國幾乎所有的作家都渴欲求之而不可得的，現在在徐訏五年辛勤下總算獲得結果。〔註96〕

　　確實如蕭輝楷所言，「這是現代中國幾乎所有作家都渴欲求之而不可得的」，徐訏傾注在《江湖行》中的史詩品質確實可以「睥睨文壇」，這一點，足以托起徐訏在 20 世紀中國文學史上的大家地位。

　　但蕭輝楷對《江湖行》的研究只及其滄海一粟，並且他的很多觀感並不準確，對於這樣一部取材闊大，意境空靈，格調高遠，透放空茫隔世意緒的巨著，他似乎力有不逮。而司馬長風、王璞等激賞這部小說的大家，雖有品鑒，卻均未對其有全面而深入的研究。筆者自然有此奢望，想一探這部徐訏的心血之作在藝術上到底達到怎樣的境界。但在此處，限於文章結構的設置，也只好先對彌漫其間的「空氣」做一具體分析而已，整體的深入分析留待以後專文論述。

　　徐訏作品中的「空氣」最主要的色澤大概可以歸為五種：驚豔，蕭殺，沉闊，高遠，潔淨。自然，這幾種「空氣」按不同的比例組合，又能生出新色澤的「空氣」，如「驚豔而蕭殺」則「淒豔」，「潔淨而高遠」則「空明」。

〔註96〕蕭輝楷：《天孫雲錦不容針》，寒山碧編著《徐訏作品評論集》，香港文學研究出版社 2009 年版，第 90～92 頁。

徐訏的小説、戲劇常常可以看出某種色澤很突出，但也時而幾種混雜，終於難以辨識，而成特殊的攝人格調。可以説，《江湖行》正是數種「空氣」混合而成，那「江湖」看起來沉闊而蕭殺，蕭殺而高遠，高遠而潔淨，潔淨而驚豔，眞眞是「空茫」已極，難以言盡。不過，《江湖行》因有佛教「空氣」的籠罩，那「江湖」似乎已與《神偷與大盜》的「江湖」很不同，也與《傳統》的「江湖」不同，它似乎更像人生的一個「場」，雖處於時代之中，但是指向「時間」的深處，最終與《紅樓夢》的「富貴溫柔鄉」接近。

更具體地説，《江湖行》的「空氣」在《神偷與大盜》的「遼遠、粗豪」，《傳統》的「冷硬、悲殺」之上，更有一種「沉闊」的境界。同時，徐訏在這部作品中寄寓的《紅樓夢》「空靈隔世」的意緒又將那「遼遠」、「蕭殺」、「沉闊」的「江湖」彌漫得恍惚不已，終成一片混茫。正如本章第二節《造現代雙重封閉圓形結構》中對《江湖行》時空結構的分析，「蕭殺」、「遼遠」、「沉闊」是「小圓」的「空氣」，它是從「江湖」的裏面彌漫出來的；而「空靈」、「隔世」、「混茫」則是「大圓」的「空氣」，它是籠罩在「江湖」之外的，是更高更大的「空氣」，能使罩在其內的一切變得恍然。因此，在「雙重封閉圓形時空」中，因爲有「大圓」，「小圓」的「空氣」便不至於「過實」；也因爲有「小圓」，則「大圓」的「空氣」也不至於「過虛」。所以，《江湖行》的「空氣」才如此沉闊而恍惚，熱烈而渺茫，切近而遼遠，入世而隔世，流熱力的淚水，也發空虛的歎息——

> 從籬笆進去，我看到陰暗的角落裏有兩個和尚，坐在零亂的稻草堆裏，殿中的神龕尚存，灰黯的神像隱約可見。……我竟昏暈過去了。不知隔了多少時候，我鼻子上感到一種熱香，我醒了過來，那兩個和尚在救護我。他們給我一種異香撲鼻的熱湯，我喝了多少口後，才慢慢地認清楚我的環境。
>
> 「謝謝你，謝謝你。」我説。
>
> 於是我吃到了混在湯裏的一些食物。但是疲倦比我的飢餓還要強烈，我望望我身旁兩個和尚的臉不知不覺説：
>
> 「可憐我，讓我在這裡睡一會兒吧。」
>
> 而我意識到我眼角裏正流著淚。沒有人會知道我的眼淚是由於什麼樣的感觸。這不是傷心，也不是悲哀，與其説是感激，不如説是慚愧，與其説是慚愧，不如説是一種懺悔。

請一切不能瞭解我的人可憐這懦弱的人性吧。

不瞞你說，當我走進這小殿看到這兩個和尚的時候，我的第一個念頭正是強盜的意向。我相信我的手杖與我的氣力可以折服他們，甚至打死他們；但當我看到他們並不驚惶與理睬我時，我就倒在他們的面前了。〔註97〕

這是「野壯子」從蘇區逃出來，經過幾天的行路，又被強盜劫光了錢財、食物，而支撐自己終於走到一個破廟之中。這廟裏的和尚用番薯乾熬成的湯與食物救助了他，使他吃到了一生之中最香甜的一頓飯。他醒來以後，天已經亮了，殿外有不知名的鳥長聲掠過，他別過救他性命的和尚，帶著他們給他裝的滿滿一袋子的番薯乾，走出山門，向那太陽遍照的嶺下走去。

這本是亂世的「空氣」。兵匪，強盜，山野，破廟，風雪……不過，異香的熱湯，甜美的番薯乾，抵制人性惡底限的出世的僧人，又使那「悲殺」的「空氣」變得「溫熱」，所以，即使醜惡平庸紛亂的人間，也終於流著感激慚愧懺悔的眼淚了。但這「小圓」中的「熱的淚水」也終於在結尾的「大圓」之中變成隔世的斑痕：

那個和尚比穆鬍子稍矮，面目端莊清秀。他穿一件灰色的袈裟，手裏拿著念珠，見了我，面露笑容地說：

「原來是你，好久不見了。請坐請坐。」

我愣了一下，覺得非常奇怪，細認好一會，還是想不出什麼地方見過他。他忽然說：

「你記不起來了吧？我們在摩星嶺。」

「摩星嶺？」我不解地問。

「你在我們破廟裏住了一宵。我在你臨行時送了點番薯乾給你的，你忘記了？」

啊，真的，是他，就是他！我想起來了。〔註98〕

這「大圓」的「隔世」的「空氣」彌漫在「小圓」的切切「人生」之外，使《江湖行》之「沉闊、蕭殺、遼遠、流離、熱力、悲苦」的「人生」終於變成一場無限遼遠而恍然的夢境。

〔註97〕 徐訏：《江湖行》，《徐訏文集》第 2 卷，上海三聯書店 2008 年版，第 204、205 頁。

〔註98〕 徐訏：《江湖行》，《徐訏文集》第 2 卷，上海三聯書店 2008 年版，第 593、594 頁。

潘亞暾、汪義生的《香港文學史》對《江湖行》作如下評價：

> 《江湖行》是徐訏的一部嘔心瀝血的鴻篇巨製，篇幅居徐訏小
> 說之冠，長達 60 萬字，完稿於 1961 年，花了五六年時間才完成。
> 小說時間跨度很長，從 20 年代中期起筆，寫到 40 年代抗戰勝利，
> 展示的社會畫面極為廣闊，以浙江、上海為主，擴展至鄂、豫、皖、
> 贛、湘、桂、川等各省的鄉村、集鎮、山區、都市。小說中的畫面
> 有的地方雖嫌簡略，但總的來看較形象地展示了一個歷史時期風
> 貌，概括了中國歷史上這一動盪時期的經濟、政治、軍事、道德、
> 宗教、文化，乃至民間習俗、風土人情。〔註99〕

但《江湖行》的後記則有這樣的記載——他年輕時，曾被許多所謂先知
先覺的人指引過種種幸福光明的前景，他們都鼓勵他說，要他一步一步地跟
著走去，自有成功的一日。但當他經過許多的苦難卻無從到達時，他發覺種
種所謂的人間，都只不過是虛渺而美麗的遠景罷了。

而這大概就是「你」在讀了「我」的故事後感到「空虛而煩惱」的原因
了。所以，「我」又告訴「你」——這因為「我」說的人生都是過去的故事，
而「你」聽的故事則是未來的人生罷了。

四、唱靜穆的夜歌與流熱力的淚水

徐訏的小說中，《舊地》、《春》、《私奔》在風格上與他神秘、傳奇的格調
截然不同。它們有淡淡的鄉村夜歌般的境界，彷彿沈從文的《邊城》，但靜穆
中還流著「艾青式」的熱力的淚水，甚至也還有高僧的大悲傷，以及清涼的
隔世感。

> 如果拿徐訏和我們熟悉的同時代作家來比，論寫感情，他遠在
> 張愛玲之上，他是站立著訴說的，張愛玲是歪倒了呻吟的；論寫田
> 園，他的《鳥語》也在沈從文的《邊城》之上，前者是唯美，後者
> 還有佛性。〔註100〕

難得遇見這樣有眼光，又切到真髓的見解。張愛玲的冷豔的確像一個歪
倒在煙榻上的鴉片鬼的呻吟；不過，其將《鳥語》置於《邊城》之上，則所
見更有超絕處。徐訏一生所寫小說大約近百部，正如王璞所言，西方現代派

〔註99〕潘亞暾、汪義生：《香港文學史》，鷺江出版社 1997 年版，第 313～320 頁。
〔註100〕康雯萱：《被煙火人間遺忘的鬼才》，《新華每日電訊》2010 年 3 月 26 日。

小說的各種敘事技巧與中國傳統小說的結構技巧，在他這百來部小說中差不多都可看到。他幾乎是在各個方向上，各種技巧與意緒上，都做了認真的實踐，而取得的成就均屬上乘。但時代的陰差陽錯，政治上的封殺與冷落，使他最特出的幾種格調以外的作品都幾乎被歷史塵封。而一些眼界狹窄的「著名學者」與「文學史家」們卻帶著無知的自信與惡濁的偏執去無限吹捧那幾個早被說厭的人物。彭歌曾十分感慨地說：「葛浩文先生費了不少時間去研究蕭紅的《呼蘭河傳》，在我看，徐訏全集中至少有一半作品，價值皆在《呼蘭河傳》之上，更值得後人環誦推敲。」〔註101〕這樣的觀感，只要讀過《徐訏全集》的人，便無不會表示完全贊同，並從心底感到一種聽見別人言自己所不能言的話時的安慰。

筆者以為，《舊地》、《春》、《私奔》的格調與境界均在沈從文《邊城》之上。其所造的夢境一般的鄉村世界，更有無比的深情，它在低唱那夜歌的時候，聽者會為它流下熱力的淚水來。

《舊地》所勾畫出的圖景是一個水鄉的夜歌般的境界。這境界近於沈從文的湘西世界，但又比沈從文的湘西更親切而有質感，但奇怪的是，也更有某種夢境的美好。「楓木村」是「我」外祖母家的所在，所以在幼年時，那是「我」常常盼望放了假就去的地方。在「楓木村」裏，有各種有趣的人物，篾竹阿寶有聰敏的工藝機智，他不願千篇一律地為村人們編籮箕篾地的農具，而時時熱心地給孩子們編竹蟲，竹鳥，竹龍來玩，所以需要人們守著他才肯認真做工；沒有家而以打雜為生的阿陀，「做事情倒很勤快，但既沒有分寸也沒有秩序，所以一定要人家守著他，只藉重他一份力氣。」〔註102〕這村裏更美的人物，則是那些姊妹們，六歲的秀菊總在聽愛擺架子的裁縫馬二開始推脫而講起來沒完的故事時睡著，「我喜歡她睡在我臂上，她睡著了真是像基督教聖畫裏小天使一樣的純潔美麗，面孔總是被灶火逼得又熱又紅，像剛熟透的蘋果一樣有趣。」〔註103〕但是，在抗戰結束後，「我」再回楓木村，一切都被毀滅了，青春的姊妹們都老了，夢境的美都成蕭條。然而，竟奇蹟的有與這世界抗爭的殘存的「美」還存在，「我」遇到了秀菊，她雖已是兩個孩

〔註101〕彭歌：《憶徐訏》，陳乃欣等著《徐訏二三事》，臺北爾雅出版社 1980 年版，第 248、249 頁。
〔註102〕徐訏：《舊地》，《徐訏文集》第 6 卷，上海三聯書店 2008 年版，第 50 頁。
〔註103〕徐訏：《舊地》，《徐訏文集》第 6 卷，上海三聯書店 2008 年版，第 53 頁。

子的母親，但「那個女人，穿著破舊的棉襖，蓬著頭，用驚奇的眼光看著我。那對眼睛是美麗的，眉毛，鼻子，嘴……突然，她張大了眼睛，笑了，眼淚掛在她的眼角。」〔註104〕「我」與秀菊在她融融的灶火前，長談了一夜，清晨「我」偷偷將可留的錢留在廚房的一口小竹廚裏，離開了「舊地」，並且堅信，「楓木村還是我最溫暖最美麗的世界。」〔註105〕

《舊地》寫於 1947 年 2 月 25 日，這是抗戰結束以後。推測徐訏應該是真有一次回到他家鄉的經歷。於是，「楓木村」先前的一切彷彿都在他眼前一般分明起來：

> 在楓木村，人情是溫暖的，生命是愉快的，每次到那裡，你遠遠的就可看見人影三三四四在移動，看羊的放牛的牧童散在左近，認識你的馬上會跑上來歡迎你，不認識的會臉上浮起問句的笑容。村頭的狗會對你虛吠，一看你是熟人，它會跑過來對你搖尾招呼，於是你會看見肥壯的雞群在稻場上啄食，一到小河邊，如果在夏天，你馬上可以看到兩岸牛車邊的人，立著的，站著的，在談在笑，在講故事。夏天的晚間，村裏的人們都會在門外乘涼。你如果在這時候來，大家會停止一切閒談與娛樂來歡迎你，馬上給你茶，問你飯，問你許多話，好幾家人家來招待你去住。你如果坐下，你馬上可以發現圍著一大圈的，一定有裁縫馬二在講他講不完的故事，有阿陀在講傻話，有跛子阿德在出謎語。除非你在三更時分來，才碰不見人，只碰見狗叫，一到五更就又有人影出現了，農夫們正一個個摸出來到田野去。這是楓木村的風光。你可有到過那裡？這是世界中最溫暖的一角。〔註106〕

這是魯迅「深藍的天空中掛著一輪金黃的圓月，下面是海邊的沙地，都種著一望無際的碧綠的西瓜」的「故鄉」，但是，戰火把它燒成殘敗，時間把它變成衰滅，真的「楓木村」已經恍若隔世了：

> 我由右面繞出去，低著頭往村口走。我一直沒有碰見人，更沒有碰見熟人，我心裏什麼也沒有想，像真空一樣的空虛，忽然我聽見了一點聲音，我以為是什麼人來，也許是熟人，我有驚喜的情緒

〔註104〕徐訏：《舊地》，《徐訏文集》第 6 卷，上海三聯書店 2008 年版，第 59 頁。
〔註105〕徐訏：《舊地》，《徐訏文集》第 6 卷，上海三聯書店 2008 年版，第 62 頁。
〔註106〕徐訏：《舊地》，《徐訏文集》第 6 卷，上海三聯書店 2008 年版，第 54 頁。

　　來迎這個聲音，但我只見到一隻嶙瘦漆黑的黑貓嘴裏咬著一隻蛤蟆

　　從瓦礫中跳出來，敏捷而又膽小地掠過我竄到殘垣裏去了。〔註107〕

　　「夜歌」只在依稀的影像裏唱了，有趣的篾竹阿寶的竹蟲竹鳥竹龍都煙滅了，裁縫馬二開始擺架子而講起來沒完的故事也模糊起來，但意外而令人驚奇的是，在這「殘敗」「衰滅」的隔世的「舊地」上，還有引人流熱力的淚水的美殘存下來——「我」在叫開一家亮著油燈的房門時，聽到了一個隔世的驚訝的呼聲：「你難道是眉山哥？」〔註108〕是的，這是「秀菊」，那個聽裁縫馬二講起來沒完的故事時總會睡著，面孔總是被灶火逼得又熱又紅，像剛熟透的蘋果一樣有趣的秀菊。那時，她突然張大了眼睛，笑了，眼淚掛在她的眼角。

　　這是徐訏的「舊地」，它比魯迅的「故鄉」明媚一些，也比沈從文的「邊城」更有人間的親切，在戰火與時間之後，它的裏面又開出了眼角掛著淚水的唱夜歌的花朵。

　　《私奔》也是「舊地」上的故事。「故事」裏的村子叫「楓楊村」，比「楓木村」變化一個字。不過，根據故事裏的描述，應該還是那個「楓木村」。1951年，在香港的徐訏也許已淡忘了戰火對「它」的摧毀，它又變成夢境一樣的美好，夜歌又開始唱起來，小河邊的樹木又都嫩綠起來，炊煙又嫋嫋地升起來。

　　「楓楊村」的確是那個四年前的「楓木村」，不過，因為離它已更久遠，甚至也離開了它所屬的那熟悉的江南的「空氣」，在說英語與粵語的香港，都市的可憎變得超過那戰火的淒涼，這故事的眼光是落在都市的做作對鄉村自然之美的摧毀上的。於是，我們便看見「私奔」去上海前的「翠玲姐」有著怎樣美好而可愛的影像——

　　　　似乎村裏的姑娘們都比翠玲姐有錢，穿得也講究，可是奇怪，翠玲姐總比她們好看，她隨便穿一件布衣布褲，總顯得她是與眾不同。那時候村裏姑娘的打扮是長長的辮子，兩條或者一條，記得上襖的袖子是倒大的，衣襟長長的垂到臀部，兩側支開著，下面是長長的褲子，褲腳時新很大。但是翠玲姐的褲腳大得很恰當，衣襟外

〔註107〕 徐訏：《舊地》，《徐訏文集》第 6 卷，上海三聯書店 2008 年版，第 57、58 頁。

〔註108〕 徐訏：《舊地》，《徐訏文集》第 6 卷，上海三聯書店 2008 年版，第 59 頁。

支著，也不像別人一樣，像多出來似的，這想是她身材勻稱關係。我知道她的衣裳都是她自己做的。她有兩根烏黑的長辮，鵝蛋臉，大眼睛，小巧的嘴，笑起來從不露她的牙齒，而我知道她有極其美麗的牙齒的；她的手臂豐腴而不顯胖，似乎特別柔軟，碰到它，真像是碰到了牡丹花的花蕾。〔註109〕

但是，一個有霧的清晨，清涼的空氣浪蕩著鵲叫雀鳴，露草間蟲聲唧唧，「我」終於站在河邊，看「翠玲姐」跟「季明哥」私奔去上海的竹蓬船漸漸在霧裏變成空虛的影像。於是，半年之後，「我」在上海的家裏就看到「陌生」的「翠玲姐」——「烏黑的長辮」不見了，「鵝蛋臉上」則多出了粉和胭脂，「大的眼睛」更失了當初寶貴的含蓄……牡丹花的花蕾一般美好的「翠玲姐」終於在都市的「高跟鞋」、「燙髮」、「旗袍」、「絲襪」之中枯萎了：

> 翠玲姐呢？她的長長的美麗的辮子已經剪去，短短的頭髮燙得高高低低；她穿一件發亮的碧藍的旗袍，很短，下面露出粉紅色絲襪，一雙簇新的圓頭皮鞋，後跟還高了一點，兩塊狹狹的皮帶死繃繃壓在腳背上，上下聳起著肉塊，使我想到鄉下的牛軛。……唯一屬於過去翠玲姐的是她靈活的大大的眼睛，但似乎也失去了當初寶貴的含蓄。〔註110〕

「我」自然非常痛苦，連戰火都沒能完全燒毀的，那「舊地」上的「花朵」，竟被都市的「高跟鞋」、「燙髮」、「旗袍」、「絲襪」給摧毀了。於是，「翠玲姐」無限美好的影像依稀起來，「楓楊村」模糊起來，那夜歌還在唱，遠在香港的徐訏也許還聽得到，但已恍如夢境。

王璞認為《春》不是田園牧歌，但也不是沈從文《丈夫》式的鄉村小說，甚至，它雖講述兩個年輕男女從相識到結婚的故事，卻不能被看成一個愛情故事，而故事雖發生在抗戰時期，也無法被認為是個戰爭故事。在她的眼中，每一種構成某一既定範疇小說的元素，在《春》這裡都發生了問題。〔註111〕她最終以俄國形式主義的「諷喻性模擬」來解釋《春》的「四不像」；但她還

〔註109〕 徐訏：《私奔》，《徐訏文集》第 7 卷，上海三聯書店 2008 年版，第 37、38 頁。

〔註110〕 徐訏：《私奔》，《徐訏文集》第 7 卷，上海三聯書店 2008 年版，第 59、60 頁。

〔註111〕 參見王璞論文：《非關愛情，不是懷春——細讀徐訏小說〈春〉》，寒山碧編著《徐訏作品評論集》，香港文學研究出版社 2009 年版，第 155~161 頁。

指出，與《唐吉珂德》那種以誇張的模擬來摧毀騎士小說的意圖不同，徐訐的諷喻性模擬是建設性的，其主要目的是，在模擬的陌生化過程中謀求更高層次的「田園牧歌」與「鄉村小說」，更新境界的「愛情」與「戰爭」的甜苦意味。

儘管王璞的分析已非常深入，但筆者隱約感到《春》中還有未被挖掘的特出之處，它藏於《春》的裏面，使這部小說與徐訐的其他作品判然有別。《春》的「空氣」可以說與徐訐此前與此後的所有作品都有不同之處，如與《舊地》、《私奔》、《鳥語》等相比，《春》有《舊地》的人間的親切，但沒有它戰火的殘痕與悲哀的熱力；有《私奔》的恍惚依稀，但沒有它的看著美的花枯萎時的失望；有《鳥語》夢境一般唯美的潔淨，但沒有它佛性的空靈。　而正如前文曾言及的，藝術的本質都在某種特殊的「空氣」（也即「意境」）的營造，每一個有生命的藝術品都因散發它特有的「空氣」而引人駐足欣賞，而每一種特殊的「空氣」也都是特殊的「時間」特殊的「地點」特殊的「環境」下的產物。王璞深入地分析了《春》的裏面所彌漫出的那種似是而非的「空氣」，但她沒有進一步分析這特殊的「空氣」究竟從何而出。

如果，我們注意一下《春》的寫作時間與寫作地點，這一問題似乎就恍然明朗起來。正中書局版《徐訐全集》（卷四）在《春》的末尾有這樣的標注——「一九四五，十二，二三，晨雨時於紐約。」〔註112〕

一九四三年三月一日，《風蕭蕭》開始連載於《掃蕩報》副刊，聲名大噪。一九四四年三月十一日，《風蕭蕭》脫稿。隨後，徐訐即以《掃蕩報》駐美特派員名義赴美。而其寫作小說《春》之時，則正是其已到美國一年以後的事了。遠在紐約的徐訐，時間的久逝，空間的隔離，大概已漸漸使他心中的故土暫吹不出蕭殺的寒氣。於是，殘敗與荒涼模糊起來，陽光暖起來，綠意從林間浮起，夢的輕煙漫出，終於，這個遠方在打仗的「春」的故事，在月色之中失去了它一切實有的色澤。正如徐訐在一九三六年年底於法國寫作《鬼戀》一樣，當他的有血肉關聯的「人間」被時空隔離的過久時，他的故事就會蒙上夢境的迷霧，因此，《鬼戀》也好，《阿剌伯海的女神》也好，《春》也好，它們在某種極致的格調中都共同地有他「夢」的「空氣」。

自然，在這樣的「時間」，這樣的「地點」，這樣的「環境」下寫出的《春》，與他 1947 回國歸鄉後親睹了「楓木村」的殘敗蕭殺再寫的《舊地》，雖在命

〔註112〕徐訐：《春》，《徐訐全集》第 4 卷，臺北正中書局 1967 年版，第 91 頁。

意上可能接近，但色澤可能完全不同。而自然也與一九五一年到港後再回望那江南的「舊地」時，因永久地失去「鄉土」而失望的「空氣」也不會相同。

這樣，我們似乎可以歸納出《春》中彌漫的特殊的「空氣」，筆者以為，那正是「夢」的「空氣」。這「夢」的「空氣」彌漫在小說的所有元素上，「對話」，「描寫」，「敘事」，甚至「節奏」，「情緒」……都使人感到「夢」裏才有的一種「遠而近」、「真切而恍惚」的矛盾的經驗。下引小說結尾時的對話，一證其然否：

> 「劉先生就要回來了？」
>
> 「不要叫劉先生，叫他小劉好了。他是我老朋友，小弟弟。」
>
> 「那麼叫你呢？」
>
> 「叫我名字。」
>
> 「你還沒告訴我你的名字。」
>
> 「同龍。」他說，「你看，你連丈夫的名字都不知道。」
>
> 「那麼你知道我的麼？」
>
> 「我常聽見你母親叫你二媛，我還會不知道麼？」
>
> 「但是那不是我的名字。」
>
> 「那麼叫什麼？」
>
> 「我不告訴你。」
>
> 「告訴我。」
>
> 「慢慢告訴你。」
>
> 「那我可要叫你二媛了。」
>
> 「我告訴你。」她把嘴湊他的耳邊輕輕地說，「我叫小鳳。」
>
> 〔註113〕

這是楊先生與董家女兒在新婚後醒來的早晨，當小說就以那句輕輕的「我叫小鳳」而結束時，夢的輕煙就在真切的早晨彌漫開來。

而小說描寫楊先生酒醉之後在潛意識中走到那董家的小店一段，意境尤為超絕：

> 下車以後，他上坡。地上很亮，他想到老沈問他外面月亮可好。
>
> 他抬起頭來，但他沒有看月亮，只看見深密的樹葉閃著不同的光，
>
> 他忘了尋月亮，開始數自己的腳步，從十五數起，十六，十七，十

〔註113〕徐訏：《春》，《徐訏文集》第6卷，上海三聯書店2008年版，第45頁。

八，十九，二十，十七，十八，十七，十八，十七，十八……一百
十七，一百十八，一百十七，一百十八……數到一百十八，他抬頭
是那可愛的小屋。

「今天我腳步放大了。」他想。〔註114〕

王璞曾花費大量篇幅分析這段文字中的數字，只因這數字實在非比尋
常，當我們跟著酒醉的楊先生「十七」、「十八」地數著，當他突然停下來時，
那詩意、夢境，便也突然神奇地不知從何處瀰漫出來。就像楊先生想起老沈
問他月亮可好就抬起頭來，但卻忘了尋月亮一樣，我們讀者本來是跟著他計
數那從編輯部到小店到底有多少步路的，但數到後來卻已忘記這是在數距離
還是在計算時間，因為董家女兒的母親告訴買煙的編輯們，她女兒是「十七
歲」，快「十八歲啦！」。

是的，「酒醉」原來正是「夢境」的另一種形式。

五、迤邐自人間眞境的悲憤

徐訏曾在《〈斜陽古道〉再版序》中流露他對「寫實主義」本身與中國現
代文學何以「寫實主義爲主流」的看法：

> 在三十年來中國文學的寫實主義主流中，我始終是一個不想
> 遵循寫實路線的人。我一方面覺得一部偉大的作品，即使是標榜
> 寫實主義大師的作品，如佛樓貝爾、巴爾札克等所寫的，在寫實
> 的背後常是閃耀著寫實以外的精神。另一方面，任何反寫實主義
> 的作家是必須從寫實的基礎上出發，才顯出其偉大。中國之盛行
> 寫實主義，固然是文壇上的號召與風氣，但等我稍稍研究所謂中
> 國的現代文學，就無法不承認，寫實主義的發揚與提倡，是有它
> 堅實的社會的根據的。在動亂與激流的社會中，寫實主義正是負
> 著一種歷史的任務的，而似乎是從農業社會走向工業社會動盪時
> 代的一種自然的要求，在工商業眞正發達的社會中，寫實主義的
> 衰微，也許是必然的過程。但對一個作家而講，寫實的工夫，實
> 是基本的工夫，這正是一個畫家都需要素描的工夫一樣。看過畢
> 卡索初期作品的人，都會知道他在寫實上下過什麼樣的工夫，現

〔註114〕徐訏：《春》，《徐訏文集》第 6 卷，上海三聯書店 2008 年版，第 31 頁。

代許多藝術系的學生嘴裏標榜什麼現代主義野獸派或「柏普」的
藝術，可是想畫一隻狗不能像狗，想畫一隻貓不能像貓；許多標
榜現代主義的詩人，連簡單的便條都寫不清楚，這種所謂藝術家
或作家，無論如何只是靠小聰明湊角色的人，是打腫臉充胖子的
一流人物，其作品必然是貧血的。〔註115〕

這樣的洞見，筆者在現代以來的作家、批評家、文藝理論家的筆下從未
見過。但也未見有人注意到徐訏的超拔之言。中國現代文學的寫實主義成為
主流，正如徐訏所言，是這一特定的動盪時代與歷史的自然要求。徐訏既然
明知這規律，而偏取所謂的「不想遵循寫實路線」，則明顯是要在主流之中劈
開一條縫隙，把他特殊的色調捺進其間，以為後世的人們賞鑒到他的別樣。
不過，徐訏自然也清楚自己在那以寫實為主流的時代還沒有過去時，必定要
身處寂寞，被攻擊，冷落，封殺。但是，這是一個頂尖的文學大家所必須的
品質，主流也許可以產生優秀於他時代的作品，但很難產生優秀於整個人類
歷史的一流經典，正如徐訏自己對一流作品的看法——「作者的故事儘管放
在一定的社會，一定的時代上，但是作者的課題不是在社會上不是在時代上，
《紅樓夢》的作者因此不在時代上落墨而在時間上落墨。」〔註116〕何況，在
徐訏看來，真正的「寫實主義大師」的作品，如佛樓貝爾、巴爾札克等所寫
的，在寫實的背後常是閃耀著寫實以外的精神；而反過來，任何反寫實主義
的一流作家也是必須從寫實的基礎上出發，才顯出其偉大。對「寫實」有這
樣的認識，徐訏一生近百部的小說，甚至也包括他的戲劇、詩、散文，自然
少不了「寫實」與傾向於「寫實」的創作實踐。遍閱徐訏所有作品後，可以
列出一張以「寫實」為主色的作品清單。

　　一、主要的小說作品：《郭慶記》、《助產士》、《小刺兒們》、《滔滔》、《一
家》、《爸爸》、《舞女》、《劫賊》、《過客》、《女人與事》、《仇恨》、《小人物的
上進》、《父親》、《鳥叫》、《來高升路的一個女人》。

　　二、主要的戲劇作品：《旗幟》、《北平風光》、《亂麻》、《漏水》、《水中的
人們》、《契約》、《租押頂賣》、《男婚女嫁》。

〔註115〕徐訏：《〈斜陽古道〉再版序》，《徐訏文集》第 10 卷，上海三聯書店 2008 年
　　　　版，第 115 頁。
〔註116〕徐訏：《〈紅樓夢〉的藝術價值與小說裏的對白》，《徐訏文集》第 11 卷，上海
　　　　三聯書店 2008 年版，第 28 頁。

三、主要的詩歌作品：政治敘事長詩《無題的問句——遙寄「文聯」「作協」的一些老朋友》，以及《來信》、《觀文壇舊畫有感》、《你從北國回來》等。

四、主要的散文作品：長達五萬餘言的紀實散文《從上海歸來》，以及《回國途中》等。

對徐訏這些無論在量上還是在質上都相當可觀的文字，相信那些一貫以「革命、啟蒙話語」為價值圭臬而推崇「寫實主義」的文學史家們一定沒有見過。不過，「這原也怪不到他們的頭上」，因為按照夏志清先生的說法是「一個作家一開頭不能給人新鮮而嚴肅的感覺，這是他自己不爭氣，不能怪人。」〔註117〕這態度自然不大象一個嚴謹而著名的學者，倒是有點接近於無賴的。然而，「蕭條異代不同時」，文學的生命並不因被深埋而死滅，反而可能在塵封之中得到時間的養料，而在後世放出更綺豔的光芒。徐訏這些並非有意迎合主流的「寫實」作品，終於漸漸有人關注，並給出公允之評價。香港的寒山碧、璧華、慕容羽軍、馬一介、黃康顯、王璞、陸耀東、廖文傑，大陸的吳義勤、陳旋波等等，均注意到徐訏在干預現實方向上的深刻批判精神。而筆者在遍閱徐訏作品之後，更深感，這是一個與他的民族與國家有著血肉的關聯的作家，他的熱力雖被收束在冷靜的哲思之中，綺豔的色澤也常常讓他顯出現代主義的煙蘊，而政治的團體對他冷漠、封殺，淺薄的人們對他誹謗、攻擊，但他遠有一顆熱愛著自己的民族與國家的誠實的靈魂。即使這世界曾對他誤解，讓他顛簸、流浪、掙扎，但在他因此而漸漸變得憤激的深處，依然流淌著對他所處時代的悲苦的人們同情的淚水。因此，徐訏在《一家》裏對每個人物仍然都同情，而張愛玲卻已冷漠到「對誰她都不同情」。與張愛玲相比，徐訏吸引人的地方也正是他的身上更有熱力，而張的身上則是冷，傳給我們的意境也是冷。徐訏的浪漫、神秘、熱力、加上他對人生的哲學意義上的思考，是將熱力收在沉靜的思索之中，而又迤邐出來的。

〔註117〕這是夏志清1975年寫給《書評書目》的「書簡」，內有「這期徐訏專訪，附列《著作一覽表》，計有五十五種，實在太多了。徐訏剛出書時，我看了他的《鬼戀》和《吉布賽的誘惑》（可能也看了《荒謬的英法海峽》，已記不清了），覺得不對我胃口，以後他出的書，我一本也沒有看。我這種成見，可能冤枉了他，因為他後期作品可能有幾種是很好的。但一個作家一開頭不能給人新鮮而嚴肅的感覺，這是他自己不爭氣，不能怪人。」云云。（《夏志清書簡》，《書評書目》1975年8月第28期。）

所以，《來高升路的女人》「阿香」雖嫁給了有錢人卻沒有忘記回來幫她的窮朋友們，《爸爸》、《劫賊》、《過客》、《鳥叫》雖結局慘淡灰冷，但彌漫其間的悲憤情緒卻不是冷的。這些矚目底層小人物灰暗人生的寫實風格的作品，都有一種源自作者的「熱力」，它們與葉聖陶、沙汀等以諷刺筆調寫成的「小人物灰暗人生」的小說並不屬同一陣營。但正如徐訏自己所言，「寫實」若不作為一種「主義」而被奉為必須遵循的「主流」的話，則實在也是一個作家必須的功課，正如畫家都需要素描的工夫一樣。所以，寫逃難的《一家》，同寫人性深處的惡變的《舊神》都能「一筆不苟地寫得實實在在」，顯示出極深的「寫實」功力：

> 一貫被認為有浪漫筆致的徐訏寫到東方人在西方的婚戀，《決鬥》、《英倫的霧》表現俗世的文字變得冷靜，而《一家》描寫純粹的中國式家庭在抗戰的變動環境下如何漸漸瓦解，如何醜陋，一筆不苟都是寫得很實實在在的。〔註118〕

但徐訏終究是徐訏，他追慕的境界自然遠在單純寫實的反映論文學觀之上，因此，即使在這些寫實色調鮮明，並以矚目小人物無望的人生為題材的作品裏，同樣會閃射出與現代文學的寫實主義主流截然不同的光色。所以，王璞在看到徐訏作於三十年代的《滔滔》時，她感慨這部帶有二十世紀八十年代先鋒意味的小說是在一個錯誤的時間發表給了一個錯誤的讀者群看，被忽視與冷落的命運自是必然的。

《滔滔》講一個沈從文《丈夫》式的故事：鄉下人的妻子，為生計所迫，去都市當保姆。但在她已習慣了都市，並感到鄉下生活的土俗後，卻被都市遺棄，而不得不再回到她已厭棄的那土俗的鄉下。這大概也是五十年後路遙《人生》的主題，王璞則說即使放到今天那些寫保姆打工妹的當紅小說裏去，也仍是棋高一籌之作。自然，這些不合「主流」的色調，終究使徐訏那些優秀的傾向寫實而終於有所超拔的作品被不屬於它的時代的讀者所遺棄。

六、宇宙深處的生物的戲劇

誰也不會想到，徐訏在他的晚年竟能有這樣大的轉向。他開始寫政治題材，並且嘗試用各種體裁來寫，用詩，用小說，用戲劇，變化著各種的風格，

〔註118〕吳福輝：《都市漩流中的海派小說》，湖南教育出版社1995年版，第237頁。

白描的，象徵的，反諷的，形式之多眞是不一而足。他寫出了新文學史上堪稱最長的政治敘事詩《無題的問句》，也寫出了一部可說是最早反思文革的長篇《悲慘的世紀》。但是，徐訏寫政治題材當然與通常迎合潮流來宣傳政治的作品是截然不同的：

> 徐訏作品的功績在於以人性檢討政治，當時間流逝後，人們注意的似乎更是政治扭曲人性的那一部分內容。〔註119〕

何慧敏銳地看到，徐訏即使是在寫政治，但也不過把政治視爲人性的一種更深刻的外化，他寫的其實還是人性。在徐訏的文學世界，最後的指向都是人性的挖掘。所以，在《悲慘的世紀》裏我們看到的政治寓言，也是人性的寓言。所以，徐訏小說中涉及政治的地方，會那樣使人有恍惚的悲哀：

> 我聽見醫生說：「他已經來了，你有什麼話說吧。」
>
> 於是我聽見映弓的聲音了，她的聲音又粗又顫，忽斷忽續：
>
> 「野壯子，我……我的一生沒有一步路是走對的，我，我現在想看看我的孩子藝中，你……」
>
> ……
>
> 「不要讓……我的孩子……像我。」〔註120〕

這是《江湖行》中，爲抗日而奔走的映弓臨死時的悔悟。她那時被日本的飛機轟炸得失去了人形。這粗重的呼號，比之那些空洞的口號是來自不同世界的聲音，因而即使帶著政治的傾向，也令人不易察覺。這樣的細節在《鬼戀》、《荒謬的英法海峽》、《風蕭蕭》、《生與死》、《月亮》、《兄弟》等諸多作品中，簡直觸目可及。

所以，深刻的讀者，自會在徐訏作品中看到他對政治的銳見，徐訏絕非遠離政治的作家，他不同於張愛玲，也區別於徐志摩，也許在氣質上較爲接近林語堂，但他比林語堂更入世，而比張愛玲更有熱力；徐志摩是唱夜歌的小鳥，哪裏有鬥爭的血痕，他要跳開，而徐訏則是在血與火中抽出人間的故事來造他不同境界的歌詩，他對政治有隱藏的逼近，含著憤激的深切，也時時寄以無奈的諷喻。

〔註119〕 何慧：《徐訏小說的唯美主義傾向》，寒山碧編著《徐訏作品評論集》，香港文學研究出版社 2009 年版，第 57 頁。

〔註120〕 徐訏：《江湖行》，《徐訏文集》第 2 卷，上海三聯書店 2008 年版，第 400 頁。

　　無疑，《悲慘的世紀》是中國新文學史上少見的一部長篇政治寓言，它與老舍的《貓城記》遙相呼應，但顯然徐著所探更深，境界更高，卻幾被文壇遺忘殆盡。所以，筆者亦有心在此用力挖掘，盡一份有限的推舉之意。

　　《悲慘的世紀》始寫於 1966 年，至 1972 年脫稿，曾在臺灣《文藝》月刊連載，亦曾在香港《展望》半月刊連載，時更名爲《陰森森的世紀》。1977年，《悲慘的世紀》由臺灣的黎明公司出版單行本時，廖文傑曾在《香港人》月刊上發表一篇《悲慘的世紀》書介，寥寥數語似乎可爲此書命意與風神的凝練概括：

> 　　本書有別於徐訏其他的長篇小說，是徐氏摒棄常用的第一身，改用第三身筆法，述說一個無產階級統治下的極權國家內發生的一段段驚心動魄的事件，作者沒有直接參與任何意見，只是沉重的用有力的文筆叩響每一個讀者的心靈與良知，讓讀者自己思考，自己尋找答案，可說是一位旅居自由地區的作家對自己祖國的控訴文學。書的開首，寫一個十九歲，自小受黨所教育培植，什麼都依靠黨，信賴組織的紗廠女工開始，她由一個低階層的工人，因爲與高階級幹部發生戀愛，從而改變了整個生活，包括思想、信仰、政治意識……心靈不斷爲了事件的矛盾而朝夕煩惱、彷徨與苦悶，然後再捲入一波一波的政治派系鬥爭中，人鬥爭人，人出賣人。〔註121〕

　　正如徐訏所有作品都不會落筆於具體的「時代」與「政治事件」一樣，《悲慘的世紀》雖寫的是一個政治的鬥爭故事，但其更深處還在影射人類的歷史、人性的歷史。爲拉開與這「歷史」「時代」的距離，而使它更有一種本質的象徵，徐訏將這鬥爭的故事放在渺茫的耶穌紀元前 2050 年前太陽系外另一個恆星的行星上。關於這一結構，本章第二節《造現代雙重封閉圓形結構》中已有對《悲慘的世紀》之「大圓」套「小圓」的時空結構的分析，在「小圓」的鬥爭故事結束以後，小說回到「大圓」的時空層面，於是，我們看到了這樣的一個人類歷史與人性歷史的象徵的圖景：

> 　　這故事雖是用現在我們的語言傳述，但發生則在耶穌紀元前二〇五〇年太陽系外另一個恆星的行星裏的。……現在，發生那個故事的星球是否還存在，我們不知道。不過，有一種說法，是時間上消失的事物，事實上正存在在另一個時間裏，正如空間上的移

〔註121〕廖文傑：《徐訏〈悲慘的世紀〉書介》，《香港人》月刊 1977 年（期數不詳）。

動。……如果發生這個故事的星球還存在的，它的歷史絕不會中斷，但這個故事裏的人物一定已不存在了，而另外又有人在演變另一個故事。不過，人物是不存在了，人物的典型與意識往往還是這幾種。不同的人物可以有相同的典型與意識，這也就是説，那種典型與意識永遠會在另一個肉體裏形成而存在。……歷史，好像只是同樣的演員，換了不同的服裝與面具，在不同的舞臺上扮演。這裡所寫的，只是在無限大無窮久的宇宙的一角，扮演一齣同人類一樣的生物的戲劇而已。

這場在時空的深處上演的「生物的戲劇」，終於變得渺茫，因爲宇宙是無限大無窮久的，而讀者在想到自己所處的不過只是一角，那麼即使再爭鬥，也還是要漂移到渺茫的時間深處，迷茫不知所終。

於是，那依賴善良而存活的紗廠女工在她自己所屬的派系取得鬥爭勝利的歡呼聲中感到了無比的空虛與幻滅，她一步一步地向著湖水的深處走去。

七、高絕處飄落的哲思絮語

《彼岸》是徐訏最奇崛的作品之一。一是文體奇絕，二是意識孤絕，三是格調豔絕。司馬長風稱其爲「一部超越流俗的書」，是「散文詩和詩的花卉」，是「哲思的絮語」。〔註122〕其並占「三絕」，格調如此驚世駭俗，即言其睥睨近現代文壇，亦非不實之辭。

當年，司馬長風撰寫《中國新文學史》上卷，當他評寫蕭紅《呼蘭河傳》時竟不能自抑地要「越界」賞鑒一番五十年代後才面世的徐訏的《彼岸》：

全書七章（指蕭紅的《呼蘭河傳》），沒有通貫緊密的情節，以獨語式的白描，各自成篇。但是連綴在一起，又像生命那樣和諧。其實每章都是一篇散文詩。全書是七篇散文詩。在現代文學中，沈從文的《邊城》，老舍的《月牙兒》，徐訏的《彼岸》都表現了同類的風格。這四部作品，在現代文學中，又都是出類拔萃的傑作。〔註123〕

司馬長風將徐訏的《彼岸》與老舍的《月牙兒》、沈從文的《邊城》、蕭紅的《呼蘭河傳》這三部已有定評的名篇並舉，乃是有意舉薦《彼岸》，以引

〔註122〕 司馬長風：《〈彼岸〉——哲思的絮語》，《星島日報》1976年6月20日。
〔註123〕 司馬長風：《中國新文學史》下卷，香港昭明出版社1983年版，第85頁。

起文界的矚目。在他看來，能與這三部作品並世，《彼岸》已夠奇崛；但筆者以爲，《彼岸》並占「文體之奇、意識之高、格調之豔」此「三絕」，整體上超越這三部作品遠甚。

先述其文體之「奇絕」。《彼岸》忘記讀者存在，沉浸於自己世界的大歡喜，絕似魯迅《野草》。全書長達百餘頁，竟均以近歌詩之境的哲學筆記語言彙集而成，眞宛如一道潔淨已極的山泉從高絕處流瀉而下，且暗拊聲律，節奏朗然，其形式之美，已難以復加。正如本章第一節「暗運聲律布之無形」所述，徐訏小説最攝人的幾部，都有這種「歌詩」之質：

> 那麼，我希望你來，你來，你來得像海涯的船隻，像天邊的星月，我要整個的看到你，我不希望你在我面前突然出現，像在鏡子裏看到我的自己。〔註124〕

這是《彼岸》第二節的開篇之句，亦是全書以「非詩」形式出現的第一個句子，因《彼岸》的第一節只是一首「長歌」。那「長歌」，即爲被司馬長風稱之爲「五首長歌『思過半矣』」〔註125〕的第一首——《自己之歌》：

> 我在松影下散步，／忽然失去了自己，／一直尋到林外，／我才看見了你。／／在這銀色的松下，／難道你不辨東西？／否則你走得這樣倉皇，／你也在尋找我的自己。／／你説在這虛妄的世上，／我永不會瞭解你，／過去説你是瘋是癡呆，／如今又説你找我自己。／／我説你曾否在林下，／碰到了我的自己，／就因爲月色朦朧，／你把它帶在袖底。／／你説你來自西溪，／那面人家三千幾，／五百、三百、兩百，／家家戶戶養小雞。／／今夜小雞千千萬，／月下都迷失了自己。／／成群結隊東西遊，／到處在尋找自己。／／於是你開始發覺，／你身邊也丟失了自己，／所以奔到松陰林下，／看是否流落過自己。／／……林下松針千千萬，／你難道會尋到自己？／等到月落西山，／你會相信我是你自己。／／但那時恐怕已晚，／因爲人生本來無幾。／你將永遠尋不到我，／我也無從再尋到你。〔註126〕

〔註124〕徐訏：《彼岸》，《徐訏文集》第5卷，上海三聯書店2008年版，第124頁。
〔註125〕詳見司馬長風：《〈彼岸〉——哲思的絮語》，《星島日報》1976年6月20日。
〔註126〕徐訏：《彼岸》，《徐訏文集》第5卷，上海三聯書店2008年版，第121～123頁。

　　這首「自己之歌」獨佔一節，且被置於整部作品的最前面。可能，很多讀者都僅把它看作是具有提示與象徵作用的一首「獨立的詩」而已，事實上，在筆者反覆閱讀《彼岸》之後，才發現，這首看似獨立的「長歌」竟然是小說情節極其重要的一環，只是因其形式之特殊與暗含的信息實在隱秘已極，故而幾乎被所有非以研究爲目的的讀者所忽略。

　　原來，這首「自己之歌」正在描述一個因在精神深處掙扎而終於不能自解的人在漸漸「精神分裂」的過程。時間是「一個月夜」，地點是「松林」，「他」突然感到丟失了「自己」，於是「他」開始到處尋找「自己」，「他」跑到林外，突然看見了「你」。可以判斷，「他」正是從這時開始進入意識的模糊狀態，精神開始漸漸分裂，「他」開始胡言亂語，說「你」也是丟失了「自己」，也正是在尋找「自己」，「他」開始幫「你」尋找「自己」，因聽「你」說來自「西溪」，而「他」本在林中，「他」竟臆想「你」就是「他」的「自己」。於是，「他」奔到西溪去找「他」的「自己」「你」，「你」奔到林中去找「你」的「自己」「他」，但「西溪」只有千千萬的小雞，林中只有千千萬的松針，而它們也都丟失了「自己」，「他」和「你」終於都無法尋到「自己」而沉進混亂模糊的深淵，至此，「他」終於被精神深處的不能自解分裂成無法合一的「你」與「他」的兩個世界。

　　這首《自己之歌》的「抒情主人公」形象與魯迅《狂人日記》的「狂人」一樣，在「他」漸漸分裂的精神世界裏，開始出現「臆想」的場景，同時開始了「漫長、混亂、偏執」卻「深刻已極」的「精神獨語」，這正是從第二節開始直至第十三節的小說內容。到第十四節，「他」的「精神分裂症」終於嚴重到使別人發現了「他」的病症，而把「他」送進瘋人院。之後，「他」雖被治癒而出了瘋人院，但「他」的精神已從癲狂變成死灰，「他」又去跳海自殺。那時，「他」遇到「露蓮」，這是「神」來救贖「他」，於是有「笑之歌」。此後，「他」再失去「露蓮」而遇到「你」，於是有「吻之歌」，再失去「你」後，有「淚之歌」。整部作品共五首「長歌」，依次爲《自己之歌》、《睡之歌》、《笑之歌》、《吻之歌》、《淚之歌》，其分別被置於第一、第十二、第十七、第二十四、第二十六節之中。正如上文所析，這五首長歌並非眞正「獨立的詩」，它們是以暗含的信息參與小說的情節發展，只是其形式實在隱秘已極，如果不是反覆環誦推敲，便難以體察作者的匠心之構。

當然，歌詩穿插自不足爲奇，尤其聯想到中國古典小說的「有詩爲證」手法，但按徐訏一貫追求的藝術境界，他自然絕不會如此「流俗」，何況他曾明確表示「《紅樓夢》更足爲詬病的是許多詩詞的穿插。詩詞的穿插是作者賣弄才華，論學講道是作者賣弄學問，這都是小說裏最庸俗的成分。」〔註127〕所以，讀《彼岸》全文，正有這樣驚異之感，即明明看到這樣五首長歌的插入，卻絕不會聯想到《紅樓夢》、《西遊記》、《三國演義》、《水滸傳》中俯首即拾的「有詩爲證」手法，除前文已論及的這些「歌詩」亦參與小說的情節發展之外，這自然還與作品整體透放強烈詩意有關。正如前面所引之「文」與「詩」，它們是只有「分行」與「不分行」的形式之差，而並無「聲韻、節奏、意象」上的「非詩」之異；因此，它們在意緒上並無文體分割之感，而都屬於「詩」的質素。如將所引之「文」以詩行排列，則其與所引之「詩」間差異頓減：

　　　　那麼，我希望你來，
　　　　你來，你來得像海涯的船隻，
　　　　像天邊的星月，
　　　　我要整個的看到你，
　　　　我不希望你在我面前突然出現，
　　　　像在鏡子裏看到我的自己。

《彼岸》全書即以如此暗藏詩的「聲律、節奏、意象」的文字彙集而成，這自然使《彼岸》以小說之名而能入詩的高境，以散文的筆意而能容故事的奇幻，以虛構的形象而能演繹哲學與宗教的理念，最終成爲這樣一個「奇絕」的形式，連作者本人也不忍將其作文體的歸類：

　　　　朋友，請你不要以爲這裡有創作的故事，就當它是小說；不要以爲這裡有哲理，就當它是哲學講義；也不要以爲這裡敘述著一個生命的歷程，就當它是傳記。〔註128〕

〔註127〕徐訏：《〈紅樓夢〉的藝術價值與小說裏的對白》，《徐訏文集》第11卷，上海三聯書店2008年版，第24～25頁。另外，緊隨引文之後，亦有「不過他的詩詞，許多都是有暗示與象徵作用的。還有一些則陪襯作爲人物個性的表現的。這也正是沒有離開小說的主題的難能可貴之處。」云云。其也可作爲徐訏《彼岸》中植進歌詩即取象徵、暗示之意。
〔註128〕徐訏：《彼岸》後記，轉引自司馬長風：《〈彼岸〉——哲思的絮語》，《星島日報》1976年6月20日。

　　但筆者以爲，徐訏在《彼岸》中的文體實驗還是有一個比較清晰的取向，那即是在文本的眞正「小說」部分極力「詩化、散文化、哲理化」，而在文本的「歌詩」部分則以某種俊絕手法捺進「情節」的元素，這樣，我們終於看到它現在的奇崛的模樣──那在「散文、傳記、哲理、小說、詩」的山崖間驚險而豔絕地閃躍著的《彼岸》。但徐訏也曾吐訴他早知不被接受的自傷，來給他的《彼岸》一個令他感到安慰的歸宿：

　　　　如果這本書是成功的，它應當被你認爲是詩；如果這本書是失
　　敗的，它當被你看作告地狀者的乞丐的地狀。這二者我有同樣的安
　　慰。〔註129〕

　　因此，當50年代《彼岸》一出，港臺譏評之聲紛起，劉以鬯、徐速等均不以爲然，這自然也早在徐訏意想之中了。

　　司馬長風將《彼岸》比附《呼蘭河傳》、《邊城》、《月牙兒》，這自然是僅指它們在文體上都有「詩化」、「散文化」的傾向而言。老舍的《月牙兒》以淒涼的寫意筆法，在飢餓、存活、羞恥的縫隙裏刻寫著中國女性的悲哀，那被飢餓與存活壓迫到冷而熱的母女間的愛是這樣地使人不安，那變到冷漠的愛原比熱的愛更有強大的力。這是一支令人靈魂震顫的小曲，老舍以深厚的寫實筆力來寫意，自有一種別樣的張力。但《月牙兒》的文體並不複雜，其與《呼蘭河傳》一樣，「散文化、詩化」即可概而言之。而沈從文的《邊城》則只是拖緩了他筆下的人生的悲哀，他用輕柔的詩的風格去敘寫「鄉土派」眼中落後的苦難的農民世界，將《地之子》式的陰冷的人間變成了《聊齋》裏鬼狐們幻化出的美景良辰。因此，《邊城》也好，《月牙兒》、《呼蘭河傳》也好，它們在文體上並無複雜之處，往高處說也只是在意境上「詩化得深」而已。但《彼岸》在「詩化、散文化」之外，更在文體的實驗上有複雜得多的探尋，這自屬於西方現代主義、後現代主義的一脈，不言其思想攀援極高，單看其結構的複雜，不僅一般讀者會望而生畏，即使專業的經驗讀者亦有「避之三分」之想，這也是自其出世以來少有品評的主要原因之一。

　　關於《彼岸》之「意識孤高」，本章第一節「思想極高自生綺豔」中已有淺涉，本小節文首亦言其「思想之高」可占現代文學史上「一絕」，這些，其實均非誇張之辭。司馬長風甚至還要爲《彼岸》的思想過於「孤高」，而尋找

────────────────
〔註129〕徐訏：《彼岸》後記，轉引自司馬長風：《〈彼岸〉──哲思的絮語》，《星島日報》1976年6月20日。

「託辭」，他說，《彼岸》雖「思想極高」，但那「孤高的感受」是從時代的現實中蒸餾出來的，所以也根植於大眾的心田，即使「孤高」，亦能引發同樣掙扎過的人們的瞭解與共鳴：

> 從「哲思的絮語」來看，本書提供了豐滿的，瑰麗的思想葉穗。作者在一封給我的短簡中這樣寫到：實則這是一種靈魂跋涉的自白：其中敷衍的是理想與現實；靈與肉，心與物，自然與人為，個體與集體，集權與民主，劃一與參差。……這些組問題，都是五四運動以來，一直困擾中國知識分子的問題。文學與純淨的思想當然有距離，但是文學是感受的反映，思想和現實的交織，也是一種感受，雖然這是孤高的感受，但是，因為這些思想是從現實中蒸餾出來的，那麼在同一現實中掙扎的人們，便多少都能瞭解和共鳴。雖然是孤高的感受，同時也根植大眾心田的感受。
> 〔註130〕

這從時代的現實中蒸餾出來的「孤高感受」與魯迅的《野草》有著同樣的色澤，在它們「孤絕」的硬殼裏藏著的是「愛人間而不得的委屈，是濟世而不能的憤激的深切，是反受到憐憫的對象的暗箭之傷後的復仇」。五十年代，「兩岸三地」的文學都陷於黯淡的「沉滯期」，《彼岸》逢此而出，其豔絕的光芒真像一道「虹彩」，劃破了「雨後的天空」。司馬長風稱《彼岸》為「沉滯期的彩虹」，這一綺豔的比喻大概能令地下的徐訏感到極大的安慰了：

> 我常説，品評文學價值的尺度之一，是看作者感受的幅度和深度。《彼岸》在個體方面探討整個人生，在時空方面，則貫穿整個時代的中國和世界。在這一點上，顯示了作者睥睨百代的野心和宏願。雖然本書只是不滿二百頁的一部小書，卻包含著整個時代與人生。思想是冰冷的，不夠冰冷便不能結晶為思想；文學是熱烈的，不夠熱烈便不能蒸餾昇華。《彼岸》這本書，把冰冷的思想晶體，蔚成燦爛的彩虹，這需要卓絕的功力和魄力。我在新文學史中將五十年代以來的中國文壇，稱之為沉滯的時期。大陸的作家進入雪掩冰封的冰河期；臺灣的作家，則多張大眼睛望著太平洋彼岸搖尾乞憐；產生不出像樣的作品，可不卜而知。《彼岸》一書成於一九五一，那正

〔註130〕 司馬長風：《〈彼岸〉——哲思的絮語》，《星島日報》1976 年 6 月 20 日。

是地覆天翻，赤浪滔天的歲月。在那震撼的歲月，有這樣一部作品誕生，劃破了沉滯的文壇，使人有孤星獨照之感。〔註131〕

在司馬長風眼中，《彼岸》與《江湖行》都有睥睨百代的野心，無論是「幅度」上，還是「深度」上，都達到出類拔萃的境界。司馬長風對《彼岸》的評價，可能並未引起學界的注意，其俊絕的眼光，定評的膽魄，均屬獨排眾議之言；而這，正如他評價《彼岸》為其時代的「孤星獨照」，他的評價本身亦給人以「孤星獨照」之感。

至於《彼岸》的格調，以「豔絕」名之，亦不為過。本章第一節之「思想極高自生綺豔」與「暗雲聲律布之無形」這兩點，《彼岸》均完全符合，此外尚占文體一絕，「豔絕」云云可謂名副其實。

潘亞暾、汪義生的《香港文學史》曾試圖揭開《彼岸》的意旨：

> 徐訏 1953 年出版的另一部中篇小說《彼岸》抒發了人的感情與宇宙的永恆溝通、交流。作者試圖探究神、人、物三者如何才能完美和諧。小說讚美人的謙遜，認為唯有人與人之間互相瞭解，方能避免衝突。小說像一部倫理的啓示錄，其中的抽象概念，都通過第一人稱『我』與露蓮及斐都之間的戀情，引申出來。《彼岸》完全打破了傳統小說格局，情節淡化，著力表現了人物的內心裂變。這部小說充滿了詩的意境和韻味，正如徐訏本人所說：「如果這本書是成功的，它應當被認為是詩。」〔註132〕

這為數不多的評介文字，可謂已觸到《彼岸》的風神。《彼岸》最終還是屬於「詩」，是「散文詩」，是「哲理詩」，是「傳記詩」，是「小說詩」，總之，這是一個奇崛的「詩的文本」。

《彼岸》即在思想上攀援極高，當那「散文詩」和「詩」的「花卉」從那奇崛的文體山崖頂上成熟墜落時，便在潔淨高遠的天空上飄灑成了我們現在所看見的「豔絕」的「哲思的花絮」。

第四節　徐訏的小說理論建設

徐訏一生所寫小說近百部，在數量上，大概現代小說史上是無人能及

〔註131〕 司馬長風：《〈彼岸〉——哲思的絮語》，《星島日報》1976 年 6 月 20 日。
〔註132〕 潘亞暾、汪義生著：《香港文學史》，鷺江出版社 1997 年版，第 236、237 頁。

的。並且，他是一個有相當理論自覺的學者型作家，無論對西方的各種小說技法，還是對中國傳統的各種小說結構形式，都有精深研究，加上他在數量巨大的創作實踐中之切身經驗，因而形成他非常獨到的一些洞察小說藝術真髓的卓越之見。他的這些有相當建設性的小說理念以多種形式出現在他的作品之中。一是主要集中在他為一些後輩作家的作品所作的序言，以及他自己作品的後記與序文之中，如《談小說的一些偏見——於梨華〈夢回青河〉序》、《〈一朵小白花〉序》、《〈斜陽古道〉再版序》、《悼吉錚》、《吉錚的〈拾鄉〉》、《〈風蕭蕭〉初版後記》、《〈四十詩綜〉初版後記》、《〈全集〉後記》、《〈傳杯集〉序》、《〈美國短篇小說新輯〉序》等。二是他寫的一些專門談論小說創作的文章，如《小說的濃度與密度》、《從寫實主義談起》、《天才的容納——偶談勞倫斯》、《難產的時代》、《待誘發的天才》、《水泥縫裏的小草》、《政治的要求與文藝的要求》、《關於藝術的表達及其他——答〈文學雜誌〉石堂先生》、《〈紅樓夢〉的藝術價值與小說裏的對白》、《論藝文創作中之個人的與民族的特性》、《臺灣詩壇的氣候與反寫實主義》、《談現代傳記文學的素質》等。三是徐訏還常常借小說裏的人物來說出他的小說創見，這一部分雖然散亂而隱秘，但也非常特殊，幾乎可以視為是徐訏小說創作進行時內心千變萬化的真實紀錄，如《鳥語》、《筆名》、《結局》、《一九四○級》、《阿拉伯海的女神》中都有這樣的段落。為使徐訏的小說理論以系統的面貌呈現出來，下面不得不先打亂這三個部分的界限，而以它們所涉的問題為軸線來重新組織徐訏在不同時間散播在這三個部分中的種種小說見解與理論。

一、小說的「寫實」與「非寫實」

徐訏在《〈風蕭蕭〉初版後記》中這樣描述他小說中的人物是怎樣產生的，又怎樣可能在產生之時因某種原因而突然消失。這一說法是如此新奇，似乎正與寫實主義有相反的意旨，但徐訏一向不是故弄玄虛之人，他這樣說則我們即可明白，為何其小說人物總有一種潔淨的脫俗氣質，尤其在他最優秀的那些小說之中，每一個人物似乎都特別有理想的光芒，使人一見之下，便能有永久的印象。正如徐訏自言，因它們都是徐訏有意避開了現實的干擾，而從陌生的世界裏把它們拉出來的，而它們自己為保持其藝術上的美感也總喜歡用不現實的語言來跟我們說話——

　　　　在許多人談到這書的人物中，似乎都喜歡問我這故事是否事
實，或者是部分的事實，再或者是事實的影子，我想這恐怕是人類
共有的理智的欲求，而我對此並不能給予人滿足。長夜獨自搜索我
經驗中生活中的事實，幾乎沒有一件可以與這裡的故事調和，更不
用說是吻合。還有許多朋友愛在我現在生活的周圍尋找這書裏人物
的模特兒，這也是很使我奇怪的事情。我想我或許可能將生活經驗
中的一些思想與情感在書中人物裏出現，但實際上，在我寫作過程
裏，似乎只有完全不想見到或聽到過的實在人物，我書中的人物方
才可以在我腦中出現。如果我一想到一個我所認得的或認識的人，
書中的人物就馬上隱去，那就必須用很多時間與努力排除我記憶或
回憶中的人物，才能喚出我想像中的人物的。覺得許多先人的理論
沒有錯，文學不是記憶或回憶而是想像。〔註133〕

　　這雖是徐訏爲《風蕭蕭》作的後記，但也似乎適合於世上的很多小說。
這因爲，徐訏是在說小說的人物雖總是在現實之中得到它的思想與情感的元
素，但優秀的小說家卻知道，當那現實中的影像完全佔據了小說人物時，這
人物就失去了維持藝術美感的距離與想像的活力，而成爲死去的人物，這死
去的人物只是那現實中眞人的影子，影子雖在輪廓上像一個人，但它是扁平
的，黯淡而永不能有藝術的光彩。徐訏的人物卻是有光的，它是他採人間之
精華而鑄出的新奇的生命，所以，他一定等到現實的人物隱去時，才肯去寫
他心中那綺豔的女子與孤獨的過客。

　　徐訏的這一小說理念也與他的戲劇觀相同，他的多數劇作，也同樣遵守
這一準則。盤劍在論述徐訏戲劇爲「詩化之劇」時，指出徐訏戲劇中的「對白」
繼承了中國古典戲曲的「寫意」特點，而呈現出一種「不現實」的傾向。他認
爲這種「不現實」的「對白」正是一種保持藝術上的美的一種現代的形式：

　　　　中國傳統戲曲實際上是從古典詩詞中繼承了傳統文化的「寫意」
特點，而本世紀20年代倡導「國劇運動」的劇作家們又將傳統戲曲
的「非寫實」的「寫意」特點引進了寫實的話劇的領域。徐訏在這
方面受到了「國劇運動」的影響，因此他很注重向傳統戲曲學習，
曾寫過研究傳統戲曲的理論文章，還特地給魯迅先生寫信向他請教

〔註133〕徐訏：《〈風蕭蕭〉初版後記》，《徐訏文集》第10卷，上海三聯書店2008年
　　　　版，第129頁。

有關紹興目連戲的一些問題。在創作實踐上，他則嘗試「用不現實
的對白表示現實的情感」，因爲「在美學立場上」，「過分現實的東西，
不能保住美的距離」，他認爲「古典劇本多以詩句來維持這藝術上的
條件，近代話劇就有賴於別種手法」。顯然，這「別種手法」——「不
現實的對白」雖然不是古典劇本中的詩句，但其性質、作用卻是與
古典劇本中的詩句完全相同的，它表現了純粹的「寫意」性，是完
全詩化的對白。〔註 134〕

　　徐訏劇作之「用不現實的對白表示現實的情感」這一「別種手法」，也正
與他小說中的對話都「經過一番巧製」〔註 135〕的藝術理念完全一致。關於這
一點，徐訏曾撰長文《〈紅樓夢〉的藝術價值與小說裏的對白》以及《關於藝
術的表達及其他——答〈文學雜誌〉石堂先生》來反擊石堂對他「《風蕭蕭》
的對白不像眞人說的話」的批評。顯然，石堂也與李輝英一樣，他們都注意
到徐訏小說中的「對話」有「不現實」的一面，但他們卻沒有看到這其實正
是徐訏小說放射別樣格調的一個重要關節點，徐訏以「經過一番巧製的」「潔
淨、詩化」的「對白」來取代以塑造典型形象爲目的的「寫實」手法，這正
是徐訏將中國古典戲曲與小說的「寫意性」進行現代轉化的嘗試，他以《紅
樓夢》中的人物對白爲例，深入地闡釋了他對「小說」人物「對白」的理解：

　　　　小說裏對白的成功，許多人好像只要求它符合身份，「像眞人說
話」「會運用口語」，實際上這只是人物創造上最淺近的一步，這在三
流的内幕小說，以及落難公子中狀元私定終身後花園這一類小說已經
做到的。石堂先生注意到它還要符合一種要求——「另外還要有情
節，還要隨時帶著情節發展」的要求。這當然是正確的。但還是說的
很淺，因爲這仍不是小說家最大的困難，這些還是表面的屬於技術方
面的；屬於深一層的，則是對白要表現人物的個性，再進一層則是對
白創造事的場合中的空氣。這則是小說家眞正的難題。〔註 136〕

〔註 134〕盤劍：《論徐訏的詩化之劇》，《中國現代文學研究叢刊》1997 年第 2 期，第
　　　　173 頁。

〔註 135〕李輝英的《中國現代文學史》苛責徐訏的小說無關抗戰，而只「刻意於文句
　　　　的雕琢，對話也經過一番巧製」。但其恰恰指出了徐訏小說中「對話」的不尋
　　　　常，那「經過一番巧製」事實上正是在將「眞實的對話」向「不現實」的「詩」
　　　　進行轉化的過程。

〔註 136〕徐訏：《〈紅樓夢〉的藝術價值與小說裏的對白》，《徐訏文集》第 11 卷，上海
　　　　三聯書店 2008 年版，第 32 頁。

在徐訏眼中，一流的小說家是可以通過對話來創造「事的場合中的空氣」的，那「空氣」正是小說最特別的風神，《紅樓夢》裏每個人物的出場都帶著一種特別的「空氣」，那特別的「空氣」其實並非因「人物」的特別而特別，而是來自曹雪芹的專有風格。徐訏認為，同樣是寫項羽與項梁的幾句對話，則司馬遷所寫與《左轉》《漢書》所寫絕不相同；而同樣是寫農奴的對白，則托爾斯泰、果戈理、高爾基也會有天壤之別。這正是作家的「專有風格」在「人物」對話中的保持，也即「空氣」的營造。這就要看小說作者最初賦予給小說整體的是一種什麼樣的「空氣」，則小說中的人物所說的話就應該服從這「空氣」的需要。所以，徐訏的小說人物對白幾乎從不遵守所謂「人物按身份來說他該說的話」的現實主義「典型人物」塑造的「鐵律」，因他認為，這其實是「人物創造上最淺近的一步」。

徐訏認為，小說的「寫實」與「非寫實」問題，本質上即是藝術的「傳達」與「表達」的問題。他以畫家怎樣表達一株樹為例，以為藝術家的任務是充分地表達他獨特的經歷與想像的深刻的感受。而「寫實式」的「描摹」則只是「傳達」的層面，所以，無論「描摹」得多麼細緻詳盡，也永不能做到完全「真實」的「傳達」，因「真實」的樹在紋理之中又有紋理，「無限」的更小更細的紋理永不能以「有限」的線條「傳達」出來。但寫意派畫家卻可以用寥寥數筆劃出他心中所感的樹的風神。中國畫自然屬於後者，但即使接近前者的西洋油畫也不能說就沒有後者的元素。因油畫畢竟不同於照相，它的裏面畢竟被賦予了畫家的特殊精神與專有風格。這也正如徐訏所說，即使是標榜寫實主義大師的作品，它們在寫實的背後也常是閃耀著寫實以外的精神的，「寫實」絕不是一個純粹的詞匯：

> 我一方面覺得一部偉大的作品，即使是標榜寫實主義大師的作品，如佛樓貝爾、巴爾札克等所寫的，在寫實的背後常是閃耀著寫實以外的精神。另一方面，任何反寫實主義的作家是必須從寫實的基礎上出發，才顯出其偉大。〔註137〕

徐訏認為「寫實主義」作為潮流而盛行，是特定的時代與社會的產物，它有堅實的社會根據。在動亂與激流的社會中，寫實主義正是負著一種歷史的任務，那似乎是從農業社會走向工業社會動盪時代的一種自然的要求，而

〔註137〕徐訏：《〈斜陽古道〉再版序》，《徐訏文集》第 10 卷，上海三聯書店 2008 年版，第 115 頁。

在工商業真正發達的社會中，寫實主義必將漸漸衰微。因為，二十世紀上半期唯物論哲學的崩潰，正是物理學有了新的進境之時：二十世紀科學家對「物」的本身已發生了奇怪的懷疑，物理學上新的學說已經把「物」看成了「心」一樣的不可捉摸。「現實」這個概念在新興的哲學與心理學光照之下，便與主觀的幻覺很難界分了。所以，在仍舊抱著唯物論與現實主義的文學陣營中，所謂「物」變成了軍備的「物」，所謂「現實」變成了政治的「現實」，這裡就已沒有了文化的內容。

但徐訏認為，若「寫實」不是以潮流的形式而存在，則實在應該是一個作家必須的基本技術。他曾在一篇談論「技術」是「藝術」的基礎的文章中表示，一切藝術的基礎一定有一種特殊的技術。比如中國傳統藝術教育向來不以理論為重，而從技術入手，所謂「熟能生巧」，所謂「工夫到後，妙門自開」是也。這是在說只有超過技術的階段才可以達到藝術的境界。所以中國學畫先摹古，中國學字先臨帖，中國學音樂就是勤練樂器，中國學戲則自幼進科班。因此，小說的「非寫實」則也一定要以「寫實」這一基本的「技術」為基礎才可以有藝術上的高度。所以，徐訏在《〈斜陽古道〉再版序》中，對五六十年代臺港作家一味追求現代主義，甚至連最基本的敘事能力都沒有，卻嘲笑傳統現實主義的寫法落後的現象給出了尖銳而有力的批評：

> 但對一個作家而講，寫實的工夫，實是基本的工夫，這正是一個畫家都需要素描的工夫一樣。看過畢卡索初期作品的人，都會知道他在寫實上下過什麼樣的工夫，現代許多藝術系的學生嘴裏標榜什麼現代主義野獸派或「柏普」的藝術，可是想畫一隻狗不能像狗，想畫一隻貓不能像貓；許多標榜現代主義的詩人，連簡單的便條都寫不清楚，這種所謂藝術家或作家，無論如何只是靠小聰明湊角色的人，是打腫臉充胖子的一流人物，其作品必然是貧血的。〔註138〕

徐訏的這一觀點與當代作家余華提出的「細部真實，整體可以荒誕」是類似的，他們都強調「寫實」的功力是一部偉大作品的基石，正如唱戲的練臺功，畫西洋畫的練寫生一樣，如果沒有會走的能力而偏要去跑，就會有跌倒的危險。所以，傾向於「非寫實」的作家反而更需要有堅實的「寫實」功力，因它們的藝術大廈是以虛構之沙建成，如果地基再不堅實，則將非常容易坍塌。

〔註138〕徐訏：《〈斜陽古道〉再版序》，《徐訏文集》第 10 卷，上海三聯書店 2008 年版，第 115 頁。

關於小說與現實的關係，徐訏曾在《江湖行》的開頭借人物之口說：「你說，人生不過是故事的創造與遺忘。沒有人生不是故事，也沒有故事不是人生。沒有故事的人生不是真實的人生，沒有人生的故事是空洞的故事。你又說神話的可愛就是它真正表現了人生，神話衰微以後，世上就有寫不盡的小說，說不盡的故事，演不完的戲劇，我們無法設想沒有故事的人間，沒有故事的人間正是沒有大氣的空間，這該是多麼空虛與寂寞。」〔註 139〕徐訏的小說基本都是建立在「故事」之上的，正如他說「沒有故事的人間該是多麼空虛與寂寞」一樣，他一定認為，「沒有故事的小說」也一樣地「空洞、無聊」。所以，他從不寫「沒有故事」的小說，在他感到某個故事還不足以構成一篇小說時，他寧願把它寫成筆記小品。徐訏有一批很可以歸為小說的散文，如《盧森堡的一宿》、《蒙攞拿斯的畫室》、《決鬥》、《結婚的理由》、《英倫的霧》等，但他大概以為這些雖可以視為小說，但作為小說來讀則在故事情節的起伏上可能會給人感覺淡些，所以他在結集之時寧肯把它們都放在散文集《海外的情調》中。

而同時，徐訏認為，一個優秀的小說家一定是在用「人生」來寫他的「故事」，這樣的「故事」才不空洞。這則是間接地要求「小說」裏面要有「人生」了。那麼，這小說裏的「人生」又是何指呢？根據千百年來那些偉大作家的創作經驗，我們不得不承認，支撐一位作家寫作的最原始、最深刻、最本質的東西只能是他自己的直接人生經驗，它們是一部作品得以誕生的靈魂，是一部作品能夠由一個詞語生長為一部傑作的種子，而從歷史、書報、電視、網絡、他人處得來的間接經驗則是作家寫作的必不可少的營養材料。

在徐訏看來，因每個人直接人生經驗的有限，這就使得很多作家都會有「江郎才盡」的時候，而所謂的「江郎才盡」實際上則就是「人生」的枯竭：

> 所謂「江郎才盡」，照我想的，就是「生活枯竭」，許多人說每個人都可以寫一部小說，這句話相信可能是正確的；但我還相信很少人可以寫兩部小說。或者說，只有文學家才可以寫兩部小說。許多作家寫了十部二十部的小說，分析起來，往往是一部的翻版而已。〔註 140〕

〔註 139〕徐訏：《江湖行》，《徐訏文集》第 2 卷，上海三聯書店 2008 年版，第 1 頁。
〔註 140〕徐訏：《悼吉錚》，《徐訏文集》第 10 卷，上海三聯書店 2008 年版，第 119頁。

　　當一個作家在面臨這種「生活枯竭」之苦，而又出於種種主觀與客觀的條件限制而沒能及時開拓自己的「人生」，卻偏要絞盡腦汁地企圖虛構新的作品時，他的創作就往往會有遠離現實「人生」而轉向「歷史、神話、魔幻」的可能。但這幾乎是不可能做到，這樣的結果只能有兩種，一種是不斷重複過去所寫過的那一種「人生」，把那一種「人生」放進不同的故事裏，事實上這是變相的複製，正如徐訏所說的是「一部的翻版而已」；另一種是沒有「人生」的寫作，表面看來，一個作家可以寫浩漫的歷史、遠古的神話、現實的故事、奇聞異錄、哲學思想，似乎可以有無窮無盡的疆域可供開墾。但「歷史、神話、思想、苦難、技術」終是作家創作所必不可少的「營養材料」，卻無法成為一部作品的靈魂。所以，那看似豐富複雜的作品裏往往已因沒有了「人生」而失去了文藝的生命。

　　所以，徐訏認為，一個有較高「天賦」的作家或藝術家，他一定要向「生活枯竭」挑戰，這可能會使他在道德上有缺點，使社會對他許多行為有所誤解。許多作家，為求「生活」的擴充而去革命，結果捲入了「政治」，而放棄了寫作；許多詩人，為謀「生活」安定，而去經商，結果發了點財而不能寫詩；許多音樂家為養家而去教語言，最後就成了語言教員而放棄音樂。能在許多新生活變化之中，在任何環境中，沒有忘去「寫作」的，則必是更有天賦的作家或詩人。當一個環境使他「才」盡之時，當一個環境使他發現「生活枯竭」之時，他千方百計想換環境找刺激則正是他的創作欲的要求，也正是他的天賦逼他有這個要求。〔註141〕

　　以上則是徐訏對作家與現實的關係的思考。自然，這觀點仍是在說文學藝術根源於現實人生，這當然也是千百年來許多人一直在重複的觀點，只因文學的本質並沒有變化而已。但在不同的時代，文學的表現形式卻在不停地變化，所以，徐訏也以斑斕的色澤顯示出他對小說的別樣理解——

> 我，我是一個農夫的兒子，
>
> 不知道抬頭望天，
>
> 只會在秧田的水中，
>
> 看月亮的影子！
>
> 那麼，請你安靜地聽我的故事，

〔註141〕徐訏：《悼吉錚》，《徐訏文集》第 10 卷，上海三聯書店 2008 年版，第 121 頁。

在受傷的床上，或失眠的夜裏。

那裡面也許有糊塗的眞理，

但決不是可靠的實事。〔註142〕

徐訏的小說理念正如那從秧田的水中看天的農夫的兒子一樣，他講的故事也許是遠方的水手的故事，也許是身邊的農夫的故事，但在他漪漣而虛幻的水鏡中，我們只感到隔世的迷離與遙遠的綺豔。

二、怎樣的故事才是理想的小說胚胎

徐訏的多篇小說中都有借小說人物之口來談論小說創作問題的現象，這除去徐訏有意依此來塑造小說人物形象外，也非常直接地使我們感到他在創作過程中內心的活動過程，且常有驚人之見，使人悅服不已。比如在《江湖行》、《盲戀》、《鳥語》、《筆名》、《結局》、《一九四〇級》、《阿拉伯海的女神》等等作品中，均有談小說應該怎樣寫或怎樣欣賞的場面與段落。下面是他的小說《一九四〇級》中的段落：

> 我發覺他實在不是一個該寫小說的人。他的文字也許很好，但不是小說的文字；他的故事也許很好，但不是小說的故事；他的布局組織也是有條有理，但不是小說的結構，我感到這一切，但竟說不出一個理由。〔註143〕

這裡的話即是小說中「我」所說，但也可以視爲徐訏本人對某些小說的看法，小說中的故事是特別的故事，不是所有的故事都適合寫進小說；小說的文字也是特別的，它應該透著寫作者的獨特精神氣質與風貌；小說的結構也是屬於小說的，有條理的結構可能是好的論文結構，但不一定是好的小說結構，小說結構與小說的故事一樣，是要很特別地展示著寫作者別一種新鮮的創造的。

在《一九四〇級》中，「我」對「江上雲」的小說有很多細緻的分析，這雖不能完全看作就是徐訏本人對「江上雲」寫的小說的看法，但確實可以感到徐訏有藉此而委婉地批評那些過於功利地要表現哲理，卻反而寫得連那些

〔註142〕徐訏：《〈海外的情調〉獻辭》，《徐訏全集》第7卷，臺灣正中書局1967年版，第103頁。
〔註143〕徐訏：《一九四〇級》，《徐訏文集》第6卷，上海三聯書店2008年版，第445頁。

淺薄的甚至無聊的小說也不如的小說之意。之所以「我」認為淺薄甚至無聊的通俗小說也是小說，只因後者畢竟是以寫小說為最高目的，而不是以傳達什麼哲理為目標，所以後者是小說，而前者可能是一篇哲學論文或宣傳主義的黨派綱領。對「我」的這一觀點，可以明確看出，徐訏是完全認同的。他所以一向不看低所謂的「通俗」的「小說」，正因他以為那「通俗」的「小說」畢竟還是「小說」，但專為政治與革命服務的「小說」，則已失去了「小說」的本質而不再是「酒」：

> 奇怪，還是不像小說，我發現他缺少一點我所不能說的明白的基本條件。他所取的故事也有好的，但是他寫得不好，似乎不必描寫的地方，他寫的很多，而應當描寫的地方他又忽略。他布置得很好的場面，竟沒有氣氛；他設想得很好的人物，偏是毫無生氣；他的筆墨清楚有理，但沒有情感；他的素材，很合邏輯，但似乎他只能對它們瞭解，沒有對它們同情。……他在小說主題中寄託他的哲理，但讀者很難把握到他的主題；他在對白中安頓他的懷疑與信仰，但與說話的人物缺少個性的統一，無法喚起讀者的共鳴；他為完成他的主題，不惜創造古怪的人物；他的故事只是他發揮他的哲理的間架，架起架子，發表了他的哲理，就此結束，所以沒有一個故事發展得完美。……我們讀到許多毫無意義毫無價值的小說，淺薄的甚至無聊的小說，但總是小說，是不是？能在小說裏面表達深刻的哲理與崇高的理想，當然高於普通的小說，但成功還在要是小說，如不成為小說，則不必用小說的形式，是不是？這等於酒，任何藥酒，必須是酒，否則不妨叫做藥。〔註144〕

《一九四〇級》似乎是一個關於怎樣寫小說的寓言，徐訏用這個故事來表達他對寫小說與處理現實之間的關係的思考。江上雲開始時，預備用二十年的時間來寫他班上的三十六個女學生的未來二十年的人生與際遇，他列了詳細的寫作綱要，來規定這三十六個主角未來的道路，他把每一個的家世出身環境都調查並寫得仔仔細細，「再寫她們的個性，用這個個性與以後的際遇互相推移，使一切悲喜劇的形成都可以尋出根源，在許多場合上，他循著社會心理學的法則以及歷史的觀點……大綱裏有一切小說裏的

〔註144〕徐訏：《一九四〇級》，《徐訏文集》第 6 卷，上海三聯書店 2008 年版，第 446、447 頁。

場面，戰爭，革命，罷工，罷課，流血，殺人，放火，自殺，姦淫，流浪，打獵，投機，賭博，政治上的勾心鬥角，商業上的各種伎倆，奢侈的生活，聖潔的戀愛，清風明月的歸隱，小橋流水的農莊，私定終身後花園，月黑風高的夜劫；人物更是包羅萬象，小販，尼姑，大官，富豪，學生，農民，妓女，工人，志士，俠客……地區縱橫整個中國，蒙古西藏新疆東北河南廣東……總之，一切一切都是應有盡有，與其說是小說的大綱，不如說是小說的百科全書。」〔註145〕但後來，這個將寫作的時間、事實與現實人生同步進行的江上雲，卻逐漸混淆了寫作與現實的界限。隨著時間的流逝，寫作在進行下去，他寫了撕撕了寫，他的主角在一個一個的減少，從原來的三十六個，到後來「我」於剛好二十年後再次遇到他時，已減少到一個，而這個主角則便是他現在的妻子。他不再以筆來寫他漫長的與人生同步的五百萬字的小說了，而是把它挪到了生活之中，他的小說的主角成了他生活的主角。徐訏寫這部小說的目的似乎在告訴我們，將真實的人生完全挪進小說就會使小說在這現實的人生裏被淹沒，被數不清的細節淹沒，現實、哲理、信仰也會在過度的功利與清晰的理性底下成為失去「酒」的「藥」，而不是「藥酒」。

　　《筆名》當中，徐訏曾借「金鑫」之筆而寫了幾個小說的綱要般的故事，雖僅有一個梗概，也可以見到徐訏編製故事的天才，相信那一些故事都是徐訏想寫成小說、或認為可以寫成小說的結構與素材。這些小說中的小說綱要，在徐訏其他作品中也曾出現過，比如《江湖行》、《時與光》、《盲戀》中也都曾有。與現代以來其他的小說家相比，這是徐訏很獨特的地方，這當然是一種小說的手法，但從中也能看出徐訏小說的某些原型質的主題，因為這小說的綱要很像突兀地畫在紙上的故事的筋骨，去掉了那血肉的遮掩，則更容易看出徐訏對哪些題材與主題更傾心與獨善表現。如金鑫所寫的第一個引起「我」以為很特別的一個小說：

> 寫一對貧窮的漁家夫妻，日夜打架，丈夫酗酒，妻有外遇，後忽被丈夫發現，決定乘機殺妻，一日航海捕魚，夫正計劃推妻入海，忽遇風浪，妻為救護船隻，墮入海中，夫竟反捨身救妻。〔註146〕

〔註145〕徐訏：《一九四○級》，《徐訏文集》第6卷，上海三聯書店2008年版，第452、453頁。

〔註146〕徐訏：《筆名》，《徐訏文集》第6卷，上海三聯書店2008年版，第341頁。

還有接下來使「我」更覺欣賞金鑫的《岐火》——故事是說一個年輕的水手，於船泊黃浦江的一個夜裏，看到一個女人投江自殺，他就把她救了上來。這女人比那水手大十來歲，但長得很美。她是一個寡婦，丈夫死後，唯一的兒子又死了，後來又被一個情人所棄，所以她不想偷生。她遇救後，看到這個水手很挺秀健康，就愛上了他，他也喜歡她。兩個人就很快活地住在一起，但是這個水手不願用她的錢，他時時都到海上船上去工作，可是情慾上竟無法離她，心裏很痛苦。女的佔有了他，但在她所需要的交際應酬的社會中，他變成非常愚蠢，他的知識舉動使別人看不起她們，所以她也頗有隱痛。於是她就背著水手同別人到外面交際，而她心中所愛的肉體所需要的則還是這個水手。這在事實上當然無法得她的情夫瞭解與原諒的，他就偷偷地離開了她又去做水手了。他走開以後，她想他，愛他，恨他，她到處找他，時時到碼頭去打聽期待，最後她找到了他。他在她那裡就又住了幾天，這次可決心不多耽留，他要在船開的時候跟著船走，她百般挽留，沒有結果，末了，於是他要出發的頭夜，她把他殺了，滿足她奇性的佔有的欲望。〔註 147〕

以及最後金鑫為了寫好那小說中捕鯊魚的細節而真的去海上參加漁夫們的捕魚行列，竟而就真的如他要寫的小說裏的青年一樣死掉了，那讖語一樣的故事是這樣的——某個海邊的漁村，那裡的人們都以捕魚為業。捕魚本是危險浪漫辛苦的事情，而最危險的是他們一年一季去捕鯊魚。其中一個家庭，有兩個兒子，哥哥在捕鯊魚時死了。因此父親一直不讓小兒子再去參加捕鯊魚，這小兒子有一個情人，兩個人非常相愛，就預備結婚了，但漁村裏別的女孩子，對於她的情人不敢參加捕鯊魚，很引以為恥。好像還沒有參加捕鯊魚的男子，都還是小孩子，沒有資格談到戀愛結婚的。女的於是鼓勵自己的情人去參加，而他的父母則極力反對，他們覺得只有一個兒子，好在家裏經他們一生的努力，還有一點小積蓄，如果不浪費，小兒子一輩子不去捕鯊魚也沒有關係。但是那個女孩子竟把許多人的輕看告訴了她的情人，最後她甚至哭了，說他不去參加捕鯊魚，他們的婚事只好延擱一些時候。男的於是就同父母爭吵，結果還是偷偷地參加了捕鯊魚的航行，不幸得很，他就在那一次死了。〔註 148〕

〔註 147〕 徐訏：《筆名》，《徐訏文集》第 6 卷，上海三聯書店 2008 年版，第 355、356 頁。

〔註 148〕 徐訏：《筆名》，《徐訏文集》第 6 卷，上海三聯書店 2008 年版，第 364 頁。

　　分析《筆名》裏出現的這三個小說的綱要，第一個是夫欲殺妻而救妻，第二個是寡婦為永遠將那水手留住不得不將他殺死，第三個是女孩為自己的榮譽而間接地將自己的情人推向死亡。這些小說裏的小說，除去可以配合小說的主題外，似乎也有一些特別之處。徐訏一向是不在小說中隨意地寫小說，或講故事的，他總有一些用意。當然，這第三個小說的綱要，則直接與《筆名》的情節相關聯，但是，也可以表示，徐訏在這裡無意流露的他在主題上的某種傾向。我認為，徐訏非常擅於將愛情和生與死放在一塊來表現它們深刻的衝突與衝突中的綺麗之美。可以得出這樣的結論，具備類似的衝突與張力的故事原型，正是徐訏心中最理想的小說胚胎。徐訏小說最優秀的幾部，幾乎無不是在這一故事原型上生發演繹而成。

第三章　徐訏戲劇論：潮來之時偏回首

　　根據廖文傑整理的徐訏年表，徐訏作品最早結集出版的不是小說，也不是詩歌，而是他的戲劇作品。一九三九年，夜窗書屋結集出版了徐訏此前所寫的戲劇作品《燈尾集》，內收《費宮人》、《難填的缺憾》、《荒場》、《北平風光》、《多餘的一夜》、《遺產》、《兩種聲音》、《水中的人們》、《野花》、《人類史》、《亂麻》、《青春》、《旗幟》、《單調》、《心底的一星》、《女性史》、《契約》、《漏水》、《男女》、《無業工會》、《跳著的東西》、《鬼戲》、《忐忑》、《子諫盜跖》，計二十四部。《燈尾集》所收的這些劇本，基本都作於一九三五年之前，可以說是徐訏踏進文學園地所種的第一片花草。那時的徐訏年輕氣盛，正像當時所有呼號奔走的青年一樣，民族的危難，大眾的苦楚，也使深切的憤激流淌在他的筆底。《北平風光》、《水中的人們》、《旗幟》、《漏水》等都顯示著矚目貧苦大眾的「左翼」眼光。但綺豔的光色也已隱隱地從那別樣的選材與特殊的戲劇空氣中透出，暗示著一個絕不追隨任何潮流的獨特藝術靈魂的出現，《野花》意象的驚豔，《鬼戲》構思的俊絕，已非一班二三流作家所能企及。而如《人類史》、《女性史》之「擬未來派戲劇」的實驗，《荒場》的存在主義哲思的意象化，是更已遠離了當時的「戲劇主潮」。

　　一九四〇年，夜窗書屋又出版了徐訏另一部最重要的作品——詩劇《潮來的時候》。這部長達百餘頁的三幕詩劇因有一神話的「序幕」與「尾幕」的「外殼」而成為中國現代戲劇史上的絕響。關於這一點，本書第二章第二節「造現代雙重封閉圓形結構」中已有論及。徐訏借助「妖婆甲、妖婆乙、妖婆丙、妖婆丁」間的神秘對話而造設一「大神話」外殼，將人間的「革命、群運、愛情」之戲籠罩在一片神秘哀豔的空氣中。且三幕劇中有兩幕的場景

是在夜色之中，而「瘋漢」的「瘋言」，「潮兒婆婆」的傳說，月光，海上風暴的恐怖氣息，以及「序幕」與「尾幕」的悲劇暗示，最終合成罕見的戲劇空氣，再加上徐訏那綺豔的有著「繪畫的變色」與「音樂的曲折」的詩的語言，全劇造出的意境與場氛是新文學史上極為罕有的。難怪當時即有人特別指出徐訏是屬於極善寫「空氣」的作家〔註1〕。

　　同年，夜窗書屋還出版了徐訏的四幕劇《生與死》。第二年，五幕劇《黃浦江頭的夜月》〔註2〕由上海珠林書店出版。而一九四二年，徐訏的另外兩部重要劇作《兄弟》、《母親的肖像》也由成都東方書店出版，想是那時他已從上海經桂林逃亡到重慶了。這些透著戰爭的創痛、民族的悲憤、生與死的探尋的劇作，無論在戲劇衝突的激烈與戲劇審美距離的控制上，都達到一流的水準，且與同代劇作家之「非左」即「唯美」的流派〔註3〕判然有別，是收納了時代的血與火而又將藝術的筆力落在時間的永恆上的超越流俗與潮流之作。

　　一九五一年，《燈尾集》在香港由夜窗書屋分集重版，書名分別為《野花》、《契約》、《鬼戲》，內容略有增減。其中《野花》收《青春》、《旗幟》、《男女》、《兩種聲音》、《北平風光》、《單調》六種；《契約》收《契約》、《租押頂賣》、《男婚女嫁》三種，後兩部為新增；《鬼戲》收《子諫盜跖》、《難填的缺憾》、《荒場》、《心底的一星》、《女性史》、《遺產》、《人類史》、《鬼戲》、《志忑》、《水中的人們》十種。同年，《黃浦江頭的夜月》也經作者刪改而易名再版，即頗受關注的《月亮》。

　　徐訏的戲劇創作一直持續到晚年，直到他離世前仍有劇本陸續發表，如1976年在香港《大成》月刊發表的《紅樓今夢》，其嘻笑怒罵的風格是已臻「諷刺劇」的爐火純青境界。甚至，在他這離世前四年的前後，徐訏還一度出現了戲劇創作的小高峰，陸續發表的作品接近現實人生，充滿對人性觀察的反省與對庸俗人間的淡淡譏諷。如《紅樓今夢》、《看戲》、《白手興學》、《雞蛋與雞》、《日月曇開花的時候》、《客從他鄉來》。這些劇作基本都是發表在香港的報刊之上，並未結集出版。2008年上海三聯書店出版的《徐訏文集》第16卷基本將徐訏劇作收齊，加上收在《徐訏文集》第15卷中的歌劇《鵲橋的想像》與詩劇《潮來的時候》，計有35部。

〔註1〕1939年孟企在文匯報上發表《〈月亮〉書評》，曾對徐訏戲劇風格作出如此概括。
〔註2〕《黃浦江頭的夜月》後經作者改寫，1951年在香港易名《月亮》再版。
〔註3〕田漢的左轉，余上沅、徐志摩、丁西林等的國劇運動，均未出能集傳統與時代之大成的作品。

　　最終，無論是數量還是質量上，徐訏的戲劇創作在中國現代戲劇史上均佔有重要位置，其特殊的選材，強烈的戲劇空氣，驚豔多變的語言，詩化的意境，對戲劇衝突與審美距離控制的恰到好處，均有其同代劇作家所不及之處。即使相比於戲劇大家曹禺，徐訏仍有很多遠超其境界的表現；事實上，筆者以爲他的《潮來的時候》、《母親的肖像》、《兄弟》等能代表他創作水準的最好的幾部劇作，是完全可以與曹禺的《雷雨》、《日出》等經典作品並舉而毫不遜色的。但文學史上種種複雜因素，使徐訏的戲劇同他的詩一樣，長期以來處於無人問津的局面。近年來，徐訏的戲劇研究終於漸漸展開，在大陸從最早的吳義勤《漂泊的都市之魂——徐訏論》中分出一章來論述徐訏的戲劇，到後來陸續有單篇論文發表，以及專論徐訏戲劇的碩士論文的出現，使得徐訏的戲劇地位漸漸凸顯出來。客觀地說，在現代戲劇史上，徐訏的戲劇創作實績與戲劇理論建樹，都不容人對其小覷。

第一節　中國傳統戲曲寫意性的現代轉化

　　徐訏劇作的詩化傾向是中國現代話劇史上表現最鮮明的，這正是對中國古典戲劇傳統寫意性的深刻繼承。田漢、郭沫若的早期戲劇都有詩化的跡象，但中國近代以來日益強烈的社會革命運動、抗戰救國的大環境注定不會使這樣的戲劇風格成爲主潮。後易卜生主義在中國掀起的社會問題劇思潮，左翼劇作家對革命宣傳的歸附，曹禺借鑒西方戲劇傳統對社會現實反應的成功，遂逐漸使戲劇的「詩」的本質屬性漸趨弱化，甚至成爲戲劇的異端。

　　對徐訏劇作的強烈詩化色彩，國內最早給以關注的是吳義勤〔註4〕。但他對徐訏戲劇成就的評價之說法不一，前後矛盾，對同一特徵此褒彼貶卻令人不解。比如強烈的詩化傾向，則正是徐訏有意淡化戲劇衝突的激烈，追求有別於《雷雨》那樣太像戲的刻意之別一種格調。吳義勤在分析徐訏戲劇的美學特徵時也認爲這是徐訏最突出、最鮮明的風格，並且以「詩性正是戲劇的本質屬性」爲據而對徐訏劇作的這一特徵給以非常高的評價。但他同時也在另一處，批評徐訏劇作淡化戲劇衝突，使戲劇性受到損害。〔註5〕

〔註4〕參見吳義勤：《漂泊的都市之魂——徐訏論》，蘇州大學出版社1993年版，第145頁。

〔註5〕具體論述詳見吳義勤《漂泊的都市之魂——徐訏論》第135頁上關於徐訏多幕劇的評價。

　　吳義勤對徐訏劇作的詩化傾向之前後矛盾的觀點，顯示出他本人文藝觀的矛盾。其實，對徐訏持有這樣矛盾態度的學者不止吳義勤一人，吳福輝、黃康顯等莫不如此，他們都即對徐訏作品的藝術高境激賞不已，但又對徐訏有意淡化作品中的時代色澤與保持同主潮的距離而感到可惜。所以，可謂誤解頗多。

　　直到新世紀前後，在文化轉型與思想多元的背景中，徐訏那些超拔於時代主潮而落墨於時間的永恆的更高探尋，才漸漸被重新挖掘。如比較能切到徐訏戲劇風神的徐訏戲劇專論——盤劍的《論徐訏的詩化之劇》〔註6〕，即從另外的角度看到了徐訏戲劇與中國傳統戲曲之間的聯繫，指出徐訏是在余上沅、徐志摩、丁西林等倡導的「國劇運動」基礎上，揉和了西方戲劇技巧與中國傳統戲曲的詩化本質，而成功地實現了中國傳統戲曲寫意性的現代轉化。所以，徐訏在中國戲劇史上的連綴意義是非常特殊的，可以說，他是有意修正了曹禺話劇過分西化〔註7〕的不足，並以其大量別具格調的戲劇作品證明中國戲劇的出路正應在繼承民族與本土的精髓基礎上才能開出真正綺豔的花朵。

　　徐訏早期的戲劇創作均有一種源自京昆的驚豔之感，這種驚豔之感大概均依賴他那「歌詩」般的語言而生成，但同時又因吹進了抗戰的蕭殺空氣而變得哀感頑豔，所以，《兄弟》、《月亮》、《生與死》，尤其詩劇《潮來的時候》，其神秘哀豔的意境大概已超過他的名著《風蕭蕭》。

　　筆者以為，《潮來的時候》大概是最能體現徐訏對中國傳統戲曲的借鑒，並成功地實現了中國傳統戲曲「寫意性」的現代轉化，同時又糅進西方象徵主義、存在主義色澤的一部超越流俗的作品。

　　詩劇《潮來的時候》有著一個「熱烈、神秘、哀豔、自傷」的「徐訏式」的獻辭，正如《〈鬼戀〉獻辭》、《〈吉布賽的誘惑〉獻辭》一樣，將《〈潮來的時候〉獻辭》同任何一首新詩名篇相比，它也絲毫不會遜色：

　　　　親愛的：／我不敢再叫你悲歎，／抑鬱，哭泣，呻吟。／我要緘默，／緘默得像一條魚，／沉在大海深處靜聽，／聽你徹悟的笑，／笑自己的喜悅，煩惱，傷心，／自己的功與罪，醜與美，／得與失，敗與勝，／以及自己的愚笨與聰敏。〔註8〕

〔註6〕盤劍：《論徐訏的詩化之劇》，《中國現代文學研究叢刊》1997年第2期。

〔註7〕徐訏一向對曹禺戲劇的過分西化評價不高。

〔註8〕徐訏：《〈潮來的時候〉獻辭》，《徐訏文集》第15卷，上海三聯書店2008年版，第299頁。

可以說，只這「哀豔、神秘」的獻辭就足以定下《潮來的時候》的空氣與場氛，雖僅有幾行的字，但徐訏那特殊的氣質便已透露無疑。《潮來的時候》更俊絕之處，是它採用了中國傳統文學中最經典的一個結構——「雙重封閉圓形結構」——徐訏在詩劇的開頭與結尾設置了這樣的一個綺豔、詭秘的神話場景：夜色朦朧，月未上升。漆黑的稻場上，夜鳥樹上叫，狗兒遠處吠，蛙兒滿野啼，蟋蟀到處聲唧唧，好一個淒涼的夜色也。妖婆乙正在場上縫東西。妖婆甲自山後出來，手中拿著繩網。〔註9〕

於是，徐訏開始了用搖曳的語言編織妖婆們神秘而荒唐的咒語之歌與詭秘的象徵之舞：

妖婆乙：（站起，揚著手上的東西，舞蹈。）／右手是條破褲，／左手是塊破布，／老年人說破布補破褲，／少年人說破褲補破布，／這些都不是我的意思，／我只是把他們縫在一起，／叫他們終身叫苦。

妖婆甲：（一同跳舞）／別人的網兒網魚，／我的網可要網癡男怨女。／她們魚兒般在網裏跳，／我可要在網外哈哈笑。

……

妖婆丙：／讓我們哈哈大笑，／笑人世間的瘋狂，／笑人世間的繁忙，／笑人們在街上亂闖，／笑人們在浪中飄蕩，／笑人們在煙囪下歎苦，／笑男女在床上發狂。

妖婆乙：／哈哈哈哈……

妖婆丁：／嗨嗨嗨嗨……

妖婆甲，乙，丙，丁：／吱吱吱吱……／呵呵呵呵……／嗨嗨嗨嗨……／哈哈哈哈……〔註10〕

神話的序幕被拉起，人間的戲劇開始了。於是兒童們開始唱歌，瘋漢開始唱歌，跛子也來問「月……亮……出……出來……來了？」瞎子也回應「月亮出來了。」駝子也說「啊，啊，月亮出來了。」群眾也歡呼「月亮出來了，月亮出來了。」於是，工程師（地主請來建燈塔）、緣茵（工程

〔註9〕　徐訏：《〈潮來的時候〉獻辭》，《徐訏文集》第 15 卷，上海三聯書店 2008 年版，第 300 頁。
〔註10〕　徐訏：《潮來的時候》，《徐訏文集》第 15 卷，上海三聯書店 2008 年版，第 300 ～306 頁。

師的女兒）、覺岸（深愛著緣茵的青年）等人間故事的主角都隨月亮的升起而一一登場。地主的兒子張福白看上了工程師美麗的女兒緣茵，工程師欲把女兒給張福白作小，覺岸來尋緣茵，正碰上地主收租，覺岸領導群眾抗租，張福白引官府抓走覺岸，群眾請命釋放覺岸，潮水洶湧，緣茵跳海自盡，覺岸亦追隨跳海。人間悲劇的大幕落下，神話世界的妖婆登場：月亮懸在天中，燈塔有光照射四方，夜鳥樹上呼，狗兒遠處吠，蛙兒滿野啼，蟋蟀到處聲唧唧，夜色依舊是淒涼。幕開前就有笑聲隱約可聞。幕開即可看到四位妖婆在臺上大笑。〔註11〕

> 妖婆甲，乙，丙，丁：
>
> 吱吱吱吱……／呵呵呵呵……／嗨嗨嗨嗨……／哈哈哈哈……
>
> 妖婆甲：
>
> 月亮懸在天上，／燈塔照射四方，／現在我們看得清清楚楚，／人世間是一塌糊塗。／
>
> 妖婆乙：
>
> 燈塔是人類的文明，／月亮是自然的光明，／床下是人類的聰敏，／床上是自然的定命。
>
> 妖婆丙：
>
> 月光照著四方，／燈塔射在海上，／四方的人群瘋狂，／大海的上面都是風浪。
>
> 妖婆乙：
>
> 我有一條破褲，／縫著一塊破布，／聰敏的搶我破褲，／愚笨的扯我破布，／你看他們多麼糊塗，／扯破了大家叫苦！〔註12〕

妖婆甲、乙、丙、丁們歌畢舞畢均說人間的戲沒完沒了不如回去睡覺。於是，舞臺上空有月光，遠處有狗吠聲，蛙啼，蟋蟀聲唧唧。

詩劇《潮來的時候》最成功的地方莫過於空氣的製造了，徐訏憑依其詩歌聲律上的天賦，在長達百餘頁的詩行中布置了大型交響樂般的旋律，同時因「大神話」外殼的設置，妖婆們神秘咒語般的歌舞渲染，瘋漢的象徵色彩

〔註11〕 徐訏：《潮來的時候》，《徐訏文集》第 15 卷，上海三聯書店 2008 年版，第 405 頁。

〔註12〕 徐訏：《潮來的時候》，《徐訏文集》第 15 卷，上海三聯書店 2008 年版，第 405 頁。

極濃的預言，使「潮來的時候」那「緊張、詭秘、哀豔」的空氣達到了極致。可說，這是徐訏將中國傳統戲曲的「詩化」特徵與西方式的悲劇相結合而寫出的一場極具特殊舞臺場氛的優秀劇作。

詩劇《鵲橋的想像》，其結構亦與《潮來的時候》相同，採用的仍是「雙重封閉圓形結構」，是「牛郎織女」神話的改寫。該劇由香港著名音樂家林聲翕譜曲，演為歌劇，產生巨大反響。可以說，多年來，樂壇為徐訏詩譜曲已蔚然成風，關於此，本書第五章第三節之「徐訏詩作的歌曲改編」部分有詳細分析，此不贅述。

《鵲橋的想像》之「序幕」為眾仙爭論到底是人間好還是仙境好，於是，眾仙決定推選一位神仙到人間去體驗，以一年為期，如期滿不歸，則永墮凡塵，被六欲煎熬，七情焚燒，如花落葉飄，將受衰老病痛之苦。織女願去，花神與眾仙議定，以第二年花落時節為期，如看到百花飄零，織女即須返回仙境，如仍對人間留戀，則淪為凡人。織女遂由風神護送下凡而去。織女囑風神，如果她到時迷戀人間而不想回來，須強迫把她帶回仙境，風神應允。風神指煙霧朦朧處，言人間已到，眼前便是廣大的人境。於是「大圓」層面的「神話」序幕落下，「小圓」層面的「人間」戲劇開場。第一幕，織女已到人間，場景為湖邊。陽光普照，有眾浣紗女在浣紗。牛郎織女互生愛慕。第二幕，牛郎與織女定情，盡享人間甜美愛情。第三幕，在牛郎織女要成婚之時，花神來到人間，一年期滿，要織女返回仙境。織女決定永留人間，但風神依織女先前所囑強其同回。牛郎尋織女不見，跳湖自盡。於是，「小圓」層面的人間悲劇落幕，「大圓」層面的神話「尾幕」拉開。眾仙歎時間無限，空間無垠，人間雖苦而織女留戀忘返，感牛郎真情而允其登天。天河相阻，喜鵲飛來，鵲橋乃成，眷屬團圓。

《鵲橋的想像》語言驚豔，整場戲有多首歌曲穿插，歌詞綺麗上口，林聲翕的譜曲亦甚合其境，難怪曾被多次演出，且反響甚大。可以說，《鵲橋的想像》很好地實踐了傳統戲曲的現代轉化，徐訏特殊的詩人氣質使說白與唱詞均有傳統戲曲的神韻，但同時又因捺進了存在主義的光色而顯示出先鋒的姿態。

詩劇《潮來的時候》與歌劇《鵲橋的想像》可以說最能體現徐訏戲劇的詩化本質，他對語言聲律的特殊把握，也在另外的《兄弟》、《生與死》、《月亮》、《母親的肖像》中，以「暗運聲律，布之無形」的方式而呈現出一種特

殊的美感，那是接近傳統戲曲的「歌詩」美，但同時又因染上了現代主義與後現代主義的色澤而變得更幽深而驚豔，且因他天才的製造「空氣」的本領，而形成極其別樣的舞臺意境。但遺憾的是，迄今為止，很少有戲劇表演團體關注到徐訏的這些戲劇，若能再現於舞臺，定能檢驗出「徐訏戲劇不適合演出」〔註13〕的說法之謬誤。

第二節　徐訏劇作與時代主潮的審美距離

　　吳義勤對徐訏的評價充滿著欣賞與否定的矛盾，這並不是簡單的辨證的讚美與否定，而是一種對立的不調和的矛盾。可以看出，吳義勤對徐訏在藝術上取得的成就之推崇，但同時又受革命啓蒙價值觀的支配而否定徐訏的創作。在對徐訏劇作評價時，這樣的矛盾更加明顯，因徐訏的劇作既與左翼戲劇曾有較近的距離，但又表現著一種遠離。比如在評價徐訏的五幕劇《兄弟》時，吳義勤很為徐訏在抗日題材中沒能如左翼文學那樣將重心放在鬥爭的艱巨性、複雜性、殘酷性上而惋惜：

> 　　五幕劇《兄弟》則直接塑造了對日鬥爭的地下工作者形象，表現了作者的抗日激情。劇本通過李晃（何特甫）從潛入上海到主動自首，再到英勇犧牲的情節，力圖再現當時抗日志士高漲的戰鬥情緒和不屈的鬥爭意志。但是作者把戲劇衝突的重心主要放在何特甫和秋田兄弟二人的心靈撞擊上，試圖在戰爭氛圍中揭示普遍永恆的人性，這一方面多少削弱了對鬥爭艱巨性、複雜性和殘酷性的表現，另一方面也因理念化而使劇作的真實性受到損害。如果我們把它與同時創作的小說《風蕭蕭》和《燈》進行比較閱讀，就會發現這種局限性其實正代表了徐訏當時的思想實際。〔註14〕

　　但我們正可以從相反的方向上看出，徐訏在表現抗日題材上與左翼戲劇的距離。徐訏對這場災難深重的民族戰爭有同同一時代的那些抗日鬥士們一樣刻骨銘心的感受，但他在表現時，是取個體生命與民族整體利益的矛盾的角度來探進人性的深處的。當何特甫知道因自己而被日方抓捕的二三十個大學生在受酷刑時，他的思考也正是徐訏本人思考的：

〔註13〕潘亞暾、汪義生著的《香港文學史》即持這種觀點。
〔註14〕吳義勤：《漂泊的都市之魂——徐訏論》，蘇州大學出版社1993年版，第135頁。

李晃（何特甫）：無論如何這是不對的，我不能夠夠允許有這樣的事情發生，二十幾個有教養的青年，子美，這都是我們民族的人才，爲我這何特甫的名字而犧牲，那麼你說我算是爲誰在服務？

子美：爲工作呀？工作所代表的是全中國的人民，是整個的民族，並不是二三十個大學生。

……

李晃（何特甫）：自然，我必須救他們。我甚至會對敵人去說，何特甫就是我，我就是何特甫，他們都是沒有關係的人。

子美：這樣的結果是怎樣呢？你得到良心的平安而死了，但是抗戰因你良心的平安而挫折了。這還不是你那一套書呆子的道德！

〔註15〕

　　這種衝突是人道主義與民族利益之間的矛盾，何特甫不是爲憐惜自己的生命而違背了更大的國家與民族利益，而是出於人道主義的，對因他而被捕的青年學生的生命的憐惜。這避開道德審判的視角，十分高明，徐訏將對生命面前人人平等的思想放在我們讀者的面前來探討，讓我們無法以批判劇中人物的自私爲藉口而迴避掉這個難以回答的問題。這個主題與視角是以往也是其後直到今天也沒有哪部文學作品曾表現過的。三四十年代左翼作家的作品，建國後十七年文學中的革命文學，包括八十年代後表現戰爭的文學作品，主要表現的幾乎都是個體生命、利益與國家民族利益相衝突時，怎樣選擇的問題。左翼文學、十七年文學固然以國家民族利益高過一切爲標準，其表現的方式也不外乎經過掙扎、痛苦最後放棄犧牲個體利益。如路翎的《窪地上的戰役》、峻青的《黨員登記表》等。而八十年代後出現的人道主義眼光下的戰爭文學，則更多關注的是生命被戰爭的摧毀，或者也表現對待敵方士兵也以人性眼光的一面，如莫言的《兒子的敵人》等。《兄弟》比這些戰爭文學都有更深一層的探求，徐訏最後讓何特甫不顧自己同志以國家民族利益爲理由對自己的勸說，而放棄自己的對國家民族來說更有價值的生命去解救那些青年學生們，並且在與他的哥哥秋田的對話中更加深入地探討了生命自由與民族利益、信仰之間的矛盾。

　　這樣複雜的主題裏也是間雜著部分左翼文學所注意的，但又遠遠超出左翼文學的邊界，而表現著相當複雜的人性、信仰、民族之間綜錯的關係與矛

〔註15〕　徐訏：《兄弟》，《徐訏文集》第16卷，上海三聯書店2008年版，第162、163頁。

盾。而吳義勤在前面的引文中所表現的遺憾不過是徐訏沒有將這些複雜的成分剔除乾淨而成爲單純的表現其中之一種的如峻青、路翎那樣的作品。這種判斷顯然是以單一的文學價值觀爲繩矩進行強裁的結果。

縱觀現代文學史，在抗戰題材上，左翼文學完全沒有做出正面表現這場戰爭的力作。相反倒是徐訏這樣的自由主義作家在抗戰題材上於小說、戲劇都有相當力度的作品出現。

與曹禺的《雷雨》激烈的戲劇衝突來自「命」的安排不同，徐訏的《兄弟》、《野花》、《母親的肖像》等劇作的戲劇衝突主要來自「意志」的深處。正如盤劍所論，徐訏的劇作是典型的「學者之劇」，其劇中人物的意志衝突正是徐訏本人的「哲學體系」的衝突，是「親情與信仰的衝突」、「兄弟之愛與人類之愛的衝突」、「作者整個『愛的哲學』與法西斯戰爭的衝突」，所以，這種衝突越激烈，也越能造出一種強烈的抒情場面，如《兄弟》之中，秋田最後殺死自己的弟弟特甫之時，這意志的衝突達到最極端，於是，我們就可以看到秋田大段的抒情獨白，這抒情的深切正是在意志衝突的頂端也達到了它自己的頂端。《野花》也是如此，當終於傳來少年自殺的槍聲時，少女一定要看少年是否眞會自殺的偏執的意志終於達到她內在意志衝突的頂端，於是，我們終於也聽到了她絕望而深切的抒情的呼喊與少年細微而漸漸消失的帶著甜蜜的苦笑。所以，徐訏的悲劇很不同於曹禺模倣古希臘反抗命定的悲劇，他的悲劇更多表現世界的意志的衝突。正如徐訏在小說《彼岸》中探尋世界怎樣才能達到理想的和諧狀態一樣，徐訏劇作中的情節推動也依賴各種意志的矛盾。所以，人物意志衝突的激化也常常便是戲劇的高潮部分，這根源則是徐訏一貫地也將其哲學思想捺進了戲劇的寫作。因此，徐訏的戲劇也有「哲理據」的意味，如《青春》、《野花》、《男女》、《單調》等均有這樣的色澤。這種戲劇風格自然更是有別於時代主潮的，是落墨於人類意志衝突這一永恆的困境的探尋。

徐訏的戲劇創作雖在藝術形式上時時顯示著與時代主潮間的疏離，但他卻無法眞正疏離他的時代的血與火的背景，正如他曾經表示過的「我與我的民族是有著那種血肉的關聯的」一樣，徐訏其實非但沒有遠離他的時代，反而是他的時代最爲切近、眞誠的表現者。但他的表現是這樣地不露聲色，他決不會口號地喊出，而是把他對時代的矚目與情感化成無處不在的「空氣」，再彌漫到他的所有作品之中。這「空氣」是一種蕭殺、悲憤的情感的蒸餾，

帶著自傷的深切，隱著熱烈的對他民族的愛意。這即是徐訏「詩、小說、戲劇」之中均有一種特殊的「空氣」的最深層的原因。而這「空氣」，在徐訏的戲劇之中尤顯特出。

徐訏在戲劇風格上傾向於氛圍的凝造，這早在三十年代就有人指出。當年，三幕劇《月亮》刊出後，孟企即在 1939 年 2 月 13 日《文匯報》上撰文指出徐訏劇作在製造空氣上過人之處〔註 16〕。他說，作者的手腕彷彿擅長的是寫場面與空氣，他能抓住觀眾與讀者，使觀眾與讀者一口氣要看完，不能中斷。但他認為徐訏沒有能力寫人物，使人在讀完後不容易捉摸到一個明確的主體。孟企按作家的氣質將他們分成兩種類型，一種是偏於寫空氣，一種是偏於寫人物；而上手終是二者都有把握。他認為徐訏的氣質似乎是屬於前者，而不適於寫這種劇本。徐訏是正與曹禺氣質相反的，曹禺在《雷雨》《原野》之中，人物就個個都站得住。而徐訏過去在《申報月刊》、《東方雜誌》上所發表的許多獨幕劇，都是象徵的漫畫的風格，所以具有一個特殊的難以企及的作風。但是《月亮》，因為題材的現實，徐訏似乎要改變作風，但終還帶著抒情的象徵的傾向，這是徐訏戲劇人物之所以不成功的一個原因。

孟企指徐訏戲劇人物不成功這自然屬於苛責。《月亮》因其意境的朦朧而使其人物也有模糊朦朧的淡化意味，但徐訏其他的劇作卻並非如此，如《兄弟》、《生與死》、《母親的肖像》這幾部戲劇衝突相對激烈的劇作，人物都不弱。徐訏絕非是在人物塑造上弱於表現的作家，只是他的創作常有更高的探尋，有時會遮蔽他的這種筆力。如果以徐訏的小說來看，不管是《鬼戀》還是《風蕭蕭》，以及他後期的《盲戀》、《江湖行》、《神偷與大盜》等，其人物都能給人以極深的印象。

但徐訏作品極善「空氣」的製造，卻是更令人印象深刻，這也是孟企對徐訏產生不善寫人物的印象的起因。因此，這只能說是徐訏劇作更擅長「空氣」與「場氛」的製造，在他的戲劇中，那「空氣」與「場氛」的強烈常常使人感到他的人物反而成了次要的成分。但並非他的人物真的扁平，沒有生命，相反，他的戲劇空氣正是自其人物的身上透放出來，如《兄弟》的「空氣」，便與何特甫、秋田各自強大的意志不無關係。因此，徐訏的戲劇創作，在藝術上也許與他的時代主潮總有一種無法合一的隔離，這自然是其有意為之，有意保持的；但在時代的血與火，民族，戰爭，以及那個時代底下掙扎

〔註 16〕　參見孟企：《〈月亮〉書評》，《文匯報》1939 年 2 月 13 日。

的生命上，徐訏與他的時代則是結合得最緊密、真誠而熱烈的，這的確是很多未細讀過徐訏作品的讀者與文學研究者更多誤解徐訏的地方。

徐訏的戲劇風神雖更多源自中國傳統戲曲的詩化本質，但徐訏的整個氣質之中卻更以西方現代主義與後現代主義的哲學思想為主色。這使他的詩、小說、戲劇創作，從不缺少這種哲學上的探尋。而這種用力在其作品中便常常以某種特殊的「空氣」彌漫出來。在徐訏最優秀的作品之中，除去上面所說的那種根源於時代的「蕭殺，悲憤，自傷的深切，隱著熱烈的對民族的愛意」空氣外，還彌漫著對世界本質與生命存在有更深刻表現的「象徵」的「空氣」與「存在主義」的「場氛」。詩劇《潮來的時候》即如此。其「大神話」外殼，非常有助於「象徵」空氣的製造，序幕一拉開，「妖婆甲，乙，丙，丁」便以極具象徵色彩的對白，以隱喻的方式暗示著故事的悲劇走向，同時更造出一種不祥的「場氛」籠罩著戲劇的始終，正如《潮來的時候》這一劇名所隱喻的緊張空氣，「潮水」要來了，「風暴」要起了，所以，即使在劇情非常平靜的場面，也使觀眾有一種隱隱的哀傷。這正是徐訏理想的藝術境界。而結尾處「妖婆甲，乙，丙，丁」的詭秘的「歌」與綺豔的「舞」也終於將象徵的光色塗抹到極致。至此，其非常攝人的特殊場氛也達到頂峰。

徐訏曾寫有幾部格調非常特殊的獨幕劇，如《兩種聲音》、《男女》等，都是只有一個聲音的「獨角戲」。整場劇只有一個獨白的聲音，這種特殊的形式非常適合造出一種象徵、隱喻的「場氛」，抒情的深切，情緒的激蕩，結局的慘烈，給人的衝擊是強烈而經久不滅的。徐訏也曾寫有幾部所謂的「擬未來派戲劇」，如《荒場》、《人類史》、《女性史》、《鬼戲》等，都是難得的另一種新奇的實驗。徐訏三四十年代向不同方向努力的戲劇實驗，對豐富中國現代戲劇史的意義是不容忽視的。

香港時期，徐訏的劇本寫作也基本都傾向於哲學層面的挖掘，雖在題材上有更接近現實人生的表現。如其晚年所作的《客從陰間來》——有一天，死去二十多年的「祖常」突然從陰間回來了，他的老朋友、兒孫們都驚疑無比，紛紛向他打聽人死後的世界。「祖常」說，他現在是在「靈的世界」裏，本來，「靈的世界」同人的世界的溝通原是單行的。「靈」可以來，但人是看不到，也無法感覺到。但最近，「靈的世界」出現了一個大科學家，他發明一種奇怪的東西，這是介於靈與物間的一種東西，他可以用它為「靈」造出一個人能看到的外形，就像給「靈」套了一件「衣服」一樣，所以，「祖常」的

老朋友、子孫就都能看到他，而問他上面這些話。祖常就一一地回答他們關於「靈的世界」的一切。無疑，這是通過「鬼神」的想像而在探尋精神與物質關係的一個寓言，「靈」們脫去「肉身」，就像脫去一件無限沉重累贅的衣服，它們在「無物」「無形」的虛空裏聚居，彼此的交流不用語言，不用文字，活動時是一個一個的個體，不活動時，就消失而彼此融成一個無限和諧的整體。軀體是靈魂的衣服一樣，是一種累贅。靈魂鑽在一種軀體裏面正如我們穿上衣服一樣。笨重的軀體是自由靈魂的累贅。所以人死後才發現，他幾十年的爲他的軀殼的食欲、性欲、美欲的忙碌的愚蠢，所以，他在死後是再不願鑽到這樣的累贅裏面。靈的世界是沒有物的世界，沒有物，就沒有佔有，沒有佔有就沒有欲，沒有欲才會有眞正的自由；人的世界不會有眞正的自由，正是因爲人的世界裏充滿了物，有物就有佔有，有佔有就有欲，有欲則永遠不會有眞正的自由。這則是有著存在主義意味的表現了。

《看戲》則是對戲劇形式的最荒誕的解構，舞臺上只有五門木偶，由演員化妝而成；眞正的「演員」在舞臺下，是來看「戲」的一對夫妻。整場戲便是夫妻在對話，結尾時夫妻二人起身離開，舞臺上的木偶們開始鼓掌。「演員」坐在舞臺上觀看，「觀眾」在舞臺下演出，「觀眾」離開，「演員」在臺上鼓掌。這「演員」與「觀眾」位置顛倒的戲劇形式，也許是中國現代戲劇史上最大膽的實驗了。徐訏戲劇的先鋒意味，極高哲學思想的捺入，選材的獨特，都使徐訏的戲劇同他的時代主潮之間總有一種陌生的間隔。這種間隔，其實也正是徐訏戲劇存在的獨特意義。

第三節　徐訏的戲劇藝術成就及理論建設

徐訏對戲劇的關注早在三十年代就引起過爭議。《十日戲劇》1938 年第 1 卷第 20 期，「春風館主」的《徐訏亦敢談舊劇嗎》，對徐訏談論舊劇弊病的文章進行逐句的批駁。那時的徐訏剛剛三十歲，發表《鬼戀》後正是聲名鵲起之時，言論之中自有一種銳氣使舊劇愛好者不服。不過，徐訏對舊劇的根基很深，這對他的吸收中國古典戲曲精神上有極大益處，所以，他不認同曹禺那樣的過於西化的話劇模式。他的劇本都有中國古典戲曲的驚豔與詩意，譬如他的詩劇《潮來的時候》，《野花》等等。他對中國舊劇的改革曾有自己頗爲獨到的見解。他也曾寫過諸多中國戲劇與西方戲劇的差異研究文章，來發表自己的觀點。他對曹禺的評價很有另一種作爲戲劇家的批評角度。

　　譬如曹禺的劇本，在中國現代舞臺上，著譽一時，可是讀過些
西洋戲劇的人，都會知道他抄襲西洋劇的結構與舞臺技術的地方實
在太多，因此評價高低，相距很遠。而兩端之間，也有人以爲能抄
襲西洋戲劇藝術，運用中國人物產生舞臺效果，也即是其成就處。
　〔註 17〕

　　徐訏對戲劇藝術的研究深刻地影響到他的小說創作，他在劇本寫作的經
驗中，因爲深諳戲劇衝突的妙處，所以也使他的小說在情節迭起、神秘莫測
的格調上十分引人入勝。他是將戲劇衝突的何時該緩慢何時該緊湊的對節奏
的把握巧妙地融入到了小說的創作裏。所以，也有人專門研究他的小說創作
的戲劇化傾向〔註 18〕。尤其，徐訏的小說非常擅於對話的寫作這一點十分突
出，他的小說最精彩的地方常常是出現在人物間的對話之中。這正得益於他
劇本創作所培養出的深湛的對話處理能力。

　　潘亞暾、汪義生的《香港文學史》對徐訏的戲劇也有簡單的評介〔註 19〕。
潘亞暾、汪義生對徐訏戲劇的評價基本是以社會問題劇的價值來衡量，但這
種傳統的戲劇批評眼光對於解讀有著現代主義新質的徐訏劇作來說，卻是失
效的。如以此等標準衡量，《等待戈多》、《禿頭歌女》等荒誕派戲劇都是不適
合演出的劇本，但是它們都已成了話劇演出中的經典劇目。但即使以這樣的
戲劇價值尺度來衡量，徐訏的劇作中仍有很多拔萃之作。諸如《生與死》、《月
亮》、《兄弟》、《母親的肖像》等都有十分難得的情節構設，如果演出，舞臺
效果絕不會差。不過，徐訏具有實驗色彩的那些戲劇創作，也許價值更大，《潮
來的時候》無論在語言，還是在思想，以及情節構思，意境的造設上都十分
超群，在四十年代，與田漢、曹禺等人劇作比較，有出乎意外的創新。正如
他的小說一樣有一種攝人的別樣格調。徐訏的劇本與他的小說及詩歌均有偏
離寫實的格調，他也向來不以所謂「眞實的再現」爲藝術旨歸。事實上在西
方二十世紀的現代主義戲劇中，這正是一種新的探求，對人的存在，作哲學

〔註 17〕　徐訏：《待誘發的天才》，《徐訏文集》第 10 卷，上海三聯書店 2008 年版，第
　　　　　166 頁。
〔註 18〕　如梁豔青的文章《徐訏小說中的戲劇性因素》即分析了徐訏小說中的諸多戲
　　　　　劇元素。
〔註 19〕　參見潘亞暾、汪義生著：《香港文學史》，鷺江出版社 1997 年版，第 227 頁。
　　　　　該書認爲徐訏的劇本創作較之小說、詩歌、散文要遜色，一般不宜演出，屬
　　　　　於一種案頭讀物。

層面的、宗教層面的象徵性表現。徐訏在中國現代戲劇史上之地位是不可替代的，雖埋沒沒多年，但現在重新回顧徐訏三四十年代有強烈現代主義傾向的劇作，於當時的劇壇，他可以被認為是中國現代派戲劇的集大成者。

吳義勤認為徐訏在 1939 年至 1942 年間創作的多幕劇代表著他劇作的最高成就，尤其對四幕劇《生與死》與《母親的肖像》有更高讚譽〔註 20〕。這兩部作品都有複雜的劇情，交織著各種矛盾，而且衝突集中而激烈，確實很符合源自古希臘悲劇的經典戲劇審美習慣。複雜、激烈、故事變幻不測，這原本是徐訏最擅長的，所以不管是小說，還是劇作，他完全可以在這一特徵上超過曹禺，並且從這兩部作品的戲劇節奏與旋律、衝突的激烈程度、出讀者以外的劇情布局上，已是與曹禺的《雷雨》相差不多。不過徐訏一向對曹禺《雷雨》中過度的西化痕跡持批評的態度，所以徐訏的劇作之中是十分自覺地有意建設一種不同於曹禺那樣「太像戲」的刻意的結構。其實，《母親的肖像》在情節的巧妙上是超過《雷雨》的，但徐訏又用詩化的意境來沖淡這衝突的激烈，這又是區別於曹禺的地方。《兄弟》在衝突的激烈程度上則不下於《雷雨》，兄弟二人因信仰的差異而要在生與死面前進行正面的靈魂與情感的交鋒，這一場面是艱難的，尤其是兄弟二人初次見面的場景，如何來安排，如何來表現他們的內心與動作，他們的對話，他們的表情，這些，對於優秀的一流作家來說，就不能迴避。這也正是區分優秀的作家與二三流作家最關鍵的地方。前者會選擇迎著困難的場面，迎著人物艱難的內心寫上去，這需要有強勁的筆力與自信、責任感，曹禺之傑出的地方也正在他敢於正面描寫那樣一個雷雨交加的夜晚所發生於人間的悲劇。所以，凡是傑出的、偉大的作品，必有它艱難的地方是很多二三流作家所不敢直接面對的。徐訏雖不是那種專門以挑戰這種難度為嗜好的作家，他也一向不以此為他創作的重心，但從這兩部劇作中，我們看出他有這種強勁的筆力，只是他的興趣與傾向更在另外的哲學境界與宗教高度的追索而已。

所以，被吳義勤在《漂泊的都市之魂──徐訏論》中所沒有給以足夠重視的《潮來的時候》這部詩劇，卻恰恰是很多徐訏研究者與徐訏愛好者更加推崇的一部傑出的作品。這部作品才更能代表徐訏劇作的特徵與他在哲學、美學、詩學等各種層面上對戲劇藝術探索達到的最高高度。

〔註20〕　詳見吳義勤《漂泊的都市之魂──徐訏論》第 134～136 頁中關於徐訏戲劇創作第二個高潮部分的論述。

不過，吳義勤對徐訏在中國現代話劇史上的地位也做出一個模糊的判斷：

> 徐訏此時的另一部四幕劇《母親的肖像》，也是具有相當藝術水
> 準的佳作。複雜的戲劇情節、變幻的戲劇結構和動態的人物關係，
> 與濃鬱的詩意氛圍有機地結合在一起，不僅對於徐訏本人的劇作歷
> 程，而且對於中國話劇藝術的發展，都有不容忽視的意義。總之，
> 在這個階段，徐訏的戲劇生命達到了巔峰狀態，無論是現實主義戲
> 劇還是浪漫主義戲劇，都以相當成功的對白藝術和富有戲劇性的情
> 節結構，確立了這位作家在中國現代話劇發展史上的地位。〔註21〕

吳義勤對徐訏戲劇研究的基點是放在現實主義與浪漫主義的傳統眼光內的，所以，他在後文中〔註22〕又一再強調徐訏劇作故意弱化戲劇衝突是他的弱點，降低了徐訏劇作的戲劇性。但這也正是徐訏劇作中的現代主義與後現代主義因素的一個明證與表現。如果，我們是按照衡量現代主義、後現代主義劇作的標準來重新衡量徐訏，我們發現徐訏早在三四十年代的創作中已有了明顯的這種傾向。這正是徐訏超前的地方，也正是徐訏被傳統批評家與研究者所不能解讀的原因。正如上文所分析，徐訏不是沒有製造激烈衝突的能力，而是有意淡化這衝突，這就值得引起研究者的注意了。一種十分自覺的現代主義傾向，卻被誤解與貶低，正如徐訏自己在《生與死‧再版後記》中所解釋的：

> 我的思想意在尋找更深的情感與更久的人性。而掘到最後這些
> 情感與人性，大家在無意中竟會有點相仿，因此也更失去了我戲中
> 的激沖的成份。〔註23〕

這是徐訏戲劇探索過於超前的悲哀。不過，吳義勤的研究是在九十年代，在當時現代主義、後現代主義思潮正席捲中國文壇的當時，他竟仍然沿用傳統的衡量標準，而沒有探入到現代主義、後現代主義的領域來給徐訏劇作以更接近徐訏戲劇藝術本質的角度的解讀，這的確是一個遺憾。徐訏在有意避免曹禺《雷雨》那樣刻意於衝突的激烈的同時，他在戲劇實驗的路上是已踏

〔註21〕 吳義勤：《漂泊的都市之魂——徐訏論》，蘇州大學出版社 1993 年版，第 136 頁。
〔註22〕 「他的戲劇缺少緊張的情節衝突。他往往故意弱化劇作的情節因素，而讓哲
　　　　理和情緒因素佔據劇作的中心位置。……這就必然會損害和削弱戲劇效果。」
　　　　（吳義勤：《漂泊的都市之魂——徐訏論》，蘇州大學出版社 1993 年版，第 151
　　　　頁。）
〔註23〕 徐訏：《生與死‧再版後記》，上海西風出版社 1940 年版。

進現代主義、後現代主義戲劇的界域了。這種相對於徐訏同時代戲劇作品的獨特的「哲理化與情緒化」的象徵色彩，淡化情節，弱化衝突，而重在構造一種氛圍，一種特殊的「場效」來探求人的存在意義的戲劇實驗，與奧尼爾、尤奈斯庫、貝克特們的現代主義、後現代主義戲劇是極爲接近的。所以，也有研究者認識到，徐訏是中國現代戲劇史上很早涉足現代主義、後現代主義戲劇創作，並有傑出表現的劇作家。尹德勝在《徐訏劇作論》中對徐訏劇作中的這種特徵有如下分析：

> 當然有些理論家也說，徐訏的「擬未來派」戲劇比西方的未來派一點都不遜色，甚至超越了西方的未來派。徐訏還借用象徵主義和表現主義的手法融入到自己的劇作中。二十世紀二十年代，田漢和郭沫若都是現代主義戲劇的實踐者，但是徐訏的現代意識，和田漢以及郭沫若都有著很大的不同，田漢的反抗和感傷，郭沫若的昂揚的狂飆突進，都帶著明顯的社會政治的層面的內容，即使寫到個人，也是尋找在社會政治背景下的解放。而徐訏的「開始向非社會化的個人內心世界傾斜，向唯美化、精神化的方向發展」，即「開始超越社會世俗層面而關注個體靈魂的歸宿問題」。無論如何徐訏是帶著自己獨特魅力的現代意識。〔註24〕

尹德勝看到田漢和郭沫若在戲劇中流露的現代主義傾向還帶有太多的社會政治訴求，事實上也的確難以將他們真正劃入現代主義的潮流之中，何況他們於此後即迅速左轉，成爲激進的左翼文學中堅。所以，在中國現代話劇史上，徐訏的劇作才具有真正意義的現代主義、後現代主義色彩的實驗價值。

徐訏一生創作的劇本大概近四十部，因有如此多的創作實踐，所以他的戲劇理論多有源自身受的獨到觀感。徐訏對中國傳統戲劇藝術有極深的情感，一生多方面涉及到舊戲，也與舊戲演員有密切接觸。其小說之中也多有對戲劇的借助與化用，《江湖行》直接寫到很多傳統戲曲的上演場面。自然，徐訏的戲劇創作也從傳統戲曲之中汲取到很多精髓而化用，這一點前文已有詳述。

徐訏雖沒有專門的戲劇論著，但他寫過多篇談論戲劇問題的文章，這些文章非常集中地表達了他的戲劇觀與理論思考。爲論述所需，下面將其各個時期所寫有關戲劇問題的文章集中列出，共有：《戲劇與技術》、《戲劇作爲抗

〔註24〕 尹德勝：《徐訏劇作論》，雲南藝術學院碩士學位論文，2010年5月。

戰的宣傳》、《爭取話劇的觀眾》、《從歌劇到歌舞劇》、《主角與配角》、《所謂國劇》、《演員隸屬於戲劇的問題》、《戲劇對於觀眾的要求》、《木偶戲的提倡》、《戲劇美的根據》、《戲劇與情感移入》、《喚起觀眾的移情反應》、《移情反應的傳導》、《有效的與有害的移情反應》、《戲劇與美的距離》、《臺框與第四壁》、《在舞臺上的錯覺》、《錯覺的建立與破壞》、《從戲劇的公演說到救濟兒童》、《劇本與導演》、《構圖課題中的「目的」或「主題」》、《構圖課中之材料》、《結構上的統一》等二十三篇。

此外，徐訏在一篇談論小說的理論文章中亦曾談及中國戲曲的「假定性」問題。他說，「中國的戲劇以鞭代馬，很多人以為是『象徵』，那是不對的，這只是『代替』。但其揚鞭騎馬的動做到藝術的境界時（有舞蹈價值）則是象徵。如打漁殺家之槳代船，只是一種代替，然其下船時之有舞蹈價值的動作（以槳為一種表現的道具）則是象徵。所以象徵是在整個的表現本身上。中國詩中，雖很多都用美人香草，但上乘的方有象徵之功，下乘的則只是『代替』而已。這等於蹩腳的戲子拿著鞭子晃晃，不過是以鞭子代表騎馬而已。只有到了上乘的演員才有象徵的工夫。因為是『象徵』，所以觀眾獲得的不光是知道他是在騎馬，而且可以體驗他是在什麼樣背景與情況之下騎馬（如生離、死別、逃難、追友、作戰），而且可意會他是個什麼樣的個性的人物，在什麼樣的情緒中騎馬。不但如此，還要這騎馬的表現本身必須美，雖蒼頭抱病落荒而逃的騎馬，在事實上必不美，但在舞臺上則需要把形式美化。」〔註25〕這見解是相當深刻的，徐訏對中國戲劇「假定性」的理解正是他的戲劇創作有整體象徵空氣的一個來源。

徐訏對戲劇藝術有深刻的創作體驗，同時他也有貫通中西戲劇理論的背景，這使他對戲劇總有很多新穎的洞見發人之所不能發。徐訏的戲劇理論功底深厚，在上面提及的那二十幾篇戲劇專論中，可說有價值的觀點俯首可拾，但限於本人戲劇知識的缺失，以及時間與精力，此處未能作深入挖掘。

〔註25〕 徐訏：《從寫實主義談起》，《徐訏文集》第 10 卷，上海三聯書店 2008 年版，第 152 頁。

第四章　徐訏散文論：上上幽默續論語

　　相比於徐訏的小說，對他散文小品、筆記、文藝批評與學術論著的研究一直都十分薄弱。有些文學史及文學批評史著作也偶有論及徐訏這方面內容的，但都一律概而言之。更遑論系統而深入的研究專著了。不過，近年來，在大陸與臺港研究界已漸漸有人對徐訏的散文、筆記、文藝批評與學術論著發生興趣，相關的研究文章在報刊上也會偶爾見到。徐訏一生之中留下數量浩繁的散文小品、筆記、文藝批評與學術論著，而且有相當一部分曾產生過較大的影響。徐訏是個哲理型作家，思想深刻，對時政、民族、國家、文化等都有過人的省察，這些形諸文字，都直接出現在他的散文小品與文藝論著之中。確實，研究徐訏，這些著作給我們提供了直接進入徐訏思想世界的最好的通道，徐訏的世界觀，民族觀，文藝思想，政治見解，治學態度，以及他對中國現當代文學的評價，他的文學史觀，都可以在他那不同時期所留下的散文小品、學術著作中找到最明確的表達。

　　同林語堂、周作人這樣的散文小品大家一樣，徐訏在散文小品的寫法上也是絕不蹈襲前人舊跡。比如，他在結構謀篇上，可以說有斑斕的花樣區別於傳統的散文寫法，吳義勤曾這樣概括徐訏在散文結構上的別開生面：

　　　　徐訏散文的藝術結構形式是靈活多樣的，他通常憑藉聯想和想像而衍生出作品的構架，從而形成接近於詩的情感結構，使作品伴隨著作者的想像與思辨而跳躍跌宕。他的散文除極少數記行和記遊的篇章之外，很少有以實際人生經歷和自然風貌的描寫作為貫通全文的主線，進而穿插抒情、議論來昇華主題的傳統散文結構樣式。在他的散文世界裏，人生實境的敘寫只不過是副線，而主線則是作

者的詩意抒情和哲理沉思，兩者的比例是不平均的。〔註1〕

　　徐訏擅長想像與故事的編撰，這在散文的寫作中雖不能以直接的面貌呈現他小說裏那獨特的引人不捨釋卷的魅力，但在趣味的穿插，節奏的把握，跳躍的聯想等等上面，仍然展示著屬於徐訏的特殊色澤，使讀者一閱即感到他綺麗的哲人氣質。但這只是徐訏部分散文的特徵，吳義勤的判斷無疑是以偏概全的說法，並且是把徐訏散文非主要的特徵作為了主要特徵。正如下文將對徐訏與魯迅進行比較而得出的結論，徐訏對現實的關注，對時政的針砭，對國民性與文化的反思，都是直接針對現實而發的，這在他的散文作品中佔據著絕大部分。當然，徐訏以深刻的思想與敏銳的洞察，使他絕不會僅停留於事實的層面，哲學的高度宗教的境界通常是他問題思考的歸宿。吳義勤的本意應該是有意舉高徐訏散文的思想性，不過，對於徐訏這樣的作家，則這樣的評價卻會使一般研究者誤以為徐訏的散文與他的小說一樣，是遠離現實的，是傾向於形而上、脫離泥土的無根之作。所以，我們在理解吳義勤這段話時，重心要放在「結構」上，這是徐訏在結構謀篇時的特出之處，這與後來八十年代的「大文化散文」、「學者散文」相比，則更有別樣的格調與境界，殊非後者所敢望也。

第一節　撰稿《論語》與散文風格初成

一、上上幽默與國民性反思

　　1933 年，徐訏離京到滬，為半月刊《論語》撰稿。1934 年同陶亢德協助林語堂編輯《人間世》。此時，徐訏的散文小品風格初步形成。徐訏三四十年代的散文小品收在《春韭集》、《海外的情調》、《成人的童話》、《傳杯集》中。

　　吳義勤認為，徐訏作為「論語派」的一員主將，其散文中最明顯的「論語」印痕大概就是幽默。這一判斷是大體準確的。徐訏在《談幽默》〔註2〕一文中對幽默的深刻體認與獨見幾乎可視為他散文創作中時時踐行的一個標準。在他數卷之多的散文作品裏，幽默的確是貫穿始終的一種風格，徐訏將

〔註 1〕吳義勤：《漂泊的都市之魂——徐訏論》，蘇州大學出版社 1993 年版，第 124、125 頁。
〔註 2〕參見徐訏：《談幽默》，《徐訏文集》第 9 卷，上海三聯書店 2008 年版，第 245 頁。

文章中的幽默戲分爲「上上」、「中中」、「下下」三個境界，他認爲凡從情裏感透理裏悟透而自然流露幽默的是「上上」，用幽默之方法表現情理的是「中中」，而勉強拼湊，左右補綴，轉文抹字者則屬「下下」了。

在徐訏看來，每個人都有幽默的時候，在那幽默到的一刹那，是最聰明的一刹那，是最能排除許多世俗習慣束縛的一刹那，是最能忘去煩惱的一刹那，那是最光明的一刹那，是對於某件事物完全瞭解的一刹那。而一個社會的空氣也是這樣，當這個社會的空氣太沉悶與枯燥，太虛僞而假正經，他希望以幽默來觸動那滋潤而聰慧的東風。所以，徐訏一直念念不忘倡導「幽默」風，直到他去了香港，還辦過一個名爲《幽默》的雜誌，但他的願望，在一切都太照舊的中國，是很難觸動那最光明最自由最聰慧的神經，因而也終於黯淡地破滅於商品社會的平庸與無聊的「下下」調侃聲中。

在幽默的品質以外，徐訏的散文更洩露著他的思想與他對他所處時代的態度。徐訏並不是一個只會編寫傳奇愛情小說的唯藝術派。他對民族與底層民眾有深刻的反省與同情。這可以從其數量巨大的隨筆散文中看出。他雖不像左翼作家那樣激進，但他對民族的進步與社會的進步抱有的熱望與絕望是不下於魯迅諸人的。他 1942 年寫於桂林的長達五萬字的長篇紀實散文《從上海歸來》，紀錄了太平洋戰爭爆發後他從上海一路逃亡到內地的血淚之見，可以說，其每一個字都浸著他斑駁的淚水，每一個句子都透著他深切的悲憤與哀傷，後來他在《〈風蕭蕭〉初版後記》中動情地說，他那一路上看過無數的岸景，無數的面孔，而最多的則是無奇的疲乏的痛苦的悲哀的乾瘦無血的面孔。對那些面孔，他心中永遠有話、有夢、有感覺，即使那岸景只給他更多更深的哀怨憤恨與惆悵，即使美麗的憧憬都成醜惡，僞作的眞誠不過是虛僞，毒心的良善增加其罪惡。他自言是一個不進步的孩子，多少風塵未滅他熱情，蒼老未加他世故，他還有愛有夢有幻想，世界與人類還是不斷演進，死的已經死了，但生的還在不斷地生長，基督教的信條是信是望是愛，他不信基督教，但他愛這個信條。

徐訏與他的民族是有著這樣眞切的血肉的關聯的，他的熱力，他的憤激，在上面提及的紀實長文裏完全傾瀉出來。而閃耀同樣色澤的還有《回國途中》等。這些，即使僅從「人生派」的啓蒙與救國的價值來衡量，他在後來所受的遭遇與文學史地位的評價也是十分不公的，因爲人們只看到了他《鬼戀》、《風蕭蕭》、《吉布賽的誘惑》中那綺豔的浪漫，而沒有看到他的憂時憂國的散文作品。

　　徐訏思想深刻，很多見解同魯迅一樣透著思想家的鋒芒，且時有名言警句。如四十年代，在上海孤島時期與巴人等關於「抗戰八股」的筆戰，徐訏以尖銳的眼光直接戳穿一些偽抗戰文人的醜惡嘴臉，而終於使他們惱羞成怒群起而攻之。徐訏本是在抗戰爆發時，自法國歸來預備「舞筆上陣」的，他是要對抗戰盡一份國人之力。但左翼陣營對徐訏主動的愛國熱情並不以為然，他們認為對徐訏這樣的人沒有爭取其加入抗戰的必要，而且時於報紙上有冷嘲熱諷之言。其緣起與過程詳見周允中的一篇文章——《從〈魯迅風〉到〈東南風〉——記苗孚、徐訏和巴人的一場筆戰》。此文詳細記述了巴人等以國家和民族的立場來做幌子，而攻擊徐訏等所謂的「個人主義」，其實質乃是一種泄私憤的做法，且巴人、蔣天佐等文來筆往的此呼彼應中透著濃鬱的派系意味，其偏見與狹隘的自以為是令人讀後極為反感。

　　於是，徐訏在《文匯報・世紀風》上發表的《私事》〔註3〕中，委婉地批評巴人等當時提倡抗日的宣傳者們都做著表面的漂亮文章，利用抗日的旗幟而行自己的主義。徐訏懷疑那些口號式的宣傳，其真誠的成分到底有多少。徐訏在《私事》中對抗戰面前文人間的可恥爭鬥的譏諷令當時的參與者變得惱羞成怒。〔註4〕

　　在這場論爭之中，巴人、蔣天佐等認為只有自己才有抗戰的資格，如徐訏等人是沒有必要爭取他們進入抗戰陣營的。〔註5〕足見當時，是「只准某些人抗日，而不准某些人抗日的。」徐訏在抗戰爆發後從法國回來，預備「舞筆上陣」。其時，徐訏學業未就，如果他於民族國家沒有大義，繼續留在巴黎更有充分的理由，無論從個人的生活舒適還是生命安危的角度，徐訏作出回國的決定都是出於作為一個中國人的基本良心。但當徐訏主動回到上海，預

〔註3〕徐訏《私事》：「我探問過生，/探問過死，/探問街頭葫蘆裏賣的藥，/探問流行文章裏說的人事。/我從鄉村走到都市。/沒有帶一隻認識的字，/於是我問對門的漆匠借個刷子，/問隔壁老婆婆討一個手紙，/這樣，我用這硬性的刷子，/塗劃著稀鬆的手紙，/跟人學一橫一豎的字，/學讀流行文章裏的人事。/如今我雖然學會了字，/學會了讀漂亮話裏論生談死，/可是我知道街頭葫蘆裏都沒有藥，/而流行文章裏爭的都是私事。」（《文匯報・世紀風》1939年4月6日。）

〔註4〕參見《魯迅風》第17期蔣天佐的《為了真理》，可以看到徐訏之參與抗戰受到的指責。

〔註5〕周允中《從〈魯迅風〉到〈東南風〉——記苗孚、徐訏和巴人的一場筆戰》：「文章的最後又一次抨擊徐訏，蔣天佐的文章這樣寫道：『「街頭葫蘆裏沒有藥，流行文章裏說的都是私事。」這樣的態度還容許有爭取的餘地嗎？』」

備於抗戰盡一份國人的力，而巴人、蔣天佐等卻認爲只有他們才是抗日，而徐訏等人已「沒有爭取的必要」。

後徐訏又曾寫過一篇《談藝術與娛樂》的文章，可謂從人性與民族性的深處揭開了「巴人」等維護抗戰八股者的眞正嘴臉。徐訏說：

> 「在第二次世界大戰之時，各國都有藝術家到前線去慰勞士兵，但西方各國給兵士是娛樂，而中國的藝術家則給兵士以教訓。西方的演員、歌唱家、音樂家、魔術家給兵士的是調劑士兵精神的輕鬆愉快的娛樂，而中國的戲劇界一大隊一大隊出發，所演的戲都是千篇一律的教訓，因爲臨時湊編，裏面的空虛貧乏無聊，幾近笑話的很多，有許多甚至把日本兵寫成萎縮無能的飯桶，有一個曾到前線打仗的下級軍官告訴我，在前線看到過日本兵的兵士看到這種戲，只覺得是編劇家外行，而他則覺得在欺騙觀眾。這很簡單，原因是西洋不看輕娛樂，知道辛苦的兵士要點開心，藝術是作爲侍奉浴血的士兵，去供給兵士娛樂的。中國則始終是士大夫心理，藝術家高高在上，以爲自己是領導教育兵士的。請問這究竟誰的心理無恥？但不管怎麼樣，這些演劇隊，在中國毫無娛樂的兵士，總還覺得有一點娛樂的成分。演劇以外就是演講，在重慶，傷兵慰勞大會中，我聽到那些官僚們對傷兵的演講，又臭又長，一片大道理，毫無新意義的教訓，那更肉麻與無恥了。這是一個風氣，在抗戰時期，好像人人動筆必須抗戰，開口必是建國，否則當然是小資產階級頹廢派。而這些動筆開口的人是最講究娛樂的人，他們花天酒地，挾妓徵娼，與電影明星調情，但是他們對於兵士，要假作正經，滿口抗戰，你說還有比這個可恥麼？」〔註6〕

這分析是相當深刻的，同時，也流露出徐訏對這種虛僞的無恥行徑的厭憎情緒。這一點上，徐訏與魯迅並無差異，他們都能以深邃的眼光洞穿某些現象的堂皇外表，從而使人看到眞相的醜惡。

在對現實的關注以外，徐訏對促國民性的覺醒也有極其深刻的反思。徐訏常因小說之中少有直接的啓蒙與革命話語而被目爲於時代、革命無益的作家，這是言者無知，包括後世的文學史家，因他們多將眼光投在徐訏的小說

〔註 6〕徐訏：《談藝術與娛樂》，《徐訏文集》第 9 卷，上海三聯書店 2008 年版，第 413 頁。

上面，而忽略了他在散文中所表現的對時代主潮的介入與對民族國家命運的思考與探索的努力，這是非常不公允的。徐訏思考國民性的文章數量很多，且深刻之處亦不下魯迅雜文。比如他的《民族性中的耐苦與耐勞》,《民族間的距離》,《改良個體與改良環境》,《中國與世界和平》,《和平與爭鬥》,《照相的美與眞》,《憶舊與懷新》等篇，均在俗常之中見到令人驚異的國民性透視。

此外，徐訏有大量談到音樂、繪畫、書法、舞蹈、戲劇表演等美學話題的藝術隨筆，如《論中西的線條美》,《論中西的風景觀》,《談中西藝術》,《戲劇與技術》,《木偶戲的提倡》《戲劇美的根據》,《戲劇與美的距離》,《蛇形舞及其創造者》等等。

徐訏晚年還寫過一批念人憶事類文章。作爲現代文學親歷者，徐訏交往之人甚多，魯迅、周作人、林語堂、陶亢德、徐志摩、陸小曼、唐君毅、曹聚仁等等，徐訏與他們於當年的交往有許多不爲人知的細節，形諸文字，都是很珍貴的史料。這類文章，徐訏寫的幽默，形象，而眞誠，且對這些現代文學名家以及文化界名流有他自己獨到的觀感與評價，很多見解都是發人之所未發，如他對錢鍾書、張愛玲、曹聚仁、胡適之、陸小曼等的看法，都非常新鮮而令人信服。集各個時期的徐訏此類文章計有如下諸篇：《劉復（半農）》,《楊震文（丙辰）》,《章太炎先生》,《我認識的丁文淵先生》,《追念余又蓀》,《悼念詩人伍叔儻》,《張君勱先生》,《汪敬熙先生》,《陸小曼女士》,《張道藩先生》,《胡適之先生》,《悼念曹聚仁先生》,《悼念張雪門先生》,《悼念徐誠斌主教》,《賽珍珠》,《追思林語堂先生》,《從〈語堂文集〉談起》,《悼念唐君毅先生與他的文化運動》,《其偉——其人‧其畫‧其事》,《蔣碧微的自傳》,《知堂老人的回憶錄》。

二、殊異於小說的語言風格

吳義勤在《漂泊的都市之魂——徐訏論》中對徐訏的散文有過一章的論述，不過，在他整部書也只有二百多頁的論著中，這一章的篇幅也是十分短小的，所以，對徐訏幾卷之多，涉及到各個時期的浩繁的散文作品，也只能做整體的判斷與浮光掠影式的點評而已。不過，在這一章裏，吳義勤也有很多簡練的洞見觸到了徐訏散文的精髓。比如，他認爲：

> 徐訏散文有很強的傾向性，在不同的生命階段和創作階段，始
> 終貫穿著愛國主義和人道主義的進步思想。可以說，他小說中「愛

和人性」的表現母題同樣也是他散文的主題，只不過「愛和人性」
在他散文世界中已經沒有了小說裏的那種「超現實「神秘色彩，而
是與現實的人生風雨有了更爲緊密的血肉聯繫。到香港之後，他散
文中的愛國主義和人道主義的旋律不但沒有減弱反而越來越強烈；
散文作爲更自由地「表現人生」的工具，與現實的關係也得到了加
強。如果說徐訏的「小説形象」是出世的、超現實的話，那麽我們
可以說徐訏的「散文形象」正與此相反，他的散文反射的卻是一個
積極的、入世的、執著於現實的主體形象。〔註7〕

　　吳義勤注意到徐訏在小說與散文這兩種不同文體中，在對待現實、與時
代主潮的距離、對政治的態度上都表現出很大的差異性。以此爲切入點，似
乎可以探到徐訏比較特殊的創作心理。下面，再結合魯迅在散文與小說這兩
種文體中亦有明顯不同的寫作姿態來對比一看。我認爲，在優秀的作家那裡，
似乎都存在文體間的壓抑與互補的現象。

　　把徐訏同魯迅放在一處比較，是爲了更清楚地看出他們各自的特點。魯
迅是深刻的，徐訏是豐富的。魯迅像一口深井，徐訏像一片斑斕的花草。魯
迅的深刻裏有一種偏執，徐訏的深刻裏有一種寬容。魯迅有嫉惡的棱角，徐
訏有謙和的守執。

　　魯迅的小說語言以用詞準確，傳神，凝練而令人歎爲觀止。《狂人日記》，
《故鄉》，《孔乙己》等等，我們閉著眼睛也能回憶出那近於白描的簡練風格。
但我們看魯迅的小說，卻明顯感到他的現實精神無處不在，這大概是他的指
出病根，引起療救的注意的啓蒙姿態所決定的。所以，即在《故事新編》這
樣帶有浪漫色彩的神話重述中，也可以寫出「天天是烏鴉肉的炸醬麵」這樣
的凡間的親切來。所以，魯迅的小說語言也因爲所造的人物多是農村的出身，
而顯著「土」的眞切，王胡可以坐在樹底軋蝨子，是「一個又一個，兩個又
三個，只聽得劈劈啪啪。」但是，當我們進入《野草》的世界時，就完全不
同了，關於《野草》語言的晦澀、神秘、反日常的特點早有太多的研究者指
出，那已成定論，這裡關注的當然不在這一層面上。魯迅說《野草》是他一
個人的世界，那只屬於他自己。爲什麽？爲什麽魯迅沒有在小說的世界裏給
自己留一個這樣的角落，而是在散文中呢？

────────────

〔註 7〕吳義勤：《漂泊的都市之魂──徐訏論》，蘇州大學出版社 1993 年版，第 116、
　　　117 頁。

　　我們在來看看徐訏的選擇。徐訏的小說語言瑰麗而乾淨，豐贍而跳躍，充滿著音樂的曲折與繪畫的變色，其新豔的光芒常令人為之目眩。比如《鬼戀》的文字，其處處表現著的遠離塵世的潔淨格調，是那樣的攝人心魂，使人感到他就像一個在文學上患有潔癖的人那樣偏要洗淨一切可能落進他文字裏的肉欲的灰塵，所以，他能寫出這樣的文字——

　　　　「不過……」我說著就把頭向著她的頭低下去。她是坐著的，
　　這時候她站起來避開我，她說：

　　　　「用這種行動來表示愛，這實在不是美的舉動。你看，」她於
　　是用鉛筆在紙上畫了兩隻牛兩隻鴨的接吻，說：「你以為這是美麼？」
　　〔註8〕

　　從《鬼戀》到他後來的長篇巨著《江湖行》，縱覽他的所有小說作品，我們看不到污濁的詞語，即使在他最入世的，最寫實的小說中，比如早期的《郭慶記》中，也保持著語言的乾淨。他常常可以為了保持他小說的那種浪漫與神秘氣息，而不惜去損傷對話人物的真實身份，比如很多研究者指出，徐訏的小說對話常有悖於日常的談話氛圍，他的人物在現實情境中是很難說出他小說裏那樣精緻而詩意的話。譬如在他的長篇小說《時與光》中，幾乎隨處都能見到這樣的對話：

　　　　「我想你的陸眉娜同我的是不同的，」我安詳地說，「她該是二
　　十三歲，眼睛有海一般深，閃耀著誘人的火焰，稍闊的嘴唇，每一
　　笑容透露她粒粒如珠的前齒，濃鬱的長髮，翩翩如雲，她應當愛黑
　　色與紅色，她的動作……〔註9〕

　　但我們看徐訏的散文時，感覺卻截然不同。比如他的長篇散文《從上海歸來》中，我們可以看到大量的充滿污濁的語詞：

　　　　「大便麼？」他詫異地問我。
　　　　「是的。」
　　　　「不用了。」他說。
　　　　「怎麼不用，我肚子正在泄呢。」

〔註8〕徐訏：《鬼戀》，《徐訏文集》第4卷，上海三聯書店2008年版，第172頁。
〔註9〕徐訏：《時與光》，《徐訏文集》第3卷，上海三聯書店2008年版，第13頁。

……我在金華看到京蘇川粵各式的菜館，但竟沒有一間清潔的廁所，我很奇怪一個這樣講究吃的民族，竟可以這樣不講究大便。〔註10〕

這樣的語言，如果不是實見，眞無法相信是出自徐訏之手。這因爲我對於他的小說語言的乾淨的印象太過於深的緣故。徐訏不僅是在散文中可以用這樣的語詞，也在散文中表達他各種對現實的評價與姿態，而且也有很尖銳的風格。徐訏在散文中所表現出的對新的渴望，對舊世界的厭憎，對當世之批判的激烈是大不同於他在小說中那種近於宗教、或帶有異域的新奇、或簡淨到突兀的高雅的語言風格。所以，徐訏將對國民性的批判與對時政的省察都放在散文中，而將美與藝術放在小說中。所以，他的散文語言是粗的，銳利的，帶有批判的武力的，帶有戰鬥的鋒芒的，是入世很深的，是遠離美的「工具」。

那麼，爲什麼徐訏的選擇與魯迅恰恰相反？其實，也並非完全如此。

徐訏的散文大部分是發表在當時的《論語》、《人間世》、《宇宙風》上面的，這正是當時林語堂他們提倡的小品文。小品文的風格以閒談、雜議爲是，幽默，譏諷自是吸引人的手段，雖林語堂《人間世》的辦刊宗旨爲不談政治，但徐訏在任《人間世》編輯期間卻靈活地讓來自不同陣營的文章同時並現，既有左翼的徐懋庸、唐弢、阿英、楊騷等，也有海派的施蟄存，同時還有周作人、朱光潛、廢名等京派作者。批評時政自是也常有之。這正接續於魯迅的雜文風格。問題是徐訏幾乎不寫純正的「美文」，也不寫眞正袒露其內心的如《野草》那樣的「自己的世界」的抒情散文，列數起來似乎只有《魯文之秋》、《上帝的弱點》等微略帶有其小說的語言風格。

這就需要考察魯迅與徐訏兩個人的寫作姿態。五四以來，魯迅是以啓蒙者的身份自認的。這毫無懷疑。他的小說儘管寫的超絕一時，但魯迅的啓蒙意識卻還是在其小說中滲漏無疑，這也原本是「爲人生的藝術」的宗旨之一，這一點，徐訏自有其不能認同的所在。當然，這與徐訏的思想成熟於三四十年代有關，時代的變異是外因，但徐訏的選擇也不能說沒有其自己獨特的堅持。所以，魯迅的身份決定他的寫作不可能像徐訏那樣以追求「美」爲第一的要義。他在小說中要療救國民，他擔著重大的啓蒙的負擔，至少，他自己

〔註10〕　徐訏：《從上海歸來》，《徐訏文集》第 9 卷，上海三聯書店 2008 年版，第 383 頁。

是認爲「啓蒙」的重大。而最能近於大眾的文體，必有吸引人的「通俗」質素，在詩歌、散文、小說、戲劇四種文體中，當然是後兩者更有優勢。所以，魯迅是在以小說承擔了他的啓蒙的載體的。那麼，作爲一個眞正有藝術感的作家來說，對於表現自己的世界，對於自己的藝術的夢想的眞正實現，這是不能滿足的。他要完全不考慮爲了別人的目的，他要拋開一切的干擾，而能最後沉浸於完整的藝術世界，這時，那是只有詩能夠完成的。而魯迅，幾乎是沒有過新詩的訓練實踐的，那要求對韻律有天然的才能，這卻不是每個人可以隨便進入，即使偉大如魯迅。所以，他最後寫出了《野草》這樣詩的內質，卻可以不用在乎韻律的近於詩的散文來。

那麼徐訏呢，他也寫詩。正因爲他的小說聲名太大，而許多人忽略了他的詩的過人之處。但即使沒有系統地讀過徐訏的詩歌作品，我們也可以從他的小說獻辭裏看到他對韻律的天賦，《鬼戀》獻辭，《吉普賽的誘惑》獻辭，都可以與當時最好的詩並舉而豪不遜色。但是，從徐訏一生中創作的作品數量來看，他對小說的熱愛要超過其他文體，小說才是他安放自己靈魂的最好形式。徐訏在虛構中也在滿足自己人生的殘缺，他的性格中缺乏魯迅那種可以抗衡外部世界的堅硬，所以他在情感上更需要這種虛幻的藝術形式。相比之下，散文，或者說是小品文，對於徐訏來說就是最功利的文體。他在這一文體中以最直接與最痛快的姿態示人，因爲他並不在乎表現的完美，所以可以非常放得開。因此，我們在徐訏的散文中看到了比較近於現實人生的東西。事實上，徐訏並沒有把散文當成藝術的產品來創造，他更多不過是借助這一文體表達他藝術的見解，是他哲學、文藝、生活的思想的出口。他來不及精緻地借助文學的手段進行藝術化。而魯迅，從其一生中所有作品數量來看，他的最在意者卻不能算小說，他用雜文表達他最急切的思想，用散文（《朝花夕拾》記錄他最眞切的幼年印象，用散文詩《野草》逼近他藝術與心靈的深邃，那麼小說相比之下應該主要用以喚起國民的覺醒。那麼，對於魯迅，這最後者應該是最功利的文體了。所以，魯迅最深刻的藝術精神在散文《野草》裏多些。而徐訏的藝術精髓則幾乎都偏在小說之上。他們都有自己偏愛的文體，那偏愛的文體上，他們都將自己認爲最美好的語詞，最喜愛的風格傾於其中。他們都有文字的潔癖，魯迅的《野草》裏排斥了他爲了別人而進行寫作的那些功利的詞匯，他將最奇崛的，自己最喜愛的顏色、意象、文字都放進其中，而不容半點當時流俗的東西。徐訏則在小說寫作中用著詩的語言，

他乾乾淨淨的風格，也不容半點骯髒、粗鄙的語詞進入其中，他寧可損傷小說的現實性，寧可讓人物說著不合他身份的話，也不容他的人物說出現實生活中他們常說的那些污濁的文字。

從魯迅與徐訏對不同文體的不同態度來看，許多作家都有某種最愛的文體，但也正因為最愛，而有一些東西被壓抑了。一個人，常常是將他最喜愛的東西造成完美。這是他理想的寄居所。這時，他常會表現出「變態」的潔癖。即很難容下他認為不美的或有損那東西的完美的事物。那麼作家對文體的感情也與此接近。但是，這只局限於非常優秀的一流作家們。那些二三流的作家常常認為自己有多種筆墨，樣樣都行，其實他們只是在各種的上面都樣樣平常而已。沒有最愛，就沒有追求完美的動力，自然，就不能達到「潔癖」的境界。所以，也就很難產生藝術上的高的經典。

但是，正因為這些優秀的作家還有被壓抑的部分，所以其他的文體常常是他們的一種補充，我們常能從中看到作家的另一面。魯迅在這方面是個例外，他的才能是均衡的，但也可看出他對藝術的追求的情感是處於下風的，相比於他對社會的關注，相比於他對國家與民族的憂慮，所以，說魯迅是思想家大於藝術家也未嘗不可。這一點，我們從他一生中那麼數量巨大的雜文與相比之下比重很小的《野草》，可以看出。魯迅是致力於社會的，他對藝術的追求的熱烈沒有伴隨到他的晚年，但他對社會的批判，他對文化的思考是一直延續到他生命的終結。而從徐訏的創作來看，他的小說比重偏大得多，這是他的最愛的文體無疑。這裡也最大的表現了他對藝術的追求，以及他追求的藝術風格。徐訏在這裡將「美」放在最高的標準。所以，社會的，功利的，思想的成分都受到了壓抑。所以，徐訏的小說語言之中是剔除了有這一特徵的語彙的。徐訏與魯迅相比，他在文體的表現上也是顯得失衡，雖然有研究者認為徐訏樣樣都行，是全才作家。但他的最愛還是小說。尤其是表現在他對小說這一文體的文字潔癖上，是其他作家身上所沒有的。那麼他對國家民族的關注，對社會文化的思考，對時政民心的批判都受到了壓抑，尤其是在那一時代，在那個人人說革命，事事涉民族的大時代，作為一個正直而有良知的國人，是不可能沒有要抒發自己的觀點的衝動的。徐訏正是將這一部分放進了他的散文或稱為小品文中，他在這裡表達了他熱烈的對民族的祈望，對國家現實的痛心，對現實人生的不滿，對底層民眾的苦難的同情，對當局的統治的批判。比如散文作品《回國途中》、《改良個體與改良環境》、《民

族性中的耐勞與耐苦》、《中國與世界和平》、《從上海歸來》等等。因爲在這樣的表達之中，涉及現實的成分加重，所以徐訏自無法迴避那些粗陋、尖銳、功利的詞彙，並且似乎還有故意發洩的傾向。這也是在最愛的文體中作家的表達受到壓抑後放縱的一個旁證。

但我們現在的研究者往往只關注徐訏的小說創作，從而從《鬼戀》、《荒謬的英法海峽》、《風蕭蕭》中得出他是個遠離當時抗戰主潮的作家，得出他只是個追求傳奇故事的通俗作家，得出他是個追求浪漫格調的後期浪漫派作家，而將他在文學史上的地位因爲他的「不關注現實人生與國難」而大打折扣。這是很片面的研究。所以，我們在研究徐訏時，正應該從他在不同的文體中不同的語言風格上看出他的藝術追求與現實的曲折關係與他的孩童一樣的逆反心理。這就像一個本也熱愛父母的孩童，在大家都說他應該怎樣的時候，他偏偏不按著別人所說的去做，但他的心裏未必不感到違逆父母的內疚與不安。徐訏時時流露在小說中的情緒與他在散文中的態度，都說明他是個十分關注現實的人。不過他只不能在寫實主義與左翼那樣千人一聲的局面中按他們的意志去行事而已。所以，這是徐訏的被壓抑的一面。我們可以從他散文的現實語彙中找到他的這一內心的眞實姿態。

如果我們放眼現代作家的小說與散文語言風格，有這種明顯差異的作家並不多見。沈從文的散文與小說都有那種沉闊的詩意，許地山的散文與小說都有那種禪境，郁達夫的散文與小說都有那種放達，馮至的散文與小說都是用詩的語言寫成，林語堂的散文與小說都有幽默的風度，張愛玲的散文與小說都閃現著女性的冷豔。似乎只有徐訏與魯迅，他們的小說與散文的語言分界是這樣鮮明，那幾乎是分屬於不同的世界的。他們都極力維護自己最愛文體的語言的純淨與統一。這不僅僅出現在某篇具體的作品中，而是表現出整體的文體特徵。這似乎也可視爲一個作家對藝術的追求的純淨的程度，這程度越高，越有他特別的存在價值。也越有進入更高境界的可能。徐訏的小說藝術所開創的新格調，正與他這小說文體的文字「潔癖」有關。而魯迅的《野草》之獨特，也正與他不能容得別人而只有他自己的世界，排除了他者的「獨語」，那種純淨的追求相符。

所以，一個作家，有沒有這樣的特徵，也可視爲他對自己最常使用的文體的眞誠的程度。這當然也可以看作他對藝術追求的態度。

吳義勤對徐訏的散文雖頗為讚譽有加，認為徐訏散文在對中國文化、人性及國民性的反思上達到了相當的深度，但仍認為「徐訏的散文雖也解剖國民性，但遠不如魯迅雜文的尖銳深刻，它們更多地呈現了一種反諷式的風格。」〔註11〕不過吳義勤並沒有具體指出，徐訏在何處深刻性不足，也許這只是他習慣性的對魯迅的尊重而已。徐訏在對中國文化的反思，在對人性的挖掘，以及對國民性的批判上雖在尖銳的風格上可能略遜魯迅，但在深刻的程度上卻不相上下，至少不像吳義勤所說與之相去甚遠則是肯定的。

第二節　離世前的絕唱：魔鬼的神話

徐訏在離世前的幾年，獨對「筆記」這一短小而靈活的文體形式情有獨鍾，似乎不是一個偶然。他早在五十年代即在《〈傳杯集〉序》中表示過對「筆記」的偏愛，在該文中亦曾大段地引用小泉八雲《論散文小品》裏的話來說明「筆記」這一文體的優勢與妙處：

> 至於筆記呢，我想它前程也是無限的，即在今日，它已經與小說稍可對抗了。一篇筆記，不妨是一篇小說，只要它能不逸出於記載事實與真實的情感；它也不妨是兩個人的對白，只要這所記的對白為我們造成一個完全的戲劇的印象；它也不妨是一篇獨白的散文，記述從一個城市或一個鄉村的經歷中得來的感想；它也不妨是記錄一件眼中看見的東西，只要看得親切，記錄下來以後，能像一幅畫一樣。一言以蔽之，筆記可以有幾百種形式，幾千種形式，它的範圍最廣泛，差不多每種文學的才能，都可以藉此而有所表現。在筆記一個範圍內，你的最高的想像力，描寫的或情緒的表現力，都綽乎有迴旋的餘地了。當然，筆記文應該短，但妙處就在沒有一定的規矩要怎麼短。〔註12〕

但徐訏晚年所偏愛的「筆記」卻與小泉八雲所界定的「筆記」略有不同，徐訏的「筆記」似乎更接近中國古典的「筆記體小說」，如《閱微草堂筆記》，或者也有《聊齋誌異》的韻味。自然，徐訏也將小泉八雲所推崇的「筆記」

〔註11〕 吳義勤：《漂泊的都市之魂——徐訏論》，蘇州大學出版社1993年版，第119頁。

〔註12〕 轉引自徐訏：《〈傳杯集〉序》，《徐訏文集》第10卷，上海三聯書店2008年版，第139、140頁。

之自由與靈活的現代性納入其中，終於自成一種新奇的文體樣式——介乎「微型小說」與「小品」之間的一種奇崛的形式。徐訏將這一組有著極高想像力，語言猶如歌詩的「筆記故事」命名爲《魔鬼的神話》，計有《嘴的墮落》、《風聲》、《盤古氏的故事》、《生老病死》、《輪迴》、《地獄》諸篇。此外，另有一組風格完全相同的筆記故事，其創作時間是在《魔鬼的神話》之後，應是徐訏眞正的離世前的絕唱，共有十一篇——《客》、《裸體》、《人影》、《老》、《自殺》、《生的痛苦》、《長壽》、《笑》、《隱身術》、《裸裝》、《夜釋》。這一系列筆記在徐訏離世前均未結集出版，而在徐訏離世後，港臺也未有單行本將之輯錄，直到 2008 年上海三聯書店的一套《徐訏文集》，才在第十二卷（散文）中將《魔鬼的神話》諸篇與另十一篇集在一處。但這一套文集的全部作品都沒有標注最初發表時間與出處，自然這兩組筆記也同樣標注全無，且連「魔鬼的神話」這一總題也已取消，當然也就完全混合一處了。

　　《魔鬼的神話》及《夜釋》諸篇在思想上與藝術上都有極高探尋。可以說，這是徐訏晚年思想與情感最直接、最深刻的流露，他那時年事已高，教務工作又繁雜，在無力於長篇巨構來表達他內心所向的情形下，他以這種短小、靈活的文體來展示其靈魂深處的色澤，可說最爲合適，所以，取得的成就能達到相當的高度。我們從這些有著神秘傾向的俊絕想像之中，可以窺到徐訏在晚年至離世前對某些永恆的哲學命題的極致思考。這些組命題仍然是「生與死」、「愛與恨」、「物與心」、「神的感召與魔鬼的誘惑」、「上升與下沉」、「出世與入世」、「永生與現世」、「利己與利他」「個人與社會」、「性格與環境」、「理智與情感」、「理想與現實」……徐訏把它們投進《魔鬼的神話》與奇偉的《夜釋》之中，使我們看到他靈魂怎樣在人間掙扎的痕跡，以及終於無法在理性的世界找到解決的途徑而悲哀地跪在神衹的腳下。

　　《魔鬼的神話》及《夜釋》諸篇大多是西方《聖經》故事與中國古典神話傳說的重構，其想像之奇偉與俊絕卻並不遜於這些經典神話的原身。徐訏以收納宇宙萬物的氣魄賦予他的故事以瑰麗無比的場面，如《夜釋》篇所所描繪出的那個「四周與上面都無邊涯的世界」竟是處在一個幽深的山洞之中。而《地獄》篇那「黑壓壓的靈群」該是怎樣一種景觀，那裡聚集著千千萬萬的靈魂，那裡前面是七彩的山巒，山峰上是山峰，山峰外又是山峰，越高越燦爛，越遠越光亮，大家擠著，排著隊，一層一層地，一圍一圍地，一直到最高最遠，隱隱約約模模糊糊……那山外山，峰外峰的高處，那燦爛的燦爛，

光亮外的光亮，即是那奇美的由光與色構成的「天堂」的「窄門」。《人影》中的「人」則因嫉妒自己「影」的沒有一絲醜俗的美而要躲進黑暗來下它的毒手。《輪迴》的美麗水晶魚缸裏，那「銀色的熱帶魚」孤獨地遊著，「我」雖能每天守著「它」，看見「它」，但「我」是孤獨的，「它」也是孤獨的。因「我」與「它」在前世都因做夠了人而曾求神允許「我們」做人以外的生命，神同意我們可以申請做人以外的生命，但必須要練習那一種生命所具有的本領，且要通過神所設的一場考試，只有通過的人，才有資格去做那一種生命。「我」先是想做「鯤鵬」，但「我」因貪戀那飛翔時的自由而忘記苦練飛到更高更遠，結果沒有通過神的考試，於是「我」又申請做「魚」，「我」又在無限廣闊的天池裏苦練「魚」的游泳。但在「我」非常刻苦地練習的時候，「我」看見了美麗無比的美人魚「水麗莎」。「我們」很快地瞭解而相愛，她是指定要考永不能有被吃的危險的美麗的熱帶魚一項，「我」自然打算永遠追隨於她。但後來，「水麗莎」通過了考試，而「我」則因「人」的俗氣根深蒂固，終於只配做「人」。但「我」與「水麗莎」已不願分開，求神讓我們在一起。神自然不能隨意改變規矩，考慮良久，決定還是必須「我」去做人，而「水麗莎」要去做熱帶魚，但在「我」二十一歲的時候，可以買到一條銀色的熱帶魚，它純潔美麗，活潑俏皮，雲一樣的輕盈，花一樣的嬌豔，「我」可以好好地照顧她愛她，她就是「水麗莎」。於是，「我」終於還是在人間，二十一歲時，「我」果然買到了一條銀色的熱帶魚。但「它」是孤獨的。「我」也是孤獨的。《風聲》是「我」旅居在北歐的一個鄉村的農家，那夜晚林中的「風聲」使「我」感到非常新奇，於是「我」起身出去。在客廳裏，「我」遇見主人家從不說話的老祖母。「我」跟她打招呼，她竟神秘地告訴「我」她在訂正聖經，已經寫了三十六年，希望再用三十六年完成它。於是，她微笑著對「我」講起來。那是關於亞當夏娃吃禁果的另外一種瑰麗的解釋，她微笑地講著，聲音越來越洪亮，眼光越來越有神。但那時，老祖母的兒子聽見而出來，他用生硬的英文告訴「我」，他母親的精神不太正常，希望「我」不要介意。那時，窗外的「風聲」又起，那是屬於樹林的「風聲」。

總體上看，無論是語言的瑰麗，還是意象的奇偉，以及思想的極高，《魔鬼的神話》及《夜釋》諸篇都與魯迅的《野草》最爲接近。關於這一點，本書第二章第一節之「思想極高自生綺豔」部分已有詳細分析。如《地獄》、《夜釋》、《人影》等篇，均以奇絕的詩的詞句與韻律寫成，是黑而深的夜晚的井

底所映出的有月的天空，有一種空茫而隔世的美，其境界與《野草》中的《死火》、《失掉的好地獄》、《影的告別》有驚人的相似。

徐訏晚年所寫的這一系列在「語言、思想、意象、想像」上均奇絕已極的筆記故事，是他離世前斑斕的絕唱，其豔絕之感必當透空而出，與五十年前那《野草》的光芒遙相呼應。

第三節　徐訏的文藝批評與學術論著

徐訏的文藝批評與學術論著主要有《懷璧集》、《場邊文學》、《街邊文學》、《門邊文學》《在文藝思想與文化政策中》，《回到個人主義與自由主義》、《現代中國文學過眼錄》，《十八年來之大陸文壇》等。

徐訏學識之駁雜在新文學作家中堪稱翹楚，他在哲學、心理學領域浸淫多年，自有非常嚴謹與冷靜的思辨氣質，兼以多年的創作經驗，所以他的文藝理論批評自然極有特色。關於徐訏在文學批評與文學理論上的成就，很多學者都頗為讚賞，寒山碧在《從〈三邊文學〉看徐訏和香港文壇》中說：

> 徐訏以小說名，居港三十年，事業有起有跌，五六十年代，他雖然也寫過不少小說，較出名的是《盲戀》和《江湖行》四卷，但他的小說對香港社會和香港文壇似乎沒有太大的影響。反而他的文學批評、文學理論卻獨樹一幟，產生過巨大的影響。〔註13〕

寒山碧所言非虛。香港文壇一向商業氛圍濃厚，純粹的文學批評很難引起較大的影響，其中幾次轟動文壇的批評事件幾乎都是徐訏挑起。比如「悼唐風波」，與水晶的筆戰等，都有多人參加，為荒涼的港臺文壇增一點熱鬧的氣象。徐訏的文藝批評之所以能引起較大的影響，是他獨立的批評姿態與中國的「人情批評」文化格格不入的矛盾造成的，他一向說老實話，說真正心裏想說的誠懇的意見，卻往往被誤解為是個人、派系的成見。所以，他對因己而起、轟動一時的「文壇學案」（如悼唐風波）也會感到不被理解的委屈與憤慨，那並不是他真正嚮往的健康的學術論爭氛圍。對於中國一向不說真話的批評風氣，徐訏感到非常的無奈，他在給於梨華的《夢回青河》作序時這樣流露他內心的感慨：

〔註13〕　寒山碧：《從〈三邊文學〉看徐訏和香港文壇》，寒山碧編著《徐訏作品評論集》，香港文學研究出版社 2009 年版，第 242 頁。

中國自新文學運動以來，女作家都比較容易得別人稱讚，如以
前的文學研究會之對於冰心，現代評論與晨報副刊之對於凌淑華，
三十年左派之對於丁玲，以及《文學雜誌》上的一些自認的批評家
之對於張愛玲，大都是言過其實，幾近肉麻。這使以後批評女作家
的作品就很難，如果我老老實實說七十分好，別人以為也是言過其
實的慣例，打了一個折扣來聽，這就把稱讚變成了貶抑；如果加五
十分變成一百二十分好，已備別人還價來聽，則對於老實的讀者又
變成一種違背良心的侮辱。……中國自有新文藝運動以來，有人說
最有收穫的是散文，最無實績的是戲劇，我常不以為然，我以為最
無實績的是文藝批評。一個小說家失敗了，還是小說家，最多說他
是次等的，文藝批評家一失敗，則往往什麼都不是了。中國近幾十
年來，在文壇上擺出文藝批評家的姿態來呼嘯幾聲的，十九都淪為
打手與捧角家。……在這樣沒有文藝批評家的時代與社會中，我們
能多有些老老實實的讀者，說說「實實惠惠」的私見也許對於文藝
氣氛可以有點幫助吧。〔註14〕

徐訏對「文藝批評」的失望與否定也許帶有個人的情緒，不過與事實相
差無幾卻也是實際情況，他甚至將改變批評現狀的希望寄予在一般讀者身
上，而對所謂的「文藝批評家」毫無信心。徐訏自己在文藝批評上的獨立、
真誠的態度，是他一反「人情批評」、「幫口批評」「黨派批評」之種種的一種
真正批評理念的認真實踐，這使他的文藝批評在中國的現狀下有著非常的價
值。出於此，廖文傑遂將徐訏的文藝批評與文學理論上的成就列在他的小說
與詩之上：

談論徐訏的，大多數總會想起他的小說，自己卻有一個相反的
意見，以為在他的著作中，思想論述作品的成就最特出，新詩次之，
第三才是小說。〔註15〕

廖文傑認為徐訏的文藝論著成就在其小說、詩之上，這看法確實與眾不
同。從廖文傑對徐訏其他作品的推崇程度來看，本人以為這也許是他為舉高
徐訏的文學史地位而故作的驚人語，如果這猜測不錯，他的這份良苦用心的

〔註14〕　徐訏：《談小說的一些偏見——於梨華〈夢回青河〉序》，《徐訏文集》第 11
　　　　卷，上海三聯書店 2008 年版，第 1、2、7 頁。
〔註15〕　廖文傑：《寄徐訏先生在天之靈》，《在臺北重慶南路正中書局尋覓徐訏全集
　　　　——憶念徐訏先生詩・文集》，2003 年 10 月廖文傑自印，第 49 頁。

確令人動容。他大概以爲,在大家已基本認可徐訏的小說地位之時,他獨排眾議地將徐訏的文藝論著置於小說之上,就可能激起世人對徐訏論著的好奇,從而促進徐訏研究的全面展開。僅作爲一個熱愛徐訏作品的讀者,這樣處心積慮地爲擴大徐訏的影響而做著細小的努力,我只能在心底對他表示由衷的欽佩與感動。不過,這也只是筆者開始的推測而已,細讀徐訏的文藝論著之後,雖不能完全贊同廖文傑的一家斷語,但以爲他對徐訏文藝論著的推崇至少不是虛言。壁華也在《文藝與人生——徐訏文藝觀初探》中談及徐訏文學批評的影響:

> 他的文學批評在發表時亦頗享聲譽。一九五八年二月撰寫的《紅樓夢的藝術價值和小說裏的對白》,被《自由中國》編者認爲「是當前少數有份量的文藝批評之一」。他的論敵石堂也承認《對白》中關於劉姥姥初進榮國府那段對話的分析「很仔細,有不少新意見」,讀了「很佩服」,還說「我們一向知道徐訏先生對於小說理論有很深的研究,這一次看了他的大文,更足以證明這一點」。除了同意上述評價外,還認爲徐氏的文藝的文藝批評中談及的理論的價值、並未因時光的流逝,有所減損,而是光輝依然。……徐訏是一個優秀的作家,有著豐富的創作經驗,他的理論都是從創作實踐中總結出來,是經得起驗證的理論,因此彌足珍貴。學習他的文藝理論,當會給後來者以無窮的啓迪。〔註16〕

徐訏曾寫過不少他對中國古代的詩、小說以及國外經典作品看法的評論,都有相當的獨見,如上面引文中提及的徐訏著名長文《〈紅樓夢〉的藝術價值與小說裏的對白》,以及亦有相當篇幅的《禪境與詩境》等。這些文章既有嚴肅的學理價值,又都透射著強烈的體驗,兩種互相排斥的氣質竟能被徐訏收成一束。這也就難怪廖文傑如此推重徐訏的文藝思想論著了。就連一貫不喜歡徐訏的「調調兒」〔註17〕的夏志清,也對《〈紅樓夢〉的藝術價值與小說裏的對白》中的某些觀點十分贊許,甚至少見地要引徐訏爲知音:

〔註16〕 壁華:《文藝與人生——徐訏文藝觀初探》,寒山碧編著《徐訏作品評論集》,香港文學研究出版社 2009 年版,第 27、32 頁。

〔註17〕 夏志清曾在《夏志清來函談徐訏》(載《純文學》1998 年 10 月 31 日第 6 期)中表示:「我因早在上海即讀了他的《鬼戀》、《吉布賽的誘惑》,不喜歡這種調調兒,故不考慮把他放進《中國現代小說史》內。」

徐訏先生的《〈紅樓夢〉的藝術價值與小說裏的對白》，我只看
到第一部（《自由中國》十八卷四期），覺的這是一篇值得愛好文藝
者注意的文章。……徐先生極端駁斥傳統的看法，強調《紅樓夢》
藝術上的完整性和偉大性，可以說是我的知音。〔註18〕

　　古遠清在《香港當代文學批評史》中爲徐訏的文藝理論批評闢出一節的
篇幅來評介：

1949 年後的香港文壇，一直顯得荒涼。文學論壇，尤其顯得寂
寞。從大陸來到香港的老作家，因謀生不易，再加上發表園地有限，
因而只好停筆先求溫飽。能堅持寫作並同時兼搞文藝評論的，可謂
鳳毛麟角。徐訏便是其中之一。徐訏的文藝思想較複雜。比起他 50
年代寫的批評中共文藝政策、充滿了政治偏見的文學短箚來，他後
來寫的 30 年代文藝研究的文章更有學術價值。他還有共約 33 章的
《18 年來大陸文壇》，可惜只在報刊連載過一部分，未能寫完和出
版。〔註19〕

　　古遠清的《香港當代文學批評史》較爲詳盡地評介了徐訏收在「三邊文
學」中的文藝雜文，以及《現代中國文學過眼錄》中有關新文學史研究的部
分。他對徐訏的文藝批評與學術研究之評價基本上是客觀的。但也帶有些許
潛在的成見，某些地方未免苛責。比如對「悼唐風波」這一在當時港臺文壇
影響較大的學案，古遠清在尚未完全弄清「悼唐風波」始末的情況下，便以
譏諷的調子用徐訏悼念唐君毅的句子來奚落徐訏，也似不該，實有失一著名
學者的沉靜與客觀。

　　五六十年代，徐訏的文章經常在港臺文藝界激起較大的波瀾。個中原因，
排除徐訏本人不事阿諛之道而屢屢與人不睦，則正是徐訏敏銳深刻的直言能
經常觸到當時文藝界的痛楚。對徐訏因過於「學術」而屢次三番地引起港臺
文藝界的「圍攻」，也有諸多熱愛徐訏的讀者與研究者爲他鳴不平。徐訏重「學
術思想的交流與表達」而往往不顧慮是在什麼樣的情形之下，所以，即在一
些悼文中也往往借題發揮，引出一些自己對某一問題、現象的看法。這種不
同於逝者的獨見卻往往被認爲是對逝者的不尊重，因而引起逝者友朋的不

〔註18〕　夏志清：《文學‧思想‧智慧》，《文學雜誌》1958 年 3 月 20 日第 4 卷 1 期。
〔註19〕　參見古遠清：《香港當代文學批評史》，湖北教育出版社 1997 年版，第 214～
　　　　　219 頁。

滿。諸如「悼吉錚」、「悼曹聚仁」、「悼唐君毅」等都曾引發筆戰。關於此，
廖文傑曾著文評說：

> 王璞女士在《作家》六月號中發表了一篇談論徐訏寫作藝術的文
> 章，除了談及徐訏在六十年代跟水晶的筆戰外，在注釋中亦提及徐訏
> 向來不寫應酬文字，而且常反中國傳統的『爲死者諱』之道，在悼念
> 文章裏也說一些不大中聽的話，比如在悼曹聚仁的文章裏，也說了一
> 些批評的話，引得好多人不高興。王璞眞是徐訏的知音……王璞又說
> 徐訏向來不寫應酬文字，也眞是一語中的。徐訏除了寫悼文都只是寫
> 出自己眞正的感想感慨，沒有虛僞矯飾，沒有送花圈，也一向沒有遵
> 循中國傳統的「爲死者諱」之道外，連寫別人的序文也是如此。關於
> 此點徐訏以前曾略有說明，他因爲對逝者有眞切的欣賞與敬重，所以
> 才有「惜」，所以才去「悼」，否則不必浪費筆墨。可惜每當不同的意
> 見及批評發表出來時，不免引起逝者親友或學生的不快。〔註20〕

在徐訏自己看來，他在悼文中的異見正是出自對逝者的尊重，他的「惜」
逝者之不足則正是他一貫追求完美的性情的溢露，他是一個完美主義者，但
又有幾人對他有這樣深刻的瞭解，結局當然是一概只被誤解而已。

其中徐訏在唐君毅逝世後曾寫過一篇悼念文章：《憶唐君毅先生與他的文
化運動》。徐訏在這篇文章中以誠懇的態度探討了唐君毅思想上的一些問題，
但卻引起唐君毅故交們的反感與過激的回應，甚而謾罵攻擊徐訏的人品與學
問。如黎華標、傅佩榮等紛紛著文。

廖文傑在《在門外的一點感想——讀徐訏先生〈憶唐〉文的另一看法》
中比較客觀地分析了此事件的始末。並對徐訏從不附庸他人，廉價地誇讚，
在文藝的潮流中總有深刻的洞見，總是老實地說出自己的眞實看法，而不以
人的關係之親疏遠近而變化的批評精神有很高的讚賞：

> 我初讀徐先生的文字，雖然是從他的小說作品開始，再讀了這
> 本書集（指徐訏的論著《個人的覺醒與民主有》），頗爲震驚於作者
> 的才華，我覺得徐先生是在文藝理論與思想上下了很多苦功的人，
> 他有自己的見解、理論，絕不隨波逐流，同流合污，政治文棍不能

〔註20〕 廖文傑：《「爲死者諱」與「不爲死者諱」——試談徐訏生前幾篇悼文及其他》，
廖文傑自印《在臺北重慶南路正中書局尋覓徐訏全集——憶念徐訏先生詩·
文集》，第 182、183 頁。（本文曾刊於《信報·文化版》2008 年 8 月 3 日。）

嚇倒他，空頭批評家不能圍攻他，學院派不能擊敗他，派系主義不能團結他。看過他的文藝理論後，我激動過，我感慨過，我比徐先生年輕，對人生的感受，對當前文藝問題的看法不如徐先生深刻，但是我明白，我理解徐先生看潮的苦心，讀徐先生文藝作品的人多，談徐先生文藝理論的文章則不多見，其實除了《個人的覺醒與民主自由》外，他的《在文藝思想與文化政策中》，他的《懷璧集》，他的《三邊文學》，都是對文藝理論極有建樹的力作。〔註21〕

　　徐訏的文藝批評範圍遍及作家與作品以及著名學者。他的深刻洞見，本源於他學識的淵博，也與他哲學科班出身有關，並與他全方位的創作實踐中豐富的經驗密不可分。對於唐君毅的思想，徐訏作為哲學研究有多年積累的思想者，必然有他自己的洞見，他坦白地說出的見解卻引起軒然大波，足見真正的批評風氣在中國建立之難。但徐訏獨立特行的批評姿態正為中國文學批評所缺失，也更顯示著徐訏作為一個文藝批評家的價值。他在《徐訏全集》後記中這樣感慨：

　　　　文藝批評之所以不能建立，大概與中國社會的親疏之分很有關係。我常見公共汽車或電車上，熟人相逢，互相搶購買車票，客氣異常；而對不相識的人則往往怒目切齒，爭擠不讓；這或者正是我們對相識的人的必須捧場與對陌生人愛裝腔作勢的那種批評態度的同一來源，其他如政治掛帥，幫口堡壘，打手嘴臉，巫師衣冠……等，自然更是建立真正的文藝批評的阻礙了。〔註22〕

　　徐訏的文學理論著作有很多牽涉到政治觀念，這自然說明徐訏雖在創作時極力拉開與政治的距離，但他並不是真不懂政治，不關心政治，只是在文藝觀上強調藝術的獨立地位而已。慕容羽軍認為，徐訏挖空心思來遠離政是一個假象，他骨子裏有很強的政治理解力，觀念也很牢固。這真是看到了徐訏隱藏很深的一面。不過，慕容羽軍又認為徐訏這樣做是為了維繫一種「沙龍式」文人的明星作家形象，卻是有娛樂成分了。

〔註21〕廖文傑：《在「門外」的一點感想——讀徐訏先生〈憶唐.〉文的另一看法》，廖文傑自印《在臺北重慶南路正中書局尋覓徐訏全集——憶念徐訏先生詩·文集》，第41、42頁。（本文曾刊於《明報月刊》1978年9月與《觀察家》月刊1978年9月。）
〔註22〕徐訏：《〈徐訏全集〉後記》，《徐訏全集》第1卷，臺北正中書局1966年版，第601頁。

　　五十年代的後期，香港的出版物由雜誌到報紙，都籠罩在「遠離中國大陸的政治觀念」下，徐訏的創作發表的園地在大形勢下不得不有所轉變……他所寫的文學理論《在文藝思想與文化政策中》及《回到個人主義與自由主義》，所牽涉到政治觀念的地方很多，卻能啟發更廣泛的深思。這一時期，他所發表的作品如《十八年來之大陸文壇》、《中國的悲劇》、《臺灣之路》、《毛、劉文藝思想與政策問題》、《詩人的道德責任立場》，分明用了東方既白、村雨大郎、秦叔存等不同筆名，後來在結集成書全用徐訏這筆名，這一切表現，充分說明了他並非一般人所指的「鴕鳥」，他之所以使用不同筆名，早期是基於「安全」而隱藏，後期則是要對喜歡他的文藝作品的讀者保留一份「與政治無關」的創作人姿態來維繫他一種「沙龍式」文人的美麗形象，更實在一點說，這正是他渴求保留於內心的一種「明星風采」。〔註23〕

徐容羽軍雖「自詡」是徐訏樂意與之「進入交換心得的階段」的朋友，不過他回憶徐訏的幾處細節都有譁眾取寵的嫌疑，並不足信。如他說徐訏有時故意流露才能，一次曾對他說：

　　你有沒有發覺我寫異國情調，和許多寫作人硬擠出來的景況大不相同？我的回答是：我領會你寫的異國情調很深入……徐訏滿足地睨著我，半晌，說：你算是瞭解我作品的少數者之一，老實說，當今我以為沒有誰能寫出「異國情調」的本領。〔註24〕

上面這引文裏的徐訏形象自然有趣，加上沒有引出的後面慕容羽軍化名戲弄徐訏的情節，簡直有借醜化徐訏來抬高自己的嫌疑。所以，對他認為徐訏用筆名寫有政治傾向的文學理論文章是為了維繫「明星風采」這樣的看法，只能看作是一種不嚴肅的趣談。不過，我們也能從中看出徐訏對政治態度是複雜的，他在晚年對政治的突然切近，應不是一時的心血來潮。此外，徐訏對文藝思潮一向有自己非常獨到的看法，他以一個精神獨立的自由主義作家的身份來看待新文學發軔以來的歷次文化與藝術的運動，所以，他的文學史觀與學術研究對中國現當代文學史的構建有重要參考價值。

〔註23〕　慕容羽軍：《徐訏——作家中的明星》，寒山碧編著《徐訏作品評論集》，香港文學研究出版社 2009 年版，第 22、23 頁。

〔註24〕　慕容羽軍：《徐訏——作家中的明星》，寒山碧編著《徐訏作品評論集》，香港文學研究出版社 2009 年版，第 20 頁。

　　徐訏在港期間，寫過大量的批評文章，對臺港及海外華文作家的作品有非常獨到的眼光。他以對藝術的真誠之心，從不諱言他人作品缺點的客觀態度，而得罪了不少同行，但也曾如他一貫的做人風格，他有謙遜的守執，堅持著一個文學批評者的真誠。所以，他的批評也得到很多愛文學勝過名譽的作者的愛戴。比如年輕一輩的嚴歌苓、吉錚、聶華苓等等，他們之間有非常真誠的往來。徐訏作為傑出的小說家，他對一些新人的小說作品總能提出非常有見地與建設性的批評意見。這樣的批評於文學創作的繁榮與進步才是意義重大的。文壇之中向來缺少這樣以扶持為目的，而不是「捧殺與棒殺」的真正的文學批評。

　　徐訏晚年曾計劃要在退休之後寫一部「現代中國文學史」，相信這一設想他一定思謀已久，絕非一時的偶然想法，這可從其寫給林海音的信中得到證實：

　　　　我很想寫一本現代中國文學史，即從「五四」寫起，也即是新文學史，一直寫到目前，包括現今的大陸與臺灣。中國文學史，過去的真沒有好的，大家抄來抄去，沒有史的見解，也沒有文學的見地。我想全寫，一則覺得工程太大，第二覺得像現在這樣不安定生活中，無法從事這份工作，因此想退而寫「現代」的。這「現代」的，從「五四」到抗戰還易，抗戰八年，則必須有敵偽區的文藝一章；反共時代，又是需要「話分兩段」，所以很不容易做，但覺得是有意義的工作。而且現在不做，將來更難。不過這一說也還是需要有安定而不愁生活的時候，結果恐怕也只是想想而已。〔註25〕

　　「只是想想」之說，應是徐訏的無心自嘲之言，但竟不幸言中，徐訏退休之後不足半年即病倒而住進醫院，隨後不久便淒然離世。假若徐訏的這一願望得以實現，相信以他的學識、眼光以及親身經歷現代文學各個時期的切身感受，必定能寫出一部有別於現存所有文學史著的別開生面之作，至少其成就不會低於司馬長風的《中國新文學史》無疑。這可從其50年代以後陸續寫成的一批具有文學史回敘與反思性質的文章與論著中可以看出。如1991年臺北出版的輯錄徐訏晚年論文系列的《現代中國文學過眼錄》一書，內中收錄諸篇均有重新建構現代中國文學史的新見——如《關於新舊之爭的檢討》、

〔註25〕轉引自吳義勤、王素霞：《我心彷徨——徐訏傳》，上海三聯書店2008年版，第303、304頁。

《啓蒙時期的所謂寫實主義與浪漫主義》、《在短期的思想自由環境中》、《革命文學的論戰》、《左翼作家聯盟及其性質》、《關於反左聯的文學理論的幾種說法》、《文藝的大眾化的問題》、《左聯分裂的過程與原因》、《服務於抗戰的文藝》、《左聯傳統的作家與邊區的幹部作家》、《外來文風與本位文學》這十一篇總題爲《現代中國文學的課題》的系列長文，其是以專題方式對現代中國文學進行了具有連續性的系統思索，其間卓絕之見俯首可拾，顯示著一個嚴肅、清醒、富有懷疑精神的大作家的判斷力。此外，1954 年出版的《在文藝思想與文化政策中》與 1957 年出版的《個人的覺醒與民主自由》兩部著作，都是極有建樹的反思中國思想與文化的理論著作，對中國的思想史、文化史、文學史寫作都極具參考價值。而其未結集出版的《十八年來之大陸文壇》一書，則是徐訏對大陸 50 年代後各種文學現象與問題的集中思考。根據廖文傑整理的資料，該書共約三十三章，前九章爲徐訏執筆，以後由丁友光續寫，但最終是否有出版爲不詳。該書內容，很多涉及到敏感的政治話題，顯示著徐訏特殊的文藝與政治眼光。此外還有散落於港臺報刊上的一些未結集的專題文章，也都極具理論價值，如《中國的悲劇》、《臺灣之出路》、《關於毛、劉文藝思想與政策問題》等。

第五章　江湖行盡風蕭蕭　兩岸三地任評說

　　假如，徐訏是一個出生於法國的作家，以他所取得的文學成就，會成為一個有世界影響力的作家。但徐訏卻是生逢「以政治革命、文化啓蒙、階級鬥爭」爲主導話語建構起文學史的現當代文化語境，這就難以給徐訏這樣以美、愛與跡近宗教境界、哲學高度的探尋來思考人之存在的作家以這樣高的地位。不但如此，還對他愛國與愛民族的別樣表達視而不見，或鄙夷棄之。本章在前文已對徐訏各種文體的寫作盡最大可能的分析基礎上，試圖以接近客觀的眼光重新審視徐訏文學史評定的複雜聲音，以指出它們各自的偏狹，並最終形成筆者自己對徐訏文學史評定的新構想。

第一節　當代「重寫文學史」後徐訏座次問題

　　自徐訏 1950 年南下香港以後，其名號與作品在大陸漸成煙滅。也許還有殘留在民間的《風蕭蕭》與《吉布賽的誘惑》，大概其被冊封的「黃色」也常使人有偷看的欲望，但偷看的「罪惡感」又使他們遷怒於斯而終於要將它「焚毀」〔註1〕。自然，「文學史」的「大門」早就砰然關閉了，而終於等到它又小心地向他開啓一條縫隙時，則已是這位「反動」的「黃色」作家黯然離世的八十年代了。

〔註1〕　《人民記憶50年》上載有一個叫「寧蘋」的少女在1955年懺悔她墮落時所說的話，「對我的毒害非常大的，就是徐訏著的《風蕭蕭》」。有很多資料表明，在建國初期，徐訏的作品曾被大量焚燒。

　　直到那時，人們才漸漸想起，在中國新文學史上，還有過這樣一位格調豔絕的作家，他曾彗星一樣劃破現代文學的夜空。而今，時間又已過去三十餘年，當「它」再次重現於「隔世」〔註2〕的天空，其驚豔之感依然如此攝人，竟使人一見而扼腕，驚呼：此生只讀徐訏〔註3〕。

　　八九十年代之交，國內文學史觀受港臺及海外漢學界的影響而開始發生深刻變化，「重寫文學史」聲浪漸起漸高，直接挑戰了源自左翼文學的附庸於政治敘述的文學史制度，引發了文學史敘事的革命。正是在這一背景下，徐訏的文學史地位開始發生微妙的變化。

一、「徐訏熱」未「熱」因辨

　　八九十年代之交，徐訏研究在國內漸起，尤其在「重寫文學史」的聲浪中，因徐訏在三四十年代所開的「別樣格調」似很有開掘的價值，一時小說流派研究都把徐訏、無名氏列為必選，嚴家言、許道明、吳福輝等著名學者都對徐訏有所論及。及至新世紀，甚而似有大熱的趨向，尤其在 2008 年徐訏誕辰 100 週年紀念的前後，也有人有意推動，但與張愛玲、錢鍾書的大翻身相比，「徐訏熱」終成一空。也由此可見，徐訏終於不是張愛玲、錢鍾書，後二者有被人附風雅之便捷，而前者則高而徐引，毫無攀附之處，終成和寡。評論家朱九淵曾為此深感遺憾，他氣憤地大罵中國大陸的書商太沒眼光，於是也曾在雜誌上組稿呼號，喚「徐訏時代」的到來：

> 很令人納悶，中國大陸的書商們如此沒有眼光！五四時候的作家，除魯郭茅巴老曹之外，幾乎都被他們炒了個遍。大約一聞到海外的風吹草動，他們便與時俱進：先是 80 年代炒了錢鍾書，90 年代炒了張愛玲，2000 年又炒了漢奸胡蘭成，繼而炒張恨水，這不又炒了林語堂。總算京華煙雲已成雲煙，我翹首以待，暗暗尋思，這回要炒徐訏了吧？沒想到出版商們又炒起了張愛玲的殘本……為此，我們已不能再等，組織了幾篇短小精悍的文章，對徐訏略加引薦，由《共鳴》雜誌社率先向國內第一次推出這位漢語文壇世界級的大作家。呼喚徐訏時代的到來，讓我們一起發現徐訏！〔註4〕

〔註2〕徐訏 1980 年 10 月 5 日離世，至今又已過去三十年有餘，其人已亡，但其千萬餘言的作品終於又重現於國內讀者的眼前。

〔註3〕朱九淵：《一生只讀徐訏》，《共鳴》2007 年 7 月號，第 22 頁。

〔註4〕朱九淵：《發現徐訏》，《共鳴》2007 年 7 月號，第 29 頁。

　　可以說，朱九淵對徐訏的推舉與港臺的廖文傑、呂清夫等成遙繼之勢，大可代表當下一批熱愛徐訏的讀者與研究者的態度，這又與九十年代重寫文學史浪潮中所確定的徐訏地位有非常大的變化，他們已不再滿足於新文學史上只給徐訏一席之地的待遇，而要將其與魯迅等大家並舉，列入「世界級」的行列。這情形已與港臺相差無幾。在港臺，徐訏雖沒有大熱過，但也一直都有穩定的讀者群，並且相較張愛玲、錢鍾書來說，徐訏的讀者更趨向有較高學養的高端群體，他們或為著名的科學家（如物理學家孫觀漢），或為著名畫家（如呂清夫），或為著名音樂家（如林聲翕），他們對徐訏的欣賞似都帶著一種傲世的清高，呂清夫在其憶念徐訏的悼文《徐訏的繪畫因緣》中，曾有頗為動人的流露：

　　　　回想當年，為了愛看徐訏的東西，還深交了幾個朋友，那時由於大家對於徐訏具有共同的愛好，所以經常聚在一起，甚至可以說，是徐訏把我們幾個撮合起來的。當時大家似乎酸氣十足，彼此都認為，唯有懂得欣賞徐訏的人才是具有深度的人，才是值得做朋友的人。〔註5〕

　　與呂清夫們「唯有懂得欣賞徐訏的人才值得做朋友」的低調清高相比，朱九淵對徐訏在大陸一直沒有得到認可的憤激則顯得鋒芒畢現：

　　　　在港臺評論界，徐訏被視為「世界級」作家。這些，大陸隱隱約約地知道，但卻假裝不知道。……我第一次看完他的小說後，腦子全亂成一片，只有一個詞可以形容：震驚。在以前，我總以為魯迅的《故事新編》，張愛玲的《金鎖記》，已經是白話文了不起的成就了。但在徐訏以後，我給自己立下了規矩：在中國白話小說這一塊：此生只讀徐訏。在世界各大作家裏，是找不到如此優雅又略微散漫的一位作家的。他的風格不但在中國，在全世界也是獨一無二的。……長達1000多頁的《江湖行》……它代表著近代白話文小說的最高成就。……我希望更多的人看一看徐先生的作品，哪怕一本，你馬上就會把他列在張愛玲之上，這是一定的。〔註6〕

〔註5〕呂清夫：《徐訏的繪畫因緣》，陳乃欣等著《徐訏二三事》，臺北爾雅出版社1980年版，第265、266頁。

〔註6〕朱九淵：《一生只讀徐訏》，《共鳴》2007年7月號，第22頁。

朱九淵這樣急切地呼告眾人，招大家都來閱讀徐訏的作品，以爲——只要「看一看徐先生的作品，哪怕一本，你馬上就會把他列在張愛玲之上，這是一定的。」其舉薦之情狀這樣地迫切而「幼稚」，初看似不可思議，實則代表著當下一股隱伏的情緒——因徐訏的被冷落而生的不滿、不平與憤激。這股不平之緒最初發生於港臺，漸漸彌漫到大陸，近年來越發形成聲勢。筆者因搜集徐訏研究資料，而有幸結識許多熱愛讀徐訏的「單純讀者」，他們非以研究爲目的，只爲交流閱讀徐訏作品的感受，而在網上建立「徐訏小組」，成員時時增加，彼此資料共享。他們的態度多與呂清夫、朱九淵相似。這裡面隱藏著這樣的信息，即世人對徐訏的態度一定有某種不公令他們感到不吐不快，他們要擴大徐訏的影響，所以自發地進行著各種有益於徐訏作品傳播的事業。可以說，這些類似於傳教士式的文學的信徒，才真正地顯示了文學的魅力與作家的人格精神。但是，這種情形在主流文學界仍屬部分激賞徐訏的讀者與研究者的一廂情願。儘管他們時而振臂一呼，但和者寥寥。這大概與國內學界的「空氣」有關，畢竟，張愛玲、錢鍾書的作品中沒有明顯的政治敏感點，研究徐訏，在這一層面上是必須有所迴避的。事實上，研究界關注徐訏的作品，也大部分都是他表現離政治主題較遠的那些，而對有強烈政治敏感性的《江湖行》、《悲慘的世紀》、《無題的問句》等，卻幾乎視而不見。除因政治敏感外，徐訏研究未有大的舉動也與其作品數量之多遠超張、錢二人有關，再加之徐訏於大陸文壇已銷聲數十年，年輕學者多有隔膜，學界對徐訏不同主題與風格的作品有閱讀盲點。據筆者對周圍從事現代文學研究的專業人士調研，包括很多知名學者，只知徐訏早期的《鬼戀》、《荒謬的英法海峽》、《精神病患者的悲歌》這些「別樣格調」的作品系列，而對他別有手眼的他種作品，卻幾未聞。尤其，對徐訏小說以外的文體創作，頗爲陌生。所以，種種因素，限制著對徐訏真正價值的認識，這導致國內學界對徐訏的評價總與徐訏在文學史上的真正地位有一定差距，即使在九十年代的重寫文學史潮流下，亦未有大的改觀。這些曲折，在不同的文學史著中，亦有隱隱的線索可尋。

二、史著中有限度的重評

錢理群、溫儒敏、吳福輝著的 《中國現代文學三十年（修訂本）》對徐訏的評價具有一定的代表性，可以認爲是較接近大陸學界對徐訏評價的綜合態度。

上海「孤島」和國統區內典型的通俗、先鋒兩棲作家，是徐訏和無名氏。……《風蕭蕭》……大雅大俗，高可直達追尋人生奧秘的境界，低可致市井縱談艷聞奇事的趣味。〔註7〕

　　徐訏50年代後的香港作家身份與政治因素造成了研究與評價徐訏的割裂狀態。香港學者對徐訏「排斥香港」的心態不以爲然，也多報之以「輕視」的無視，且他們多對徐訏50年代前於國內的創作瞭解不多。80年代後，大陸治現代文學史的學者方對徐訏作有限的評介，但通常因現、當代文學史的學術分野而對徐訏50年代後寫於香港的作品不予參看，而將後期徐訏看作港臺作家歸入港臺文學的研究領域。因此，大陸編寫的諸多文學史著中，幾乎無一例外地都只根據徐訏50年代前的小說創作來對其進行蓋棺定論式的文學史評定，這對象徐訏這樣成名在40年代而成熟於50年代後的作家是非常不公的。《中國現代文學三十年》中有關徐訏的部分是吳福輝主筆，其主要意緒在其專著《都市漩流中的海派小說》中有更全面的表現，但既在此書之中，也可視爲是錢理群、溫儒敏所都認同的觀點。可以看出，他們對徐訏小說的先鋒性與現代主義傾向的體認達到了當時研究的最大限度，這在沒有納進徐訏50年代後作品的研究視野下，實顯難能可貴。

　　文學史的寫作，向來以流派、思潮研究爲重要的方法。但很多傑出的作家因探索的先鋒性，很難在他一出現即有流派形成，更因其超前的藝術探尋很難被已有的批評理論解讀而被誤讀與冷遇。有時，也會被粗暴地硬塞進與其風格接近的流派裏。嚴家炎的《中國現代小說流派史》將徐訏歸爲後期浪漫派，正是這樣的一個誤導：

徐訏是抗戰時期小說作品相當風行的作家。……他終其身是一個浪漫主義的小說家。〔註8〕

　　嚴家炎將徐訏定爲「後期浪漫派」作家，自然能在徐訏風格駁雜數量甚巨的作品中找到適合他這一判斷的證據。但他對徐訏的一家之言卻因其權威的地位而影響到後來對徐訏研究的深入，造成徐訏小說中溢出浪漫主義的部分被深深誤解，關於此，直到2004年才在陳旋波的《時與光——20世紀中國

〔註7〕錢理群、溫儒敏、吳福輝著《中國現代文學三十年（修訂本）》，北京大學出版社1998年版，第517～519頁。

〔註8〕嚴家炎：《中國現代小說流派史》，人民文學出版社1989年版，第296、302、319頁。

文學史格局中的徐訏》中見到了質疑的聲音，徐訏的文學史意義方有新的發現。

　　將徐訏與無名氏歸入同一流派源於無名氏對徐訏的模倣，這在海內外研究界幾乎已成定論。對這一觀點，本文存有別見。無名氏雖模倣徐訏，但實在只學到徐訏小說的皮毛，且「浪漫、奇幻」若沒有凝重的情感、真切的人生體驗反而最易成為脫離現實的「唯藝術派」而為人詬病。深刻地看到無名氏與徐訏差異的人很多，何慧在《徐訏小說的唯美主義傾向》中分析了他們間的距離：

　　　　無名氏是唯美主義作家，但他的唯美主義是狹隘的，他不敢越
　　　愛情雷池半步，結果也寫不出感人的愛情，他以為非愛情就非唯美，
　　　結果創作的路子越走越窄。而徐訏卻有在血裏火裏發現美的敏感，
　　　在廣闊的現實空間裏，無所不能地選取美的事物。〔註9〕

　　所以，筆者認為將無名氏歸附徐訏而命之以「後期浪漫派」的做法，本質上缺乏定義一個流派的根據，無名氏對徐訏無任何影響，且他的「拙劣的模倣」〔註10〕不但沒有壯大徐訏這一別樣格調的影響，反而在某種程度上降低了徐訏的被接受與傳播。嚴家炎等看到徐訏與無名氏相似的「浪漫派」品質實在是一種誤解。無名氏初期模倣徐訏而作《北極風情畫》、《塔裏的女人》等雖有奇幻、浪漫品質，但其因缺乏收束而顯出的濫情弊病也暴露無遺。而他後期創作的《無名書初稿》之艱澀難讀正顯出他早期不過是對徐訏小說情節奇幻引人入勝之表層的模倣，其骨子裏本無徐訏那樣構架小說情節的本領。徐訏到港後所寫的《爐火》、《江湖行》、《時與光》等在宗教境界與存在主義高度上探究人生意義的表達一樣充滿「通俗小說」的閱讀魅力自能證明他們的藝術格調在本色中絕不屬同一流脈。

　　劉登翰主編的《香港文學史》對徐訏的評介出現過兩處，一是介紹徐訏的小說創作，一是介紹徐訏的散文。而對徐訏的詩僅提及徐訏這個名字一次。

　　　　徐訏……這種更願意躲進內心的態度，雖然也是他看待現實的
　　　一種方式，但也在無形中局限了他更深入和更冷靜地去觀察和認識
　　　現實。從一貫的浪漫氣質逐漸地演進到躲進內心，以至採用虛無的

〔註9〕　何慧：《徐訏小說的唯美主義傾向》，寒山碧編著《徐訏作品評論集》，香港文
　　　　學研究出版社 2009 年版，第 55 頁。
〔註10〕　司馬長風在《中國新文學史》中認為無名氏是對徐訏的拙劣的模倣者。

態度看待人生和世界，徐訏小說的這種變化也未嘗不可以看出一個
作家的精神水平對其創作的影響。〔註11〕

上面引文之「局限說」顯示劉登翰等對徐訏香港時期數量眾多的作品缺乏瞭解，所以會得出徐訏的作品呈現「躲進內心」而「虛無」地看待「人生和世界」的傾向，這「局限了他更深入和更冷靜地去觀察人生和現實」。徐訏50年代到港後，即寫過《江湖行》這樣「睥睨文壇」（司馬長風語）的反應抗戰前後中國社會狀況的「野心之作」，也寫過一批相當數量的反應香港市民生存狀況的現實主義傾向作品，如《爸爸》、《星期日》、《舞女》、《父仇》、《手槍》、《女人與事》、《小人物的上進》等。這些作品都有開闊的境界，對現實世界的關照以外，徐訏於其間表達了他哲學與宗教境界的對世界的探問，當然這些呈現對世界終極存在的探求的意緒卻被無洞見的讀者誤為「躲進內心」了。

劉登翰這部《香港文學史》對徐訏散文的評介亦有敷衍隨意之嫌：

由於徐訏是學哲學出身，所以他的散文能超越它所描寫的瑣碎的日常事物，上升到哲理高度……徐訏是一位通俗文學的創作者，產量高，精品不多的弊病，同樣反映在他的散文創作之中。〔註12〕

其將徐訏定位成「通俗文學的創作者」，不知出於什麼根據，如果根據著者自己上文所述，則前後矛盾——「徐訏是學哲學出身，所以他的散文能超越它所描寫的瑣碎的日常事物，上升到哲理高度」，顯然，這不是判斷通俗文學品質的根據。事實上通俗文學亦未必沒有偉大作品，但著者此處的「通俗文學創作者」顯然是一種「輕視」的態度。且說徐訏的作品「產量高，精品不多的弊病同樣反映在他的散文創作裏」，這亦為非常不負責任的一家之言。「同樣」意思是徐訏的其他著作也存在這樣的弊病，徐訏的小說、詩、散文著做到底精品多與不多，這樣的判斷不是某一個人可以下結論的，需要時間與歷史的沉積來淘洗，但這種極為主觀化的觀點出現在一部文學史對一個作家本已很少的評介之中，可能貽誤無窮。吳福輝的《都市漩流中的海派小說》因有為海派正名的意念，因而能較為深入地挖掘海派小說的獨特審美價值，也因此對徐訏小說中的現代主義意緒有比較真切的體認：

張愛玲、徐訏的出現，應當認為是中國海派文學的大事件，他們使海派的品味提高到幾使人無法漠視的程度。……徐訏50年代

〔註11〕劉登翰主編：《香港文學史》，人民文學出版社1999年版，第219、222頁。
〔註12〕劉登翰主編：《香港文學史》，人民文學出版社1999年版，第355～357頁。

香港時期的小說，特別是與《風蕭蕭》齊名的《江湖行》因暫不在本書論述範圍之內，所以《風蕭蕭》幾乎可說是他集大成的作品。〔註13〕

不過，吳福輝因受研究對象邊界所限，只將徐訏50年代前有海派傾向的作品作爲評價徐訏的根據，雖也算觸及徐訏小說之風神，但他終因腰斬徐訏創作的整體成就而不能對徐訏有更切近客觀眞實的文學史評定。吳福輝認定徐訏爲海派重要人物，但他沒有看到徐訏作品還有溢出海派小說之外的更爲廣闊的格調。因此，他也絕不會看到徐訏的「雅」別有超過張愛玲的高致之處，而終列徐訏爲遜於張的「二流」海派人物：

　　　　海派以張愛玲爲最高代表，但能有幾個人可以達到張愛玲呢？「俗」是都有的。要說「雅」從「俗」出，張愛玲之外，施蟄存、徐訏、東方蝃蝀，或許稍有接近。此外的劉吶鷗們，雅而欠俗；予且們是只俗不雅，便都等而下之了。〔註14〕

關於張愛玲與徐訏到底誰更「雅」，這樣的話題似有娛樂化傾向，並且幾乎在任何時代都無法達成一致的意見。因爲熱愛徐訏的讀者雖沒有張愛玲的「粉絲」眾多，但似乎前者對自己的「偶像」更有眞誠而持久的信仰，而後者多爲一般的從眾。徐訏海派格調以外的小說《彼岸》、《神偸與大盜》、《舊地》、《春》以及詩劇《潮來的時候》、《鵲橋的想像》等，這些都是20世紀中國漢語寫作中極爲少見的文本，它們在文體、思想及藝術形式上所表現出的高蹈與抵達的境界，與同時期西方的現代主義經典作品並無差距。吳福輝抑徐揚張，且以爲「中國迄今還沒有誰像狄更斯面對倫敦，喬伊斯面對都柏林那樣地面對上海」〔註15〕，顯得眼界偏狹，自信不足。不過，徐訏能使豔俗的都市傳奇溢出宗教的意緒與哲思的斑斕也確令吳福輝刮目，他又表示：

　　　　徐訏曾在北京大學、巴黎大學專修哲學獲得抽象地進行文化思索的能力，他與張愛玲的小說敘事不同程度都昇華到現代都市哲理的層面。……徐訏的代表作《風蕭蕭》……把海派的現代性，提到

〔註13〕 吳福輝：《都市漩流中的海派小說》，湖南教育出版社1995年版，第24、86、87頁。
〔註14〕 吳福輝：《都市漩流中的海派小說》，湖南教育出版社1995年版，第121頁。
〔註15〕 吳福輝：《都市漩流中的海派小說》，湖南教育出版社1995年版，第150、202、203頁。

了一個前所未有的位置，其包蘊的現代哲學精義和內在的矛盾，也是顯然的。〔註16〕

這樣的評價又似流淌著由衷的讚歎了。吳福輝既欣賞徐訏小說超拔寫實的強烈現代主義傾向，又不滿徐訏缺乏張愛玲那種冷豔的現實主義穿透力，這顯示出他在文學的功利與審美間搖擺的矛盾態度。顯然，在吳福輝的藝術審美價值體系內，海派中大概只有徐訏最接近張愛玲的高度了。徐訏的語言理性而詩意，潔淨而綺豔，實在充滿一種不可言說的張力。吳福輝以張愛玲的語言作底色來襯出徐訏文字的駁雜與包蘊萬象的品質：

> 張愛玲、徐訏的語言也都可歸於意象話語系統。……徐訏的文字，在品類上要比張愛玲的「雜」，在情緒的包孕性、色彩意象的絢麗及富有風韻方面，不如張愛玲與中國的舊小說和古典詩詞有那麼深厚的聯繫。但徐訏意象語言的開放程度更大些，奇幻、浪漫、荒誕、象徵、哲理、詩情，有點包羅萬象的味道。他的基點還是立足於語言的充分感覺型上面。〔註17〕

新感覺派以來的海派小說家，都擅長使用感覺型、意象型的非寫實傾向的語言，這判斷大體是準確的。這種話語長於印象的傳達，氛圍的營造，短於典型人物形象的刻描。不過張愛玲、徐訏都既深得古典小說的風神，又兼收西方哲學的生命境界，自然拉開了與海派其他諸人僅具一面的距離。所以，吳福輝也用無名氏「不是真正的海派，只看他放棄通俗性的寫作，馬上去寫完全先鋒型的長篇便明白了」〔註18〕來突出徐訏整合多種類型風格的圓融與張力：

> 徐訏就與他（指無名氏）不同，永遠是要故事有故事，要意象有意象，要心理有心理。〔註19〕

許道明在稍後出版的《海派文學論》中也是將徐訏作為海派的重要個案來分析的，但他對徐訏的看法與吳福輝相比非但沒有推進的創新，反而跌到吳作之前人云亦云的層次上，他對徐訏的認識僅停留在「新派傳奇的代表」這樣的表層裏：

〔註16〕 吳福輝：《都市漩流中的海派小說》，湖南教育出版社 1995 年版，第 149 頁。
〔註17〕 吳福輝：《都市漩流中的海派小說》，湖南教育出版社 1995 年版，第 276、278 頁。
〔註18〕 吳福輝：《都市漩流中的海派小說》，湖南教育出版社 1995 年版，第 281 頁。
〔註19〕 吳福輝：《都市漩流中的海派小說》，湖南教育出版社 1995 年版，第 281 頁。

　　　　徐訏在中國大陸創作的作品，特別是其中的小說和散文，集中
　　體現了市民知識分子的藝術趣味，沒有深刻的主題含蘊……他對於
　　小說故事的浪漫編織，降低了文學的本體純度，推動了一種特殊的
　　都市讀物，既不同於張資平，不同於葉靈鳳，也不同於穆時英，他
　　是新派傳奇的代表，滿足了文學讀物相對匱乏的時代，也滿足了相
　　對軟弱的都市市民讀者的閱讀期待。〔註20〕

　　許道明認爲徐訏的作品「沒有深刻的主題意蘊」不知何指，他沒有具體
分析，但從其認爲「小說故事的浪漫編織」會「降低了文學的本體純度」來
看，這是他「誤解」徐訏的所在。許道明只看到徐訏小說擅於構設情節的一
面而對彌漫其間的存在主義高度的探尋視而不見，終於得出「沒有深刻主題
意蘊」的結論，因此他也終於只將徐訏視爲一個海派的後期代表而已，對徐
訏在中國 20 世紀文學史上的眞正價值當然更難有發現。

　　潘亞暾曾對徐訏及《風蕭蕭》有過如下評價：

　　　　徐訏的小說抒發的都是生離死別、兒女情長，格調雖不高，卻
　　沒有庸俗的自然主義的渲染或色情描寫，這與他自幼受傳統的道德
　　薰染有關。《風蕭蕭》中之所以籠罩了這麼一層低沉、淒迷、惆悵的
　　薄霧，並不是偶然的，究其根源是因爲作者始終是一個冷眼的旁觀
　　者，批評家，而並未眞正「介入」社會生活，如果他將自己化作一
　　滴水，溶入民族抗戰的汪洋大海，那麼，這類落寞、孤寂、被棄之
　　感便無從產生了。〔註21〕

　　潘亞暾的批評完全沒有看到《風蕭蕭》的眞正主旨，他對徐訏小說主題
的貶低與左翼批評家的姿態完全相同。世界上偉大的文學作品哪一部不是表
現「生與死」，而「愛情」主題則千古不絕，既然《風蕭蕭》毫無庸俗的色情
渲染，又爲何「格調不高」？更何況，《風蕭蕭》的主旨，完全不是表現「我」
與「三個女子」間的愛情糾葛，這不過是一個外殼而已，徐訏在《關於風蕭
蕭的電影》中這樣談論《風蕭蕭》的主題：

　　　　不用說，風蕭蕭的主題不是戀愛，裏面也沒有三角的糾紛。人
　　與人間道德的觀念的衝突，大我與小我的矛盾，情感與理智的激蕩，

〔註20〕　許道明：《海派文學論》，復旦大學出版社 1999 年版，第 347、348 頁。
〔註21〕　潘亞暾：《徐訏及其〈風蕭蕭〉——爲紀念徐訏逝世十週年而作》，《星島晚報》
　　　　　1990 年 8 月 23 日。

理想與事實的分歧，一個大時代搖動了每個人的傳統習慣與修養，
在各種場合上根據自己的性格透露他的人性與國民性。〔註22〕

　　顯然，潘亞暾的苛責代表了一大批輕視徐訏的讀者的觀點，並且是只看
到很淺的故事表層的最低一級別的讀者，筆者相信，稍有境界的讀者在看徐
訏小說時便不會僅僅矚目其愛情層面的表現，而欣賞徐訏的讀者則幾乎都是
因徐訏在這愛情、民族、眞、善、美的交織的題材中感到了他深刻的宗教境
界與哲學層面的思考與這思考的並不晦澀的表達。潘亞暾批評徐訏只是一個
冷眼旁觀者，並未眞正介入社會生活，這種論調相當粗暴淺薄。潘亞暾的介
入社會生活若不是僅指拿起槍桿赴前線與日本人短兵相接，那麼徐訏在抗戰
爆發時從法國歸來「舞筆上陣」，太平洋戰爭爆發又與難民一起經歷逃難至後
方，這些又都算什麼？試問中國現代作家中又有幾位是眞正拿起槍桿直接參
加戰鬥的？而他們又寫出了怎樣介入社會生活的偉大傑作？左翼作家中大部
分都遠居敵後的延安，他們甚至連逃難的經歷也沒有，相比之下，徐訏的經
歷則要豐富得多。這在徐訏 1942 年於桂林所寫紀錄其在太平洋戰爭爆發後從
上海逃亡內地之一路遭遇的長篇紀實散文《從上海歸來》中，以及長篇小說
《江湖行》裏，都有非常眞切的表現，如果沒有如此深切的介入社會生活的
經歷，是無法寫出那樣血肉豐滿的作品的。並且，潘亞暾批評徐訏的「落寞，
孤寂、被棄之感」則正是徐訏小說洋溢出的別樣格調，如果徐訏的《風蕭蕭》
與當時的抗戰八股一樣地充滿著空洞的樂觀與口號，那麼《風蕭蕭》也就失
去了它作爲別樣的抗戰題材小說存在的意義與價值。徐訏正是以自己特有的
敏感、傳奇、浪漫、哲思、深刻的心理分析，傳達了在那特別的動盪年代，
人的靈魂在眞、善、美間的徘徊，追索，起伏，在民族、國家、個體生命間
的矛盾裏掙扎的痕跡。這才是《風蕭蕭》對新文學的特殊貢獻。而如果眞如
潘亞暾所說，「他將自己化作一滴水，溶入民族抗戰的汪洋大海，那麼，這類
落寞、孤寂、被棄之感便無從產生了」，筆者卻認爲，有這樣單一信念的人雖
値得人們敬仰，但卻不會成爲優秀的作家，偉大如魯迅、尼采、叔本華者，
內心同樣有無法統一的孤獨與悲觀。也許只有在毫無懷疑精神的世界裏的人
們，才會永遠爲狂熱的理想所支配，永遠沉浸在「純潔」、「單一」的奮鬥的
洪流裏。

〔註22〕 徐訏：《關於風蕭蕭的電影》，《自由中國》1954 年 3 月 1 日。

三、漸起攪動權威定評的異聲

吳義勤作爲中國大陸最早全面研究徐訏的學者，當時的學術語境與政治氛圍，無疑影響到他對徐訏文學史地位判斷時眞實想法的表露。他小心謹愼地爲徐訏在文學史上爭取一席之地的言辭，隱隱洩露出他對徐訏的激賞，但他也時時以並不客觀的批判來消解那略顯個人化的欣賞態度。吳義勤評價最高的，是徐訏的小說成就。他將徐訏放在三十年代後浪漫主義思潮衰退，現實主義又失去深刻的眞實精神而流行著「革命加戀愛」的公式化寫作的歷史格局中，認爲徐訏的創作以新鮮的格調衝激了沈寂的四十年代文壇，是將現實主義與現代主義融入浪漫主義而使後者有了新的提升。吳義勤認爲，徐訏的創作重振了四十年代的浪漫主義之風，對中國現代浪漫主義文學的發展有獨特的貢獻：

> 平心而論，「五四」時期浪漫主義強烈的激情傾向，在當時確實有震撼人心的力量，但宣洩式的叫喊以及缺少理性穿透力的濫情傾向，確實也是它失去讀者的一個原因；而徐訏浪漫主義的特色則是在激情中注進理性、哲理的思考，沒有那種狂喊濫叫的弊病，經過情感的過濾和淨化。這表現著他對浪漫主義所作的根本性的反撥和所實現的超越。徐訏是現代文學史上一個卓越的浪漫主義大家。
> 〔註23〕

吳義勤之評價徐訏是浪漫主義大家，顯然是針對徐訏三四十年代的創作，徐訏到港後的創作風格日趨複雜，事實上已很難將他歸入哪一種流派與主義。

徐訏複雜的思想與藝術的追求中充滿著很多對立的矛盾，凡精神境界極高與偉大的作家，幾乎都有分裂的靈魂與思想令他們備受折磨，如果最後得到了統一，也幾乎都是皈依於宗教的安慰。徐訏臨終前皈依天主教，正是這樣的結局，他一生探問的，以自己誠實的生命與愛，以清醒的悲觀與熱的祈望來求得的，終於不能有現實中和諧的統一。吳義勤在其《漂泊的都市之魂——徐訏論》中，對徐訏充滿各種矛盾的文藝觀作了頗爲深入的分析，認爲正是這些困惑賦予了徐訏以鮮明、深刻的文學個性：

〔註23〕 吳義勤：《漂泊的都市之魂——徐訏論》，蘇州大學出版社 1993 年版，第 195 頁，212～216 頁。

徐訏堅持藝術「超越現實」，但當他一接觸現實人生，他的良心
又使他不斷的否定自己，對於現實的超越終於敵不過現實的「誘
惑」。這可以說是徐訏人生和藝術中矛盾的最終根源。〔註24〕

　　吳義勤認爲徐訏在「藝術感性」與「實用理性」之間的矛盾正是他作
品裏的張力之來源，這是確切的，徐訏綺麗的想像與熱力在他哲學出身的
哲學理性收束中表現出了非常迷人的張力，這也正是無名氏與徐訏的差異
所在，無名氏學到了徐訏編製浪漫奇情故事的軀殼，但卻沒有得到徐訏那
凝重的神韻，所以前者顯得濫情，而後者則放射著綺麗中帶著拙樸的別樣
光芒。如徐訏寫《神偷與大盜》的粗豪的氣概，直與他一貫神秘綺麗的格
調很不相同，便是盡列新文學史上大小作家，有此手筆的也頗罕見。還有，
吳義勤注意到徐訏的作品中「超現實」與「執著現實」在相反的傾向上所
形成的張力，這是很多傑出的作家身上都有的一種深刻的矛盾。大凡優秀
作家，幾乎都在極致的精神之深的掘進中有否定物質的傾向，這往往表現
爲他們對現實世界的失望與對宗教境界的接近。但宗教情懷本身也混雜著
對現實世界的悲憫，更何況，作爲優秀的大作家，他們更是代表一個時代
的現實歷史的參與者，血肉的相連，則是他們永不能割捨的疼痛之源。徐
訏一生都在以哲學、文學、藝術爲靈魂的慰藉來尋人存在的終極意義，最
後終於不能在其中得到答案而於逝世前皈依天主。這樣絕無法消除的矛盾
所形成的張力，是徐訏藝術風格在晚年漸趨複雜、分裂的根本原因，它使
徐訏的作品呈現出內部對立的複雜面貌，即透著對灰暗現實人生的深刻洞
察，也有轉入探靈之有無的神秘與虛無。徐訏與諸多傑出的作家一樣，追
求藝術上極致的美，與對人生苦難的不能無動於衷，正是他時時都有的深
刻矛盾。

　　在《漂泊的都市之魂──徐訏論》的結尾，吳義勤對徐訏做出了整體的
評價：

　　　就思想傾向來說，他的理想主義、現實主義、悲觀主義也不存
在一個非常明顯的更替轉換過程，只不過悲觀主義逐漸加強並最終
佔據主流罷了。因此，我們說徐訏是個「複調」作家，又是一個卓
爾不群的個人主義作家。……他確實是中國現代文學史上作出過重

〔註24〕吳義勤：《漂泊的都市之魂──徐訏論》，蘇州大學出版社 1993 年版，第 212
　　　～216 頁。

要貢獻而又具有特定過渡性的作家。我們應該給予他應有的文學史地位。〔註25〕

最終，吳義勤認爲徐訏是一個卓爾不群的個人主義作家與悲觀主義者，是中國現代文學史上作出過重要貢獻的作家；他也力主中國現代文學史應該給徐訏以應有的文學史地位，不過，他還是沒有具體地指出他之客觀與公正的體系中，徐訏到底應得到一個什麼樣的文學史地位。以吳義勤在整部論著中所流露的態度，他是將徐訏視爲與盧梭、莫泊桑等世界級作家比肩的大作家，但他卻沒有魄力具體評價徐訏在新文學史上的地位到底應排在何處，他應該是心裏有了定評而沒有說出而已。

陳旋波的《時與光——20世紀中國文學史格局中的徐訏》是繼吳義勤《漂泊的都市之魂——徐訏論》之後第二部大陸學者專論徐訏的著作。陳旋波最大的貢獻是將徐訏作爲20世紀中國文學史格局中的一個有效個案，來深入剖析香港文學在整個20世紀中國文學史整體框架中的特殊意義。陳旋波認爲：

> 1949年之後的香港文學在20世紀中國文學史建構中具有不可忽視的價值：其一，它是自由主義文學的繼承與延續。……這對於彌補20世紀中國文學史框架中因政治功利性造成的藝術缺失頗爲關鍵。其二，它是40年代中國文學「文化綜合」的拓展與延伸。……相對自由的思想空間及中西合璧的文化背景使40年代中國文學的餘波得以自然延伸。〔註26〕

據此，陳旋波認爲徐訏40年代曾孜孜以求的現代主義文學，在其到港後則直接隨之移入香港〔註27〕，從而引發香港的現代主義文學潮流，使之成爲20世紀下半葉中國現代主義文學的策源地。這樣，徐訏在中國20世紀文學史上的特殊價值就得以凸顯出來，可以說，陳旋波的徐訏研究基本改寫了中國當代文學史中有關現代主義的部分。但這一問題，學界似乎並沒有意識到，更沒有形成共識。

〔註25〕 吳義勤：《漂泊的都市之魂——徐訏論》，蘇州大學出版社1993年版，第234頁。

〔註26〕 陳旋波：《時與光——20世紀中國文學史格局中的徐訏》，百花洲文藝出版社2004年版，第227頁。

〔註27〕 關於這一點，徐訏50年代所作的《爐火》、《彼岸》等早於劉以鬯《酒徒》的現代主義力作，卻沒有研究者指出過它們的意義。但事實上，徐訏很多先於《酒徒》的作品，都可視爲香港現代主義文學的藝術範例，只要分析一下《彼岸》等文本，這一結論顯然是毋庸置疑的。

　　陳旋波打通兩岸三地的文學地域分界，以整體性的 20 世紀中國文學史觀來看待徐訏的價值，顯示出其開闊的史家眼光。他認爲，只有這樣才能不低估徐訏香港時期文學創作的獨特價值。陳旋波對徐訏的評價比較接近客觀事實，下面這段話正可視爲他對徐訏文學史地位的整體思考：

> 徐訏漫長的文學生涯使他參與和見證了 30 年代至 70 年代中國文學的歷史進程，從 30 年代的左翼文學、京海之爭到 40 年代的抗戰文藝、生命體驗、雅俗整合，乃至 50 年代的反共文學、現代主義和 60 至 70 年代的「文革」反思，他都直接或間接地表現或審視。長期以來，學界對徐訏香港時期創作的文學史意義認識相當不足，或將其視爲「南來作家」而加以邊緣化（如香港的黃康顯），或貶之爲缺乏現實感而加以排斥（如劉以鬯），這樣必然遮蔽了徐訏的文學史貢獻。〔註28〕

　　陳旋波在這裡特別地指出了徐訏香港時期文學創作的意義，這對中國新文學史的重新整合與徐訏文學史地位的評定有重要參考價值。徐訏與沈從文、錢鍾書、張愛玲、老舍、曹禺等現代文學名家最大區別的地方也正在於此，後者在 50 年代後的文學創作都基本中斷或水準嚴重失衡，而徐訏的重要成熟之作卻恰恰出現在 50 年代後。所以，無視徐訏 50 年代後的重要作品，而僅以其 40 年代的《鬼戀》、《風蕭蕭》等作爲代表作來與前者相比，並以此來作爲定評徐訏在 20 世紀中國文學史上的地位，這確實是極不負責與有失公允的做法。此外，陳旋波注意到，香港本土學者則多將徐訏歸爲「南來作家」，認爲徐訏的創作題材少涉香港，因而對香港文學的意義不大。僅以是否反映香港社會現實的狹小視野來衡量徐訏這樣有世界文學史意義的作家，這自然不妥。所以，對徐訏的文學史評定，在地域上不應限於香港文學史，在時間上也不應局限於現代時期，而要如陳旋波所提出的，將徐訏放在 20 世紀中國整體文學史的大框架裏，這樣才不至於低估或誤解徐訏的文學史意義。

第二節　港臺及海外評價徐訏的幾個問題新考

　　在港臺及海外漢學界，有幾個徐訏評價問題一直糾纏不清，尤其再傳到

〔註28〕陳旋波：《時與光——20 世紀中國文學史格局中的徐訏》，百花洲文藝出版社 2004 年版，第 228、229 頁。

國內，似有更多誤解曲折處。比如，夏志清的《中國現代小說史》未將徐訏納入寫作框架，而後又似頗有悔意；徐速傳謠「徐訏組英文筆會是爲要推薦自己參加諾貝爾獎競選」之眞正意圖；以及徐速之悼文過度誇大徐訏在香港的被冷落，又經袁良駿等有意發揮後迅速在國內傳開，進而造成大陸讀者誤以爲眞等問題。本節搜集到一些可靠資料，並取以彼證此之法，基本釐清了幾個人云亦云的說法，終還徐訏以歷史之公允。

一、夏氏兄弟之「遺珠」眞相

按照王璞的說法，夏志清夏濟安弟兄與徐訏之間似有過節。緣起是 60 年代一位名叫石堂的人曾撰文批評徐訏《風蕭蕭》的對話「有濃重的洋味兒」，遂引起徐訏反擊。徐訏除對石堂文章進行逐句辯駁，還憤然流露對文學評論界的不滿，文中有「藝術難逃幫口，文壇不外派系，身爲難民，寫文僅圖果腹，既不想在幫口刀劍下，得群眾之擁護，也不想在派系羅網中，受批評家之賞鑒」云云。王璞慨言，徐訏如此不知迴避，惹人忌恨自是難免：

> 徐訏在反擊文章裏一口氣引用臺灣《文學雜誌》第三卷第三期上除譯文外的全部作品，對「濃重的洋味兒」之說作了辯駁，他接著對當時的文學評論憤然表示自己的態度道：「今則閱歷已深，始知藝術難逃幫口，文壇不外派系。身爲難民，家有七口，讀書只爲消愁，寫文僅圖果腹；既不想在幫口刀劍下，得群眾之擁護；也不想在派系羅網中，受批評家之賞鑒。」如此不慎地捅了馬蜂窩之後，他又不知迴避地道：「……竟說些反權威的話，自應在圍剿之列。我說『圍剿』，是有根據的，因爲夏濟安先生已經函請林以亮等發動了對拙文『太離譜』的紅學攻勢。」如此看來，幾年之後人家在《中國現代小說史》中對他不置一詞也就是其來有自的了。〔註29〕

徐訏沒有被夏志清的《中國現代小說史》納入其中，這是許多欣賞徐訏小說的研究者所不能釋懷的，王璞也在此間。接下來，王璞又將夏志清的這一失手與聖伯夫當年誤評波德萊爾、司湯達、奈瓦爾相比：

> 不過，我還是寧可相信，這一遺漏是聖伯夫式的失手，而不是有悖學者道德的意氣用事，是霍克斯所說的那種因批評手法的陳舊

〔註29〕 王璞：《一個孤獨的講故事人——徐訏小說研究》，香港里波出版社 2003 年版，第 65、66 頁。

對現代小說的無能爲力所致。然而這一失手對中國現代小說讀者的誤導（因爲此書標榜爲「現代小說史」，而不是「現代小說家選評」），對中國小說研究所造成的損失，確與聖伯夫當年對波德萊爾、司湯達、以及奈瓦爾的誤評好有一比。不同的是，聖伯夫畢竟是大師級人物，所以他雖然將《惡之花》譏爲「波德萊爾遊樂場」，將奈瓦爾譏爲「旅行推銷員」，卻還是沒有對這些自己不能理解不喜歡的作家和作品視而不見，還是對他們作了評估。事實證明，那些即使是錯誤的評點，對於多年之後司湯達、波德萊爾、乃至奈瓦爾的出土也是不無提示作用的。雖然如此，還是擋不住五十年後，普魯斯特出於義憤，管這位失了手的一代宗師叫一聲「惡棍」和「老混蛋。〔註30〕

　　1975 年，夏志清對沒有將徐訏列入《中國現代小說史》曾有過表示，似乎對自己的「失手」有些悔意，不過他最後還是把責任推給別人，不知其內心是否眞的爲出於成見而成此遺憾感到一個學者的不安：

　　　　這期徐訏專訪，附列《著作一覽表》，計有五十五種，實在太多了。徐訏剛出書時，我看了他的《鬼戀》和《吉布賽的誘惑》（可能也看了《荒謬的英法海峽》，已記不清了），覺得不對我胃口，以後他出的書，我一本也沒有看。我這種成見，可能冤枉了他，因爲他後期作品可能有幾種是很好的。但一個作家一開頭不能給人新鮮而嚴肅的感覺，這是他自己不爭氣，不能怪人。〔註31〕

　　可以說，夏志清的這段話，證明了王璞的猜測是基本準確的。夏志清的確對徐訏有一種成見，產生之初是覺得徐訏的小說不對他的胃口。他作《中國現代小說史》，對在四十年代曾有極大影響的徐訏不置一詞，而對同是四十年代成名的錢鍾書、張愛玲卻那樣出格地大書特書，這的確讓人忿忿不平。且不說他認爲徐訏一開頭便給人以不新鮮不嚴肅的感覺是否客觀，單就他對《風蕭蕭》這樣在四十年代風行一時的小說看也不看，就去寫他的《中國現代小說史》，也是極不嚴肅的一種態度。他反而將責任推給別人，說「這是他自己不爭氣，不能怪人」，這樣的態度眞是有點無賴了。難怪王璞在其博士論

〔註30〕 王璞：《一個孤獨的講故事人——徐訏小說研究》，香港里波出版 2003 年版，第 66 頁。

〔註31〕 夏志清：《夏志清書簡》，《書評書目》1975 年 8 月第 28 期。

文中，要借普魯斯特出於義憤而管聖伯夫叫一聲「惡棍」和「老混蛋」來委婉地宣洩一下她胸中的不滿了。

　　不過，在時間的面前，生命都已消失，這些意氣之事未免輕微了些。1998年，夏志清回憶往事，想到徐訏，也有憮然之意：

> 　　徐訏死的這樣早，可說是倒楣了半生。最後一次見他在巴黎，我們都被邀開會（一九八〇年六月），但他並無任務，既無論文念，也不做討論員，心境一定也不好。但他的小女兒也在場，他特別愛她，我因之對他也有很好的印象，不出一兩年他即逝世，我也有些難過。我因早在上海即讀了他的《鬼戀》、《吉布賽的誘惑》，不喜歡這兩種調調兒，故不考慮把他放進《中國現代小說史》內，連《風蕭蕭》都未看，對他可能是不公平的。其實他晚年在港寫的短篇小說，應該算是不錯的。〔註32〕

　　遺憾的是，夏志清的歉意徐訏沒有看到，而在文學界，也是鮮有人知。只是很多看過徐訏作品的人，都對夏志清的《中國現代小說史》對徐訏的不置一詞而感到疑惑，還以為這位遠在美國的著名學者是因閱讀的局限而漏掉了徐訏呢。

二、李輝英與周錦的危言聳聽

　　李輝英與徐訏都在中文大學任教過，應該是十分熟悉的老朋友了。不過他與夏志清一樣，都「不喜」徐訏的「這種調調兒」，對徐訏小說的不以為然卻又頗有讀者的情形幾乎是帶著強烈的不滿情緒：

> 　　就《荒謬的英法海峽》、《吉布賽的誘惑》和《鬼戀》的題材講，自然不是與抗戰有關的小說。作者刻意於文句的雕琢，對話也經過一番巧製，他希圖用傳奇式的形式美以及賈寶玉式男人必為若干女人所喜愛的愛情，織結成奇幻虛渺的故事引人入勝，頗為一般人所愛好。大抵又因為取材和文字的較為奇異，一時有人譽之為鬼才。其實人間只有人才，沒有鬼才，鬼才要去鬼域尋求了。……他縱任

〔註32〕　《純文學》第6期，1998年10月31日，曾刊載《夏志清來函談徐訏》一文：「《純文學》復刊第五期『人物談』欄刊登王敬羲著《徐訏與我》；今接夏志清教授閱本刊後十月二十三日紐約來信，談及他對徐訏的最後印象和對他作品的觀感，現摘錄如後……文學批評家夏志清所持論點與《徐訏與我》一文相當接近。」

空虛幻想的奔放，把荒謬，把人鬼，把吉布賽的讚賞等等都攤了出來，既怪誕又發揮了某些所謂「情調」，從而招致了些好奇、享樂的讀者更進一步的憧憬，使那些每天奔忙於敵機轟炸下的小市民像是尋到了一角的烏托邦，藉此而輕輕的鬆了一口氣。認真的說，對於我們抗戰大業多少是起了消極的作用的。〔註33〕

　　李輝英在其本已很簡略的《中國現代文學史》中，竟擠出筆墨來揶揄徐訏的「鬼才」之譽，其情緒化可見一斑。寒山碧曾在《〈鬼戀〉——一個迷途者的悲歌》中對李輝英過分苛責徐訏的作品表示不平，認為徐訏的作品「對於我們抗戰大業多少是起了消極的作用」的說法未免荒唐。不過，在港臺作家中，李輝英是偏左的一派，其文學史觀與徐訏大相徑庭，這樣的評價在所難免。徐訏逝世，也未見曾是同僚，且多年往來的李輝英寫過一篇紀念文章，可見不合之緒至死難解。

　　周錦的《中國新文學簡史》對徐訏的評價幾乎是對李輝英《中國現代文學史》中評價徐訏部分的復述。很多地方連句式都沒有變化。他評價《風蕭蕭》儘管在故事的內容上無可厚非，但「刻意的編織情節、點綴噱頭、渲染些小風趣，澈底表現了海派作風。這對中國新文學的發展，並無益處。」〔註34〕不過他對無名氏的《北極風情話》與《塔裏的女人》這兩部總是與徐訏小說相提並論的作品，倒無意間說了幾句真知灼見的話：

　　　　無名氏，模倣徐訏的作風，出了長篇《北極風情話》和《塔裏的女人》，是抗戰期間最惡劣的小說。……雖然這些書暢銷過，也有過不少的讀者……但畢竟是些離奇的神化故事，是遣送時間的消閒書，說不上文學成就。〔註35〕

　　無名氏模倣徐訏的「異域格調」而寫爛俗的愛情傳奇，確實易使人聯想到徐訏。所以，他們日後幾乎總是被同時提及，嚴家言竟專為此二人設一個「後期浪漫派」的名目。不過，若說真有這樣的一個流派，最好還是設給徐訏一人比較合理，正如孫犁的「荷花澱派」一樣。因無名氏的狗尾續貂非但沒有為這一「流派」增色，反而為它添了「惡名」，周錦的話實在不錯。無名氏模倣徐訏的異域格調而成為暢銷書作家，他放大了徐訏作品中的商業品

〔註33〕李輝英編著：《中國現代文學史》，香港文學研究社1972年版，第269、270頁。
〔註34〕周錦：《中國新文學簡史》，臺北成文出版社有限公司1980年版，第221頁。
〔註35〕周錦：《中國新文學簡史》，臺北成文出版社有限公司1980年版，第221頁。

質，卻遺漏了徐訏嚴肅的生命追問的理想。〔註36〕這讓後來左翼傾向的文學史家都習慣於一種想當然的印象而定位徐訏，連他那些早期傾向馬克思主義的創作也都一併棄絕。這對徐訏這樣表面遠離時代主潮，實際上有很深現世關懷的作家，委實冤枉了他的一片赤誠。周錦的評價儘管過於偏激，不過卻很深刻地啟示我們應該注意無名氏與徐訏之間的差異，遺憾的是，後來的研究者看到的幾乎都是他們之間那一點表面的相似而已。

三、反權威與眾勢的「異聲」

徐東濱在《徐訏與筆會》一文中回憶說，有一次他跟司馬長風談到徐訏，司馬長風立刻表示：「徐訏有幾本小說可以傳世，但是實在說起來，他的詩比小說更好。」〔註37〕可以說，在臺港、大陸以及海外研究界有一定影響的學者中，司馬長風對徐訏的欣賞與推介是最引人注目的，他在不止一篇文章中多次發出獨排眾議的評價，力圖「攪亂」已經沉積穩定的現代文學史結構層，而欲重新評定徐訏的文學史地位。尤為不易的是，司馬長風還能從《中國新文學史》非常有限的章節裏分出相當的篇幅來評介徐訏的詩，顯得既有膽識又有文學史大家的發掘眼光。不過，司馬長風最有轟動性的言論，還是他認為徐訏的《風蕭蕭》辟除了茅盾的《子夜》、端木蕻良的《科爾沁旗草原》、老舍的《四世同堂》之各自的瑕疵，認為徐訏取得的成就應在茅盾與老舍之上；而且，他甚至在《徐訏及其〈街邊文學〉》中流露出「染指」魯迅文學史地位之意：

> 徐訏的作品以小說馳名。長篇《江湖行》尤為睥睨文壇，具野
> 心之作。據筆者所知，徐訏的詩作、散文、戲劇、文藝批評都有著

〔註36〕 魏子雲在《讀徐訏的〈爐火〉》中也談到徐訏的模倣者只是看到徐訏善寫愛情故事的一面，而對其洋溢出的思想與個性卻反而忽略。其原文如下：「徐訏應是『五四』以來，中國小說家中的一位最會說故事的小說家。我敢說，一直到今天，還沒有第二個人能比得過他。他的故事，總是說得委婉、溫馨、美麗而又動聽。這正是徐訏之能擁有廣大的讀者，並擁有許多模倣徐訏的作家之基本原因。實則，徐訏的讀者大都沉浸在他的美麗的愛情故事裏，極少有人在他的故事中去探討徐訏的哲學；最可悲的是那些模倣徐訏的作家，只知道去學習徐訏的愛情故事，而忽略了徐訏表達在故事中的思想與個性。這是徐訏的小說在中國文壇上留下的一點壞的影響。當然，其過不在徐訏。」（陳乃欣等著《徐訏二三事》，第60、61頁，爾雅出版社，1980年版。）
〔註37〕 徐東濱：《徐訏與筆會》，《徐訏紀念文集》，香港浸會學院中國語文學會1981年版，第67、68頁。

作問世，而且都是水準以上的作品。環顧中國文壇，像徐訏這樣十
八般武器、件件精通的全才作家，可以數得出來的僅有魯迅、郭沫
若兩個人。而魯迅只寫過中篇小說和短篇小說，從未有長篇小說問
世，而詩作也極少；郭沫若也沒有長篇小說著作，而他的作品，除
了古代史研究不算，無論是詩、散文、小說、戲劇、批評，都無法
與徐訏的作品相比。也許在量的方面不相上下，但在質的方面，則
相去不可以道理計。〔註38〕

　　這樣反權威與眾勢的異聲的確在學界攪起軒然大波，不過，多數學院派
人士都只一笑置之，並不作認真的學術辯論。夏志清曾撰文〔註39〕批評司馬
長風的《中國新文學史》寫得草率，司馬長風也曾著文〔註40〕回擊。後古遠
清在《香港當代文學批評史》中對此有過比較客觀的評價，他認為司馬長風
在香港的文化環境下，同徐訏一樣為生存而疲於寫作，實無夏氏在美國大學
裏那樣安穩的學術研究條件。所以，有的地方未免寫的過急與草率，但司馬
長風的《中國新文學史》還是有很多創見，是發前人所未發，其中就包括對
徐訏的評價部分。夏志清對《中國新文學史》的批評有很多與實情不符，一
些評價顯示未細讀全書而斷下苛責，反顯得有失一著名學者的嚴謹。不管怎
樣，司馬長風對徐訏的大力推舉，確實讓很多國內學者開始關注徐訏，使很
多研究相繼展開，尤其是徐訏在新詩史上的被忽略問題已逐漸引起一些人的
注意。在徐訏研究領域，司馬長風的努力功不可沒。

四、幾篇悼徐訏文的以訛傳訛

　　根據劉以鬯在《憶徐訏》〔註41〕一文中所述，他與徐訏早在四十年代的
重慶就已十分相熟。徐訏當時的很多作品都是經由劉以鬯之手發表與出版，
如《風蕭蕭》最初即是在劉創辦的「懷正文化社」出版。到港後，他仍與徐
訏有過合作，如同在《星島週報》主持編務，後徐訏辦《七藝》亦曾向劉約
稿。可見，劉以鬯對徐訏也算十分瞭解的。不過，劉以鬯與徐訏在文學創作

〔註38〕　司馬長風：《徐訏及其〈街邊文學〉》，《中華月報》1973年12月，第68頁。
〔註39〕　夏志清：《現代中國文學史四種合評》，臺灣《現代文學》1977年8月復刊號
　　　　　第1期。
〔註40〕　司馬長風：《答覆夏志清的批評》，臺灣《現代文學》1977年復刊號第2期。
〔註41〕　見寒山碧編著《徐訏作品評論集》，香港文學研究出版社2009年版，第293
　　　　　～298頁。

的理念上有很大距離，又同為香港著名作家，實際上對徐訏後期作品難有耐心細看，有時未免以想當然的印象來替代真正的批評〔註42〕。為此，廖文傑曾著文質疑劉以鬯是否認真讀過徐訏的作品：

> 何況徐先生的小說，有許多都頗為現實與寫實，只是論者往往忽略了，人云亦云，他彷彿便真的變為一個不寫實的作家，作品虛無飄渺，兒女情長。劉以鬯在論文中談及徐先生的小說，有點以偏概全，沒有作深入的分析便輕率地下結論，例如他說讀徐訏的小說，如霧裏看花，失去應有的真實感。他是讀哪一本小說看不清楚徐先生寫的是真花抑或紙花呢？劉以鬯又說徐訏沒有勇氣反映現實，竟像醜婦照鏡似的，想看，又不敢看。這段說話到底是形容徐先生哪一部小說呢？是不是包括徐先生所有的創作？談《彼岸》，劉以鬯說徐訏為了減少小說中的低級趣味，將哲理當作血液注入作品，野心很大，給讀者的精神刺激卻小。我自己的意見則竟然剛好相反，《彼岸》一書哲思深邃，探討人生，貫穿時空，在人生的思想上給我的啟發頗大，我以為此書應屬於徐先生很有特色的代表作之一。不知劉以鬯批評此書的觀點立論何在？自然，每人都有自己的觀點角度，讀書的理解與體驗也各有不同，何況劉先生是老前輩，讀書的經驗和閱歷都比我豐富得多，跟後輩自不可一概而論，但他到底是徐先生的老朋友了，在一篇論文卻涉及如此草率輕浮的批評，實在毫不瞭解徐先生，讀後只是令我覺得失望。〔註43〕

廖文傑對徐訏名譽的維護可謂煞費苦心。他對劉以鬯批評徐訏作品的有失根據感到不滿，是真心希望劉以鬯能有據有實地評價徐訏的小說，從而為徐訏研究增加一有分量的文章。不過，與徐速對徐訏在香港不被重視的誇張描述相比，劉以鬯對徐訏在香港以及臺灣的文學活動所產生的影響還是有較為客觀的評價。他在《暢談香港文學》中多處提到徐訏積極辦刊以及時常來往於臺港之間，是對臺港間文學交流與繁榮發生過影響的人物：

〔註42〕 參見劉以鬯在《五十年代初期的香港文學》中論及徐訏的部分，此文刊於《香港文學》1985年第6期。

〔註43〕 廖文傑：《風蕭蕭‧路迢迢——懷念生前飄零死後寂寞的徐訏》，廖文傑自印《在臺北重慶南路正中書局尋覓徐訏全集——懷念徐訏先生詩‧文集》，第85頁，此文亦刊於《香港時報‧文與藝版》1985年9月6至8日。

　　像三十年代已成名的徐訏，雖在香港創辦了「創墾出版社」，《全集》卻在臺灣出版。他的作品在臺灣出版的固多；在香港出版的也不少。有些作品在港臺兩地出版；有些作品在港臺兩地雜誌連載。事實上，他是常在港臺之間來來往往的，雖然在香港組織過「英文筆會」，辦過《幽默》、《筆端》、《七藝》等雜誌，卻是在臺灣與張選倩女士結婚的。儘管徐訏在接受訪問時說「對臺灣情況少瞭解」；也「不能和香港社會溝通」，他在港臺之間的來來往往，多少加強了兩地在文學上的聯繫，也產生影響。〔註44〕

　　並且，在《暢談香港文學》中，劉以鬯對徐速過低貶抑徐訏小說的價值也流露過不以為然的態度。指出徐速的觀點所據完全失實：

　　　　徐速在《懷念徐訏》中談徐訏的小說，有這樣幾句：「……到香港後，他也就見風轉舵的寫了近乎現實的《盲戀》、《江湖行》，可是他缺少那個社會階層的生活體驗，寫得很不成功，反而失去了原來欣賞他的讀者。於是，他又掉轉筆觸寫了《彼岸》，這一來更糟了，他的哲學思想不但與現實政治不合拍，更為一般『徐訏迷』望而生畏。」這種看法，與實際情況並不符合。根據《徐訏紀念文集》刊載的《徐訏著作出版紀錄》，《彼岸》出版於一九五三年；《盲戀》出版於一九五四年；《江湖行》出版於一九五九至六一年。《彼岸》脫稿於一九五○年七月十五日，比《盲戀》、《江湖行》更早寫成。徐速說徐訏因《盲戀》、《江湖行》「寫得很不成功」而「掉轉筆觸寫了《彼岸》」，顯然弄錯事實。〔註45〕

　　徐速一向稱自己是徐訏的老朋友，並且在徐訏彌留之際曾抱病探視，似與徐訏確有真摯的情誼。但他在徐訏逝世後所作的《憶念徐訏》，卻遭到徐訏友朋與學生的質疑，他們都對徐速在文章中過於誇大徐訏在香港的貧病交迫感到不滿〔註46〕。確也難怪徐訏朋輩會慍怒，通過徐速的描述而得到的徐訏形象，竟是個不通事理，傲慢孤僻，總想不勞而獲，見到人就拉住不停發牢

〔註44〕 劉以鬯：《暢談香港文學》，香港獲益出版事業有限公司 2002 年版，第 85 頁。

〔註45〕 劉以鬯：《徐速談徐訏的小說》，《暢談香港文學》，香港獲益出版事業有限公司 2002 年版，第 212、213 頁。

〔註46〕 寒山碧曾著文《澄清徐速悼徐訏文兩三事》表示對徐速悼文的不誠實感到反感，劉以鬯也寫了《徐速談徐訏小說》來證徐速所言無據，以及秦少峰等都在報刊上發表文章表示對徐速悼文的不滿。

騷，爲取得諾貝爾獎推薦資格而鑽營，又窮又病又老，無法生存於香港社會的過景文人。徐速的文章是以小說家刻畫人物的筆法來寫徐訏的，可能爲要寫得生動，有的地方不免杜撰，甚至將自己的猜測也寫了進去。比如，他寫徐訏另組「香港（英文）筆會」，竟歪曲很多事實而猜測徐訏是想藉此推薦自己爲諾貝爾獎競選人，關於此事，若看過秦少峰的《談〈憶念徐訏〉的眞實性》〔註 47〕與攻車的《諾貝爾文學獎與徐訏》兩篇文章後，可完全弄清楚個中緣起。徐速在文中是這樣說的：

> 《七藝》停刊後，徐訏並未因此而沮喪，他的興趣又轉到搞文藝團體——組織「香港筆會」，由他的好友張國興教授約我去開會捧場。……開會的時候，徐先生拿出一張名單，名單上已經寫好了會長秘書和理事，只等我們認可就行了。……當然，他不瞭解我退出那個中國筆會，就是不能適應這樣的「民主」方式，而徐訏的方式，竟連假選舉一套也免了。……事後，我才聽人說，徐訏熱心組織筆會另有苦衷，他原來也是參加中國筆會的，一向很少與會，老實說，以他的聲望資歷，做個會長都是應該的，但他只是個外圍會員，有一個時期他忽然一反常態地熱心起來，據說（只是據說，沒有實證，如果因此罵我造謠，那也是咎由自取。）徐訏希望通過中國筆會關係，推薦爲中國諾貝爾文學獎的候選人，可惜沒有實現，所以才動腦筋另組新筆會，是否反求諸己，那就死無對證了。〔註 48〕

根據秦少峰文章提供的依據，事實上，徐速被邀參加徐訏組織的香港筆會已是這個筆會發起後一年之久的事了，那時，筆會的會長與理事自然早已產生。徐速的說法隱去了他與會的時間背景，顯然這是他爲自己退出這個筆會而找的一個藉口，也順手描畫了一下徐訏的「專斷」形象。關於徐訏另組香港英文筆會的起因，徐東濱的《徐訏與筆會》有可信的介紹：

> 一九五五年我的老同學燕雲受國際筆會秘書長卡佛爾委託而發起「香港中國筆會」，邀請許多知名作家參加，當然也邀請徐訏；他答應了，但沒有出席成立大會。……他的主要意思是：香港中國筆會應該有「革命性的做法」；改弦更張，擴大加強。我表示支持他的

〔註 47〕 秦少峰：《談〈憶念徐訏〉的眞實性》，《明報月刊》1981 年 9 月，第 67、68 頁。
〔註 48〕 徐速：《憶念徐訏》，寒山碧編著《徐訏作品評論集》，香港文學研究出版社 2009 年版，第 317、318 頁。

積極態度，希望他出席大會，當選理事後在理事會上提出「改革意見」，逐步推行。他果然出席了隨後的一次大會，一連幾年當選理事，並在各次大會上提出一些意見。可是他的意見大多被其他理事認為難以實現；例如他主張擴大為「香港筆會」，邀請外國人參加，就完全無人支持，使他甚為怏怏不樂。徐訏似乎對這項主張甚為執著，所以後來另外發起一個「香港英文筆會」，邀請「在香港以英文寫作的作家們」參加。〔註49〕

　　徐東濱是徐訏的同宗弟兄，與徐訏交往多年，且負責香港中國筆會的秘書職務，對於「筆會」之事屬於身歷，他的話應該十分可信，可證實徐速的所謂「據說徐訏希望通過中國筆會關係，推薦為中國諾貝爾文學獎的候選人，可惜沒有實現，所以才動腦筋另組新筆會」完全是一種「度君子之腹」的謠諑。事實上，早在徐東濱之前，攻車已於徐訏逝世後的第十一天即在《香港時報》上披露了徐訏被香港中國筆會薦為諾貝爾文學獎候選人的詳細經過：

　　　　筆者以一度負責香港中國筆會的關係，曾接獲瑞典諾貝爾基金委員會邀請推薦的函件，因此有關徐訏兄競選諾貝爾文學獎，可說是身與其事。一九七二年初，從筆會前任會長羅香林先生接受一批有關文件，其中就括有上述來函，因羅先生業已卸職，這責任就落在筆者身上，在商洽之下，一致認為如果推薦，必須是一位在文學寫作上有重大貢獻，具有廣泛影響力的作家，並且還要在國際間具有相當聲譽，否則絕引不起瑞典文學院那些位院士們重視。歷數居港作家，認為只有徐訏具備此等條件，於是就決定加以推薦。由於瑞典諾貝爾獎委員會是向各文藝團體負責人個人徵求推選，更因為這種事若是公開出去，在文藝界一定引起許多紛爭，香林先生和筆者在那以前不久就曾受過一次教訓。所以此事決定秘密進行，除徵詢徐訏本人意見外，只有羅先生和我兩人知道。此外就只是筆會負責秘書任務的徐東濱兄。當我將此意告知徐訏，他很感興趣，幾度會商，隨即準備各種資料，包括傳略，作品介紹和語文，推薦函件等，由筆者簽署，寄經瑞典首都諾獎委員會。……徐訏的作品縱然在中國風行一時，似乎還沒有外文譯本，在我經手發出的推薦文件

〔註49〕　徐東濱：《徐訏與筆會》，《徐訏紀念文集》，香港浸會學院中國語文學會出版1981年版，第68、69頁。

中，擁有一厚疊英譯的他的著作，究竟是哪幾種已不能記憶，但可斷言絕非風蕭蕭的洋洋巨著。以林語堂之多用洋文寫作，且未獲得那些院士們垂青，徐訏比林氏更難獲得西方人重視。……好像後來徐氏也曾再度競選，只是諾獎的光榮從未光臨到他頭上。……徐訏雖以小說著名，其實在詩和文藝理論方面也並不遜色。……單就作品而言，他夠資格廁身於諾獎的文學巨星之林。〔註50〕

攻車的文章是 1980 年 10 月 16 日發表在《香港時報》上，而徐速的文章標明寫於 1981 年 3 月 14 日夜〔註51〕。可能徐速在寫《憶念徐訏》時沒有看過攻車這篇早已發表的文章，否則，應該不會明知個中詳細而偏取謠傳。那時，徐速也正抱病，他在寫作《憶念徐訏》一文不久後，即於當年 8 月 14 日離世。不過，徐速對徐訏貧病交迫希望受到別人重視而不得的形象實在描畫得生動傳神，令人讀後印象深刻，以至後來國內學者袁良駿在 2009 年發表的《香港小說史上的徐訏》〔註52〕中仍在引用徐速的說法，將徐訏在「香港中國筆會」中「只是外圍會員」，「連個理事都不給他」，徐訏一氣之下才退出另組英文筆會的誤傳的影響範圍進一步擴大，從而造成大陸讀者對這一事件真相的混亂印象〔註53〕。廖文傑對袁良駿沒有深入研究即引用徐速錯誤的說法，且在之基礎上又有所發揮而感到義憤，他在《「爲死者諱」與「不爲死者諱」——試談徐訏生前幾篇悼文及其他》中這樣憤言：

> 徐速悼念徐訏文本來不欲在此多談，因爲徐速寫了許多徐訏瑣事，有些又屬是非之言，跟徐訏的作品，跟學術完全無關，而且真實性頗有疑問……不幸的是，可能因爲徐速的文章被一些專欄作家引用，輾轉流傳，國內文章談論徐訏晚年，大多將徐速有真有假的

〔註50〕 攻車：《諾貝爾文學獎與徐訏》，《香港時報》1980 年 10 月 16 日。

〔註51〕 見徐速文章《憶念徐訏》，其文末尾標明的寫作時間爲「一九八一年三月十四日雨夜」，寒山碧編著《徐訏作品評論集》，香港文學研究出版社 2009 年版，第 320 頁。

〔註52〕 袁良駿的《香港小說史上的徐訏》發表在《新文學史料》2009 年第 1 期上，文中的主要觀點亦早在其 1999 年出版的《香港小說史》第一卷中出現。

〔註53〕 吳義勤、王素霞著的《我心彷徨——徐訏傳》中亦在繼續沿用徐速、袁良駿的說法：「據說，徐訏成立英文筆會的目的，一是與香港筆會分庭抗禮，因爲香港筆會成立時，他這樣的名作家竟然連一個理事都沒選上……一是試圖通過筆會實現推薦其作爲諾貝爾文學獎候選人的願望。但是兩個目的似乎一個都沒能達到，這不能不說是徐訏生命中的一大憾事。」（吳義勤、王素霞：《我心彷徨——徐訏傳》，上海三聯書店 2008 年版，第 240 頁。）

說法寫出，又大力渲染，變成人云亦云，寫來寫去，無非只是想說徐訏晚年落寞落魄、沒有讀者、當不上教授、懷才不遇、憤世嫉俗等等而已。國內一位文學史家袁良駿在一九九九年出版的《香港小說史》第一卷內，第十四章中除了引述徐速的話外，又附加一句：「如果不是臺灣正中書局為他出版了十五巨冊的《徐訏全集》，他至死這套書恐怕也未必能在香港出版。」請看看這哪裏是一位學者的態度？徐訏以前說蘇雪林寫魯迅，刻薄陰損，似有太過。他對蘇雪林雖然頗為不滿，但請注意「似有太過」四字，徐訏還是寫得很溫柔敦厚的，或者將徐訏的說話轉贈給袁良駿也很恰當吧？〔註54〕

　　不過，徐速作為一個與徐訏接觸較多，又頗有名望的作家，排除他有意張大其辭的說法，我們還是能從他的文章中找到一些他對徐訏作品的獨到觀感：

　　　　憑心而論，與他同時代的作家相比，徐訏的創作技巧是相當突出的，文字流暢明麗，更非一般老作家所可比擬，至於像我們這樣的後輩，更難望其項背了。我曾仔細檢查過他的文句，試圖改動一個詞匯都不容易，看來他在這方面確實下過工夫，也就難怪他那樣欣賞落過水的周作人，我覺得他比謝冰心的文字嚴謹得多了，他的詩也比徐志摩有深度。〔註55〕

　　他的這些觀點也是與林語堂、楊炳辰等對徐訏的看法相合。

　　但也有南宮搏認為徐訏的中文根基不夠結實的另一看法，不過，他說「可能中國有名的作家中，徐訏是中文根基最差的人」未免誇張；並且「有名的作家」範圍也模糊，沒有多少說服力。他又說到林語堂的中文根基差，大概以為這二人的西語功底好而中文功底則必定不強的緣故，也沒有多少道理，但他借著一種比較的方法而看出徐訏語言的特殊之處，又似有些新鮮的發現：

　　　　徐訏是一位有才華的小說家，他的中文根基不夠結實，因此，在大學中教中國文學，便有困難，林語堂先生是栽培及自始至終讚美徐訏的前輩人物，他說：『寫小說要緊的是在於故事的編織，人

〔註54〕 廖文傑：《「為死者諱」與「不為死者諱」——試談徐訏生前幾篇悼文及其他》，香港《信報・文化版》2002 年 8 月 3 日。

〔註55〕 徐速：《憶念徐訏》，寒山碧編著《徐訏作品評論集》，香港文學研究出版社 2009 年版，第 314 頁。

物個性的臨劃，不需要高深的文字造詣』。這是爲徐訏辯。可能中國有名的作家中，徐訏是中文根基最差的人，林語堂最初也是，但林苦學中文，基礎打好，再自明清小品中找到出路，爲自己的散文文體創一家言，徐訏沒有，但徐訏所作小說的故事瑰麗，文字淺易，又爲他最大的特點。晚年，徐訏寫作散文，文格轉高了，中文的修養也有進境，但仍然和中國固有的不相銜接。這應該是一個特點——完全接受「五‧四」以後底白話文體，而又以外國作品的譯文作本身支柱和構架，半個世紀以來中國文學上也只有徐訏先生一人。〔註 56〕

自然，南宮搏說徐訏的中文根基差，猜測他應該是將徐訏相比於魯迅、周作人等有舊學根基的一代，徐訏的語言潔淨瑰麗，雖淺易而毫無滯贅，其準確而乾淨的格調與魯迅的鐵線描一般力道深沉的白描手法，自有不同的境界。同時，也與周作人帶著舊學根基的雅澀決然不同，所以，他的詩才有那種特殊的明麗與猝脆。能以「五‧四」後徹底的白話文體與歐化風格躋身於新文學大家的行列，這確實是非常的不易，南宮搏說「半個世紀以來中國文學上也只有徐訏先生一人」應該是有一定道理。徐訏五十年代初到香港即暫居南宮搏家，他們也算相熟多年的舊識。後南宮搏以「漢元」爲筆名寫《香港的最後一程》，對曹聚仁、徐訏等都有驚人之論：

> 徐訏生前，便看不起徐速那樣的小說家，但他又仍是徐速這個人的朋友；不只是徐速，凡是寫小說的人，他都看不起，上自比他輩份高的巴金老舍等，下至在香港及東南亞所有的小說作家們。他的缺點是把看輕人的意思表達了出來。那令他在人際關係上蒙受到巨大的損害，而他又無法脫身不在這些「庸眾」之中生活。〔註 57〕

按南宮搏的描述，徐訏的人際關係十分不佳，這與徐速對徐訏的回憶比較接近，從上面「凡是寫小說的人，他都看不起」的引文也可看出南文的誇張之處，他的說法同徐速一樣，都屬於小說家刻寫人物的慣用筆法，無非爲了生動傳神，但對於要寫出一個現實中的人物來說，未免有失準確。

〔註 56〕 南宮搏：《漩渦中的一位文人》，《香港的最後一程》（發表時署名漢元），余冠漢收集《徐訏原始資料庫》。
〔註 57〕 南宮搏：《漩渦中的一位文人》，《香港的最後一程》（發表時署名漢元），余冠漢收集《徐訏原始資料庫》。

　　曹聚仁同徐訏相交多年，他們時常爭論，也會在報紙上筆戰，但在香港，曹聚仁確是徐訏能看得起的為數不多的一位老朋友。曹聚仁逝世後，徐訏曾寫過一篇頗有影響的悼念文章，不過，徐訏的悼文一向都是真誠的發於內心之感，反倒引起一些人的誤會，羅孚就批評徐訏「不大象對待老朋友的分寸」，這實在是一個誤解。廖文傑在《「為死者諱」與「不為死者諱」——試談徐訏生前幾篇悼文及其他》中，對於徐訏寫過的幾篇悼文會引起那麼多的誤會十分感慨：

　　　　王璞女士在《作家》六月號中發表了一篇談論徐訏寫作藝術的
　　　　文章……在注解中亦提及徐訏向來不寫應酬文字，而且常反中國傳
　　　　統的「為死者諱」之道，在悼念文章中也說些不大中聽的話，比如
　　　　在悼念曹聚仁的文章裏，也說了一些批評的話，引得好多人不高
　　　　興。……關於此點，徐訏以前曾略有說明，他因為對逝者有真切的
　　　　欣賞與敬重，所以才有「惜」，所以才去「悼」，否則不必浪費筆墨。
　　　　〔註58〕

　　其實，維護曹聚仁的羅孚也好，愛戴唐君毅的黎華標、傅佩榮也好，他們的境界真都與當事人有一定距離。還是廖文傑的描述頗令後人神往：

　　　　他們（指曹聚仁與徐訏）的思想意見迥然不同……二人時常在
　　　　文中筆戰，針鋒相對，但見面時均不以為忤，不同的意見同在《熱
　　　　風》中發表，左中兩派竟可如此心胸豁達，早已傳為佳話，這些事
　　　　實鮑耀明先生也曾撰文憶述。〔註59〕

　　早在 50 年代，曹聚仁曾煞有介事地寫過一篇《徐訏論》，他把對徐訏日常生活的觀察、瞭解與徐訏的作品相聯繫，分析了《鳥語》、《爐火》等小說。曹聚仁對徐訏非常善於分析女性的變態心理有很大興趣，他聯繫徐訏本人的心理學研究背景與情感生活而試圖進行解釋。不過，也許是要表現他同徐訏交往的密切，曹文還是調侃太多，影響了真正有學術價值的批評的深入。但他總結徐訏在中國新文學史上的地位時，也有一些獨特的觀感：

　　　　我覺得當代中國作家之中，真正懂得「悲劇」而能充分表現的，
　　　　只有兩個人：一個是曹禺，一個是徐訏。〔註60〕

〔註58〕　廖文傑：《「為死者諱」與「不為死者諱」——試談徐訏生前幾篇悼文及其他》，
　　　　　香港《信報》2002 年 8 月 3 日。
〔註59〕　廖文傑：《「為死者諱」與「不為死者諱」——試談徐訏生前幾篇悼文及其他》，
　　　　　香港《信報》2002 年 8 月 3 日。
〔註60〕　曹聚仁：《徐訏論（下）》，《熱風》半月刊 1954 年 1 月 1 日第 8 期。

　　曹聚仁認為，徐訏的小說與戲劇都在描寫人性的永恆的一面，是在「寫永恆的愛，永恆的恨，永恆的衝突」，他與曹禺一樣，在表現著社會的矛盾時更深探到人的性格的層面。不過，曹聚仁沒有進一步深入分析徐訏與曹禺的差異，事實上，徐訏在表現人的性格悲劇上要比曹禺走得要遠得多，他在很多作品裏試圖進到人的潛意識世界中去探尋悲劇的根源，表現隱蔽得很深的人性的真相，像《殺機》、《舊神》等，都是這方面的傑作。

五、傾力挖掘徐訏的後來高手

　　香港本土學者中，大都因徐訏不肯融入香港社會、作品中的香港背景淡漠而對徐訏不予關注，一些有極端本港情節的學院派人士甚至不承認徐訏是香港作家。但也有黃康顯等肯掙脫狹隘的香港本土眼光，為徐訏在香港的被忽視而鳴不平。他曾寫過多篇評論徐訏的文章，最難能可貴的是，他除了寫有徐訏的小說評論外，還有一篇很有分量的徐訏詩論。他的評價徐訏作品是「固有許多浪漫、神秘之作，而其文體風格大致是凝練沉鬱、溫樸」一脈，也算是少數識得徐訏真正胸懷的知音之言了：

> 激越時不像無名氏那樣奔放、宣洩；而凝練處又不似張愛玲那般幽邃、繁麗；他也自有一份幽默，卻更不似錢鍾書那樣妙語如珠、機智、犀利。……他大抵更顯含蓄、沉鬱，更近「溫柔敦厚」之旨。他雖以《鬼戀》、《風蕭蕭》等奇豔之作名世，而其正身遠是一位關懷社會的頗為莊正，內秀的作家。〔註61〕

　　與司馬長風相似，黃康顯亦不止一次地強調徐訏的文學史地位問題，他對錢鍾書、張愛玲大熱而唯獨徐訏仍然寂寞感到不公，遂多次撰文評論徐訏，盡其一份推舉之意：

> 抗日戰爭後期，中國曾經出現過幾個一度風頭甚健，以後在國內創作界沈寂無聞的作家，錢鍾書是一個，張愛玲是一個，無名氏是一個，徐訏也是一個。……這幾位作家的成就高下，這裡不論，單有一點不同可以提出：張愛玲《傳奇》之後，錢鍾書《圍城》之後，他們的小說創作都不多；無名氏的《無名書稿》，雖然歸略宏大，終究力有不逮，難遂其意，猶如風箏斷線，在讀者視野中亦有久遠消失之感。獨有徐訏，筆耕不輟。一九五○年遷居香港後，創作仍

〔註61〕　黃康顯：《運筆於靈魂的兩方面》，寒山碧編著《徐訏作品評論集》，香港文學研究出版社 2009 年版，第 109 頁。

　　然活躍……一九六七年，臺灣正中書局為徐訏出版了一套全集，厚
厚一十八冊，儼然一個文學重鎮，使人不可繞開。對錢鍾書、張愛
玲，國內都已展開評價，而對徐訏、無名氏，則只是略有涉及，零
零星星，也難免是影影綽綽的，對一部文學史的錄影帶來說，不能
不是一種缺憾。〔註62〕

　　黃康顯對徐訏晚年風格的轉變寄有厚望，他與多數中國學者一樣，本質
上還是更看重反映社會現實的作品，而對探尋人的精神世界、向內心掘進的
努力有一種潛意識的看輕。所以，當他看到徐訏「彷彿特別顯示自己還有另
一副筆墨與心腸」的《一家》和《有後》這樣冷靜寫實的作品後，便花大量
的篇幅去分析。但也可以說，黃康顯正是想以此改變世人對徐訏的最初印象。
最後，他在《〈無題的問句〉，有韻的詩篇——評徐訏最後的詩作》中，對徐
訏在境界與風格上正有新的突破與創新時卻突然離世，感到非常的惋惜：

　　　　徐訏最後期的詩，是藝術的、人間的、時代的，亦開始是多元
的變化的……還有，徐訏最後期的詩，思考特別豐富，特別是最後
一兩年的小詩，很有禪味、玄思與哲理，徐訏已達到一個「忘我」
的境界……只可惜在詩的創作、創新的一刻，徐訏就於一九八〇年
十月五日與世長辭了。〔註63〕

　　2002 年 7 月 22 日〔註64〕，廖文傑在看到王璞發表於《作家》六月號上的
一篇談論徐訏寫作藝術的文章後，他也許百感交集，於是動筆寫下了一篇《「為
死者諱」與「不為死者諱」——談徐訏生前幾篇悼文及其他》的文章。在文
中，他感慨地說：

　　　　王璞真是徐訏的知音，她在四年前始展讀徐訏，一見傾心。……
那麼，在徐訏逝世後接近二十二年的今天，有王璞出現，對他的作品
作出全面又深入的評論研究，想他在天之靈也覺得安慰吧？〔註65〕

〔註62〕黃康顯：《運筆於靈魂的兩方面》，寒山碧編著《徐訏作品評論集》，香港文學
　　　　研究出版社 2009 年版，第 93、94 頁。

〔註63〕黃康顯：《〈無題的問句〉，有韻的詩篇——評徐訏最後的詩作》，寒山碧編著
　　　　《徐訏作品評論集》，香港文學研究出版社 2009 年版，第 231 頁。

〔註64〕廖文傑自印《在臺北重慶南路正中書局尋覓徐訏全集——憶念徐訏先生詩·
　　　　文集》中收進了這篇《「為死者諱」與「不為死者諱」——試談徐訏生前幾篇
　　　　悼文及其他》，文末注明寫作日期是「二〇〇二年、七月、二二。」

〔註65〕廖文傑：《「為死者諱」與「不為死者諱」——試談徐訏生前幾篇悼文及其他》，
　　　　香港《信報·文化版》2002 年 8 月 3 日。

也難怪一向為徐訏鳴不平的廖文傑會這樣感慨,徐訏在港三十年,自 1980 年離世又已過去二十多年,但在港臺學者中,卻無人對徐訏的無論數量還是質量都堪稱輝煌的小說創作進行全面而深入的研究。直到王璞的專著《一個孤獨的講故事人——徐訏小說研究》這裡,才算對徐訏一生中近百部的小說有一個真正深入的評論;她從世界文學的眼光來挖掘徐訏的意義,傾數年之功,以一個作家的身份去解讀另一個作家,這在徐訏研究領域,還是第一次。

根據王璞的自述,她在八十年代末移居香港之後即對徐訏有過耳聞,不過從零星的議論中她只得到一種矛盾的印象,彷彿徐訏是一位通俗作家,又或者是一位非常晦澀的作家,她說這兩種作家她都不敢領教,遂未有進一步瞭解的興趣。後偶然之中,王璞讀到徐訏的一本詩集,這時,一個總被誤解與冷落的小說大家終於與他真正的讀者相遇了。這樣的曲折使她遷怒於那些影響很大的文學史與小說史竟對徐訏這樣的作家視而不見。尤其,她對夏志清的《中國現代小說史》對徐訏小說的不置一詞耿耿於懷,憤言「這一失手對中國現代小說讀者的誤導,對中國小說研究所造成的損失」遠甚當年聖伯夫對「波德萊爾、司湯達、奈瓦爾」的誤評〔註66〕。

王璞是將徐訏視為與「波德萊爾、司湯達、奈瓦爾」比肩的大作家,所以,才對徐訏在各種文學史著作中或銷聲匿跡或被誤讀的命運如此痛心。她深信自己的判斷,猜測其內心亦有自比為當年極力推舉奈瓦爾的普魯斯特之意。她深感徐訏雖有很多內心赤誠的讀者的激賞,但他們多從一種直覺的閱讀體驗來推崇徐訏,而無法給出相應的有力論述〔註67〕。所以,王璞以自視頗高的姿態承擔了這個去攪動已經沈寂的文學史的重任。從這個意義上說,王璞即使真的自比為因聖伯夫誤評奈瓦爾而罵他一句「惡棍」與「老混蛋」的普魯斯特,也不算太過。在下面引文中,王璞雖有自謙之言,仍可看出幾許「自負」之意:

> 倒是那些沒受過專業訓練的讀者較為心明眼亮,港臺兩地一批徐訏迷的存在說明了這一點。他們雖然「彼此都認為,唯有懂得欣賞徐訏的人才是具有深度的人,才是值得做朋友的人。」〔註68〕但

〔註66〕關於這一點已在論及夏志清處有詳細分析,此處為略。

〔註67〕在港臺一直有一批欣賞徐訏的高端讀者群,遍佈各界,如著名的物理學家孫觀漢,德國漢學家布海歌,意大利漢學家白佐良,繪畫界的呂清夫,以及癡迷地搜集徐訏作品的廖文傑、余冠漢等。

〔註68〕呂清夫:《徐訏的繪畫因緣》,陳乃欣等著《徐訏二三事》,臺北爾雅出版社 1980 年版,第 266 頁。

畢竟，他們不是文學中人，是些「從商的、留美的、唱歌的、教書的」〔註69〕人，在文學界沒有發言權，就是有，也往往說不出個子丑寅卯來。更不要說他們各有專業，各有各忙。在文學史上，這也不是史無前例的事。陶淵明被埋沒了一百年，連司空圖都看走了眼，把他挖出來一半，列為四等詩人。直到梁太子發言，才把他完全挖出來。這情況頗似法國作家奈瓦爾。普魯斯特在奈瓦爾死後五十年，雖然滿腔熱誠要把他挖掘，由於體力不足，也只能寫篇短文，挖了一半而止。要到一百年後，才有艾可出手，把他完全挖出。我在這裡對徐訏的挖掘，因功力有限，更是連一半都談不上，只希望至少盡了挖一筐土之力，但願後有高手，繼續挖掘。〔註70〕

於是，當我們看到下面的出版後記時，也應該為作者的一片赤誠而感動：

> 與以前寫作論文不同，在這篇論文的寫作過程中，一直有一種享受的情緒。我想這是因為我對所研究的對象徐訏小說是真心喜愛。……是他的遍佈各種文學體裁的傑作激活我寫作的熱情。是他的小說給了我談論我對小說理論理解的契機，使我在這大年紀還終於決心來寫作一篇博士論文，攻讀博士學位。我想，如果還要寫一篇，我還會寫他，研究他的堪稱典範的詩論。〔註71〕

正如廖文傑所言，王璞對徐訏的小說真是一見傾心，她那時雖已年近半百，但她對徐訏的小說一直無人有真正觸及要害的解讀實在無法釋懷。她既對夏志清的冷落徐訏而義憤，同時也感到司馬長風對徐訏的推崇贊多析少，是打不到實處的空拳，甚至起到「捧殺」的相反作用〔註72〕。對這種狀況，

〔註69〕 呂清夫：《徐訏的繪畫因緣》，陳乃欣等著《徐訏二三事》，臺北爾雅出版社 1980 年版，第 266 頁。

〔註70〕 王璞：《一個孤獨的講故事人——徐訏小說研究》，香港里波出版社 2003 年版，第 143、144 頁。

〔註71〕 王璞：《一個孤獨的講故事人——徐訏小說研究》，香港里波出版社 2003 年，第 160 頁。

〔註72〕 王璞認為，《風蕭蕭》雖使徐訏暴得大名，但這部最初以報刊連載的方式寫成的小說卻是徐訏作品中最令她不能卒讀的一部。她認為《風蕭蕭》不僅在實質上是通俗小說作品，且因為連載的寫作方式使它的結構有很大的失敗，但卻被當作徐訏的代表作而廣被推崇。而他寫於這時期的其他優秀小說，反而被《風蕭蕭》的虛假光輝遮蓋。如《一家》、《有後》、《春》、《無題》、《舊神》、《婚事》等，都堪稱爐火純青之作，但卻少有人知。尤其，王璞在其論文注釋中專門提到了司馬長風的《中國新文學史》對《風蕭蕭》的過分過虛的推

王璞激動地表示：

> 一個作家要被埋沒是多麼容易！哪怕他是一位像徐訏這樣著作
> 等身的人，哪怕他曾經擁有那麼多熱情的讀者，哪怕他的作品具有
> 如此輝煌的價值。……我認爲多年來，對於徐訏的作品的評論，與
> 他作品的數量和質量相對來看，實在是太不成比例了。〔註73〕

遂決心「要爲挖掘這份文學遺產出一份力。」〔註74〕

出於上述的種種因素，王璞決意避開以往港臺作家（如劉以鬯、徐速、
南宮搏等）借多談徐訏生前一些似是而非的瑣事來增加可讀性的做法，她力
圖從文本當中找到徐訏小說對中國文學乃至世界文學的意義，她認爲真正優
秀的小說經得起任何批評方法的分析，她想以自己的「分析」來回答「他究
竟怎麼偉大」〔註75〕的問題。在她的論文「提要」、「正文」、「結束語」中，
我們可以斷斷續續地看到下面這些對徐訏的整體性評價：

> 徐訏一生創作了數以百計的小說，他是一位講故事大師。……
> 我認定了徐訏在中國現代文學史上是個有研究價值的大作家。……
> 徐訏是這樣一類作家，如果你只看他幾篇小說，甚至世人所稱道的
> 代表作，都不都能準確道出他小說的真正價值。徐訏小說的價值，
> 不是從他的某一部小說裏集中體現，而是平均流露在多部小說中，
> 那種細水長流的藝術化的人生體驗，平均流露在他的每一篇小說佳
> 作裏。……徐訏可說是中國現代小說史上對現代小說藝術實踐最早

崇所產生的副作用：「司馬長風在《中國新文學史》中有接近五千字論及《風
蕭蕭》，認爲該書最大成就是『結構的嚴密和完整』、『具啓發的哲理境界』及
『寫活了三個不同風格的女性』。之後兩岸三地徐訏作品的出版者和評論者對
徐訏的評論，多引用兩書（另一部指李輝英的《中國現代文學史》）如此這般
或過淺、或過虛、或過分的評述。再加上『四三年因《風蕭蕭》而爲徐訏年』
之神話的流傳，與五六十年代兩岸對他的封殺殊途同歸，變成對他的捧殺，
實在也不足爲奇了。」（王璞《一個孤獨的講故事人》，香港里波出版社2003
年，第96頁。）

〔註73〕 王璞：《〈一個孤獨的講故事人——徐訏小說研究〉結語》，香港里波出版社2003
年，第140頁。

〔註74〕 王璞：《〈一個孤獨的講故事人——徐訏小說研究〉結語》，香港里波出版社2003
年，第140頁。

〔註75〕 呂清夫在《徐訏的繪畫因緣》中感慨地說：「有人還把他列入中國當代最偉大
的兩個作家之一，只是對一個關心他的一般讀者來說，他究竟怎麼偉大倒是
大家所關心的問題。」（陳乃欣等著《徐訏二三事》，260頁。）

最多的小説家，中國古典小説傳統和西方現代小説藝術在他的小説
中得到開拓性的結合，他的許多小説，是現代小説敘事學的成功典
範。……徐訏在小説藝術上最重要的貢獻是他變化多端的小説敘事
技巧。西方現代派小説的各種敘事技巧，和中國傳統小説的結構技
巧，在他的近百部小説中差不多都可看到，而在他最爲優秀的小説，
如《阿拉伯海的女神》、《鬼戀》、《一家》、《無題》、《傳統》、《神偷
與大盜》、《春》、《江湖行》、《巫蘭的靈夢》等作品中，他把這些手
段綜合應用，達到爐火純青的程度。〔註76〕

六、甚解徐訏風神的海外知音

　　住在香港的德國漢學家布海歌女士，用她異國的目光看到的徐訏，更有
一種旁觀者的意味。據布海歌自述，她1965年來到香港即與徐訏相識，以後
交往密切，算是徐訏生命最後十五年中不可缺少的一位外國朋友。徐訏逝世
後，布海歌曾著長文悼述他們之間的一些舊事，其中流露的觀感對瞭解徐訏
有彌足珍貴的參照價值。她在那篇悼文中這樣描述他們之間的關係：

　　　　我在香港度過大約十年後，有一天，徐訏對我説：「我覺的你
可以和中國人結婚，與中國人一起生活。」只是到那時候，他才承
認一個外國人可以和中國人一起生活。但是，我自己從沒感到他瞭
解我，或者有瞭解我的意思，這使我感到很沮喪。直到今天，我仍
不知道我什麼地方吸引他，也不知道他怎麼估量我和形容我，因
爲，照我所知，他從沒有這樣做過。但我知道，我是他生命的最後
十五年中一部分。因爲，當我離港或回來時沒有告訴他，或者一段
長時期不和他聯絡，他便會很憤怒。他認爲我是他最親近的朋友之
一，但他不願意、也不能夠向我表達這一點。而我自己，則常感到
他低估了我，也低估我學習中國的東西的能力。我極不滿他從不跟
我討論中國文壇的人和事，他可能以爲我不會懂得那些事情和名
字。〔註77〕

〔註76〕　王璞：《一個孤獨的講故事人──徐訏小説研究》，香港里波出版社，2003年，
　　　　　第4、7、8、141、146頁。
〔註77〕　布海歌：《我所認識的徐訏》，《徐訏紀念文集》，香港浸會學院中國語文學會
　　　　　出版1981年版，第117頁。

　　在布海歌以及很多與徐訏交往密切的朋友眼裏，徐訏是一個不善表達自己對朋友情誼的人。不過，從「當我離港或回來時沒有告訴他，或者一段長時期不和他聯絡，他便會很憤怒」這樣的句子裏，還是可以看到徐訏的真誠，這也是他最能打動人的地方。布海歌大概對那些借懷念徐訏的名義而寫些譁眾取寵的、表現徐訏「性格特殊，好爭論」的文章感到反感，所以，他在寫了一些他同徐訏交往的舊事後說：

　　　　我還可以談很多關於徐訏的小事，以反映他那特殊的性格，但我不會離開我的觀點的範圍。對他的同代中國人來說，徐是一個好爭論的人，但我不同意這個看法。我以為，他有著最完整的性格。他非常誠懇、直率、品性純良、對自己永遠是那麼真誠。他是我所看到的中國知識分子中，對日常生活懷著開放的心靈，和敏銳的感應的有數的幾個之一。〔註78〕

　　布海歌沒有對徐訏的作品做具體的分析，她只整體的談到徐訏的人，在她的眼裏，徐訏具備了一個傑出的作家所應該有的品質，但香港狹窄的氛圍限制了他成就的發揮。為了維持體面的生活，徐訏將他寫作的才華與精力太可惜地消耗掉了，他本應該成為一棵枝繁葉茂的大樹，她覺得這是徐訏作為一個作家的悲劇。因為，如果徐訏是一個科學家，他可以移居外國；但作為一個中年以上的成熟作家，離開使用他語言的土地，就等於斷掉了他創作的命脈。徐訏離開大陸來到香港這個說粵語與英語的小島，就已是很大的損失，移居海外更是無法可想。她最後這樣談到徐訏的歷史命運問題：

　　　　徐訏是個產量很多的作家，但流放的生活使他如枯池之魚。如果他的根不是離開了生他育他的土地，他可以成為一棵葉茂枝繁的樹。在他的祖國，他沒有容身之地。因為他是個知識分子、個人主義者、有著強烈的獨立個性，並且沒有政治權力和政治本錢。徐訏有寫作的才能和動力，他決定以他的心靈和創作才能寫他想寫的東西，他是個個人主義者，不是自由主義者，因為他是個清教徒，固執著中國傳統的倫理觀念。總之，他是個局外人，只站在局外人的

〔註78〕　布海歌：《我所認識的徐訏》，《徐訏紀念文集》，香港浸會學院中國語文學會出版 1981 年版，第 122 頁。

角度看待政治和人生。而我認爲，這是一個有遠見、肯紀實和熱情
的作家所應有的態度。〔註79〕

意大利漢學家、外交家白佐良〔註80〕，與徐訏是十多年的老朋友，曾爲
徐訏之女尹白取過一個意大利的名字「費安美蒂（Fiammetta）」。白佐良是意
大利羅馬人，1953 年他到香港任意大利駐香港總領事館領事，任職期間他結
識了徐訏，遂成爲甚解徐訏才華的知音。白佐良曾撰有《中國文學史》，又與
馬西尼合著《意大利與中國》，是西方頗有影響的漢學家。按照吳義勤的說法
〔註81〕，白佐良與另一位漢學家帕里斯特萊（K・E・Priestly）都認爲，徐訏
在二十世紀中國作家中穩固地居於領先地位。遺憾的是，限於資料，沒有找
到白佐良評價徐訏的第一手資料，只好待日後遇到再行考證。

第三節　影視歌曲改編與「明星作家」美譽

徐訏自成名伊始，即被當時的電影界所矚目。譬如他的成名作《鬼戀》
是 1937 年 1 月開始在《宇宙風》上連載，1941 年即由何兆璋拍成電影。並且，
《鬼戀》曾前後三次被搬上銀幕，《風蕭蕭》亦曾兩次被拍成電影，兩次被改
編成電視連續劇，這在五四後被歸入純文學陣營的現代小說家中尚無它例。
50 到 70 年代，香港影壇對徐訏小說的改編幾乎形成一個小小的高潮，計有《願
郎重吻妾朱唇》、《誘惑》、《風蕭蕭》、《傳統》、《癡心井》、《盲戀》、《鬼戀》、
《春色惱人》、《後門》、《手槍》、《江湖行》十一部之多，且在 1954 年一年之
中就有三部小說被同時搬上銀幕，難怪當時報紙上刊登的電影海報及影壇消
息，凡提到徐訏名字的，一律在前面冠以「名作家」的稱號。

香港作家慕容羽軍曾這樣描述他眼中當年的徐訏：

　　徐訏，在五十年代的讀者眼中，是一位作家中的明星。……愛
好文藝的青年，幾乎無人不陶醉在《吉布賽的誘惑》、《鬼戀》、《精

〔註79〕　布海歌：《我所認識的徐訏》，《徐訏紀念文集》，香港浸會學院中國語文學會
　　　　出版 1981 年版，第 126 頁。
〔註80〕　白佐良，本名 Gillian Bertuccioli（一般譯爲伯圖西奧里），意大利著名漢學家，
　　　　著有《中國文學史》等。
〔註81〕　吳義勤：《通俗的現代派——論徐訏的當代意義》，《當代作家評論》1999 年第
　　　　1 期。文中有這樣的句子：「西方漢學家伯圖西奧里（Gillian Bertuccioli）和帕
　　　　里斯特萊（K・E・Priestly）也有同感，認爲徐訏在二十世紀中國作家中穩固
　　　　地居於領先地位。

神病患者的悲歌》之中，許多小女孩常常挾著一冊《精神病患者的
悲歌》或《鬼戀》，跟隨著一些西裝筆挺的客人背後（因爲小女孩單
獨進出是會給看門的制止）溜進告羅士打茶廳去找徐訏簽名。當年，
徐訏常在大酒店、告羅士打、半島下午茶座會客。……而徐訏這一
時段，也保持著明星的心態，出現於公眾場合，十分重視服飾。在
某些地方，曾經有記者拍攝了他的照片等在報上，令他覺得自己不
太「上鏡」，此後便見到記者拍照，他一定掉頭望向別處。……這一
切，充分表明了「明星意念」不僅是在讀者心目中烙上印記，而他
自己也深深抱持著「明星意念」。〔註82〕

徐訏作品部部放射綺豔、異域、傳奇的光焰，這令他一度淪於「暢銷書
作家」之列，自然這也是影視公司肯將商業眼光投向他的一個主要原因。因
此，徐訏小說的被改編現象，與魯迅、老舍、茅盾等的小說被改編有著較大
的區別。

此外，徐訏之詩作亦廣受樂壇矚目，數十年間，曾有多場專門演唱由其
詩作譜成藝術歌曲的歌樂會。在其逝世後，樂壇諸人亦不忘發起活動來紀念
他，這在新文學史上，也是罕見之事，深入分析形成這樣現象的根因，也可
見其詩與歌極其接近的「鏗鏘成章」的特出之處。亦證徐訏詩「聲律第一」
所言不虛。

徐訏作品被如此廣泛地改編成影視、歌曲，這使他在當時的港臺大眾眼
中得到「明星作家」的美譽，是亦不爲過。

一、徐訏小說的影視改編

新文學史上有名的小說家中，作品被改編成影視劇的只有少數幾個人。
這其中的原因，大概是因爲文學革命一開始就主張文學要「爲人生」，而輕視
它的「娛樂」功能。所以，早期的小說都在「故事」的層面上不適合被改編
爲影視劇。雖然，魯迅、茅盾的一些小說都曾被搬上銀幕，不過這些電影成
爲經典的品質卻是來自它們對社會現實的表現的深刻，其實它們的本質與小
說本身的品質比沒有很大的變化。比如陳白塵改編的《阿Q正傳》，夏衍改編
的《祝福》，以及《林家鋪子》等，都屬於嚴肅的藝術的探尋。後面也有老舍

〔註82〕 慕容羽軍：《徐訏——作家中的明星》，寒山碧編著《徐訏作品評論集》，香港
文學研究出版社2009年版，第17、18。

的《駱駝祥子》、巴金的《家》等。不過,這些名著的被改編成電影,都不是因為原著本身有娛樂的一面才被看中,而是改編者本身即是志在以另一種方式進行「嚴肅的表現」。曹禺、夏衍、陳白塵等,這些人本身都是著名的戲劇家,那些改編的電影正如被他們搬上舞臺的話劇一樣,只不過是舞臺上的表演被攝成了影像再投放到銀幕上來讓觀眾去看而已。

但徐訏卻是從成名伊始,即被當時的電影界所矚目。譬如他的成名作《鬼戀》是 1937 年 1 月開始在《宇宙風》上連載,1940 年由夜窗書屋出版單行本,然後即在 1941 年由何兆璋拍成電影《鬼戀》。何兆璋拍攝《鬼戀》時,上海的「孤島」之中一片亂象,不知是否這樣的原因,何兆璋竟在拍攝電影前沒有徵求徐訏的同意,且在影片中公然不署原著者的名字,後徐訏交涉無果,及至要依法起訴云云。〔註83〕在舉國抗戰之際,孤島的上海呈現畸形的繁榮,國華公司的拍攝亦純屬商業性質的謀利之舉,其藝術水準可想而知。若查看當時報紙上的《鬼戀》海報,則可看到閃爍其間的全是低俗的情色迷霧:「暗室密談,杯酒交歡,情濃意蜜,擁抱接吻。人鬼接吻,奧妙無窮。」〔註84〕當然,何兆璋看中的僅是《鬼戀》裏那個「通俗」的神秘「豔遇」故事而已,他不可能有耐心去開掘原著裏有更深寄予的憤激的深切。《鬼戀》曾前後三次被搬上銀幕〔註85〕,這在五四後被歸入純文學陣營的現代小說家的作品中還沒有它例。後面,《風蕭蕭》一紙風行,更引起影視界一再的矚目,曾兩次被拍成電影,兩次被改編成電視連續劇。〔註86〕其他,諸如公映後有較大影響

〔註83〕辛雲在 1941 年 10 月 22 日《中美日報》上的「每日影評」欄的《鬼戀》中提到:「【按:本片從『題名』到『題材』,全都襲自徐訏的小說《鬼戀》的,因此引起了『電影攝製權』的問題來:徐訏為了交涉無效,決將依法起訴,確保『著作權』云】。

〔註84〕這是在 1941 年 10 月 15 日《申報》上刊登的《鬼戀》電影海報的內容。

〔註85〕1941 年上海國華電影製片廠首次將《鬼戀》攝成電影,導演何兆璋,主演周曼華;1956 由香港麗都影業公司旗下的屠光啓編導,第二次將《鬼戀》搬上銀幕,後在臺灣上映時易名為《黑寡婦》,主演李麗華、張揚;1995 年由吳思遠出品,陳逸飛執導,第三次將《鬼戀》搬上銀幕,影片名為《人約黃昏》,主演梁家輝、張錦秋。

〔註86〕1954 年屠光啓執導的《風蕭蕭》是第一次拍成電影;1987 年 1 月 12 日《中央日報》上有一則消息《徐訏名著風蕭蕭中影打算拍成電影將邀港、臺、日明星合作演出》,即是當年 10 月上映的《烽火佳人》(又名《旗正飄飄》),由丁善璽執導,林青霞主演,這應該是第二次被改編成電影,但影片最後沒有標出改編自徐訏小說《風蕭蕭》;1970 年 7 月 5 日,臺視(臺灣第一家電視公司,簡稱 TTV)的《臺視國語電視小說》開播,第一部電視小說即是《風蕭

的《盲戀》、《後門》、《傳統》等，足見徐訏小說的被改編現象，是與新文學作家中的魯迅、老舍、巴金、茅盾等的小說被改編有較大的區別。

這也與徐訏本身具多重手筆的「全才」氣質有關，他深諳戲劇技巧，對電影也有較深的研究〔註 87〕，並曾有親自編導一部新潮派電影的計劃，只因各種因素而最終夭折〔註 88〕，這對中國影界，不能說不是一種遺憾。香港影評家黃仁在《徐訏小說改編電影的研究》〔註 89〕中曾對徐訏小說改編成電影的狀況有過很有深度的分析。他認為，徐訏的小說儘管情節奇崛，很能吸引一些影視導演的矚目，但是，徐訏小說中的那種詩意的氛圍，哲學的深度，接近宗教境界與存在主義高度的探尋，這些徐訏小說中更重要的元素，卻絕非尋常的追求商業目的的小導演們所能夠開掘出來的，所以，拍成電影後的結果，如聯繫徐訏小說本身的價值與達到的高度，可說是完全的失敗。所以，也引起一些有眼光的電影人很惋惜地慨歎中國沒有世界級大導演的悲哀了：

> 這故事（指《鬼戀》）很適合拍成希治閣電影，然而陳逸飛不是希治閣。他能夠拍出感性的唯美頹廢派畫面……卻缺乏精密緊湊的組織，一味撚鏡頭氣氛，實際劇情卻失去了應有的劇力。……奇怪的是，為什麼吳思遠自己不執導呢？……若由他掌舵，戲劇性肯定強得多。更適合的導演或者是關錦鵬，可以把《胭脂扣》和《紅玫瑰與白玫瑰》的優點結合起來。但我仍然懷疑，目前到底有哪位華人導演能拍出希治閣佳作的水準？〔註90〕

1995 年由陳逸飛執導，吳思遠編劇的《人約黃昏》是《鬼戀》第三次被拍成電影了。但是，正如石琪所言，陳逸飛雖善於製造唯美的幽怨朦朧氛圍，卻弱於用鏡頭來講故事，劇力很弱，自然還是不能引起很大的轟動。從《鬼

蕭》，由朱白水與魯稚子共同製作，白嘉莉、崔苔菁主演；根據葛原整理的《被搬上銀屏的徐訏小說》（上海虹口圖書館內部交換報刊《綠土報》2006 年 2 月第 77 期），1994 年上海文化發展總公司深寶文化公司也將《風蕭蕭》拍成電視連續劇，導演胡揚，但因製作粗糙，播出低調而未引起媒體關注。

〔註87〕 徐訏曾被邀擔任第十六屆亞洲影展的香港評審人代表，後曾寫過相關的評論文章《對亞洲影展的檢討》等。

〔註88〕 1962 年 7 月 15 日與 8 月 24 日，《聯合報》曾兩次報導徐訏要來臺灣編導《愛欲三題》的新聞。後漸無聲息。

〔註89〕 黃仁：《徐訏小說改編電影的研究》，《華岡藝術學報》2003 年 6 月第 7 期，臺北，中國文化大學藝術學院出版。

〔註90〕 石琪：《〈人約黃昏〉神秘豔遇 太撚鏡頭》，「影話」專欄，《明報》1996 年 1 月 20 日。

戀》的反覆被搬上銀幕，又幾乎都一律失敗的結果來看，徐訏的小說的確具備對影視導演的吸引力，不過，卻很難將那種吸引力以影像的手段轉化出來。

《鬼戀》於 1941 年 10 月間在上海公映，但兩個月後太平洋戰爭即爆發，「孤島」也完全陷入日軍之手，接著徐訏也遠赴內地，電影《鬼戀》侵犯著作權一事自然不了了之，後世對這部粗製的影片更是近於完全的遺忘〔註91〕。1943 年，《風蕭蕭》開始在掃蕩報上連載，其風行大江南北的盛況再一次引起電影界的矚目亦不足爲怪，所以，抗戰勝利以後，徐訏一回上海，即有中電（中央電影攝影場）來購買《風蕭蕭》攝製權一事〔註92〕。但後來時局激變，徐訏南下香港，《風蕭蕭》拍攝一事自然也隨之流產。

50 年代及 60 年代初期，香港影壇對徐訏小說的改編可謂非常的集中，幾乎形成一個小小的高潮，這在被歸入純文學陣營的新文學作家中是非常少見的。從 1950 年建華公司拍攝的《願郎重吻妾朱唇》（改編自《吉布賽的誘惑》）開始，依次有《誘惑》（1954 年，根據《秘密》改編）、《風蕭蕭》（1954 年）、《傳統》（1954 年）、《癡心井》（1955 年）、《盲戀》（1955 年）、《鬼戀》（1956 年）、《春色惱人》（1956 年）、《後門》（1960 年）、《手槍》（1961 年）十部之多，且在 1954 年一年之中就有三部小說被同時搬上銀幕，難怪那時報紙上刊登的電影海報以及影壇消息，凡提到徐訏名字的，一律在前面冠以「名作家」的稱號。

但是，單就徐訏小說被改編成電影之後的命運來說，徐訏眞可謂是生不逢時，因爲那時的香港影業正是青黃不接的交替期。一是原來在香港電影界活動的一批傑出人物，如歐陽予倩、張駿祥、周璿、白楊、劉瓊等，都在新中國成立後出於種種原因而返回大陸，香港影壇新秀卻尚未成熟；一是戰後

〔註91〕　黃仁在《徐訏小說改編電影的研究》中亦說，「徐訏的《鬼戀》是唯一兩度搬上銀幕的作品，第一次是 1956 年」，可見他完全不知道 1941 何兆璋拍攝的那一次。

〔註92〕　徐訏曾在《關於風蕭蕭的電影》中談到過這件事：「但是，我賣風蕭蕭的電影攝製權，雖也是爲生活，但也並不是賣給人切碎了去炒肉絲的。那是在上海，同我接洽的人是中電的廠長徐蘇靈先生，以中電的人力物力，當然不會只想宰割風蕭蕭去炒肉絲而已。而且他還對我保證將如何如何的認眞去攝製。但賣了以後，有人告訴我買這個攝製權的人不是中電，是周克先生，他因爲認眞，所以遲遲沒有開拍。以後時局激變，關於風蕭蕭的消息也就沒有了。到香港以後，許多人同我談到想把風蕭蕭攝製電影的事，我終告訴他們同周克去接洽。於是屠光啓先生出現了。」（徐訏：《關於風蕭蕭的電影》，《自由中國》1954 年 3 月 1 日。）

香港盛極一時的永華、長城兩大影業公司這時都進入衰落期，當時唯一拍片較多的是邵氏（父子）公司，而邵氏（父子）公司主政的邵邨仁風格保守，以省錢爲是，自然成績不會太好。正是在這樣的不景氣中，「邵氏」請缺乏文藝感悟的屠光啓執導，終於在 1954 年將原本有精彩素材的《風蕭蕭》支離破碎地勉強搬上銀幕。黃仁在談到「邵氏」出品的這部《風蕭蕭》時說：

> 原著文筆生動，情節曲折，是部相當引人入勝的作品，銀幕上改編拍攝的電影，未充分運用原著精彩素材，未能表現出原著的神韻，著力渲染不重要情節，以致交待不清，未看過原著的觀眾，很難瞭解該書原著的精華所在。〔註93〕

確實，《風蕭蕭》一書適合攝成電影的精彩素材原本太多，換一個優秀的導演可能會有「顧此而不舍彼」的苦惱，但屠光啓卻似乎恰恰棄絕了《風蕭蕭》之各種深意的探尋，而專取「三角戀愛」、「間諜戰」這些邊角，來湊成與原作並不相關的空洞故事。這使徐訏非常的痛惜，他雖一向謙卑，但他對自己的作品卻也一向自視甚高。電影《風蕭蕭》公映後，他在 1954 年 3 月 1 日《自由中國》上發表了《關於風蕭蕭的電影》一文予以回應，對自己作品被改編後僅存無聊的商業故事流露出隱隱的憤激，甚而不屑承認那電影與他小說眞有什麼關係，不過冠其名而已：

> 屠光啓先生雖是很客氣的說話，但是一談到正題，眞使我吃驚了，他對於文藝的體會與瞭解，竟不如一個小學生！……周克先生曾經請屠光啓不要用風蕭蕭這個名字，聽他抄取風蕭蕭的場面去拍攝，但是屠光啓不肯。他要用風蕭蕭的名字，無非是想標明這碟三角牌醬油所炒的肉絲是從風蕭蕭割下去的而已。不過我相信，電影的觀眾，如果讀過風蕭蕭的，馬上會發現他是怎麼回事，沒有讀過風蕭蕭的，倘肯因此去讀風蕭蕭，也一定會發現這個電影與原書根本是沒有發生關係的。世上正多同名同姓的人，你不會把現在叫做杜子美的人同以前的詩人杜甫混淆，那麼你是無須認眞要叫杜子美的人都變成詩人的。〔註94〕

〔註93〕 黃仁：《徐訏小說改編電影的研究》，《華岡藝術學報》2003 年 6 月第 7 期，臺北，中國文化大學藝術學院出版。

〔註94〕 徐訏：《關於風蕭蕭的電影》，《自由中國》1954 年 3 月 1 日。

　　徐訏說屠光啓對文藝的體會與瞭解竟不如一個小學生，這當然是一時之憤言。屠光啓作為一個拍商業片的導演，他著意《風蕭蕭》的一定不是徐訏用意很深的對民族、戰爭、個體、時代的哲學高度與宗教境界的思考，而是它裏面的那個模糊的「三角關係」與「間諜戰」的賣點，所以，徐訏對屠光啓的表現自然非常失望。而最後《風蕭蕭》被拍成一個空洞、爛俗的三角戀愛故事也就並不奇怪了，因為屠光啓原本也沒有打算要表現它深刻的那面。但徐訏在上海時，已把《風蕭蕭》的攝製權賣給了周克，即使他那時發現屠光啓根本沒有能力能拍出《風蕭蕭》主旨的十分之一，也毫無辦法，只好用一直不看電影《風蕭蕭》來表示他對這部同他有關的電影的不屑之意〔註95〕。更何況，徐訏當時初到香港，要專靠賣稿來維持他在上海時那樣體面的生活已經不易，後來《鬼戀》賣給麗都影業公司，又再一次宿命地撞到屠光啓的手上。於是，儘管主演是當時的名角李麗華，亦不能挽回這部本應由希治閣那樣的導演才能挖掘的佳作被再一次俗化的命運〔註96〕，其藝術水準甚至比1941年何兆璋版的《鬼戀》還要低劣。

　　《風蕭蕭》、《鬼戀》以外，徐訏作品在五、六十年代被改編的比較好些的是《盲戀》、《傳統》與《後門》。《盲戀》由新華影業公司出品，張善琨監製，易文導演，主演李麗華、羅維。從徐訏親自改編《盲戀》劇本，並有興致現身銀幕客串演出，可見他對這部電影寄有厚望。電影《盲戀》拍成後在港臺也曾引起不小的轟動，試映期間即有多家報紙刊載相關評論，評價甚高。如1955年3月7日臺灣《聯合報》刊發的《〈盲戀〉大功告成　將參加法國影展》一文，對電影《盲戀》即極盡讚美：

〔註95〕1972年張曾澤曾邀請徐訏到香港的天香樓酒店商談《江湖行》的改編事宜，後陳韻文在《初會名作家徐訏閒談江湖行由小說改編電影》一文中紀錄了當時的一些片段：「徐先生的小說，已經有好幾部改編為電影了。他最喜歡的一部，是《手槍》。《後門》他看過。至於《風蕭蕭》，他很坦白地說：『我沒看過《風蕭蕭》。』」（《香港影畫》1972年10月號，香港電影出版社。）

〔註96〕根據香港影評家黃仁的說法：「徐訏的《鬼戀》……由香港獨立製片公司麗都拍成通俗奇情鬼片，改名《黑寡婦》，由屠光啓編導，電影穿插真的鬼故事，陰森恐怖，廣告強調『離奇的鬼故事』，降低格調，加以片廠場景簡陋，脫離了小說是純粹噱頭商業電影。」則屠光啓編導的《鬼戀》已全無原著的精神，且故事低俗，其只是利用了徐訏的影響力，而對擴大徐訏的影響其實起到的是負面的作用。

《盲戀》曾作非正式的試映，雖然是未經修剪的「毛坯」，但據參觀者表示，的確是爲國語片開一新紀元。風格之高，情調之美，意境之深，劇力之強，不僅是國語片罕見，且高於一般國際水準。並且攝影技巧上更有驚人的成就。每一個鏡頭的光影運用與畫面構成，都不同凡俗，新華公司主持人張善琨氏決定應邀以《盲戀》參加今年法國坎恩斯舉行的國際電影展覽競選。這一影展是全世界藝術水準最高，評判態度最公正，限制條件最嚴格的國際電影競賽。每年有二十六國參加，中國是初次被邀。

但《盲戀》公映以後，影界雖有好評，而反響卻並沒有達到上面引文中的評價所應引起的強烈轟動效果，不過在徐訏小說被改編的電影之中，《盲戀》確是達到最高水準的一部。臺灣《中央日報》「老沙觀影」專欄對電影《盲戀》的評價比較中肯：

全片格調相當高。李麗華的歌唱如能暫時擯棄流行型式，則將更能統一收高效果。盲戀，是一部求進步而已有所得的佳片。〔註97〕

其實，這個評價也正觸及到徐訏電影作品未能成爲當時電影主流的一個內在的矛盾，即徐訏小說在本質上的高雅與被改編後卻要俗化的矛盾。雖然，徐訏小說改編的電影一般被定位爲「文藝片」，但當時的「邵氏」、「新華」等影業公司雖在各大報紙上以「文藝片」來標榜，卻不過是又一種吸引人注意的商業手段而已，本質上還是更看重票房價值。沒有一流的導演，徐訏小說中那些深度的精神開掘與哲學境界的思考不可能被挖掘，二三流的導演與公司的老闆看中的無非是徐訏小說中的那點「奇情」、「懸疑」、「神秘」的邊角，而這，正是徐訏認爲的，是他作品中的弱點，取消了那「奇情」「神秘」背後對「時代、民族、個體」之哲學高度與宗教境界的表達，就什麼都不是了。所以，「全片相當高的格調」，卻要配上「李麗華通俗的歌唱」，這種不倫不類，自然是普通市民觀眾感到它的「曲高」，而一些文藝新潮的追隨者們卻又不滿它的「媚俗」了。所以，與七八十年代的「新派武俠、瓊瑤」電影相比，徐訏小說改編的電影就常常顯得缺乏統一的風格，這實在是他小說裏那「現代主義」的意緒很難與港臺電影的商業氣氛融成一體。否則，就會走向如屠光啓的《風蕭蕭》、《鬼戀》那樣與原著並無真的關聯的爛俗的一端。所以，也難怪徐訏要有這樣憤激的感慨：

〔註97〕《老沙觀影專欄·盲戀》，《中央日報》1955 年 5 月 19 日。

　　　　電影也許是一種藝術，但裏面需要文藝的特質實在很少，文藝
的氣氛電影是無法容納的。因此往往第一流的文藝作品反而製成了
一無可取的電影，而不成器的作品倒反而可改爲很好的電影。只要
把托爾斯泰的愛娜・卡列尼娜，狄更斯的塊肉餘生記……等書，同
那些書所改制的電影比較比較，就可以知道這些電影掛著作者的書
名，是多麼沒有意義了。……文藝與電影根本的區別是在意向，文
藝的作者總是想在庸俗的故事中發現永恆的題材，而電影則似乎總
要把文藝裏永恆的題材改爲庸俗的故事。〔註98〕

　　在徐訏小說改編的電影之中，《傳統》的拍攝也許是唯一離商業訴求較遠
的一部〔註99〕。因《傳統》是亞洲影業公司的開山之作，自然在它的上面寄
予了「亞洲」成立的宗旨與最大的期望。亞洲影業公司是由得到美國亞洲協
會支持的香港美聯社記者張國興創辦，乃志在摒除國語片拍攝過於媚俗的商
業化走向，用意頗深，決心一改香港影壇拍片不嚴肅的積習。根據黃仁整理
的資料，當年的亞洲影業公司「仿傚美國片廠制度，合約規定拍片導演，影
片完成前半年內不得有任何兼差。演職人員，不管如何大牌，必須在開工前
到片廠，有一次資深演員洪波遲到，立即被開除換角，決不妥協。」〔註100〕
而當時報紙披露的一些《傳統》拍攝的內部消息也可證明，張國興對這部片
子的重視與用力，以及所追求的嚴肅創新精神，在當時的港臺影壇幾乎都是
前所未有的：

　　　　「亞洲」初創，張國興費了不少心力大量物色劇本，在第一期
決定的三個劇本中，就選定了這部小說（指《傳統》），並且力邀徐
訏親自改編。徐訏本人，小說戲劇散文詩歌著作等身，編寫電影劇
本尚屬初次，固然也是鑒於「亞洲」製片的立場態度嚴正認眞，終
樂於執筆的。這樣改編攝製，不但保存了原著的眞髓，而且提高了

〔註98〕　徐訏：《關於風蕭蕭的電影》，《自由中國》1954 年 3 月 1 日。
〔註99〕　1954 年 4 月 17 日《新聞天地》上《〈傳統〉的拍攝》一文曾談及張國興拍攝
　　　　《傳統》的緣起：「『亞洲』主持人張國興，曾在『新天』今年新年特大號中
　　　　撰文提到所監製的第一部出品『傳統』。他說：『爲了清除□□電影的宣傳毒
　　　　素，同時又爲著開明民主自由的眞諦，發揚民族精神，培植正氣，曾經完成
　　　　了一部以中國傳統美德，以及俠義精神爲出發點的片子，這便是快將與國人
　　　　見面的《傳統》。』」
〔註100〕　黃仁：《徐訏小說改編電影的研究》，《華岡藝術學報》2003 年 6 月第 7 期，
　　　　臺北，中國文化大學藝術學院出版。

這部影片的文藝價值。導演唐煌，從事電影工作近二十年，技術上的嫻熟經驗固然充足，而且是最富有進取精神的一個青年導演。在創造新風格的志趣上，有著極大的表現。而更重要的，還是「亞洲」製片計劃基本上的創造性。〔註101〕

參與製作這部嚴謹之作的人選，製片人是「中電」元老徐昂千，導演是素以精雕細刻著稱的唐煌，監製張國興是學者型製片人，編劇乃徐訏本人親自操刀，這些積極的元素組合在一起，最終使原著的精髓得到了比較好的發揮。據當時的《香港時報》消息，《傳統》公映後的票房收入也非常不錯，尤其在臺灣，創下當年（1954年）三十萬元的最高紀錄：

> 《傳統》去年在臺灣放映，湊巧「亞洲」影星，組織返國勞軍，於是轟動一時，賣座成績，總收幾達三十萬元，以絕對的優勢，壓倒了去年底在臺放映所有中亞影片紀錄，成為去年在臺最賣座的一張影片。〔註102〕

這對徐訏來說總算是個不小的安慰。

不過，也許是因為《傳統》被寄予了過於沉重的精神，它所觸及到國人對傳統與現代的思考終究不屬於大眾，所以，它的影響反而不如風格清新的《後門》。在徐訏小說改編的所有電影作品之中，《後門》絕對不是藝術水準最高的一部，徐訏本人就比較傾向於《盲戀》、《傳統》與《手槍》〔註103〕，但《後門》的影響卻是最大無疑。尤其，《後門》在第七屆亞洲影展中獲得金禾獎，這一榮譽擴大了《後門》的知名度。當年，邵逸夫從日本捧回金禾獎返港後即舉行記者招待會，可謂轟動一時。《後門》之所以能取得較大成功，與邵氏經營理念的變化有關。1958年邵氏兄弟公司成立，邵逸夫擔任總裁，乃一變父子公司時期的小成本製作，其出品的影片在藝術水準與質量上都有

〔註101〕 《〈傳統〉的拍攝》，《新聞天地》1954年4月17日。

〔註102〕 《傳統在臺 賣座驚人》，《〈傳統〉獻影特輯》，《香港時報》1955年4月21日。

〔註103〕 陳韻文在《初會名作家徐訏》一文中說：「徐先生的小說，已經有好幾部改編為電影了。他最喜歡的一部，是《手槍》。《後門》他看過。至於《風蕭蕭》，他很坦白地說：『我沒看過《風蕭蕭》。』」（《香港影畫》1972年10月號。）此外，也有余慕雲在《香港電影史話》中的另一種說法：「徐訏的作品過去一再搬上銀幕，但他本人從未有一次認為滿意的。只有這部《盲戀》，他看後大感滿意，認為是他所有搬上銀幕的作品中，最成功的一部。」（余慕雲：《香港電影史話》（第5卷），次文化有限公司2001年版。）

很大提升。邵氏對改編徐訏的小說一向很有興趣，但父子公司的作品《風蕭蕭》、《誘惑》、《癡心井》製作粗糙，取低俗路線，完全沒有將徐訏小說中的魅力展示出來。從《後門》開始，這種情況開始變化，稍後於 1961 年拍攝的《手槍》也有比較嚴正的態度，而 1973 年邵氏最後一次拍攝徐訏作品的《江湖行》，雖改編的結果並不成功，但在拍攝的過程中所作的種種努力，也算傾其所能了。

《後門》的導演李翰祥，是邵氏兄弟公司的開山人物，藝術感悟力遠超當年的屠光啓，主演是上世紀上海灘影后胡蝶、著名演員王引，這些都使《後門》增加了被大眾接受的可能。此外，小說《後門》本身情節簡單，是以素樸、純眞的天性、淡淡悵然的氛圍取勝，所以，只要導演把握住這種氛圍的營造，再有優秀的演員來表現，就比較容易將原著的精神展示出來。相比之下，《風蕭蕭》、《江湖行》、《盲戀》、《傳統》等等，因小說結構千絲萬縷，人物性情深邃複雜，所探境界渺渺蒼蒼，難度自然不可相提並論。不過，《後門》的清新格調在五六十年代的香港影壇也確實令人耳目一新，所以成爲徐訏電影作品中受眾最廣的一部。

雖《後門》獲得第七屆亞洲影展最佳影片獎的成績，《盲戀》也取得第一部參加國際影展的資格，但總體上看，徐訏小說被改編後原著的精髓遺失太多，當時接手拍攝徐訏作品較多的導演屠光啓、易文、陶秦等，都不具備表現原著風神的能力，只是從那些小說裏取一點「奇情」與「懸疑」來吸引觀眾。所以，即使有李翰祥、唐璜的兩三部有較高藝術水準之作，而眞正以情節震撼觀眾心靈，讓觀眾感動得永難忘懷的徐訏電影作品還是太少，因此票房紀錄普遍不高，未造成當時電影的主流。而到六十年代中期以後，香港電影改編的風潮已慢慢爲更有商業價值的新派武俠小說所吸引，加上瓊瑤小說的風靡，徐訏作品的改編乃漸漸冷淡，終於差不多被完全遺忘。

不過，到 70 年代初期，邵氏已拍了許多武俠打鬥的題材，也許爲要使人有耳目一新之感，邵逸夫很有拍攝一部好的文藝片的想法。根據馬行空在 1973 年 2 月 15 日《大人》上發表的《〈江湖行〉大功告成》一文，可知邵氏拍攝《江湖行》的前後緣起：

> 近年來，「邵氏」的製片方針，一直是以武俠打鬥爲主的，而且自從陶秦玉樓赴招、天上修文去也之後，「邵氏」出品的文藝片，似有難以爲繼之趨勢，這種情形，常使邵逸夫發生美中不足的感覺，

所以念念不忘的要在這方面加以補救。《江湖行》這個題材，是星洲
總公司內機要秘書蔡石門（製片蔡瀾之父）向邵逸夫提出的；蔡老
先生的文學根底極厚，他能夠看得上眼的作品，當然有絕對可拍之
價值，這一點，是邵逸夫所深信不疑的。〔註104〕

也許還有當年拍攝《後門》的成功令邵逸夫意猶未盡，邵氏公司終於在
1973 年再一次也是最後一次鎖定徐訏的小說，將徐訏最重要的代表作品《江
湖行》搬上銀幕。這在當年的港臺影壇應該是一件盛事，一是《江湖行》小
說本身影響很大，是徐訏最重要的一部作品；一是邵氏為這部重量級的製作
投資不小，宣傳工作自然做得十分充足。《南國電影》、《香港影畫》等不時透
露一些拍攝內幕，發表《江湖行》的電影小說，甚至連廣播電臺中也開始播
放電影小說《江湖行》〔註105〕，紛紛為電影公映造勢。

《江湖行》的拍攝，最難的自然是劇本的改編，這正如將《戰爭與和平》、
《靜靜的頓河》那樣的作品拍成電影一樣不容易，人物眾多，線索複雜，境
界闊大，所探之深，都令人望而生畏。邵氏請倪匡出手自然有重託之意，不
過，連這位能替金庸續筆的編劇大家也對改寫《江湖行》劇本頗感茫然，不
知如何下手：

不想隔了許多日子之後，負責編劇的倪匡倒反而一點消息都沒
有，使得『邵氏』中人大感詫異起來。倪匡為「邵氏」不知寫過多
少劇本了，一向的作風是又快又好，像此次《江湖行》這樣遲遲未
能交卷，倒是從來也沒有過的現象。於是張曾澤與易文商量商量，
把倪匡給請到公司裏來，問起情由，才曉得這位編劇名家也有他的
苦衷。倪匡很坦白的告訴張曾澤：截至見面之時，他還沒有動筆，
原因是這個劇本很費推敲，不知應該怎樣寫才好？雖然張曾澤與倪
匡早已決定了一個大綱，但倪匡在提起筆來之時，還是難免心存顧
慮，只因為他與徐訏也是老朋友，所以他就只怕糟蹋了老朋友的心
血，結果倒反而變成一字不出了。〔註106〕

〔註104〕馬行空：《〈江湖行〉大功告成》，《大人》1973 年 2 月 15 日第 34 期。
〔註105〕香港商業電臺在報紙上刊出廣告：在 1973 年 5 月 1 日至 4 日的下午兩點開始
　　　　播出電影小說《江湖行》，每天半小時。
〔註106〕馬行空：《〈江湖行〉大功告成》，《大人》1973 年 2 月 15 日第 34 期。

　　倪匡遲遲不敢動筆，這是很老實而認眞的態度，在香港，他也算得上一位涉足文壇與影壇的大家，又與徐訏相熟，他應該深知這部睥睨文壇的野心之作被改編後會變得怎樣支離破碎。結局當然是意料之中的事，電影《江湖行》僅取小說開頭的一個片段，著眼處仍是「打鬥、漂泊江湖、戲子風塵」等通俗賣點，原著中彌漫的莽莽蒼蒼意境、極深的色空體驗，自然喪失殆盡，即使倪匡怎樣用力，仍沒能將原著的意緒傳達出十之一二來。不過，即使在世界範圍內，長篇名著的電影改編也少有成功的先例，幾乎無一例外地要不是浮光掠影地陳述梗概，否則便抽取片段，再添加以導演的思想攪拌成一個僅存名稱而與原著實無任何關係的獨立作品。《江湖行》上映後，影界評論的多爲演員的演技、攝影的好壞等技術層面〔註 107〕，這原因大概是少有人讀過《江湖行》的原著，所以，把電影《江湖行》當作一般獨立的電影作品來看待，而對它是否以影像的手段將原著的深度與意境傳達出多少卻沒有中肯的評價了。在這個意義上，僅有少數評論觸及到電影與原著的關係，但也都是淺嘗輒止的印象式批評，如 1973 年 5 月 6 日《工商日報》上黎傑的一篇短論《江湖行最大缺點重心沒交代清楚》：

　　　　《江湖行》只是原著的一部分，而且結局也不同，這可能是原著
　　徐訏和編劇倪匡的觀點不同，原著是主角在讀書後再認識了一些人
　　生，而本片的編劇在激烈打鬥之後有了新的體驗。打鬥和色情鏡頭已
　　經是邵氏出品的必備元素，姑勿論故事如何進展，總之要在「適當」
　　的時候加上這些東西。本片當然離不了這些，而導演能做到在加上這
　　些東西時，不給觀眾覺得太突兀已經是盡了責任。觀眾也很難再要求
　　張曾澤在大公司的制度內再交出《路客與刀客》的成績來。江湖行給
　　人一點兒草率的感覺，雖然鏡頭的處理是經過思考，但總覺得如果能
　　認眞一點，可以拍得更準確。張曾澤是一位有份量的導演，在鏡頭處
　　理和交代可以得到印證，但人物的粗略和感情變化，沒有準確的交
　　待，可以算上倪匡編劇不認眞的賬上。本片最失敗的地方，是沒有把
　　本片的重心交代出來，在劇終時，很多觀眾還不知爲什麼。〔註 108〕

〔註 107〕1973 年 5 月 8 日《明報》刊柳聞鶴的《江湖行谷峰演得最出色》，1973 年 5
　　　　　月 11 日《星島日報》「小小影評」專欄：《江湖行何莉莉欠缺戲子氣質》等，
　　　　　都屬於這類缺乏深度的評論。
〔註 108〕黎傑：《江湖行最大缺點重心沒交代清楚》，《工商日報》1973 年 5 月 6 日。

　　邵氏公司在拍攝文藝片時並不放棄票房，這不徹底的姿態是《江湖行》難有更高格調的眞正原因，邵逸夫一向深諳香港電影市場的規律，在香港影壇長久瀰漫「新派武俠片」、「瓊瑤愛情片」的氛圍中，以爲突然出一部「文藝片」也許比純粹的商業片有更好的票房，正像他在 60 年代初推出《後門》那樣。果然，如看到《江湖行》在臺灣上映前《中央日報》上的電影海報內容，可證實邵氏推出《江湖行》之「文藝片」的標榜實則是隱秘地利用了「文藝片」的商業價值：

　　　　您能記得嗎？邵氏多久未曾有文藝巨片推出！邵氏近兩年内究
　　竟有幾部文藝片在上映！本片豈不難得。江湖行根據暢銷亞洲之《今
　　日世界》連載小說名著改編首次搬上彩色大銀幕。〔註109〕

　　但事實求是的說，邵氏出品的這部「文藝片巨獻」本質上還是一部通俗的商業片，與此前新華公司拍攝的《盲戀》、亞洲公司拍攝的《傳統》相比是遜色不少。

　　迄今爲止，徐訏小說最後一次被改變成電影是 1996 年陳逸飛執導的《人約黃昏》，這部改編自《鬼戀》的影片使很多大陸普通觀眾第一次知道了徐訏的名字。不過，這部電影所取得的成就有限，這已在前文中有所論及，此處不再贅述。

　　此外，也許因爲徐訏的兩部長篇代表作《風蕭蕭》、《江湖行》都是情節曲折複雜、再現時代氣象的巨著，更適合拍攝成電視連續劇，所以，也幾度被電視劇導演所看中。1970 年 7 月 5 日，臺灣電視公司（臺灣第一家電視公司，簡稱臺視、TTV）開播《臺視國語電視小說》，第一部即是《風蕭蕭》，由朱白水與魯稚子共同製作，白嘉莉、崔苔菁主演。這「電視小說」即後來的「電視連續劇」，《風蕭蕭》作爲臺灣地區播放的第一部電視連續劇，「一經播出，轟動寶島。」〔註110〕根據葛原整理的《被搬上銀屏的徐訏小說》，1994年上海文化發展總公司深寶文化公司也將《風蕭蕭》拍成電視連續劇，導演胡揚，但因製作粗糙，播出低調而未引起媒體關注。

　　1998 年，由劉毅然導演，余華編劇，韓毓海總策劃，鄒小提製片，吳福輝、金宏達、溫儒敏擔任文學顧問，王思懿、娟子等主演的 24 集電視連續劇

〔註109〕此爲 1973 年 6 月 1 日《中央日報》上的《江湖行》電影海報部分内容。
〔註110〕葛原：《被搬上銀屏的徐訏小說》，《綠土報》（上海虹口圖書館内部交換報刊）
　　　　2006 年 2 月第 77 期。

《江湖行》在大陸開播。雖然，參與改編與製作這部電視劇的都是當代有名的作家、文學研究者，不過，為避諱意識形態上的敏感主題，原著中對民族、政治、黨派、戰爭、人性的深刻探尋部分被隱去，比如在原著中有重要線索意義與對個人追求某種主義的理想的破滅有深刻表現的人物「映弓」，在電視劇中就被刪掉了。而原著中的哲理境界與接近《紅樓夢》般的色空體驗也沒有得到展現，卻過多地在角色的感情糾紛上下工夫，因此，在格調上並不比當年一同播出的《還珠格格》高出多少。所以，這部在通俗性上不如瓊瑤劇，而在文藝上又沒有特出境界的電視劇作品自然很快被人們遺忘，至今提起來，已少有人知。

儘管，自徐訏成名以來，他的作品曾反覆與影視界發生關係，不過，與新文學史上的其他小說大家相比，徐訏沒有魯迅、茅盾、巴金、老舍那樣的運氣，他們在大陸有像陳白塵、夏衍、孫道臨、凌子風那樣的電影大家執導，並且是在基本沒有商業目的干擾之下完成，因此可以拍出《阿 Q 正傳》、《祝福》、《林家鋪子》、《駱駝祥子》那樣的經典。

總體上看，徐訏作品的影視改編對徐訏的被接受與傳播沒有本質的影響，這該是因為他的作品雖表面看起來都有一個「暢銷」、「通俗」的外殼，但骨子裏的清俊、高絕，境界上的神秘、深邃卻絕非一般的「總要把文藝裏永恆的題材改為庸俗的故事」〔註111〕的影視作品所能展現出來的。

也許出於以往對他小說改編的種種不成功，徐訏曾有親自編導一部新潮派電影的打算。1962 年 7 月 15 日與 8 月 24 日，《聯合報》曾兩次報導徐訏要來臺灣編導《愛欲三題》的新聞：

> 名作家徐訏，已於本月八日自港悄然來臺，此行是撰寫一部《愛欲三題》的劇本……徐訏所撰的《愛欲三題》，將由香港中夏電影公司攝製，是一部新潮派影片，由徐訏親自導演。〔註112〕

然而，不知因何生變，這個新聞發布後竟無下文。後影評人黃仁分析，徐訏最早作未來派戲劇實驗，計劃拍《愛欲三題》也是想取外國片新潮派手

〔註111〕 出於對當時香港電影過於媚俗的不滿，徐訏在《關於風蕭蕭的電影》中曾憤激地表示：「也許電影的功勞在使文藝通俗化，可是通俗的偏又不是文藝，而只是文藝裏一個故事或一些場面罷了。文藝與電影根本的區別是在意向，文藝的作者總是想在庸俗的故事中發現永恆的題材，而電影則似乎總要把文藝裏永恆的題材改為庸俗的故事。」（《自由中國》1954 年 3 月 1 日。）

〔註112〕 《徐訏悄然來臺 撰寫電影劇本》，《聯合報》1962 年 8 月 24 日。

法之長，而使中國電影能有一種革命性的創進，可見徐訏對中國電影很有抱負。但徐訏以往小說被搬上銀幕雖也有幾部好評，然影響力有限，始終未造成如瓊瑤小說被改編成電影那樣的轟動性影響，投資者經考慮失去信心，徐訏進一步自己走入電影界的抱負也終成遺憾。

二、徐訏詩作的歌曲改編

與新文學史上許多作家相比，徐訏不僅在影視界有很高的聲譽，而且他寫的詩也是被譜成歌曲最多的。這其中的原因，大概也正是林語堂談徐訏詩時所說的一個特點可以解釋的，「他的詩句鏗鏘成章，非常自然。」〔註 113〕徐訏的詩，計有千餘首，大部分都是注重聲韻與節奏，且有整齊章節之作，非常適合演唱。並且，徐訏詩風曉暢明晰，自然隨性而同時兼具深遠意境，這樣的詩作被譜成歌曲來演唱自然極易將原詩中的境界轉成無限的韻味。所以，同那些有現代派傾向的其他詩人相比，徐訏的詩更有傳統的聲韻美來吸引作曲家的注意，而與那些有寫實傾向的左翼詩人或民歌體詩人相比，徐訏的詩又有後二者難以達到的含蓄與哲思的境界，這就使徐訏在兩種風格間有一種取它們的折衷的優點而使他更能為音樂界所欣賞。

1990 年 12 月 18 日，為紀念徐訏逝世十週年，香港銀禧合唱團協會曾主辦一場規模不小的「徐訏詩樂欣賞會」，此前，各大報紙已紛紛報導這一消息，如《星島日報》11 月 6 日上即刊有《徐訏逝世十週年紀念 下月有詩樂欣賞會》的短訊。周凡夫的《二百歌手頌徐訏》一文對這場音樂會有頗為詳細的介紹，且對徐訏與音樂界的關係也有一些自己的看法：

> 十二月十八日在大會堂音樂廳舉行的徐訏逝世十週年音樂會，主辦機構香港銀禧合唱團不稱之為「徐訏歌曲作品音樂會」，而名之為「徐訏詩樂欣賞會」，顯然是要突出徐訏作為一個詩人，一個為音樂家提供創作靈感的詩人的身份。在九十年代的今日，徐訏在香港彷彿已是被人遺忘的老古董，今年十月五日他的逝世十週年紀念日，香港文壇上便似乎未見有何紀念活動，香港文人筆下是否有提及亦不得而知，但音樂界卻會辦起這個規模不小，而且還是全部演唱以他的詩作來譜寫的舊歌與新曲的音樂會來紀念他，相信亦非徐

〔註113〕 林語堂：《五四以來的文學》，胡祖文編譯《大陸的文壇與文人》，香港正文出版社 1964 年版，第 12、13 頁。

訏生前所能料及的事。……香港音樂界和徐訏相知最深的，當是四
十年前為徐訏詩作譜成第一首歌曲《輪迴》的林聲翕教授。林教授
其後還和徐訏合作，譜寫了《期待》，混聲四部合唱《你的夢》和《祝
福》。林教授這幾首歌曲，一直深為演唱者與欣賞者所喜，為此也就
有更多愛樂人士懷念起徐訏來。……參與演唱十首合唱曲的有銀
禧，長風及浸會書院三個合唱團，壓軸更由林聲翕教授登臺，親自
指揮三個合唱團超過二百二十人的陣容，演出《你的夢》和《祝福》。
至於九首獨唱曲，則邀得旅居意大利的著名臺灣女高音任蓉，在郭
嘉特的鋼琴伴奏下演唱。……參與譜曲工作的，除本港的林聲翕、
施金波、周春紳外，還有越南出生的曾獻，中國大陸的王震亞、江
定仙、黎英海，已在臺灣定居的黃友棣，和剛自美國應聘赴臺任教
的阿鏜等。〔註114〕

　　正如周凡夫所說，作曲家林聲翕與徐訏相交甚深，對徐訏的詩有很深切
的理解，所以能用他的音樂上的靈感來配合徐訏的詩而造出新的藝術境界，
從而為音樂界留下傳世的經典曲目。在「徐訏詩樂欣賞會」的節目單中，有
林聲翕寫的一篇序文《徐訏的〈輪迴〉》，文中他深情地憶及當年他初到香港，
偶然讀到徐訏發表在報紙上的詩《輪迴》，遂被它空漠隔世的境界感染，於是
在短短的一個半鐘頭裏一氣呵成地譜寫出這首傳世的傑作。他說，在前路茫
茫中，不管想到個人，還是國家，心中都藏著萬千的感念，這使他極易體會
到徐訏寫這首詩的心情及意境，而在四十年後再以這《輪迴》的演唱來紀念
這位逝去的詩人，更讓他感到一種人世「輪迴」的恍惚：

　　　　提起筆，腦海浮出了四十年前的往事。那時我流浪到了香港，
在偶然的情況下，閱報時看到了徐訏先生的詩——《輪迴》。在心情
激動中，我以一小時又三十分的紀錄寫下了這首《輪迴》。心中的感
念，不管是個人的，是國家的，都是無奈的歎息，或是失落的情節，
在前路茫茫中，深深體會到徐訏先生這首詩的心情及意境。……可
是在天地間，曉風吹走了星星，時光帶去了徐訏。假如看不透人生，
看不穿現實，沒有超然物外的智慧，能否有《輪迴》這份感歎與灑
脫？《輪迴》傳唱至今，匆匆又過了四十個年頭，徐訏先生離世也
已是十個年頭，在紀念這位詩人作家的專場音樂會中，任蓉女士將

〔註114〕余冠漢先生所收《徐訏原始資料庫》，未標出具體出處，僅有文章正文照片。

以她的完美的技巧，獨到的詮釋，唱出熱情、浪漫、瀟灑、帶有靈
性的詩句，及值得聽者去品味深思的餘韻；作為作曲者的我，眞是
別有一番滋味在心頭，也就是那「明暗的輪迴」。〔註115〕

在徐訏的詩被譜成的歌曲中，林聲翕作曲的《輪迴》、《祝福》、《你的夢》、
《期待》等流傳最廣，他是中國二十世紀重要的作曲家、音樂教育家，其音
樂作品廣獲認同，獲獎無數。林聲翕將徐訏詩作大量譜成歌曲，這使很多一
般的愛樂人士也開始認識徐訏，欣賞徐訏，以至在文壇都已似忘記這個詩人
作家逝世十週年的時候，有心舉辦一場全部演唱由他的詩作譜成的歌曲的音
樂會來紀念他，雖初看起來有些悲涼，而細思之，卻感到在新文學史上，能
在死後享受這樣待遇的詩人與作家卻幾乎沒有。而林聲翕則是將徐訏的影響
帶進音樂界的靈魂人物，關於此，在香港銀禧合唱團協會主辦的這場《徐訏
詩樂欣賞會》的演出節目單中，也有簡短的介紹與評論：

徐訏先生定居香港後，第一首在香港報刊發表的新詩《輪迴》，
也是他第一首為作曲家譜成歌曲的詩作，作曲者是中國樂壇元老輩
的林聲翕先生。自此之後，徐訏先生的詩篇，為作曲家以之入樂者
陸續面世，徐訏的詩作與音樂結緣，相信現代中國詩人的新詩，為
作曲家譜成歌曲，以量及質而言，徐訏先生是第一人，此外，他的
新詩及散文，亦被編入教科書的教材及朗誦比賽的選定篇目，這一
切都是可以說明徐訏先生在文學創作上的卓越成就。〔註116〕

考察「五・四」以來的新詩，徐訏以外，似乎只有徐志摩的詩被譜成歌
曲較多，這其中的原因，一可能是徐志摩的名氣最大，並且所寫的詩多為愛
情題材，一是他的詩聲韻自然，便於和樂而歌，正如王之渙的詩一樣。而這
些特徵，徐訏的詩也均具備，並且與徐志摩相比，徐訏的詩更有一種凝重與
哲思的高度，所以更能吸引有藝術境界的大作曲家的矚目。以《在遠方》這
一首為例，我們可以感到徐訏的詩中那種迷離的意境，是很容易與音樂藝術
結合而生出超過原來的單純文字藝術所能有的感染力。歌曲《在遠方》的原
詩題為《我的愛人》，它有一唱三歎的節奏，每節的開頭兩句都以複沓的手法

〔註115〕 林聲翕：《徐訏的〈輪迴〉》，《徐訏詩樂欣賞會》節目單，第 6 頁，1990 年 12
月 18 日，香港銀禧合唱團協會主辦。
〔註116〕 《徐訏詩樂欣賞會》節目單，第 4 頁，1990 年 12 月 18 日，香港銀禧合唱團
協會主辦。

加強著迷離的意境，反覆地詠唱遠方的伊人。這首詩的迷離與恍惚的意境很可能是化自《詩經》中的《蒹葭》。詩中反覆詠唱著「她」的「遙遠」與「迷茫」，「她」時在幽谷，時在峰巔，時在湖上，時在雲間，傳達出一種「可望而不可即」的惆悵之情。「她」雖在「遙遠」的遠方，但「我」卻能看到「她」——「她」坐著，「她」站著，「她」微笑，「她」喟歎，「她」徘徊，「她」彷徨，像幽谷裏芬芳的花，像山峰上飄渺的雲。而「她」只在無人知曉的遠方，情境之實與對象之虛，造成了詩很強的內在張力。這虛筆的手法使詩的抒情主體與抒情對象的空間距離變成十分恍惚，即彷彿近在眼前，卻又似遙不可及，其營造出的縹緲氛圍堪比《蒹葭》那三節複沓中又有所變化的「宛在水中央」、「宛在水中坻」、「宛在水中沚」的迷離朦朧的意境：

> 在遠方，在遠方，／在迷茫的遠方，／她坐著，她站著，／像一朵花，在幽谷裏，／獨自發著難掩的芬芳。／／在遠方，在遠方，／在迷茫的遠方，／她微笑著，她歡喟著，／像一朵雲，在山峰上，／獨自飄渺地來往。／／在遠方，在遠方，／在不可捉摸的遠方，／她徘徊，她彷徨，／她來時像湖上的清風，／去時像雲層裏的月光。／／在遠方，在遠方，／在無人知曉的地方，／她憂愁，她歡笑，／她像一首小小的詩歌，／永遠寂寞地留在我心上。〔註117〕

這首詩，是施金波譜的曲，並取詩的第一句來替換原來的題名《我的愛人》，似乎更能體現詩的迷離意境。

對徐訏的詩被譜成歌曲的總數的統計，現在無法確定，加上他專為某些電影所作的插曲，大約有21首，下面列出這些歌曲的題名：《輪迴》、《夜祈》、《祝福》、《你的夢》、《期待》、《夢境》、《靜夜》、《似聞簫聲》、《獻辭》、《春光》、《在遠方》（原詩題《我的愛人》）、《你走了》、《淚血難忘》（原詩題《酒醒午夜》）、《輕笑》（原詩題《遺笑》）、《鮮花》、《睡歌》、《安詳地睡》、《〈古道斜陽〉序曲》、《〈古道斜陽〉終曲》、《小奴奴》、《小小的船兒》。其中，《〈古道斜陽〉序曲》與《〈古道斜陽〉終曲》是徐訏專為電影《古道斜陽》所作的插曲，《小奴奴》、《小小的船兒》是電影《傳統》的插曲。60年代，甚至有人專門寫過評論徐訏所作的電影插曲的文章，如高乃在《新聞夜報》上發表的《讀徐訏兩支電影插曲》一文：

〔註117〕徐訏：《我的愛人》，《原野的呼聲》，《徐訏文集》第15卷，上海三聯書店2008年版，第27頁。

前晚，偶在九龍一家試片間，見到一部經獲此間電影檢查通過的
國語片，描寫抗戰末期爲背景，節折頗實，亦具戲劇性，比之一般已
映過的同型格影片，還有水平，片裏有兩支大合唱插曲，是由名音樂
家林聲翕作曲，名作家徐訏作詞，以林徐兩君樂於爲這部片子增光，
可以見到影片本身的藝術水準，是不致有損其令名的一斑了……徐訏
兄的詞：「河水蕩蕩，大地蒼蒼，中華男兒志氣高昂，正是抗戰當年，
萬千英雄，崛起草莽，流血疆場，激越悲壯，風起雪飛，凱歌齊唱……」
其下節係描寫故事劇情，這是序幕的一首。——他的第二支歌詞，十
分激昂：「古道縱橫，斜陽西下，舊事已非，浪淘盡多少英魂。舊恨
未消，新歌待唱，等天明日出，風雲起處，中華男兒振臂奮起，掃盡
妖氣，重建家園，光明自由，再奠乾坤。」在徐氏每一句歌詞的畫面，
都有十分貼切的鏡頭襯托，氣氛甚佳。〔註118〕

　　雖評價頗爲浮泛，實無甚具體內容，但也可見當時的藝術界與一般大眾
都視徐訏爲名作家，以他作詞的電影插曲爲榮耀了。

　　在上文曾列出徐訏詩譜成的歌曲中，只有《夜祈》刪削甚多，是將原詩
的第一節與倒數第二節保留，其餘盡去。大概原詩較長，不過，阿鏜腰斬《夜
祈》確具膽識，事實上，這首詩有這兩節的精華，意境與情懷亦足矣：

　　　　主，請莫再讓我靈魂／在幽暗空漠中流浪，／它已經受盡了顛
波，／磨折、痛苦、創傷。／／請恕我過去，給我未來，／賜我響
亮的聲與燦爛的光，／讓我跪在你慈悲的腳下，／再醒我卑微的希
望。〔註119〕

原詩被刪去的三節是：

　　　　像在無底的山谷中下墜，／四周漆黑，／陰風森森，／身無著，
目無見，耳無聞，／生活在空虛中飄蕩。／／我聽憑無限的天譴，
／心流著血，眼掛著淚，／在悠長歲月中，我痛悔／那一切浮誇愚
蠢的荒唐。……我願耳能聞，眼能望，／我身軀能不再下墜飄蕩，
／我有限的卑微生命，／能永久依附那再亮的光芒。〔註120〕

〔註118〕 高乃：《讀徐訏兩支電影插曲》，資料來源於余冠漢先生所收《徐訏碟片原始資
　　　　料庫》，僅有文章正文照片，未標具體日期，僅見60年代《新聞夜報》字樣。

〔註119〕 《夜祈》，徐訏詞，阿鏜曲，《徐訏詩樂欣賞會》節目單，第 11 頁，1990 年
　　　　12 月 18 日，香港銀禧合唱團協會主辦。

〔註120〕 徐訏：《夜祈》，《徐訏全集》12 卷，臺灣正中書局 1969 年版，第 519、520 頁。

　　徐訏在詩裏向「主」祈「響亮的聲」與「燦爛的光」的調子，是帶著這樣斑駁的、疲憊的虔誠，它能如此深沉地打動我們，當把這調子用一種節奏演唱出來，我們聽到了只有宗教的輝光才能帶給我們的藝術的境界。不過，對於被刪去的這幾節所進一步展示與開掘的情感，在一首歌裏似乎已容納不下，阿鐘應該看到了這一層，所以，恰當地作出了取捨。而徐訏在這《夜祈》中所沒能盡興表達的意緒，則在他後來的長篇《時與光》中形成了更深更長更高的主題，他將人世的一切計劃都有可能被「偶然」改變的「顛簸、磨折、痛苦」放在慈悲的主的腳下，來以一種虛幻的「響亮」之「聲」與「燦爛」之「光」撫慰我們受了創傷的心魂。

　　除《夜祈》外，還有《你的夢》改動較大，林聲翕譜寫的這首混聲四部合唱已成傳世的經典，一直以來，《你的夢》與《祝福》都「深爲演唱者與欣賞者所喜」。《你的夢》原詩有幾處爲增進聲勢的排比句式，可能出於合唱時要有參差錯落的配合，所以林聲翕棄之未用，乃有刪有增，最後突出了一種節奏和緩、聲韻匀稱的沉厚之意：

> 　　寄在遙遠的過去，寄在渺茫的未來，在漆黑的夜裏生長，你的夢，如今該已經成熟。像樹上的果子，在秋天無葉的枝上；搖搖欲墜，無聲地落在潮濕的泥土上。化爲煙，化爲泥，化爲期待中的芬芳纏綿與綺膩。／／而我——在天與地間，神與獸間，靈與肉間，愛與恨間。我在浮動，飄流，升降，在歎息，在哭泣，在呻吟。／／那灰色的煙蘊，乳白色的笑，透明的啜泣；人間充滿了喜怒的鳴咽。／／人間是燦爛，人間是暗淡，而我在你透熟的夢中，化爲灰色的煙蘊，像地球在太空中，漂流，浮動！〔註121〕

　　對比原詩來看，林聲翕改寫之後的《你的夢》更有平順的風格，原詩有一種升上天際的飄渺感，而介詞「在」的高頻使用則增加了詩的尖銳感，可能這與林聲翕追求深沉遼遠的境界有異，遂逐一刪改。原詩如下：

> 　　寄在遙遠的過去，／寄在渺茫的未來，／——在漆黑的夜裏生長，／你的夢如今該已經成熟，／像樹上的果子／在秋天無葉的枝上／搖搖欲墜，／搖搖欲墜，／無聲地落在／潮濕的泥土上，／化爲氣，／化爲煙，／化爲泥，／化爲我期待中的／芬芳纏綿與綺膩。

〔註121〕林聲翕改編後的《你的夢》，《徐訏詩樂欣賞會》節目單，第 11 頁，1990 年 12 月 18 日，香港銀禧合唱團協會主辦。

／／而我在——／在天與地間，／在神與獸間，／在肉與靈間，／在愛與恨間，／在寂寞與熱鬧間，／在如許的矛盾間，／我在浮動飄流，升降，／在歎息，在哭泣，在呻吟。／／那灰色的煙蘊，／乳白色的笑，／透明的啜泣，／人間充滿了喜怒的嗚咽，／人間是燦爛，／人間是暗淡，／人間是地球在太空中／蒸發的一層煙蘊。／而我在——／在你熟透了的夢中／浮動，飄蕩，升降，／化在灰色的煙蘊中／歎息，哭泣與呻吟。〔註122〕

林聲翕刪改的字數雖不多，但仔細品味，則意境有較大變化。徐訏原詩所著意傳達的意緒與哲思，其實盡在那兩句「人間是地球在太空中／蒸發的一層煙蘊。／而我……化在灰色的煙蘊中／歎息，哭泣與呻吟」之中。這是抒情主體以宇宙的眼睛看見人間的自己，看見「他」在「神與獸」間的掙扎，看見「他」在「肉與靈」間的煎熬，看見「他」在「愛與恨」間的淚水，看見「他」化進灰色的煙蘊——那恍惚、虛無的雲靄，於是，我們感到了這詩的隔世的，輕煙般的迷茫。這抒情主體對地球上的人間是清醒、超然卻仍沉醉地「歎息，哭泣與呻吟」。這應該是徐訏在《江湖行》裏也曾竭力表達的同《紅樓夢》相似的一種將最入世的色與最出世的空收束在一處的境界。林聲翕刪去這兩句透著廣漠與縹緲的意境的句子，就淡化了人間與宇宙對比時的虛無感，而強化了抒情主體情緒體驗的個體色彩，從而更切合詩的標題「你的夢」——「我」的人間，存在於「你的夢」中，它是「你的夢」裏一抹「漂流、浮動」的煙蘊而已。

此外，林聲翕譜曲的《祝福》、《輪迴》的結尾也都有輕微的改動，但都未見有要改變原詩意境的痕跡，基本出於為配合演唱的順暢所需，如《祝福》原詩的結尾是：

那麼我應當為你祝福：／在熠熠的星光前，／你感受的會是溫暖與明朗。／叢林裏會都是馴良的飛禽，／伴著你美麗的歌聲／誠虔地在期待陽光。〔註123〕

林聲翕改編之後的歌詞是：

〔註122〕徐訏：《你的夢》，詩集《原野的呼聲》，《徐訏文集》15卷，上海三聯書店2008年版，第113、114頁。

〔註123〕徐訏：《祝福》，詩集《時間的去處》，《徐訏全集》12卷，臺北正中書局1969年版，第597、598頁。

我應當爲你祝福，在閃閃的星光前，你感受的會是：溫暖與明朗，伴著你美麗的歌聲，愉快地迎接前面的春光。〔註124〕

林聲翕只是將難於入樂的一些詞與句子做了刪改，而使歌詞更有曉暢的風格。《輪迴》的結尾是因歌曲要以舒緩的節奏來製造餘味而將原詩的短句變長，所以，都用較長的口語化的詞替代了原來簡潔凝練的書面詞：

舊的花已落，新的花未開，／在這樣的夜裏，／何人尚在園中徘徊？／／該亮的快亮，該滅的早滅，／晚風吹走了星星，人間還是不斷的輪迴。〔註125〕

原詩《輪迴》的結尾要更簡潔凝練一些：

殘花已落，／芭蕾未開，／在這樣的夜裏，／留在園中的有誰？／／天色已明，／夜景已逝，／曉風吹走了星星，／人間還是不斷的輪迴。〔註126〕

但對比原詩與歌詞，整體意境沒有大的變化，林聲翕以他準確的藝術感覺完好地保留了原詩的境界，並將他自己的藝術精神注入到這歌詞裏，《輪迴》終成深得愛樂人士喜愛的傳世之作。

內容幾乎未作刪改，而詩題有變的幾首是《在遠方》（原詩題《我的愛人》）、《淚血難忘》（原詩題《酒醒午夜》）、《輕笑》（原詩題《遺笑》）。《在遠方》、《淚血難忘》是施金波作曲，《輕笑》是黃友棣，重定曲名可能爲更切合於兩人的音樂風格。徐訏其他被入樂的詩，基本都是一字未易，這也可見眾多作曲家對徐訏的欣賞與尊重。爲徐訏詩所吸引而有深刻表現的作曲家，當然屬林聲翕爲最，他一生之中，可謂數次傾其心力於徐訏詩作，除去50年代作的《輪迴》，70年代作的《祝福》、《你的夢》、《期待》等，最見心血的還有改編自徐訏詩劇的四幕歌劇《鵲橋的想像》，這應該是林聲翕爲徐訏詩譜曲產生影響最大的一部作品。據相關資料〔註127〕，歌劇《鵲橋的想像》每次演出，都反響巨大。這也是香港樂壇在徐訏逝世十年後仍對這位詩人作家念念不忘的原因，他們會不時地想起這位有深沉思想的詩人，所以，他們在十數年間多次舉辦專門演唱徐訏作品的詩樂欣賞會來紀念他。

〔註124〕 林聲翕改編後的《祝福》，《徐訏詩樂欣賞會》節目單，第12頁，1990年12月18日，香港銀禧合唱團協會主辦。

〔註125〕 林聲翕改編後的《輪迴》，《徐訏詩樂欣賞會》節目單，第11頁，1990年12月18日，香港銀禧合唱團協會主辦。

〔註126〕 徐訏：《輪迴》，《徐訏全集》12卷，臺北正中書局1969年版，第379頁。

〔註127〕 余冠漢先生所收《徐訏碟片原始資料庫》中的各屆「徐訏詩樂欣賞會」資料。

結　語

　　儘管，文學史給了徐訏以一席之地，但在他的旁邊也常常伴隨一二個平
庸的名字。文學史的種種複雜因素使他受到了最孤獨的待遇。但是，他的名
字還是慢慢地在延伸，使讀過他作品的讀者總有讓他走得更遠的情緒，他們
一個傳一個，使他的讀者的數量在緩慢而持久地成長。這是個溫和而體面的
作家，他沒有因為任何的歷史事件與潮流而失去過理智的判斷，他用詩的韻
律寫著小說，他用哲學的水澆灌奇幻的花草，他在無數個漫長的夜裏給我們
說了許多許多好聽的故事。如果，見過他的一些照相，又瞭解他一生的重要
經歷，並讀過他的作品，那麼，他的清瘦、溫雅、孤獨、約略清高的氣質，
他的豐富、複雜、神秘的內心，他的低調、謙卑、眞誠的待人態度，就會在
作品之外給他的讀者以本該如此的感覺。他與他的作品是合一的。他這樣的
形象與他的小說、詩、戲劇有這般奇妙的般配，甚至讓人覺得他就是他作品
中虛構出的一個人物。

　　在見過徐訏的一些人的印象中，徐訏直至七十高齡還保持著乾淨、體面、
清瘦的風度，他的內心所向往的那種他作品裏的「我」的形象，他努力保持
著，他是個這樣執著地追求美好與潔淨的人。譬如，陸耀東在回憶徐訏的文
章裏寫到：

　　　　他在浸信會學院任文學院院長，於是就請一位在那裡任教的朋
　　友介紹，我請他吃飯。他如約而來，古稀之齡還如此瀟灑。高個子，
　　身著夾克，肩背著一個旅行袋，腳蹬一雙運動鞋，步履穩健，了無
　　龍鍾態，望之若五十許。〔註1〕

〔註 1〕陸耀東：《「無題的問句」解題——談徐訏和他寫給大陸「文聯」「作協」一些
　　　老朋友的長詩》，陳乃欣等著《徐訏二三事》，臺北爾雅出版社 1980 年版，第
　　　222 頁。

　　鍾玲在另一篇憶徐訏的文章《三朵花送徐訏》裏也記錄了她第一次看到徐訏的情景：

> 記得那是一場會議之後，樓外下著傾盆大雨，來自世界各地的漢學家們都擠在門口，徐訏卻獨立在門外石階盡頭，看不出是快七十歲的人了，依然那麼英挺，依然很有風采。他的嘴堅定地抿著，一雙眼珠灰黝黝的，注視著樓外的雨絲，像是深潭一般，蓄滿了落寞。〔註2〕

　　廖文傑在《風蕭蕭・路迢迢——懷念生前飄零死後寂寞的徐訏》一文中，對徐訏一生中都懷著國家民族卻不以「口號標語」來顯示自己的赤子之心，表示了最真誠的敬意，同時也為世人對徐訏的誤解而深感不平：

> 徐先生於 50 年代來港，80 年代去世，在港定居的時間，剛剛好是一個三十年的整數。三十年書劍飄零，不免令人唏噓感歎。可以說，三十年來，徐先生一直都在憂國、懷鄉、傷時之中度過，直到去世的一日，他仍然念念不忘故國，他的落寞，他的傲骨，他的風霜，裏面又埋藏了幾許苦難中國的一片滄桑。關於徐先生的憂國懷鄉，布海歌女士在一篇悼念他的文章中寫得十分深刻動人，她在《我所認識的徐訏》一文中，寫及徐先生在病榻中談起國家和朋友的劫難時，面容淒苦，兩眼含淚。徐先生說：「我們都想國家好，但發生了什麼事啊？我離開了中國，但他們都被送進了監獄。我們只有一個目的：使自己的國家富強起來，但發生了什麼事啊？」徐先生至死念念不忘苦難哀傷的中國以及他深深憶念的中國同胞，讀之令人淒然不已。〔註3〕

　　徐訏一生中真是「左不逢源，右不討好」，他獨立的政治姿態正是對政治的不信任，但他對國家與民族，對生活在這土地上的民眾，卻是與五四以來前赴後繼的那批先烈們一樣的熱忱而真誠，他不是對這些視而不見，相反，他在排眾聲的獨立特行裏，表現了最無個人功利的真愛。這些可從他的詩、小說、散文、戲劇著作中直接看到。但是，狹窄的文學史家，庸碌的批評研

〔註2〕鍾玲：《三朵花送徐訏》，陳乃欣等著《徐訏二三事》，臺北爾雅出版社 1980 年版，第 173、174 頁。

〔註3〕廖文傑：《風蕭蕭・路迢迢——懷念生前飄零死後寂寞的徐訏》，廖文傑自印《在臺北重慶南路正中書局尋覓徐訏全集——憶念徐訏先生詩・文集》，第 90 頁。該文曾刊於《香港時報・文與藝版》1985 年 9 月 6 至 8 日。

究者卻多數都誤解他，將他列爲「黃色小說家」,「鴛鴦蝴蝶派」,「浪漫奇情小說家」,「擅寫三角戀愛間諜戰的通俗小說家」,這些誤解使不知眞相的後世讀者失去走進徐訏的機會，也令中國現代以來一個一流的作家一直寂寞地躺在歷史的塵埃里。

徐訏在《談旅遊》中有這樣的話：

> 在抗戰時間，我跑過半個中國，也有過不少驚險、困難、緊張的際遇，現在回想起來，覺得我的生命中幸虧有這些經驗，否則我與我的民族顯然缺乏某一種血肉的關聯。〔註4〕

他同他的民族是有那種血肉的關聯的，而現代以還的作家裏，有這樣關聯的作家並不多，包括一些跑到延安去的左翼作家，他們當時實際上多數處在遠離日本佔領區的危險之外。徐訏在從上海逃亡到重慶的一路上，他的際遇，正是當時一般中國民眾都經歷的，這使他能寫出那些左翼作家所寫不出的《風蕭蕭》與《江湖行》來。

徐訏對政治的態度是矛盾的。他的一生看起來是極力排斥政治的影響，追求自由主義的精神。但在動盪的時代，甚至在到香港以後，他也或主動或被動地捲入源於政治的糾葛中。南方朔《踽踽獨行的謳歌者》中這樣說：

> 每一個動盪的社會，都會出現一種精英型的邊緣人物，他們對由於動盪而被泛政治化的主要矛盾，以及由此而被造成的過度動員都拒絕接受，他們相信文學就是文學，藝術就是藝術，學術就是學術。他們不瞭解，一個動盪的時代，由於可能的選擇被擠壓，因而注定會狹窄化和泛政治化，於是這種人的被邊緣化遂成了注定的命運。……而徐訏正是這樣的一號人物。〔註5〕

這種看法未必不是一種誤解。徐訏隱藏的政治情懷也曾時見端倪。他對作爲《掃蕩報》駐美國特派員的身份始終念念，雖然他也一直對臺灣的國民黨政治時有批判。這不能不說是一種矛盾的心境。觀其一生，徐訏對政治的態度，是以西方民主爲切入點，他不是討厭政治，而是對「左」的帶有專制色彩的思潮有一種強烈的抵制。徐訏被邊緣化是有著很多偶然的因素的。他對政治的態度，與張愛玲、沈從文是有較大差別的。

徐訏1952年寫於新加坡的一首《夜祈》竟成他臨終讖語：

〔註4〕徐訏：《談旅遊》,《徐訏文集》第11卷，上海三聯書店2008年版，第272頁。
〔註5〕南方朔：《踽踽獨行的謳歌者》,《聯合文學》2005年10月號。

主，請莫讓我的靈魂

在幽暗空漠中流浪，

它已經受盡了顛簸、

折磨、痛苦、創傷。

……

請恕我過去，給我未來，

賜我響亮的聲與燦爛的光，

讓我跪在你慈悲的腳下，

再醒我卑微的希望。〔註6〕

1980 年 9 月，徐訏於臨終前兩週皈依天主。馬一介在《徐訏也愛干預生活》中這樣哀歎終生探尋生命真諦的徐訏：

徐訏晚年是寂寞而軟弱的，他病逝前兩週，曾請熟悉他的勞達一神父為他洗禮，皈依天主教。他的遺言是：「我過去的生活都沒有用。現在才瞭解什麼是生，什麼是死。」他是一九八○年十月二日在「天主，請你接受我」的禱告中軟弱但寧靜地逝去的。出殯那天，有四、五百人到殯儀館送他。他該是滿意和感到人間有情的。對他的文學成就人們應作新的評價。〔註7〕

馬一介對徐訏臨終前皈依天主的「軟弱」評價也許帶有不贊同的感情，但健康而正常的人終無法知道瀕臨死亡之前的靈魂徹悟的意義。不過，從其描述中，我們仍可感到人在肉身的力量將盡時，靈魂尋求現世依傍的渴望。徐訏臨終時對自己一生的否定竟與他筆下的人物「映弓」的話如此相似：

我聽見醫生說：「他已經來了，你有什麼話說吧。」

於是我聽見映弓的聲音了，她的聲音又粗又顫，忽斷忽續：

「野壯子，我……我的一生沒有一步路是走對的，我，我現在想看看我的孩子藝中，你……」

……

「不要讓……我的孩子……像我。」〔註8〕

〔註6〕徐訏：《夜祈》，《徐訏全集》第 12 卷，臺灣正中書局 1969 年版，第 519、520 頁。

〔註7〕馬一介：《徐訏也愛干預生活》，寒山碧編著《徐訏作品評論集》，香港文學研究出版社 2009 年版，第 50 頁。

〔註8〕徐訏：《江湖行》，《徐訏文集》第 2 卷，上海三聯書店 2008 年版，第 400 頁。

　　映弓在粗澀的呼號裏死去了。她被日本的戰機轟炸得失去了人形，但她不知道她的孩子已經死了，她的臨終的醒悟已經沒有了意義。她否定了一生追求的各種價值，民族大義、抗日救亡，一切的一切。徐訏臨終時的徹悟也許只代表他那一刻的思想，死亡抹平了一切生時掙扎的意義。但生的時候未免不一樣去掙扎。

　　上面這些，乃是徐訏在作品以外所給予筆者的印象與對筆者內心深處的觸動。而在研究徐訏的過程中，我發現了一個少見的現象，就是國內、臺港的徐訏愛好者都有極大的熱情與無私精神來支助後來的研究者。這與對其他作家研究的唯恐資料不自己佔先的同行相爭形成了鮮明的比照。這一現象說明，對徐訏的研究，許多人並非是出於個人利益的獲得，他們幾乎都有對徐訏在當下文學史的地位評定極為不公的情緒，他們的研究、傳播的目的是讓更多的人瞭解這位他們覺得傑出的作家，這似乎已超出了文學的邊界，而成為一種文化現象。我在搜集資料的過程中結識了許多以「徐訏迷」自稱的「草根族」，他們在網上建立了徐訏小組，資料共享，對徐訏的這樣的熱愛，令我感動。一個作家在死後多年還有這樣的凝聚力，並且似乎這力量還在繼續增長，這裡面隱藏著這樣的信息，即世人對徐訏的態度一定有某種不公令他們感到不吐不快，他們要擴大徐訏的影響，所以自發地進行著各種有益於徐訏作品傳播的事業。可以說，這些類似於傳教士式的文學的信徒，才真正地顯示了文學的魅力與作家的人格精神。

　　最終，筆者以為，徐訏在「新詩、小說、戲劇、散文、批評、理論」上均有逸出其時代的特出表現。他思想深沉，造詣孤高，創作上全面出擊，是一位少見的全才作家，而其詩與小說尤為上乘，無論質與量上，都可睥睨百代。他一生著述驚人，達兩千餘萬言，橫跨「哲學、藝術、美學、心理學、經濟學、社會學」等眾多領域。當 20 世紀中國文學陷於「凋零」與「停滯」的低谷〔註9〕，正是他以百轉千回的別樣格調劃破了黯淡的文壇。他的綺豔的色澤，不僅豐富了中國文學的花圃，也使世界文學的天空多出一道瑰麗的虹彩。亦如西方漢學家白佐良與帕里斯特萊所言，他在二十世紀中國作家中穩固地居於領先地位。而更具體而確切的評價，在新文學史上，徐訏應該是與魯迅比肩的一位世界級作家。

〔註 9〕司馬長風語。

引寒山碧悼念徐訏的輓聯作爲全文的結篇之語——
上聯：左不逢源右不討好著作十數卷當代竟無人評說
下聯：春葬落花秋葬落葉筆耕四十載後世自必有公論

主要參考文獻

一、作品文本

1. 徐訏：《潮來的時候》，上海夜窗書屋 1948 年版。
2. 徐訏：《思與感》，臺北傳記文學出版社 1972 年版。
3. 徐訏：《小說匯要》，臺北正中書局 1974 年版。
4. 徐訏：《西流集》，臺北正中書局 1978 年版。
5. 徐訏：《海外的鱗爪》，臺北正中書局 1978 年版。
6. 徐訏：《傳薪集》，臺北正中書局 1978 年版。
7. 徐訏：《蛇衣集》，臺北正中書局 1979 年版。
8. 徐訏：《個人的覺醒與民主自由》，臺北傳記文學出版社 1979 年版。
9. 徐訏：《靈的課題》，香港華漢文化事業公司 1985 年版。
10. 徐訏：《徐訏全集》（一套共 15 卷本），臺北正中書局 1987 年第 2 版。
11. 徐訏：《無題的問句》，香港夜窗書屋 1993 年版。
12. 徐訏：《等待》，上海書店出版社 1996 年版。
13. 徐訏：《魔鬼的神話》，香港聯豐印刷公司 1999 年版。
14. 徐訏：《念人憶事——徐訏佚文選》，香港嶺南大學人文學科研究中心 2003 年版。
15. 徐訏：《日記的話》（徐訏佚稿之三），余冠漢、廖文傑自印，2003 年 8 月。
16. 徐訏：《〈燈尾集〉戲劇佚稿六篇》，余冠漢、廖文傑自印，2003 年 8 月。
17. 徐訏：《徐訏文集》（一套共 16 卷本），上海三聯書店 2008 年版。

二、理論著作

1. 陳乃欣等著：《徐訏二三事》，臺北爾雅出版社 1985 年版。
2. 陳旋波：《時與光——20 世紀中國文學史格局中的徐訏》，百花洲文藝出版社 2004 年版。
3. 古遠清：《香港當代文學批評史》，湖北教育出版社 1996 年版。
4. 葛原：《殘月孤星——我和我的父親徐訏》，上海文化出版社 2003 年版。
5. 寒山碧編著：《徐訏作品評論集》，香港文學研究出版社 2009 年版。
6. 劉登翰：《香港文學史》，人民文學出版社，1999 年版。
7. 廖文傑：《在臺北重慶南路正中書局尋覓徐訏全集——憶念徐訏先生詩、文集》，廖文傑、余冠漢自印，2003 年 10 月。
8. 潘亞暾、汪義生：《香港文學史》，鷺江出版社 1997 年版。
9. 司馬長風：《中國新文學史》，香港昭明出版社有限公司 1983 年版。
10. 王璞：《一個孤獨的講故事人——徐訏小說研究》，香港里波出版社 2003 年版。
11. 吳義勤：《漂泊的都市之魂——徐訏論》，蘇州大學出版社 1993 年版。
12. 吳義勤、王素霞：《我心彷徨——徐訏傳》，上海三聯書店 2008 年版。
13. 嚴紀華：《當古典遇到現代》，臺北秀威信息科技股份有限公司 2007 年版。

三、報紙期刊

1. 孟企：《月亮》（書評），《文匯報》1939 年 2 月 13 日。
2. 徐訏：《從〈月亮〉產生談起》，《文匯報》1939 年 4 月 7 日。
3. 《中美日報》1941 年 10 月 22 日。（有關於《鬼戀》電影）
4. 《今日世界》自 1953 年 6 月 16 日到 1969 年 9 月 16 日中刊載徐訏小說部分。
5. 徐訏：《關於風蕭蕭的電影》，《自由中國》1954 年 3 月 1 日，第 10 卷第 5 期。
6. 《〈傳統〉影評》，《聯合報》1954 年 5 月 10 日。
7. 《華僑日報》1954 年 5 月 21 日。（有關《風蕭蕭》電影）
8. 《徐訏的〈癡心井〉搬上銀幕》，《聯合報》1955 年 3 月 24 日。
9. 許曼：《評〈傳統〉》，《新生晚報》1955 年 4 月 22 日。
10. 丁戈：《〈傳統〉觀後感》，《星島晚報》1955 年 4 月 23 日。
11. 《1955 年：風蕭蕭》，《人民記憶五十年》，亦凡公益圖書館掃校。
12. 《南華早報》1956 年 7 月 19 日。（有關《鬼戀》電影。）

13. 《演技精湛的新星張揚出演〈鬼戀〉中的小說家》,《星島晚報》1956 年 7 月 20 日。

14. 《〈癡心井〉影評》,《聯合報》1956 年 8 月 3 日。

15. 雲光:《徐訏現身〈盲戀〉》,《星島日報》1956 年 9 月 3 日。

16. 《黑寡婦》(電影《鬼戀》影評),《中央日報》1956 年 9 月 4 日。

17. 夏志清:《文學・思想・智慧》,《文學雜誌》1958 年 3 月 20 日。

18. 予觀:《〈後門〉先睹記》,《銀河畫報》1960 年 3 月第 25 期。

19. 白克:《〈後門〉影評》,《聯合報》1961 年 2 月 27 日。

20. 煉野:《一部上乘的國片——〈春去也〉觀後》,《聯合報》1961 年 10 月 12 日。

21. 陳韻文:《初會名作家徐訏閒談〈江湖行〉由小說改編電影》,《香港影畫》1972 年 10 月～11 月之間。

22. 《訪問徐訏》,《浸會學生報》1972 年 12 月 15 日,第 5 卷第 11 期。

23. 《江湖行》(電影小說),《南國電影》1973 年 1 月,第 179 期。

24. 《訪徐訏》,《浸會學生報》1974 年 5 月 4 日。

25. 黃楊烈整理:《作家的社會責任——兼論香港社會與作家的問題》(根塞・葛拉斯訪港研討會),《明報月刊》1978 年 5 月。

26. 《享譽文壇數十年著名文學作家徐訏教授今午舉殯文工會派代表致祭並送大型花牌表示追悼》,《香港時報》1980 年 10 月 11 日。

27. 車坟:《諾貝爾文學獎與徐訏》,《香港時報》1980 年 10 月 16 日。

28. 余玉書:《悼徐訏》,《香港時報》,1980 年 10 月 19 日。

29. 喬陵:《烽火佳人寫間諜戰》(《風蕭蕭》影評),《明報》1987 年 10 月 14 日。

30. 黃子程:《沙龍式文人》,《星島晚報》1990 年 7 月 10 日。

31. 樂融融(潘亞暾):《〈風蕭蕭〉及徐訏——為紀念徐訏逝世十週年而作》,《星島晚報》1990 年 8 月 23 日。

32. 《香港時報》編者:《徐訏逝世十週年紀念專文綴錦輯即將排日刊出》,《香港時報》1990 年 10 月 5 日。

33. 石琪:《〈人約黃昏〉影評》(《鬼戀》改編),《明報》1996 年 1 月 20 日。

34. 夏志清:《夏志清教授來函談徐訏》,《純文學》1998 年 10 月 31 日,第 6 期。

35. 小詩:《從〈風蕭蕭〉到葛福燦到葛原》,《香港傳記人物》,1998 年 11、12 月號。

36. 《願郎重吻朱唇》(改編自《吉普賽的誘惑》),《香港影片大全》第 3 卷(1950 年～1952 年),香港電影資料館 2000 年 5 月初版。

37. 黃子程：《學寫的歷史》，《星島日報》2002 年 2 月 16 日。

38. 黃子程：《作家講師》，《星島日報》2003 年 6 月 6 日。

39. 黃子程：《聽讀徐訏》，《星島日報》2003 年 6 月 7 日。

40. 嚴紀華：《浪跡奇幻與浪漫間的都市靈魂——析論徐訏的兩篇小說〈風蕭蕭〉和〈時與光〉》，《中國文化大學中文學報》，2003 年，第 8 期 179 頁～208 頁。

41. 黃子程：《何曾望教授》，《大公報》2007 年 4 月 7 日。

42. 《作家風貌‧徐訏專輯》，《文學評論》創刊號，2009 年 2 月號，香港文學評論出版社有限公司出版。（內收莊若江、何慧、古遠清、寒山碧四人評論徐訏的文章。）

43. 王宏志：《心造的幻影——談徐訏的〈現代中國文學的課題〉》，《歷史的偶然——從香港看中國現代文學史》第 5 章。（係影像資料，尚沒有找到出版信息。）

四、碩博論文

1. 魯嘉恩（香港）：《香港文學的上海因緣》，碩士學位論文。

2. 金鳳：《徐訏小說的詩性品格研究》，南京師範大學博士學位論文，2012 年。

3. 佟金丹：《徐訏小說創作的文化心理》，山東大學博士學位論文，2008 年。

4. 王暉：《徐訏創作的審美距離探幽》，暨南大學博士學位論文，2011 年。

5. 袁堅：《論徐訏 30～40 年代的小說創作》，復旦大學博士學位論文，2008 年。

6. 尹德勝：《徐訏劇作論》，雲南藝術學院碩士學位論文，2010 年。

7. 余禮鳳：《雅俗之間：徐訏小說論》，華中師範大學博士學位論文，2011 年。